HAYMON verlag

Georg Haderer

Es wird Tote geben

Kriminalroman

Auflage:
4 3 2 1
2016 2015 2014 2013

HAYMON verlag
Innsbruck-Wien
www.haymonverlag.at

ISBN 978-3-7099-7049-2

Umschlag- und Buchgestaltung, Satz:
hœretzeder grafische gestaltung, Scheffau/Tirol
Coverfoto: Ricardo Herrgott

Gedruckt auf umweltfreundlichem,
chlor- und säurefrei gebleichtem Papier.

Drei Monate vorher

Verwackelte Handkamera. Im Bild ein Mädchen um die achtzehn, sie wirkt unsicher, verängstigt, bewegt den Kopf hin und her, als müsste sie sich in ihrer Umgebung erst zurechtfinden. In den Verkehrslärm hinein spricht eine Stimme ohne Gesicht:

„Alles okay?“

„Ich weiß nicht ... mir ist ... irgendwie so komisch ... es ist so laut da ... ist da ein Flughafen in der Nähe?“

„Nein, das sind nur die Autos ... sei ganz ruhig ... du hast den See gesehen, oder? Wie schön er ist ... das Wasser ist ganz warm, man landet ganz weich ...“

„Bist du sicher?

„So oft wie ich schon hineingesprungen bin ... ja, du kannst mir vertrauen.“

„Kannst du nicht kurz die Kamera wegtun? Ich sehe dein Gesicht gar nicht.“

„So besser?“

„Ja ... so ist es besser ... wo sind wir?“

„Auf der Brücke, über dem See ...“

„Wo ist denn die Frau hin ... die war doch gerade noch mit uns ... da war doch jemand, oder?“

„Ja ... die ist inzwischen auf der anderen Seite hinunter ... sie wartet unten beim Wasser.“

„Sie ist nett ... hast du was mit ihr?“

„Nein ... ich habe nur dich.“

„Und wenn mir was passiert, bist du da, oder?“

„Natürlich ... ich hab doch versprochen, dass ich die ganze Zeit bei dir bleibe.“

„Ich fühle mich gut, wenn du bei mir bist ... stark ist das Zeug schon, oder? Stärker als das letzte Mal ...“

„Es ist jedes Mal anders ... aber jedes Mal gut, oder?“

„Ja ... gut ist es immer ... zeigst du mir jetzt den See?“

„Schau hinunter, siehst du ihn?“

„Ja, jetzt sehe ich ihn ... er ist weit weg ... er ist grün, ganz grün wie eine Wiese, ganz glatt ... wenn mir etwas passiert, bist du da, oder?“

„Natürlich ... ich komme gleich nach dir ... hab keine Angst, Corina ...“

1.

„Du bist ein Büffel“, murmelt er und fängt zu laufen an. „Wenn die Stechmücken zu lästig werden, rennst du blind drauflos. Diese beschissene Schwermut beim Aufstehen, dieses blutsaugende Biest!“

Außer Atem bleibt er stehen. Dreht sich langsam im Kreis. Blick über Äcker, Mohnfelder, sanfte Hügel und Wälder. Schaching, seine neue ... sein neues ... sein neuer Standort. Wie zum Teufel ist er hierhergelangt? Gestern noch Gruppenleiter bei der Mordkommission in Wien, heute Postenkommandant in diesem Niemandsland. Doch gestern ist Monate her. Und die Zeit dazwischen ein finsteres Tal. Er geht weiter.

Von seinem Weg zweigt zur Rechten eine Forststraße ab. Wo sie im nahen Wald verschwindet und ein Schranken unbefugtes Befahren verhindert, stehen zwei Kleinbusse. Er bleibt stehen, erkennt deutsche Kennzeichen und macht ein paar Schritte in Richtung der Fahrzeuge – was von der Norm abweicht, erscheint ihm berufsbedingt verdächtig. Dann hält er inne und dreht sich um, weil das Surren der Gleise einen herannahenden Zug ankündigt. Warum er diesen nicht einfach vorbeifahren lässt – nie einen Zug vorbeifahren lässt, ohne ihm seine Aufmerksamkeit zu widmen –, kann er sich nicht erklären. Was erwartet er denn zu sehen? Kinder auf dem Weg in die Sommerfrische, die ihm freudig zuwinken? Kriegsheimkehrer, die von ihren am Bahnhof ausharrenden Frauen nicht erkannt werden? Mittlerweile weiß er doch, welcher Zug um diese Zeit vorbeifährt und wer drinnen sitzt: schlaftrunkene Schüler, teilnahmslose Pendler, ein paar zornige und in ihrer Ehre gekränkte Männer, die dazu verdammt sind, die verhassten öffentlichen Verkehrsmittel zu benutzen, weil er –

der neue Scheiß-Wiener-Schweinebulle – ihnen den Führerschein abgenommen hat.

Als der letzte Waggon vorüber ist, wendet er sich wieder den beiden Fahrzeugen zu. Auf ihren Seitenwänden ist der Schriftzug *Fifi TV Productions* zu lesen, darunter eine skizzierte Kamera, in deren Objektiv ein Fadenkreuz gezeichnet ist. Er geht zum Seitenfenster eines der Busse und hält sich die Hand an die Stirn, um einen Blick ins Innere werfen zu können. Als in seinem Rücken mehrmals ein Pfeifsignal ertönt und fast gleichzeitig ein metallisches Kreischen eine Notbremsung verrät. Erschrocken dreht er sich um, sieht die fernen Rücklichter des Regionalexpresses. Die Schallwellen sind längst über ihn hinweggerast, sie scheinen alle noch so kleinen Geräusche von vorhin mitgerissen zu haben, so still ist es plötzlich. Doch der Friede ist dahin. Er blickt zu Boden – als ob im feinen Schotter seine wirren Gedanken entziffert liegen könnten. Er läuft los.

Auf Höhe des hintersten Waggons läutet sein Handy. Er sieht aufs Display, drückt den Empfangsknopf, hört ein paar Sekunden zu und sagt: „Ich bin schon da." Er schiebt das Telefon in die Jackentasche und holt eine Sonnenbrille heraus. Eigenartiges Modell. Eigentlich eine Brille für Drachenflieger, auf die er in einem Sportfachgeschäft gestoßen ist, wo ihm der beflissene Fachverkäufer erklärt hat, dass die Gläser einen speziellen Rotfilter hätten, der diesen Farbanteil des Sonnenlichts filtere und so weiter.

Durch die Brille sieht er jetzt das entrötete Blut an den Fetzen eines gelben Sweaters, der zwischen Radsatz und Drehgestell der Lok hängt. Der abgetrennte Arm auf der Böschung – wie dekoriert in einem Ensemble von Lupinen – lässt sich erst auf den zweiten Blick einem eben noch lebendigen Menschen zuordnen.

„Kopf?", fragt er eine junge Polizistin, die blass und mit Schweißtropfen auf der Stirn zu ihm tritt. Über ihren streng gezogenen Scheitel hinweg sieht er, wie der Lokführer mit einem weiteren Uniformierten auf den Streifenwagen zugeht.

„Ja, haben wir ... der Arm, der ..."

„Was hat er gesagt?", er deutet mit dem Kopf in Richtung des blassen und zittrigen Mannes, der in der offenen Tür des Streifenwagens sitzt und raucht.

„Dass sie auf dem Gleis gesessen ist ... mit dem Gesicht zu ihm ... ich kenne die ... das war ...", hier blendet er die Stimme der Inspektorin aus und sieht in den Himmel. Vielleicht täuschst du dich, Major Schäfer. Vielleicht hältst du dich selbst nur in Bewegung, damit die Erde dich nicht so leicht abschütteln kann.

2.

Diese Scheibe war eine Zumutung. Ein Idiot der Architekt, der sich diese Raumtrennung ausgedacht hatte. Auf seinen Einreichungsunterlagen – falls der Umbau des Polizeipostens offiziell ausgeschrieben gewesen war – standen wohl abstrakte Dummheiten wie: Transparenz, Bürgernähe und ähnliches Gewäsch. Kopiert von der Homepage des Innenministeriums, um den Vorgaben eines modernen Polizeiapparats auch in bautechnischer Hinsicht zu entsprechen. Entstanden war ein peinlicher Kompromiss aus Vollverglasung und altmodischer Küchendurchreiche. Wobei sich die Scheibe, die Schäfers Büro von den anderen Räumen trennte, nicht einmal öffnen ließ und damit auch keine verbale Kommunikation zuließ. Ein Ärgernis für beide Seiten: für seine Mitarbeiter, die sich zeit seiner Anwesenheit in ständiger Überwachung wähnen mussten. Und für ihn erst recht, zumal er sich wie in einem Terrarium fühlte, wie ein manisch-depressives Reptil, das sich während der Besuchszeiten keinem seiner Zustände zwanglos hingeben konnte. Und die Jalousie? Warum zog Schäfer nicht einfach die Jalousie herunter? Weil es die eben nur auf seiner Seite gab und er die Verwendung dieser Einseitigkeit als herablassend ansah. Als etwas, das ein Gefälle zwischen ihm und seinen Mitarbeitern in Szene setzte. Das Teil trug wohl nicht umsonst den französischen Namen für Eifersucht. Himmel, mit welchen Problemen man sich herumschlägt, wenn sonst nichts passiert.

In den seltenen Stunden, in denen Schäfer sich allein am Posten befand, warf er den marillengroßen Gummiball, den er seit ein paar Wochen bei sich trug, wuchtig gegen die Scheibe, um sie mürbe zu machen und irgendwann zum Aufgeben und Zerbröseln zu zwingen. „Gib's ihr!", feuerte er den Ball an, „mach sie fertig!" Wobei er nicht einmal wusste, wie das Wurfobjekt hieß, das er wie einen Glücksbringer bewahrte. Hüpfball? Nein, das waren diese Rieseneuter, auf die sich Kinder setzten und sich dabei an den Zitzen festhielten. Springball, Stressball, Wurfball? Keiner der Begriffe, die Schäfer gegoogelt hatte, um seinen Begleiter benennen zu können, brachte ein Ergebnis. Wusste überhaupt jemand, wie dieses Objekt hieß, das er im Zuge einer belanglosen Amtshandlung erstanden hatte?

Zeit für eine Rückblende, weil immer noch nichts passierte: An einem Samstagvormittag waren Schäfer und Inspektor Plank zu einer Siedlung ein paar Kilometer außerhalb des Ortszentrums gefahren. Zu den Einfamilienhäusern, die sich gerade noch nicht Villen nennen durften, wo sich laut einer hysterischen Anruferin ein verdächtiges Subjekt herumtrieb. Selbiges stellte sich als ein ungefähr sechzigjähriger Mann heraus – vollbärtig ergraut, bloßfüßig und etwas verwahrlost –, der aus einem Altpapiercontainer Zeitungen und Magazine holte, sie auf dem Gehsteig stapelte und dabei aus sicherem Abstand von drei Frauen und einem dickleibigen Mann mit einem Wagenheber in der Hand beobachtet wurde. Harmlos, konstatierte Schäfer nach zehn Sekunden und überließ die Befragung des Mannes seinem Kollegen, während er sich an den Wagen lehnte und die Anrainer musterte. Diesen schwitzenden Fettwanst mit dem Werkzeug, den könnte er bestimmt zu einem Widerstand gegen die Staatsgewalt provozieren, überlegte er. Um sich nicht von seinen Emotionen hinreißen zu lassen, drehte er sich um und – sah ihn: einen Kaugummiautomaten. Dunkelrot mit zahlreichen Rostflecken, die Plexiglasscheibe gelöchert von den Feuerzeugen jugendlicher Tunichtgute, wie er mutmaßte. Dieses Fossil hing an einem heruntergekommenen Gebäude, einem kleinen Haus mit unverhältnismäßig großem Garten, das provozierend andeutete, dass sein Besitzer aus dem winzigen Fenster im ersten Stock schon seit langem auf die Häupter und Geldkoffer der anläutenden Immobilienmakler spuckte, die sich in der Gegend um Wochenend- oder Alterswohnsitze für wohlhabende und erschöpfte Städter umschauten.

Der Automat war leergeräumt. Fast leergeräumt, wie Schäfer konstatierte, als er sein Gesicht an die verschmorte Front führte, als gäbe es hier noch Spuren dieses banalen Deliktes zu sichern. Doch statt Haut- oder Stofffetzen, die die Täter am Plastik zurückgelassen hatten, als sie mit langen Fingern und verdrehten Händen ins Innere des

Automaten gefasst hatten, sah Schäfer in dessen Dunkel ein schwaches Glitzern wie von ein paar winzigen müden Sternen. Er griff in seine Taschen und fand kein Kleingeld. Nachdem weder sein Kollege noch das verdächtige Subjekt mit einer Fünfzig-Cent-Münze dienen konnten, ging er auf die Anrainer zu, die sich mittlerweile um zwei mit Gartenkralle und Heckenschere bewaffnete Männer verstärkt hatten.

„Bekommen Sie zurück, wenn Sie am Posten vorbeischauen", sagte Schäfer zum Wagenheber-Mann, der ihm leicht verunsichert die Münze übergeben hatte. Dann ging er zum Automaten, holte ein paar Einweghandschuhe aus der Innentasche seiner Uniformjacke, streifte sie für alle Beobachter gut sichtbar über, warf die Münze ein und drehte langsam den Riegel. In seinem Rücken spürte er die neugierigen Blicke der gerechten Bürger. Ponk!, rumpelte ein Gegenstand aus dem Inneren des Automaten.

„Beweismitteltasche!", rief Schäfer seinem Kollegen zu, ohne sich umzudrehen. Nachdem er sie erhalten hatte, öffnete er die Klappe am Ausgabeschacht, nahm das zu sichernde Objekt heraus und ließ es mit gespreizten Fingern behutsam in das Plastiksäckchen fallen. Er ging zum Wagen zurück, forderte den alten Mann auf einzusteigen und salutierte beim Wegfahren aus dem offenen Fenster in Richtung der ratlosen Anrainer.

„Eine kleine Lektion in Sachen Lebenserleichterung", meinte er, nachdem sie den alten Mann im Krankenhaus abgeliefert hatten und der junge Inspektor sich offensichtlich nicht traute, nach dem rätselhaften Gegenstand zu fragen. Schäfer nahm die Beweismitteltasche, fingerte den Gummiball heraus und drehte ihn bewundernd in der rechten Hand: durchsichtig, mit türkisen und azurblauen Schlieren durchzogen, dazwischen glitzernde Metallpartikel.

„Wenn Sie solche Deppen immer ernst nehmen, werden Sie irgendwann selber so … statt dass sie dem alten Spinner einen Tee kochen oder was zu essen geben … Faschistenschweine … die hält man auf Dauer nur aus, wenn man ein paar Kunststückchen parat hat."

„Aber … wie fällt Ihnen so was ein?", fragte Plank in einer Mischung aus ein wenig Bewunderung und viel Skepsis. Nur verständlich: ein männlicher Landbewohner Anfang dreißig, der sich wegen einer Mehlallergie vom Bäcker über eine Zwischenstation als Webdesigner zum Polizisten hatte umschulen lassen. Der musste bei einem Vorgesetzten wie Schäfer – gleichwohl hochdekorierter Major – unweigerlich an Nervenheilanstalten oder die Möglichkeit außerirdischen Lebens denken.

„Hm", machte Schäfer, mehr fiel ihm dazu im Moment nicht ein.

Dafür hatte er einen Hüpf-, Spring-, Spiel-, Wie-auch-immer-Ball gewonnen, den er seitdem so gut wie immer bei sich trug. Mit dem er Kunststücke einübte, wenn er sich auf der Straße unbeobachtet wähnte, indem er ihn im schrägen Winkel auf den Asphalt warf, gegen eine Hauswand prallen ließ und dann wieder auffing. Den er in seinem Büro in besagten Augenblicken gegen die verhasste Scheibe aufhetzte oder auf den Boden fallen und in seine Hand zurückschnellen ließ, was ihn nach spätestens zehn Minuten in einen Zustand gelassener Entrückung versetzte. Aus der holte ihn jetzt Revierinspektor Hornig in die Wirklichkeit zurück, der auf der anderen Seite der Scheibe eine Frau zu seinem Schreibtisch führte, sie sanft in den Besuchersessel drückte und sich selbst niederließ.

Die Person, mit der Hornig nun zu reden begann: Schäfer kannte sie. Mindestens dreimal war sie ihm auf seinen Spaziergängen begegnet – und allein dadurch zu einer Besonderheit in einem bislang eher homogenen Umfeld geworden, dessen Bewohner kaum Wert darauf legten, frühmorgens oder am Abend in unwirtlichen Gegenden herumzustreunen. Ihre erste Begegnung hatte rein akustisch begonnen. Schäfer war durch den Wald geschlendert und vor einem Ahorn stehen geblieben, den er aufgrund der Dicke des Stammes auf mindestens dreihundert Jahre schätzte. „Unglaublich", murmelte er, während er seine Finger über die grobe Borke gleiten ließ, „was du schon alles überdauert hast." „Sascha! Sascha!", schreckte eine weibliche Stimme ihn auf, worauf er sich hinter den Ahorn stellte und in die Richtung lugte, aus der die Rufe kamen. Er sah eine Frau, die langsam durch den Wald schritt, das Gesicht dem Boden zugewandt, in der Hand einen Ast, mit dem sie Blätter, Äste oder Bucheckern aus dem Weg stupste. Ungefähr alle zwanzig Meter wiederholte sie den Namen *Sascha* – manchmal so laut, dass ein schwaches Echo aus dem Wald zurückkam, dann wieder als behutsames Flüstern, als könnte sie den Gesuchten dadurch eher aus seinem Versteck locken. Schäfer konnte sich keinen Reim darauf machen. Wenn die Frau ihren Hund vermisste, würde sie doch rufen und gleichzeitig mit den Augen die Gegend absuchen. Und wenn sie einen Schlüssel oder einen anderen Gegenstand verloren hatte, den sie mit ihrem Stock am Waldboden aufzustöbern hoffte: dann brachte es höchstens etwas, den heiligen Antonius anzurufen, so wie Schäfers Großmutter es manchmal getan hatte.

Als er ihr das zweite Mal begegnete – auf einem verwucherten Pfad am Rande eines Mohnfelds –, brachte er die Frau zuerst nicht mit jenem Erlebnis in Verbindung. (Aus seinem Versteck heraus hatte er ihr Gesicht nicht genau gesehen und bis auf die seltsamen Rufe auch sonst keine Eigenheit bemerkt, die ein Wiedererkennen ermöglicht hätte.) So wunderte er sich kurz, murmelte en passant einen Gruß und wollte seinen Weg schon fortsetzen, als sie ihn fragte, ob er ihren Sascha gesehen hätte. *Ihren Sascha*, diese Formulierung war in seinem Gedächtnis geblieben. Zumal sie gemeinsam mit dem abwesenden Blick und ihrer leisen Stimme, in der weder Aufregung noch Verzweiflung, noch Hoffnung lagen, den Schluss nahelegte, dass die Frau plemplem war. Diese Vermutung wurde dadurch erhärtet, dass sie einfach weiterging, ohne eine Antwort abzuwarten.

Jetzt saß sie an Hornigs Schreibtisch, hatte die Hände in den Schoß gelegt wie ein schüchternes Mädchen und hörte dem Polizisten zu. Nicht dass Schäfer Lippen lesen konnte, aber aus der Bewegung von Hornigs Gesichtszügen und dessen Gesten vermochte er zu erkennen, dass dieser mit der Frau zwar sympathisierte, sie aber keinesfalls ernst nahm. Eine Verrückte, sah Schäfer sich in seinem Verdacht bestätigt; eine einsame Frau, deren Hund entweder davongelaufen oder vor Jahren eingegangen ist. Die seitdem die Gegend absucht und zwischendurch die Polizei anfleht, ihren Fall nur ja nicht aufzugeben. Nun, wir alle suchen etwas, sagte sich Schäfer und wandte seinen Blick von den beiden ab. Doch wenn es nur ein verlorener Hund ist, bleibt man zumindest am Boden. Nicht wie der Herr Major, der ... Um sich nicht abermals in Erinnerungen an seine verkorkste Vergangenheit zu verlieren, nahm er den Ermittlungsbericht zum Selbstmord des jungen Mädchens zur Hand.

Yvonne Raab, siebzehn, Schülerin des Gymnasiums im Nachbarort. Laut Angaben von Lehrern und Mitschülern gut integriert, allseits beliebt, gute Noten, intaktes Elternhaus, keine Hinweise auf familiäre Gewalt, keine offiziellen gesundheitlichen Probleme et cetera. Welches siebzehnjährige Mädchen ohne Probleme setzt sich denn aufs Gleis und wartet darauf, dass der Regionalexpress über sie fährt? Wo war überhaupt der Obduktionsbericht von der Gerichtsmedizin? Schäfer griff zum Telefon, drückte drei Tasten und legte wieder auf. Ach ja, es gab keinen Doktor Koller mehr, mit dem er im eingespielten gegenseitigen Beflegeln über die Tragik der Umstände hinwegreden, dem Tod ins Gesicht grinsen konnte. Jetzt waren die Salzburger für ihn zuständig. Und er würde bestimmt einen Sachverständigen in aufklärungsbedürftigen Ablebensfällen ans Telefon bekommen. Der ihn mit Computerstimme bat, kurz in der Leitung zu bleiben, um dann Leben und Sterben der Yvonne R. aus medizinischer Sicht zu präsentieren wie das Rezept für Omas Schmorbraten.

Vielleicht auch nicht, musste Schäfer sich eingestehen und schleuderte seinen Wunderball so heftig gegen die Glaswand, dass Hornig und Auer von ihren Schreibtischen aufsahen. Schließlich hatte er seit seiner nicht ganz freiwilligen Versetzung noch nie mit einem der leitenden Ärzte der Gerichtsmedizin Salzburg persönlich gesprochen. Er wollte abwarten, bis er sich gefestigt hatte. Bis er seinen Status als Postenkommandant auch mit einer selbstsicheren Stimme präsentieren konnte. Bis dahin hieß es, nicht mehr neue Kontakte als nötig aufzunehmen, geschweige denn zu vertiefen. Seine neue Arbeitsstelle kam ihm dabei entgegen: die üblichen Verkehrstoten – einmal mehr, einmal weniger betrunken, die üblichen Schlägereien – meist sehr betrunken, die Fälle häuslicher

Gewalt – meist einseitig betrunken. Dazu die Einbrüche in Ferienhäuser, Sportkantinen, Gewerbegebäude, die Diebstähle von Werkzeug, Edelmetallen und Fahrzeugen, ein paar Drogendelikte. In Schaching gab es das meiste von dem, was es auch in Wien gegeben hatte. Viel weniger, aber dafür war er jetzt quasi für alles zuständig.

Das Team, das ihm dabei zur Seite stand, hätte wesentlich schlechter besetzt sein können. Plank, Anfang dreißig, war nicht sehr scharfsinnig, dafür trug er seine Uniform mit Stolz und ohne Überheblichkeit, hielt seinen Schreibtisch aufgeräumt und achtete darauf, vor jedem Arbeitstag zeitig ins Bett zu kommen – zumindest hatte Schäfer ihn noch nie mit dunklen Augenringen oder gähnen gesehen.

Friedmann war in Schäfers Alter und tat seit zwanzig Jahren Dienst in Schaching. Er hatte die Gelassenheit und Statur eines Hufschmieds, und so wie dieser nach getaner Arbeit den Hammer in der Werkstatt lässt, beherrschte auch Friedmann die Kunst, den Dienst mit der Uniform abzustreifen. Er ging nach Hause, rief als Erstes den Namen seiner Frau und rieb sich freudig die Hände, wenn es aus der Küche nach Braten duftete. Sich mit diesem gerechten Koloss anzulegen, erlaubten sich nur seine beiden Teenager-Töchter. Bei jedem anderen erwachsenen Einheimischen fiel es unter Blasphemie.

Hornig? Gut, so wie jedes Stück des hiesigen Bauerntheaters einen Tölpel mit wenig Text und vielen Grimassen brauchte, mussten sich auch in den Polizeiinspektionen Männer vom Schlage Hornigs finden. Deren Widersacher waren weniger Gesetzesbrecher als die Umstellung von Schreibmaschine auf Computer oder die Vorschrift, sich nach Dienstende nicht in Uniform zu besaufen. Das anfänglich angespannte Verhältnis zwischen Schäfer und Hornig war wohl ebendiesen zahlreichen weißweinträchtigen Stunden nach Feierabend geschuldet. In denen sich Hornig als künftiger Postenkommandant von Schaching gesehen hatte – ein Traum, den ihm der Major aus Wien zerstört hatte, der zwar aus Wien, aber eben Major war.

Dann die beiden Iron Cops. Zwei Muskelmaschinen Mitte zwanzig mit Sechs-Millimeter-Haarschnitt, die auftraten, als könnten sie jeden Moment nach Afghanistan abberufen werden, um den Außenminister aus der Geiselhaft zu befreien. Dabei war jedem am Posten klar, dass die wahre Macht von ihren beiden Ehefrauen ausging, die ihren Männern allein schon wegen des bald zu erwartenden Nachwuchses keinen gefährlicheren Beruf erlaubten.

Und schließlich Auer. Eine ländliche Neubesetzung von Schäfers ehemaliger Mitarbeiterin Kovacs: durchtrainiert, klug, ehrgeizig. Obendrein sehr attraktiv, was schon einige Beifahrerinnen von männlichen Fahrzeuglenkern nach der Verkehrskontrolle zum mürrischen oder neckischen Kommentar bewogen hatte: Seit wann bist du denn zu Polizisten so nett?

Auch Schäfer verstand sich gut mit ihr. Und die paar Mal, als er ihr vorwitziges Hinterfragen eines Befehls („Aber warum ...“) ohne Diskussion beendete („Weil ich Ihr Vorgesetzter bin“), hatten auf keiner Seite zu einer längeren Verstimmung geführt.

Er rief Auer an und trug ihr auf, in der Gerichtsmedizin nach dem Obduktionsbericht zu fragen. Dann trank er ein Glas Wasser in einem Zug, legte das Holster an und ging auf Streife.

3.

An der Uniform erkannt zu werden als jemand, der offiziell für Sicherheit und Wohlergehen der Menschen zuständig war: das fühlte sich auch nach fast drei Monaten in Schaching noch seltsam an. Major Schäfer, Hüter der Lebensqualität, Gott behüte, sagte er zu sich selbst. Wobei das Patrouillieren durch den kleinen Ort weniger seiner Pflicht als vielmehr seinem Bewegungsdrang geschuldet war. Gehen. Einen freundlichen Gruß an die Besitzerin der Modeboutique schicken, die gerade ihre Auslage dekoriert. Mit den orange leuchtenden Arbeitern der Müllabfuhr ein paar beruhigende Sätze über einen Einbruch oder Verkehrsunfall wechseln. Dann ein paar Kinder ermahnen, den Ball nicht über den Zaun des Spielplatzes hinauszuschießen. Schließlich würde das unweigerlich dazu führen, dass sie ihm nachliefen, nicht auf den Verkehr achteten und ... gut, diese Szene hatte sich bislang nur in seinen Gedanken abgespielt, die oft dazu neigten, seine nunmehrige Tätigkeit zu idealisieren. Ihn auf paradoxe Weise in eine Welt zu versetzen, wo es selbstverständlich war, Kinder auf die Gefahren des Lebens hinzuweisen; wo es gar nicht vorstellbar war, dass sie unter die Räder eines angetrunkenen Autofahrers kamen, weil es solche in dieser Idealwelt nicht gab, da jeder genau wusste, dass Kinder so wertvolle wie unachtsame Existenzen waren, die es unter allen Umständen zu schützen galt, zumal ... Major Schäfer, im Ranking der abgedrehtesten Bullen des Landes bist du immer noch vorne mit dabei.

Als er an der Kirche vorbeikam, sah er durch das Friedhofstor eine Gruppe schwarz gekleideter Menschen. Gemessenen Schrittes, wie es sich gehörte, ein paar Männer schon leise miteinander sprechend, zwei verhalten fröhliche Gesichter. (Wer sollte es ihnen übel nehmen, für sie war es ja noch einmal gut gegangen.) Ein schlanker, groß gewachsener Mann seines Alters nickte Schäfer freundlich zu. Herbert, Herbert Irgendwas, kam es ihm in den Sinn, Einkaufsleiter in einem Baumarkt, seit sieben Monaten trocken. Woher er das wusste? Drei Wochen zuvor war er nach langer Zeit wieder einmal zu einem Treffen der Anonymen gegangen. Nicht dass er sich als Alkoholiker betrachtete – schließlich gelang es ihm durchaus, ein paar Tage gänzlich ohne Wein auszukommen, oder? Doch er hatte eine schwierige Phase hinter sich, steckte vielleicht auch noch mittendrin, das ließ sich nicht immer genau beurteilen; jedenfalls fand er es eines Morgens bedenklich, dass auf seinem Küchentisch zwei leere Weinflaschen und nur ein Glas standen. Wo einem Mann seiner Intelligenz und seines immer noch passablen Äußeren eigentlich zwei Gläser und eine leere Flasche zustünden. Besser eine noch halbvolle, die zu leeren die leidenschaftlich sich Begehrenden nicht mehr geschafft hatten, zumal das brennende Verlangen sie ins Schlafzimmer getrieben hatte. Seinen mitunter erhöhten Alkoholkonsum auf die Abwesenheit einer liebenden Gefährtin zu schieben, kam ihm dennoch nicht in den Sinn. Das wäre, als würde man einen Ziegelstein in einen Brunnen werfen, nur um zu sehen, ob er möglicherweise die dunkle Leere ausfüllen konnte.

Zurück auf dem Posten, fand er in seinem Postfach einen Brief des Bürgermeisters und den vorläufigen Obduktionsbericht von Yvonne Raab. Auf den ersten Blick nichts Auffälliges. Blieben die Ergebnisse der toxikologischen Untersuchung, doch die würden bestimmt erst in ein paar Tagen eintreffen.

Schäfer öffnete das Kuvert aus dem Rathaus. Die Ahnung, wieder einmal zu einer unerträglich langweiligen Veranstaltung eingeladen respektive verpflichtet zu werden, wich bald einem heiteren Staunen. Seit dem Wochenende befände sich die deutsche Filmproduktion *Fifi TV Productions* vor Ort. Zurzeit würden ein paar Mitarbeiter die Gegend nach geeigneten Drehorten durchforsten – jetzt ging Schäfer auch auf, was es mit den beiden Kleinbussen am Waldrand auf sich gehabt hatte –, doch stünde es so gut wie fest, dass demnächst die Dreharbeiten für den Pilotfilm einer Krimiserie begännen. Weshalb alle Mitarbeiter der örtlichen Exekutive – und Schäfer als ihr Vorgesetzter in besonderem Maße – angehalten wären, die Mitwirkenden nach besten Kräften zu unterstützen. Schließlich böte die mediale Wiedergabe der Schönheit der Gemeinde auf unzähligen Bildschirmen, auf dem gesamten deutschen Markt (!), eine unbezahlbare Chance für die touristische Entwicklung. Was gerade in Zeiten wie diesen, bla bla, und umso mehr, wenn die Produktion tatsächlich in Serie ginge, weshalb er, der Bürgermeister, noch einmal betonen wolle, wie wichtig, bla bla bla.

Ungläubig las Schäfer den Brief ein zweites Mal. Schönheit der Gemeinde? Touristische Entwicklung? Höchstens, wenn die Gäste selbst ein paar Leichen im Wald suchen durften. Bürgermeister König ... der sollte diese Wichtigtuer doch selbst in der Gegend herumchauffieren. Andererseits: Was gab es einzuwenden gegen ein wenig Abwechslung zu diesem monotonen Dasein? Zu diesen banalen Ereignissen, der Eintönigkeit und Vorhersehbarkeit, die Schäfers Kriminalinstinkt langsam, aber sicher einschläferten. (Bis aus ihm ein weinselig grinsender oder menschenfeindlich pensionsabwartender Provinzgendarm würde, der im Garten saß und seine Katze auf weiße Mäuse hetzte.) Warum den Ort nicht für ein paar Wochen zum Schauplatz einer haarsträubenden Verbrechensserie machen? Herbei mit den Knallchargen und Komparsen! Zudem, hurra die Gams, scharwenzelten doch im Tross solcher Filmproduktionen bekanntlich jede Menge Frauen, die sich an einem fremden Ort gewiss leichter damit taten, beengende Moralvorstellungen abzulegen. Hm, das hatte etwas für sich, grübelte Schäfer. Mit seinem aktuellen Liebesleben konnte er nämlich höchstens einem Priester etwas beibringen – und das war in Zeiten wie diesen schon sehr ungewiss.

Er ließ Inspektorin Auer in sein Büro kommen.

„Dieses Filmteam, das seit dem Wochenende hier ist ...“

„Ja?“

„Dort, wo sich dieses Mädchen aufs Gleis gelegt hat, sind zwei Busse von denen gestanden ... Finden Sie heraus, wo die wohnen, fahren Sie mit Friedmann hin und fragen Sie nach, ob die irgendwas bemerkt haben.“

„Ja ... zu diesem Mädchen, da wollte ich Sie sowieso noch etwas fragen.“ Auer setzte sich zögerlich. „Das ist am 6.6. passiert ... kurz nach sechs Uhr morgens ...“

„Und?“ Schäfer rückte an den Schreibtisch heran und stützte die Ellbogen auf.

„Ja ... kann ja Zufall sein, aber ich habe mir die Selbstmorde weiblicher Personen in den vergangenen Monaten in der näheren Umgebung angesehen und ...“

„Kommt da noch was?“, wollte Schäfer wissen, nachdem Auer offensichtlich der Mut verlassen hatte.

„Ja ... zwei Mädchen ... die eine ist in die Donau gegangen ... am 1. 1. kurz nach eins... die andere ist am 4. 4. von einer Autobahnbrücke gesprungen, kurz nach vier.“

„Sonst noch irgendwelche Gemeinsamkeiten?“

„Sie meinen ...“

„Wissen Sie, wie viele Menschen in Österreich jährlich den Freitod wählen?“, fragte Schäfer und wunderte sich selbst über diese Wortwahl.

„Achtzehn Komma vier Personen auf Hunderttausend.“

„Ja ... jeden Tag ungefähr drei, soweit ich weiß ...“

„Aber bei weiblichen Personen zwischen fünfzehn und zwanzig ist die Rate signifikant niedriger.“

„Signifikant“, wiederholte Schäfer, „also: Gibt es sonst noch Gemeinsamkeiten?“

„Ich weiß es noch nicht.“

„Haben Sie Zeit für so was?“

Auer öffnete den Mund. Und schwieg.

„Ich meine das nicht vorwurfsvoll“, fuhr Schäfer fort, „wenn Sie während der Bürozeiten nichts zu tun haben, nur zu ... aber Dienstanweisung bekommen Sie keine dafür ... und bevor Sie irgendwen zu dieser ... Hypothese befragen, kommen Sie zu mir ... klar?“

„Klar“, erwiderte Auer, stand auf und ging zur Tür, während Schäfer meinte, ihr glucksendes Herz zu hören.

Mit einem Seufzen lehnte er sich in seinem Sessel zurück, schloss die Augen und legte die Hände übers Gesicht. Er brauchte sich nicht zu wundern, dass Auer ihn mit solchen Theorien in Beschlag nahm. Schließlich war sein Ruf bestimmt schon ein, zwei Wochen vor ihm hierher übersiedelt. Mitsamt einer riesigen Kiste, in der Fakten, Halbwahrheiten und Gerüchte ohne klare Beschriftung durcheinanderpurzelten. Ein Major vom Bundeskriminalamt! Die Gruppe mit der höchsten Aufklärungsquote hat er geleitet. Unglaubliche Fälle gelöst. Serienmörder dingfest gemacht! Man weiß nicht genau, warum er hierherversetzt worden ist, irgendwas mit seinem letzten Fall, mit diesen Terroristen. Dass er selbst schwer verletzt worden ist, ein halbes Jahr in der Klinik. Auf der Baumgartner Höhe habe ich gehört. In der Nervenklinik?

Solche Geschichten voller Erfindungen und Übertreibungen deuteten Polizisten wie Auer wohl als Versprechen auf Abwechslung und aufregende Abenteuer – ähnlich wie einer besonders attraktiven Person die Verantwortung für guten Sex aufgeladen wird. Und inmitten dieses banalen Alltags, dieser Wochen, Monate und Jahre ohne kriminalistische Herausforderungen – da bot sich in Schäfer offenbar ein vielversprechender Katalysator, in den Auer nur genug abstruse Fakten stopfen musste, und schon würden Fälle herauspuffen, die sie zu einer ebenso ruhmreichen Erscheinung machen würden. Als ob sich eine Laufbahn wie die seine an irgendeiner beliebigen Stelle betreten ließe. Als ob auf dem Weg dorthin nicht hunderte – waren es vielleicht sogar schon tausende? – Menschen ganz unspektakulär zu Tode gekommen wären. Das Blut, das nur in seine Erinnerung und in sonst keine Geschichte eingeflossen war. Die banalen Tragödien, die niemand erwähnte, wenn seine großen Fälle zur Sprache kamen. Den Menschen, den niemand sehen wollte, sobald er aus dem Scheinwerferlicht trat. Einer, der sich öfter für seine Taten schämte, als dass er stolz auf sie war, und es anderen überließ (der Presseabteilung, freundlichen Medien, wohlgesonnenen Kollegen), ihn so darzustellen, wie das Publikum ihn sich wünschte. Keinen desperaten Zyniker. Keine trunkene Heulsuse. Keinen zornig Depressiven, der sein Leben oft genug aufs Spiel gesetzt hatte, als läge ihm ohnehin nichts mehr daran. Also: Wie sollte er dieser jungen Polizistin in ein paar Sätzen erklären, welchen Preis er für die Orden gezahlt hatte, deren Glanz sie anhimmelte? Warum er hier gelandet, hier gestrandet war, am Abstellgleis. Endstation, weil seine Sehnsüchte die Weichen falsch gestellt hatten.

Oh, Schäfer! Blieb hier eine bittere Note nach dem so sauber inszenierten Abgang? Ein unreines Bukett von Pulverschmauch und Verwesung, das beim letzten Schluck aus dem Abschiedskelch die Zunge pelzig machte? Leckt mich doch alle, nicht eure Schuld, sagte er sich. Außerdem: Ging es ihm hier so schlecht? Er hatte ein Haus mit Garten, wo er Radieschen, Mangold und Erdbeeren züchten könnte. Ein Grundstück, groß genug, um ein Lagerfeuer zu machen, ohne dass der Funkenflug die Pieper der brandgeilen Mitglieder der Freiwilligen Feuerwehr auslöste. Zum ersten Mal in seinem Leben hatte er sogar ein eigenes Auto – einen alten Saab, der laut Typenschein 122 PS, dem Röhren des Motors und seinem Abzug entsprechend jedoch bestimmt 200 hatte. Was Schäfer jedes Mal, wenn er die Kupplung losließ, schmunzelnd an seinen Vorgänger denken ließ: Chefinspektor Stark, der ihm neben dem Haus in Staatsbesitz auch diesen halblegalen Bullenboliden hinterlassen hatte, als er sich gleich nach der Pensionierung nach Barbados abgesetzt hatte.

4.

„Was macht die Katze mit dem Raben?", fragte Bergmann perplex, als Schäfer in den Garten zurückkam.

„Das geht schon seit ein paar Wochen so." Schäfer stellte einen Krug mit Hollersaft sowie zwei Gläser auf den Tisch und setzte sich neben Bergmann. Ein paar Minuten betrachteten sie schweigend das seltsame Schauspiel, das die beiden Tiere aufführten: Die Katze setzte sich in die Wiese, hob den Kopf und schloss die Augen, als wäre sie ganz in Betrachtung ihres Selbst versunken. Worauf der Rabe sich hüpfend von hinten näherte und ihr in den Schwanz hackte. Daraufhin fuhr die Katze blitzartig herum, stürzte sich auf ihn und rang ihn mit den Vorderpfoten zu Boden. Wo der Vogel wie tot auf dem Rücken liegen blieb und die Krallen von sich streckte. Anschließend drehte die Katze stolz zwei Runden um den so einfach besiegten Gegner und widmete sich wieder ihrer Meditation. Dann wiederholte sich das Spektakel, allerdings mit umgekehrtem Ausgang: Der Rabe hackte der Katze im Zweikampf zweimal behutsam in die Brust, worauf sie am Rücken liegen blieb und er triumphal krächzend im Kreis um sie herumhüpfte.

„Woher haben Sie die beiden?", wollte Bergmann wissen.

„Was woher?"

„Na, Sie werden sie ja nicht selbst dressiert haben, oder?"

„Wieso dressiert? Seit wann dressiere ich Kleintiere?"

„Was weiß ich ... vielleicht ein neues Hobby."

„So weit kommt's noch."

„Aber ... normal ist das nicht."

„Wenn Sie meinen ..."

Schäfer zündete sich eine Zigarette an und fragte sich, wer von den beiden zuerst da gewesen war: Katze oder Rabe? Er wusste es nicht. Krähen und Raben gab es in der Gegend zuhauf. Sie saßen in den Feldern, pickten die Saat auf, bis einer ihrer Kameraden in der wütenden Schrotsalve eines Bauern zu einem Federball explodierte. Dann zogen sie sich für einen Andachts- oder Gewinn-Verlust-Rechnungs-Moment zurück, um alsbald wiederzukehren. Ein paar Einzelgänger wagten sich in die Gärten vor. Stolzierten über den Rasen, schnappten sich die Wursthäute vom letzten Grillabend, inspizierten den Komposthaufen oder freuten sich über die Mülltonne, die der Hausherr in der Hektik offen gelassen hatte, weil er fürchtete, die zweite Halbzeit könnte ohne ihn beginnen.

Schäfer hatte einmal mit dem Jagdgewehr, das Stark zurückgelassen hatte, auf einen Raben gezielt, der in der Krone des Kirschbaums gesessen war und so schauderlich gekrächzt hatte, als wollte er Hendrix' Woodstock-Version von *Star-Spangled Banner* imitieren. „Drei Sekunden hast du noch", hatte Schäfer gemurmelt – verdammt, es war zwei Uhr morgens! Als der so Bedrohte innehielt, mit dem Schnabel kurz in seine Flügel pickte und davonflog. War es dieses einsame und lebensmüde Krähentier, das aus seiner Verzweiflung die Gesellschaft der Katze gesucht hatte? Woher sollte Schäfer das wissen – diese Viecher waren für ihn genauso wenig zu unterscheiden wie Säuglinge oder Koreaner.

Die Katze hingegen – von ihr wusste Schäfer genau, wann sie in sein bewusstes Wahrnehmungsfeld getreten war: etwa eine Woche nach seinem Einzug. Nach dem Ausmalen der Küche, dem ein giftiges Abflämmen der alten Kunststofffarbe vorhergegangen war, sank er erschöpft auf die warmen Pflastersteine an der Außenmauer. Ein Glas Weißwein in der Hand. Viel zu warm, weil er übersehen hatte, ihn nach dem Einkaufen in den Kühlschrank zu stellen. Er nippte müde daran und erblickte zwei leuchtende Augen, die inmitten des Quittenstrauchs auftauchten. Noch ehe er sich seiner Wahrnehmung versichern konnte, waren sie verschwunden – dafür lag am nächsten Tag eine tote Maus vor der Terrassentür.

Gleichgültig hatte er den Mäusekadaver am Schwanz gepackt, über die Hecke in den Acker geschleudert und sich einem Frühstück gewidmet. (Pumpernickel, eine Dose Leberstreichwurst und ein Glas Apfelmus – alles Importware aus seiner Wiener Wohnung.) Danach füllte er in der lazarettmäßigen Küche boilerheißes Wasser in eine Tasse mit löslichem Kaffee, zündete sich eine Zigarette an und inspizierte den Garten. Unter dem Holunderstrauch lag eine Katze und schleckte sich die Pfoten. Später fragte er sich, warum ihm das Tier sofort sympathisch gewesen war. Wahrscheinlich aus Mitleid über ihr Aussehen: schwarz grundiert, mit grauen Flecken, die aussahen wie Schimmelbefall. Am Rücken unregelmäßige rostfarbene Streifen, als ob sich in ihren Stammbaum eine Hyäne geschlichen hätte. Auch ihr Kopf war seltsam geraten, die Nase zu tief oder die Augen zu nah beieinander, Schäfer konnte nicht genau bestimmen, was eigentlich bei diesem Tier schiefgegangen war ... ein göttlicher Ausrutscher, wofür sie als ausgleichende Gerechtigkeit wahrscheinlich imstande war, einen Atomkrieg zu überleben.

„Du kannst dir alles abschlecken, was du hast, hässliches Viech“, sprach er sie offiziersmäßig an und richtete den Zeigefinger auf sie, „du kannst hier patrouillieren, Mäuse fangen, Vögel zerfledern ... aber wenn du ins Haus gehst, mir irgendwo hinpisst oder hinkackst, dann werde ich zum Kampfhund, verstanden?“

Die Katze hatte ihre Pfoten fertig gereinigt, zu ihm aufgeblickt und das schiefe Maul zu einem Gähnen geöffnet.

„Zum Kampfhund, kapiert?“, hatte Schäfer wiederholt und die Katze ihrer Morgenwäsche überlassen.

Ein paar Wochen später war der Rabe aufgetaucht und die beiden hatten angefangen, ihre widernatürliche

Choreografie einzustudieren. Worüber sich vielleicht ein Steuerberater gewundert hätte, der im vierten Jahrzehnt seines gemaßregelten Lebens ein Einfamilienhaus auf dem Land erstanden hatte. Doch Schäfer, der – nur als Beispiel – den Besitzer einer Vierzimmerwohnung auf alle deren Räume verteilt gesehen hatte, Schäfer war das ziemlich egal.

„Was tut sich in Wien?“, wandte er sich nun an Bergmann, um ihn aus seiner Faszination für den Schäfer'schen Kleintierzirkus zu reißen.

„Was? ... Als ob Sie das nicht wüssten“, erwiderte Bergmann leicht genervt. Wohl weil er mit keinem einzigen auch nur halbwegs spannenden Fall aufwarten konnte. Normalerweise störte ihn das nicht, zumal seine Gruppe mit dem routinemäßigen Abarbeiten der alltäglichen Gewalt ausgelastet war; und geistige Drahtseilakte, wie sie Schäfer regelmäßig aufgeführt hatte, waren ohnehin nicht sein Ding. Aber hier, neben dem legendären Major der Mordkommission, der sein Vorgesetzter und Ausbildner gewesen war – da hätte er doch gerne mit ein paar außertourlichen Leistungen aufgetrumpft. Aber wie denn, wenn sich mit Schäfers Abschied offenbar auch die mysteriösen Verbrechen verzogen hatten.

„Wissen Sie, was ich mich letztens gefragt habe?“, lenkte er von seinem aufkommenden Ärger ab.

„Ob Sie sich um eine Versetzung hierher bemühen sollten?“

„Genau, ein verrücktes Paar auf dem Land ... Nein ... ob nicht vielleicht Sie mit Ihrer Arbeitsweise ein Energiefeld geschaffen haben, wo die Kriminellen sich besonders angestrengt haben, um Sie nicht mit allzu banalen Straftaten zu reizen … also dass die Komplexität Ihrer Fälle eher …"

Schäfer drehte sich zu Bergmann hin und fuchtelte mit der Hand vor seiner Stirn hin und her.

„Sonst geht's Ihnen aber noch gut, oder? … Erstens habe ich von Einbruch über Versicherungsbetrug bis zum organisierten Autodiebstahl alles gemacht, was einen guten …"

„Jaja … schon gut", wehrte Bergmann ab.

„Außerdem!", Schäfer hob dozierend den Zeigefinger, „wenn an Ihrer hirnrissigen Energiefeld-Theorie etwas dran ist, könnten ja genauso gut Sie dafür verantwortlich sein … wenn ich mich recht erinnere, ist nämlich nach meinem Wechsel in die Königsdisziplin der Kriminalarbeit bald einmal ein heillos überforderter Inspektor an meinem Rockzipfel gehangen, der …"

„Jaja!", Bergmann machte eine wegwerfende Handbewegung, stand auf und ging ein paar Schritte in den Garten hinaus, um den auftrumpfenden Major seine Überlegenheit allein genießen zu lassen. Was für ein sinnloses Unterfangen, diesem in seinem eigenen Revier die Show stehlen zu wollen.

„Und zu Ihrer Beruhigung", rief Schäfer ihm nach, „das hier ist nicht die Baker Street, sondern ein ödes Kaff, wo jede zweite Straftat von einem begangen wird, der so besoffen ist, dass wir ihn eine Stunde später in einem Umkreis von fünfhundert Metern finden … von wegen nicht banal … noch ein Jahr hier ohne Kapitalverbrechen und das ist das letzte Kapitel von Kriminalgenie Schäfer."

„Kovacs hat mir erzählt, dass sich letzte Woche in der Nähe ein junges Mädchen aufs Gleis gelegt hat", meinte Bergmann, nachdem er sich wieder an den Gartentisch gesetzt hatte.

„Ja ... scheiße ... siebzehn ... wenn ich fünf Minuten früher aufgestanden wäre, hätte ich sie herunterholen können."

„Wieso das?"

„Weil ich meine Morgenrunde am Bahndamm gemacht habe ... Ich habe den Zug vorbeifahren sehen ... Gleich darauf ist es passiert."

„Tut mir leid ... Was haben die Eltern gesagt?"

„Ich habe sie noch nicht befragt ... Am liebsten würde ich die Sache unter den Tisch kehren ... oder heißt es Teppich?"

„Ja, Teppich ... unter den Tisch fallen lassen."

Sie schwiegen eine Zeit lang, ohne jede Verlegenheit, schauten nach Westen, wo die Sonne als Abschiedsgruß den über dem Horizont hängenden Wolken einen strahlenden Rahmen gab.

„Nehmen Sie eigentlich wieder diese Medikamente ... die Antidepressiva?"

„Nein, will ich nicht mehr", antwortete Schäfer, „nur so homöopathische Sachen ... afrikanische Schwarzbohne, Johanniskraut, Sonnenhut und noch irgendwas ..."

„Dass Sie sich der Homöopathie anvertrauen, erstaunt mich jetzt direkt."

„Tu ich auch nicht ... aber an den Placeboeffekt glaube ich."

„Hm", machte Bergmann. Er war sich sicher, dass an dieser Gleichung etwas nicht stimmte – nur was genau, wusste er im Augenblick nicht.

„Wir haben seit letzter Woche ein Filmteam in der Gegend, das eine Krimiserie drehen will", wechselte Schäfer das ihm nicht sehr angenehme Thema.

„Wirklich? Ich wette um hundert Euro, dass bald einer von denen einen tödlichen ‚Unfall' hat, der sich bei näherer Betrachtung durch Major Schäfer als Mord herausstellt, worauf ..." Bergmann grinste und duckte sich weg, um einem Klaps auf den Hinterkopf auszuweichen.

„Wenn das passiert, verhöre ich Sie vierundzwanzig Stunden, egal ob Sie ein Alibi haben oder nicht."

„So sehr vermissen Sie mich?"

„Ich mache uns was zu essen", Schäfer stand auf und schaltete die Außenbeleuchtung ein, „wollen Sie inzwischen eine Zeitung oder was anderes zum Lesen?"

„Nein ... kann ich ein Feuer machen?"

„Von mir aus ... aber nehmen Sie die zersägten Bretter bei der Hütte und nicht das gute Buchenholz ... das brauche ich für den Kamin."

„Kamin, ts ... womit Sie das verdient haben, frage ich mich", maulte Bergmann, was Schäfer jedoch nicht mehr hörte.

5.

„Sie haben bei uns den Vortrag gehalten ..."

„Ja, möglich", erwiderte Schäfer, der gerade in der Betrachtung seines Gummiballs versank. Würde der ihm vielleicht die Zukunft verraten? Die kleinen silbernen Sterne als Wegweiser für ein glückliches Leben?

„In der Schule ... vor drei Wochen!", ergänzte das Mädchen. Verdammt, Aufmerksamkeitsdefizitstörung war doch ein Privileg ihrer Generation.

„Stimmt, da war ich." Schäfer ließ das Gesicht der Schülerin durch eine schnelle Rasterfahndung in seinem Gehirn laufen. Nein, die war nicht gespeichert. Dafür der

Vortrag im Gymnasium: Stundenlang hatte er sich darauf vorbereitet, ein Referat erstellt, das nicht nur die zentralen Aussagen verständlich machen, sondern auch durch Humor, Spannung, persönliche Anekdoten und ein paar interaktive Elemente – Selbstverteidigung für Mädchen – bestechen sollte. Kurzum: ein wichtiger Beitrag, um die Unreifen auf die Gefahren des Lebens vorzubereiten. Hatte er zumindest gedacht, denn zur Aufführung dieser ersten Fassung war es nie gekommen.

Als Schäfer am Tag vor dem Schulbesuch spätabends seine Aufzeichnungen durchging und im Stehen eine stumme Generalprobe aufführte, hatte er plötzlich ein sehr lebendiges Bild der Schulklasse vor Augen, die ihn am folgenden Tag erwarten würde. Ein einseitiges Bild, das sich in erster Linie aus persönlichen Erfahrungen der üblen Natur speiste: Schüler, die einen Jüngeren halbtot schlugen und den gefilmten Gewaltexzess ins Internet stellten. Dreizehnjährige Burschen, die eine Neunjährige in den Keller lockten. Ein Lungenstich wegen ein paar falscher Worte, eine Schädelfraktur wegen eines Handys, Luftpistolen, Springmesser und Schlagringe in den Schultaschen ... Wie wollte er, der Bulle, der Feind, diese verlorene Jugend denn mit einem Vortrag bekehren? In weiterer Folge versuchte er, seine Erregung und zunehmende Nervosität mit einem Glas Wein zu lindern. Gegen zwei Uhr früh schlief er über seinen Aufzeichnungen ein, an den Rand eines Zettels hatte er notiert: Ihr haltet euch wahrscheinlich für unsterblich. Seid ihr nicht. Am Ende seid ihr alle tot. Also versucht bis dahin, brav zu bleiben.

Auf dem Weg zur Schule hatte er sich entschieden, diese Aussage ein wenig abzuschwächen und je nach Verhalten der Schüler doch ein paar Elemente aus der Guter-Bulle-

Fassung einzubringen. Und war so letztendlich zwei Stunden lang durch ein selbst geschaffenes Dickicht geirrt, in dem sich banale Sicherheitstipps (Immer gut zusperren!) und umstrittene Thesen zur Entstehung des Bösen im Gehirn mit einem Worst-of selbst erlebter Tatorte verstrickten (Stichwort Verwesung). Dass jemand, der diesem Wahnsinn beigewohnt hatte, nun seine Nähe suchte, verwunderte ihn. Offenbar war selbst die vorhersehbarste Welt für Überraschungen gut.

„Sie müssen uns helfen", sagte das Mädchen bestimmt.

„Muss ich ... aha, und wobei?"

„Meine Schwester ... die war ... da ist der Haidegger, diese Drecksau, und der ist außerdem ein Freund von meinem Vater ... deswegen ist es ja noch viel beschissener."

„Bitte um Mäßigung in der Wortwahl", meinte Schäfer.

„Ja, 'tschuldigung, ist aber so ... sonst könnten wir ja zu ihm gehen, also zu meinem Vater, aber dann sagt ihm der Haidegger ..."

„Die Drecksau."

„Was?"

„Der Haidegger ist die Drecksau", brachte Schäfer ein. „Jetzt möchte ich gerne wissen, was ihn zu dieser Drecksau macht, und wenn das strafrechtlich ... also wenn der Haidegger auch laut Gesetz eine Drecksau ist, machen wir den nächsten Schritt."

„Und was ist der?"

„Eine. Anzeige. Aufnehmen." Schäfer drehte den Bildschirm zu sich. Tat, als würde er irgendeine Vorlage abrufen und ein paar Eckdaten eintragen, schaltete in Wahrheit jedoch die digitale Stimmaufzeichnung ein.

„Nein, das geht nicht", erwiderte sie erwartungsgemäß, „deswegen bin ich ja zu Ihnen gekommen, weil das nicht geht."

„Wie heißt du überhaupt?“

„Carola ... Windreiter.“

„Also, Carola ..., du willst in irgendeiner Sache, die der Haidegger gemacht hat und die deine Schwester betrifft, keine Anzeige erstatten, sondern eine andere Lösung ... und deswegen kommst du zu mir ...“

„Genau.“

„Zu einem Polizisten.“

„Ja.“

„Der dazu da ist, Anzeigen aufzunehmen, um gegen allfällige Täter vorgehen zu können und allfällige Opfer oder gefährdete Personen zu schützen ...“

„Wahrscheinlich, ja ... aber Sie sind eben anders, weil Sie doch in Wien so ein ...“

„Also“, Schäfer stieß einen Altherren-Seufzer aus, der ihm sofort peinlich war, „was hat dieser Haidegger getan?“

„Die Nadja ... also meine Schwester, die war bei so einer Party ... und als sie heimgegangen ist, ist der Haidegger vorbeigefahren und hat sie mitgenommen.“ Schäfer wusste, was jetzt kam, nur noch nicht, in welcher Intensität.

„Und irgendwann war seine Hose offen ...“

„Ja ... woher ...“, fragte sie.

„War er bereits erregt oder noch nicht?“

„Wie?“

„Hat er einen Steifen gehabt oder nicht?“

„Weiß ich nicht ... wieso?“ Sie starrte ihn halb wütend, halb verzweifelt an.

„Hat dir deine Schwester das nicht erzählt?“, fuhr Schäfer fort und sah an ihr vorbei, ohne sie aus den Augen zu lassen.

„Nein ... sie hat gesagt, dass er zuerst so komisch herumgerückt ist, dass sie geglaubt hat, er muss furzen, deshalb hat sie weggeschaut, und dann hat er ihn plötzlich draußen gehabt und an sich herumgefummelt.“

„Während der Fahrt?“

„Zuerst ... ja ... dann ist er stehen geblieben und hat gesagt, dass sie ihm doch ... weil er so nett war, sie mitzunehmen und ... diese Drecksau ...“

„Wo hat er angehalten?“

„Bei dem Parkplatz an der Hauptstraße ... wo der Hofer und der Billa sind.“

„Wo davor der Kreisverkehr ist.“

„Ja“, meinte sie nach einem Moment des Nachdenkens.

„Okay ... der Haidegger ist also stehen geblieben und hat deine Schwester aufgefordert, an ihm sexuelle Handlungen vorzunehmen“, sagte Schäfer ruhig, „was genau denn?“

„Wie was genau?“ Sie starrte ihn erschrocken an.

„Du bist hier, weil du mir etwas erzählen willst, das meine Kollegen nicht wissen sollen“, unterbrach er sie forsch, „also gib mir eine Antwort: Was wollte er von ihr?“

„Zuerst hat er gemeint, dass sie das Top hinaufziehen soll, damit ... Das hat sie getan, weil ... sie hat halt Angst gehabt ... und dann hat er gesagt, dass sie ihn angreifen soll und ... dann hat sie kotzen müssen.“

„Sie hat sich in seinem Wagen übergeben? Auf ihn?“ Schäfer zwang sich, ein Grinsen zu unterdrücken.

„Einmal auf ihn und dann ist sie eh ausgestiegen.“

„War deine Schwester alkoholisiert?“

„Nein ... doch, wahrscheinlich schon.“

„Stark?“

„Nein, bestimmt nicht.“

„Bis jetzt glaube ich dir, was du gesagt hast ... Wenn du jetzt zu lügen anfängst, kannst du gleich hinausspazieren ... also: Was hat sie geschluckt?

„Ein E ... und dann später noch eins.“

„Ein Ecstasy vor der Party, eins zwischendrin ... und vielleicht noch ein bisschen Gras und was weiß ich“, schlussfolgerte Schäfer.

„Ja ... aber das ...“

„Aber das dürfen eure Eltern auf keinen Fall erfahren, weil sonst, bla bla bla ... und das war auch dem Haidegger klar, der deiner Schwester angesehen hat, dass sie völlig breit ist.“

„Wieso sind Sie jetzt plötzlich böse auf mich?“, fragte sie verstört. Er sah sie an. In ihren Augen lag tatsächlich so etwas wie Unschuld. Vermischt mit der kindlichen Zuversicht, dass er die Lösung ihrer Probleme darstellte. Und wenn sie jetzt auch noch mit den Wimpern klimperte wie Bambi – was blieb ihm dann noch übrig, als seine Waffe zu nehmen, gemäßigten Schrittes zu diesem Haidegger zu spazieren, ihm ein paar schaurige Takte auf der Mundharmonika vorzuspielen (Amigo, du hast einen Fehler zu viel gemacht. Und jetzt bin ich der Letzte, der dir was bläst!) und ihm die Lebenskerze auszulöschen. Tja, aber auf dieses Gleis hatte er sich selbst manövriert. Weiblicher Teenager, Sexualdelikt, da überlegte er normalerweise nicht zweimal, die erste Vernehmung von einer Kollegin durchführen zu lassen oder diese zumindest im Raum zu haben. Er blickte durch die Scheibe, sah Auer, die sich rasch wegdrehte, mit der Hand über den Mund fuhr und irgendeine Mappe zur Hand nahm. Neugieriges Weib. Ansatzlos schleuderte Schäfer seinen Gummiball gegen das Glas und fing ihn lässig wieder auf.

„Warum kommst du damit zu mir?“ Er wandte sich wieder dem Mädchen zu, das ihre Entscheidung nun wohl selbst anzweifelte.

„Sie sind der Superbu... ...polizist ... der mit den ganzen irren Fällen, voll arg: Sie haben eine Kugel in den Kopf bekommen und ihr Gedächtnis verloren ... krass ... dass Sie das überlebt haben.“

„Ja, schon“, erwiderte Schäfer, dem die Version mit der Kugel neu war. „Also: Wie heißt der Haidegger mit Vornamen, wo wohnt er, welches Auto fährt er?“

„Günther ... in der gleichen Straße wie wir, also Hamernikgasse, wir sind 9 ... dann ist er ... 11, 13, 15 ... 19 oder 21 ... und das Auto ... ein BMW, schwarz.“

„Ich muss noch mit deiner Schwester sprechen“, sagte Schäfer, nachdem er sich ein paar stichwortartige Notizen gemacht hatte.

„Warum?“

„Um eure Glaubwürdigkeit zu überprüfen.“

„Wieso soll ich denn so was erfinden?“, fragte sie aufgebracht.

„Vielleicht weil deine Mutter ein Verhältnis mit dem Haidegger hat und ihr euch an ihm rächen wollt?“

„Spinnen Sie? Meine Mutter hat sicher ... Warum sagen Sie so was?“

„Das war nur ein Beispiel ... also: Ruf deine Schwester an und sag ihr, dass sie herkommen soll.“

Widerwillig griff sie in ihren Rucksack und nahm das Handy heraus.

„Sie fragt, ob's um acht auch noch geht, weil sie Volleyball hat ... Sie kann aber auch bei Ihnen zu Hause vorbeikommen.“

„Sicher nicht ... Ich bin bis Viertel nach da.“

„Danke“, sie stand auf und machte einen Knicks. Jössas, wer hatte ihr denn das beigebracht? Die Urgroßtante, die bei ihnen am Dachboden lebte und trotz ihrer hundertvierzig Jahre noch immer Wert auf ein gepflegtes Benehmen legte?

„Noch habe ich nichts getan ... Wie alt bist du eigentlich, Carola?“

„Siebzehn.“

„Und deine Schwester?“
„Auch siebzehn.“
„Wie geht das?“
„Wir sind Zwillinge.“
„Eineiig?“
„Ja ... sieht man uns sogar an.“
„Sehr lustig ... na von mir aus ... raus jetzt mit dir.“

6.

Gegen sechs konnte er sich dazu durchringen, die Eltern von Yvonne Raab aufzusuchen – nachdem er zuvor in der Hoffnung angerufen hatte, dass niemand abheben würde. Mit der Familie gerade verstorbener Kinder zu sprechen. Ein Vater, der kurz vor einem Amoklauf gegen einen Schuldigen oder gegen sich selbst stand. Eine Mutter, die als ohnmächtiger Geist im Übergangsbereich zwischen Leben und Tod schwankte. Nach solchen Zusammentreffen hatte er früher oder später eine Weinflasche in der Hand. „Scheiße“, sagte er halblaut, sah durch die Scheibe und fragte sich, warum er diese Aufgabe nicht Auer, Plank oder Hornig umhängte. Nein, Hornig nicht; der war so beschränkt wie unsensibel und würde die Eltern wahrscheinlich fragen, ob ihre Tochter Haschisch gespritzt hätte.

„Sie kommen selbst“, stellte Frau Raab fest, nachdem sie die Haustür geöffnet hatte.

„Ja“, mehr fiel Schäfer dazu nicht ein, „können wir hineingehen?“

Sie führte ihn in ein Wohnzimmer, das aufgeräumt war, als ob in Kürze der Fotograf eines Einrichtungsmagazins anläutete. Putzwahn zur Ablenkung? Das legten zumindest ihre geröteten Hände nahe.

„Wollen Sie etwas trinken? Soll ich Ihnen einen Tee machen?“ Es war Schäfer, der diese Fragen stellte, zumal er wahrnahm, dass zur Tür zu gehen und ihn zu empfangen ihre Tatkraft bereits völlig erschöpft hatte.

„Gerne, ja ... aber machen Sie sich keine Umstände.“

„Ist Kräutertee in Ordnung?“, fragte er aus der Küche, die nur durch eine breite Anrichte vom Wohnzimmer getrennt war.

„Mein Mann kommt erst in zwei Stunden ... oder später ... bei der Arbeit ist es zurzeit ...“

Arbeitswahn zur Ablenkung. Warum wiederholten sich diese Stereotype wieder und wieder, warum konnten sie nicht schweigend und heulend über die Felder spazieren, ihre Trauer teilen, und wenn schon eingehen, dann wenigstens gemeinsam? Seufz. Schäfer nahm die beiden Beutel aus der Teekanne und holte zwei Tassen aus dem Oberschrank.

„Yvonne ... sie war sehr sensibel, oder?“, schoss er ins Blaue, nachdem sie wieder halbwegs ansprechbar schien.

„Ja ... vielleicht zu sehr ...“

„Sensible Menschen sind oft die, die am meisten leiden.“

„Das haben Sie schön gesagt.“ Sie lächelte abwesend.

„Meine Nichte, Lisa, die Tochter von meinem Bruder ... um die hat er sich auch dauernd Sorgen gemacht ... jetzt ist sie schon zwanzig, aber damals: *Glaubst du, dass sie Drogen nimmt? Sie redet kein Wort mit mir! Aber telefonieren kann sie stundenlang!*“

„Ja ... so sind sie.“ Sie brach unvermittelt in einen Weinkrampf aus und Schäfer konnte sich nicht dazu durchringen, sie in den Arm zu nehmen. Dafür sollte ihr Mann da sein, verdammte Scheiße.

„Meine Kollegen haben Sie das schon gefragt, aber vielleicht ist Ihnen inzwischen etwas ...“ Verdammt, wie sollte er das sagen? Eingefallen?

„Ich weiß nicht, warum sie das getan hat“, half sie ihm aus der Verlegenheit. „Ich kann’s mir nicht erklären.“

„Sie war auch nie in psychologischer Behandlung, oder?“

„Nein.“

„Hat sie mit Ihnen über die Schule geredet, über ihre Freunde ... Hat sie einen festen Freund gehabt?“

„Nicht mehr ... Mit Daniel war sie zusammen, bis ... bis zum April, glaube ich.“

„Dürfte ich seinen Nachnamen erfahren?“ Schäfer nahm unauffällig sein Notizbuch heraus.

„Antinori.“

„Wie der Wein?“, entfuhr es Schäfer.

„Ja ... guter Chianti, nicht?“, antwortete sie und lächelte zum zweiten Mal. „Sein Vater ist Italiener ... die Pizzeria im Zentrum.“

„Wissen Sie, warum die beiden sich getrennt haben?“

„Nein ... aber sie haben sowieso nicht zusammengepasst.“

„Warum?“

„Ich weiß es nicht genau ... Wenn ich sie gefragt habe, wie’s mit ihm geht, hat sie nur *Jaja, eh* gesagt ... Bei uns war er überhaupt nur einmal ... Es hat ja fast so ausgeschaut, als ob sie sich für ihn schämen täte.“

„Warum war sie dann mit ihm zusammen?“

„Da fragen Sie mich zu viel ... Man glaubt, dass man sein Kind besser kennt als alle anderen und ...“, abermals wurde sie von einem Weinkrampf geschüttelt. „Jetzt frage ich mich ... wissen Sie, ich weiß nicht, mit wem sie sich getroffen hat ... was sie gedacht hat, was sie überhaupt vom Leben gewollt hat ... Ich hab schon gesehen, ob es ihr schlecht oder gut geht, aber darüber reden ... das ist in dem Alter eben so, habe ich mir gesagt ... und dass sich das schon wieder gibt, wenn sie erst einmal ...“, sie stand auf und verließ das Wohnzimmer.

„Ich habe Sie genug gequält“, meinte Schäfer, als Frau Raab zurückkam, und stand auf.

„Nein, bitte ... wenn es Ihnen nichts ausmacht ... es gibt ja ohnehin ... fragen Sie nur.“

„Gut“, Schäfer setzte sich wieder und räusperte sich. Er hatte den Faden verloren. „Wer ... Kennen Sie jemanden, der weiß, mit wem Yvonne sich in letzter Zeit getroffen hat? Ob sie sich vielleicht unglücklich verliebt hat oder ...“

„Ihre Freundinnen ... die Sarah, Sarah Köfler ... die Nadine, die Simona ... die Mädchen aus der Schule halt ... aber in letzter Zeit sind die auch nicht mehr vorbeigekommen ... da war sie, glaube ich, lieber allein.“

„Hm“, machte Schäfer und zeichnete abstrakte Muster in sein Notizbuch. „Dass sie so früh aus dem Haus geht ... hat sie das öfter gemacht?“

„Ja ... um spazieren oder laufen zu gehen ... in der Früh denkt man sich da ja nichts dabei, was soll da schon passieren?“

„Ja“, Schäfer räusperte sich. Irgendwann musste er es sowieso ansprechen. „Wissen Sie vielleicht, ob Ihre Tochter Drogen genommen hat ... also irgendetwas, das ihre Wahrnehmung so beeinflusst hat, dass ...“

„Ich glaube nicht“, erwiderte sie zu seinem Erstaunen ohne jegliche Befremdung, „ich habe nichts bemerkt ... Eine Packung Tabletten habe ich einmal in ihrem Schreibtisch gefunden, Appetitzügler ... dabei war sie eh so schlank ... Ich hab sie ihr weggenommen und als ich sie darauf angesprochen habe ... man versucht, alles richtig zu machen und ...“, erneut brach sie in Tränen aus. Schluss jetzt. Vielleicht konnte sie noch, er nicht mehr.

„Haben Sie jemanden, der ... wenn Ihr Mann ...“

„Meine Mutter ist jeden Tag da … aber heute wollte ich allein sein."

„Verstehe." Schäfer legte seine Karte auf den Tisch. „Sie können mich anrufen, wenn Sie … wenn ich Ihnen irgendwie helfen kann … auch am Posten … ich sage ihnen, dass Sie auf jeden Fall zu mir durchgestellt werden, egal zu welcher Uhrzeit."

„Danke." Sie nahm seine Karte wie ein wertvolles Schmuckstück, das ihr nur kurz zur Besichtigung überlassen worden war. Schäfer legte ihr kurz die Hand auf die Schulter und verließ das Haus.

Dann saß er apathisch an seinem Schreibtisch und wartete darauf, dass die Schwester von Carola Windreiter auftauchte. 19:53. 19:57. 19:59. Er hätte der schon absagen müssen! Die Göre hinausschicken, wo sie entweder eine Anzeige erstatten oder zum Teufel gehen sollte. Wer hatte ihm denn plötzlich die Universal-Rolle Beichtvater-Rächer-Schweinepriester aufgetragen?

„Soll ich hereinkommen?" In der Tür stand die Kopie von Carola Windreiter, die dennoch auf den ersten Blick von dieser zu unterscheiden war – auf den Blick eines genialen Polizisten wohlgemerkt.

„Wenn du dich traust." Schäfer hatte nicht vor, das lässige Punk-Gehabe in ihrer Mimik länger als zehn Sekunden zu dulden.

„Kein Problem." Sie ließ ihre Sporttasche neben den Besucherstuhl fallen und setzte sich.

„Kann deine Schwester eigentlich gut lügen?" Schäfer sah auf die Uhr. Eine halbe Stunde, dann wollte er nach Hause und sich einen schwachsinnigen Film ansehen, ohne an die Baustelle in seiner Küche zu denken.

„Kommt drauf an …"

„Als du auf dem Parkplatz den Haidegger vollgekotzt hast … ist da zufällig ein Lkw vorm Spar gestanden?"

„Spar?", erwiderte sie nach einem kurzen Moment, „da ist ein Billa und ein Hofer, aber kein Spar."

„Stimmt … tut mir leid, ich bin etwas verwirrt … die Kugel im Kopf …"

„Alles klar … und weiter?"

„Gut … ich gehe einmal davon aus, dass ihr beide die Wahrheit sagt … wenn nicht, zerfetze ich dich wegen Weitergabe von Suchtgift."

„Was? … Ich habe niemandem … und überhaupt …"

„Ja, kann sein … aber ich bin der Superbulle und du die Partymaus, die sich ohne Wissen ihrer Eltern unter der Woche zudröhnt und dann um vier Uhr früh ins Auto eines Freundes der Familie kotzt."

„Es war höchstens halb zwei!"

„Ja", sagte Schäfer, beruhigt, dass sie nicht jeden seiner Tricks durchschaute. „Also: Was soll ich eurer Vorstellung nach machen? Ein paar bosnische Schläger anrufen? Einen Freigänger aus Stein engagieren?"

„Könnten Sie das tun?"

„Ich … Ihr Jugendlichen seid völlig daneben … ihr seht zu viel fern, kümmert euch nicht um eure Umwelt, euer empathisches Vermögen ist völlig verkümmert", ging es mit Schäfer durch.

„Sagen ausgerechnet Sie", sagte sie hämisch, „was man im Internet so über Sie finden kann … Yippie ya yay, Schweinebacke."

„Das ist aus *Stirb langsam*, das war vor deiner Zeit." Schäfer fühlte, wie er den sicheren Grund unter den Füßen verlor. Er war müde, er wollte nicht mehr, er hatte nicht die Energie dieser hyperaktiven, drogenfressenden Teenager.

„Gut, was anderes: Hast du Yvonne Raab gekannt?“

„Ja, schon ... Was hat denn die damit zu tun?“

„Gar nichts ... aber vielleicht weißt du irgendetwas, was ich nicht weiß.“

„Zum Beispiel?“

„Zum Beispiel, was für einen Grund sie gehabt hat, sich umzubringen.“

„Weil sie nicht mehr leben wollte ... so schwer zu verstehen ist das nicht, oder?“

„Hör mit der Klugscheißerei auf. Jemand, der offensichtlich keine gravierenden Probleme mit sich oder seiner Umwelt hat, bringt sich nicht einfach um ... oder?“

„Nein, wahrscheinlich nicht ...“

„War sie vielleicht unglücklich verliebt?“

„Weiß ich nicht, so gut habe ich sie auch nicht gekannt.“

„Hat sie Drogen genommen?“

„Die Yvonne? Sicher nicht ... ab und zu einmal ein E, ein bisschen Gras vielleicht.“

„Also hat sie Drogen genommen.“

„Na ja ... nicht so wie ein paar andere ...“

„Bei euch ist Hopfen und Malz verloren ... raus jetzt mit dir“, meinte Schäfer kopfschüttelnd.

7.

In der Nacht war es auf der Bundesstraße zu einem schweren Verkehrsunfall gekommen. Zwei Pkw waren aus noch ungeklärter Ursache mit hoher Geschwindigkeit frontal zusammengestoßen. Die beiden Lenker, ein achtzehnjähriger Lehrling und ein zwanzigjähriger Mechaniker, dürften auf der Stelle tot gewesen sein. Keine Bremsspuren?

Also waren sie beide am Steuer eingeschlafen und zufällig frontal aufeinandergeprallt? Wie auch immer ... den zahlreichen Holzkreuzen auf der Bundesstraße würden zwei weitere hinzugefügt werden. Die schienen auf dem Land ja aus dem Boden zu schießen wie die Haselnussstauden. In den ersten Wochen geschmückt mit Blumen, Kerzen, persönlichen Gegenständen, bei jungen Opfern oft auch mit krummen Gedichten und Zetteln, auf denen groß *Warum!?* stand. Ja, warum wohl, war Schäfer schon ein paar Mal versucht gewesen, auf besagte Zettel zu schreiben.

Zum Glück hatte er nicht freiwillig die Nachtschicht übernommen, wie es ursprünglich geplant gewesen war, damit Plank einem Auswärtsspiel seiner Fußballmannschaft beiwohnen konnte. Nach nur zwölf Kilometern hatte der Bus des Fanclubs eine Panne gehabt. Und Plank, der auf groteske Weise so rational wie abergläubisch sein konnte, hatte das als böses Omen gesehen, sich ein Taxi genommen und auf der Rückfahrt Schäfer angerufen, dass er doch nicht die Schicht zu machen brauchte.

So hatte Schäfer kurz vor fünf Uhr zu seiner Morgenwanderung aufbrechen können, die ihn zu einer selten guten Stimmung führte. Die Mohnblüten leuchteten in der flach einfallenden Sonne aus den Feldern hervor wie kleine Laternen, während ihre Halme noch kaum auszumachen waren. Über den Äckern lösten sich Nebelfetzen auf wie harmlose Träume. Zwei Rehe ästen am Waldrand, spitzten die Ohren, sahen zuckend in seine Richtung, witterten seine Harmlosigkeit und frühstückten friedlich weiter. Reine Idylle. Achtung, trügerisch.

Er hörte ein Singen. Erschrak zuerst, weil er glaubte, dass es aus seinem Kopf kam. Auch als er die Frau sah, der die Stimme naturgemäß gehören musste, blieb er für ein paar Sekunden verunsichert: Zu hell, zu klar, zu makellos floss ihr Lied, flossen die lateinischen Worte *miserere mei, Deus* in seine Ohren. Weiter ins Gehirn, das wohl weniger Schwierigkeiten damit gehabt hätte, einen engelhaften Kastraten in strahlend weißer Toga im Feld stehen zu sehen, als den wundervollen Gesang dieser Verrückten zuzuschreiben. Die Schäfer nun mit erhobenem Kinn und bebendem Kehlkopf entgegenkam. Jössas, sagte er sich und wich schnell in Richtung Wald aus, jetzt will sie ihren Hund anlocken wie die Sirenen Odysseus. Nach etwa zehn Sekunden blickte er über seine Schulter, weil der ätherische Klangkörper verstummt war. Da stand sie, mit ausgestreckten Armen und geschlossenen Augen, das Gesicht der Morgensonne zugewandt. Und dieses Bild ... mit einem Mal war die Frau Schäfer weniger unheimlich als vielmehr sympathisch. Ob sie unter psychiatrischer Beobachtung stand, sollte er dennoch demnächst herausfinden. Sonst kam ihm womöglich ein Einsatz wegen eines schizoiden Anfalls inklusive Dämonenfantasien und Küchenmesser zuvor.

„Bin beim Bürgermeister und diesen Filmspinnern“, meinte er kurz vor Mittag zu Hornig, der mit seinen Zeigefingern und angestrengter Miene auf die Tastatur einstach und nur zu einem behäbigen Nicken fähig war. Der alte Knabe brauchte unbedingt ein paar Lektionen in Multitasking.

„Hat diese Verrückte ihren Hund endlich gefunden?“

„Wer? Welchen Hund?“, Hornig nahm seine Lesebrille ab und drehte sich verwirrt zu Schäfer um.

„Die Frau, die vorige Woche da war ... die immer in der Gegend herumrennt und *Sascha, Sascha* schreit.“

„Ah, die Nachtigall!“ Hornig lachte gekünstelt, wohl um seiner Freude darüber Ausdruck zu verleihen, Schäfer über ein Missverständnis aufklären zu können.

„Von mir aus … also, hat Frau Nachtigall ihren Hund?"

„Die sucht doch keinen Hund", erklärte Hornig mitleidig. Inspektorin Auer betrat die Dienststelle, in der rechten Hand eine Papiertasche, aus der es nach italienischem Essen roch.

„Können Sie Ihrem Kollegen bitte erklären, wie man eindeutige Fragen eines Vorgesetzten beantwortet", wandte sich Schäfer an sie.

„Kurz und bündig?"

„So sei es … also: Was ist mit dem Hund von der Nachtigall?"

„Was für eine Nachtigall?", „Die hat keinen Hund!", sagten Auer und Hornig gleichzeitig.

Schäfer machte eine wegwerfende Handbewegung, um seinen Kollegen kundzutun, dass sie ein Haufen nichtsnutziger Staatsschmarotzer wären, wobei ihm sein Gummiball entglitt und Hornigs Wasserglas zu Boden schoss.

„Was ist denn hier los?", brummte Friedmann, den das Klirren aus dem Hinterzimmer geschreckt hatte.

„Erklär du dem Major bitte das mit der Nachtigall", meinte Hornig und ging in die Knie, um die Scherben aufzuheben. Schäfer sah Friedmann mit hochgezogenen Augenbrauen an.

„Die Frau Materna? Ist ihr was passiert?"

„Wenn ihr glaubt, mich in den Wahnsinn treiben zu können, müsst ihr früher aufstehen", rief Schäfer, knallte die Tür hinter sich zu und ließ drei ratlose Beamte zurück.

„Unverschämt, einfach unverschämt", murmelte er, während er schnellen Schritts stadtauswärts ging, wo er mit dem Bürgermeister und zwei Leuten des Filmteams in einem Beinahe-Haubenlokal verabredet war.

„Unverschämt ist das!", rief er ins Telefon, nachdem er am Display Friedmanns Nummer gesehen hatte. „Ah,

Missverständnis ... ja, wenn ihr glaubt, mich verarschen zu müssen, dann missversteht ihr was ... und wieso heißt die Frau Materna Nachtigall? ... Ihren Sohn? Wieso weiß ich davon nichts? ... Elf Jahre? ... Gut ... das können Sie mir ja nachher genauer erzählen, ich treffe jetzt den Dings ... Genau ... Ja, in diesem Fall wird mein Zorn die Gerechten verschonen, aber der Hornig bekommt das nächste Wochenende mit Zeltfest, da kann er sich drauf verlassen."

Besänftigt ging er weiter. Wahrlich ein so amüsantes wie multiples Missverständnis, das sich da in den letzten Wochen entwickelt hatte. Schäfer war davon ausgegangen, dass Frau Materna ihren Hund suchte. Doch in Wahrheit ging es um ihren Sohn, der bereits vor elf Jahren verschwunden war. Was die Mutter zuerst in die Verzweiflung und dann in den Wahnsinn getrieben hatte. Sie aus dem zu befreien waren alle Versuche gescheitert – wenn man davon absah, dass der örtliche Pfarrer sie quasi in den Kirchenchor gezwungen hatte, damit sie nicht völlig vereinsamte. Dort hatte sich zu aller Verwunderung herausgestellt, dass sie einen prachtvollen, einen gesegneten Sopran besaß, was ihr nach kurzer Zeit den Spitznamen Nachtigall eingetragen hatte. Ja, da glaubt man, es passiert so wenig auf dem Land – dabei muss man nur genauer und länger hinsehen, sagte sich Schäfer und schob die schwere Restauranttür auf.

Auf der Schwelle zum Gastraum blieb er stehen, suchte die Tische ab und wandte sich dann an eine der Kellnerinnen, um nach dem Ortschef zu fragen.

„Der Herr König hat ...", begann die junge Frau und konnte nicht weitersprechen, da aus dem Off eine Stimme durch den Gastraum bellte: „Hier, Herr Major!"

„... den VIP-Bereich reserviert, ich hab's bemerkt, danke." Schäfer zwängte sich an den vollbesetzten Tischen vorbei in den hinteren Lokalbereich, wo ihn der Bürgermeister an der Zirbenholztür des Hirtenstüberls empfing und seine Hand ergriff.

„Warten Sie bitte noch einen Moment, bis ich ... ich muss noch schnell wohin ... die beiden Hauptdarsteller sind auch gleich mitgekommen, ja ... also: eine Minute."

„Hände waschen nicht vergessen", murmelte Schäfer dem entfleuchenden Mann hinterher und sah unauffällig an sich hinab, ob die Uniform saß. Er hatte die gute gewählt, die Offiziersuniform, die er zuletzt bei seiner Abschiedsvorstellung getragen hatte. Am Posten trug er die gewöhnliche Dienstkleidung – natürlich mit den entsprechenden Sternen und Streifen versehen –, doch bei diesem Treffen wollte er den deutschen TV-Fuzzis von Anfang an klarmachen, wen sie vor sich hatten. Zudem zupfte ihm die Idee von den leichtlebigen Visagistinnen, Aufnahmeleiterinnen et cetera auf den Nervenbahnen zwischen Gehirn und Glied gar wundersame Lieder. Und eine maskulin-autoritäre Aufmachung war hierbei sicher nicht die falsche Wahl.

„Na dann ... ran an die Buletten, wie unsere Nachbarn sagen." Der Bürgermeister rieb sich die Hände und schob Schäfer ins Hirtenstüberl. Erstaunlich: Diese Menschen sahen wirklich so aus, wie man sich landläufig die Verantwortlichen einer zweitklassigen deutschen Filmserie vorstellte. Zudem hatte sie die Raucherlaubnis in diesem Kitschholz-Separee offensichtlich über jedes gesunde Maß hinaus begeistert.

„Nebel des Grauens unter der Regie von Philip Morris oder wie?" Schäfer öffnete ein Fenster, bevor der Bürgermeister die Gelegenheit hatte, ihn vorzustellen.

„Jaja! Genau so was brauchen wir!“, bellte ein glatzköpfiger Mann Mitte fünfzig, klemmte sich seine Mentholzigarette zwischen die Lippen und klatschte dreimal. Dann stand er auf, beugte sich über den Tisch und reichte Schäfer die Hand. „Ullrich Lehnhart, Produzent und Geschäftsführer von Fifi Productions ... Fifi für first in fiction, das sind wir ... Ja, sorry für den Gestank ... da ist man mal in Österreich, smoker’s paradise, und schon paffen wir drauflos wie crazy.“

„Passt schon.“ Schäfer setzte sich und schaute den Bürgermeister an, der offensichtlich den Faden verloren hatte.

„Ja ... liebe ... ich habe Ihnen ja schon gesagt ... und jetzt ist er hier ... unser ...“, stammelte der Ortschef mit vor Aufregung und heimischen Destillaten gerötetem Kopf.

„Major Schäfer, Hüter der Lebensqualität.“ Schäfer nickte in die Runde und hob die Hand zu einem flockigen Gruß.

„Ha! Der war gut, das ist’n Burner, oder, Gregor?“, der Produzent schlug dem jungen Mann neben ihm auf die Schulter, „was schreibste denn da schon wieder?“

„Nur ne kurze Szene ... fängt Feuer und ... sorry, bin’s gleich.“

„Ja, aber nicht wieder so ’nen Slapstick-Humbug, wo Erik ’n weißes Gesicht bekommt ... ja, Herr Major, Gregor Sanders, unser Autor ... der bringt Schmackes an die Story.“

„Haben der Herr Major schon gewählt?“ Eine Kellnerin stand neben Schäfer und hielt den Stift über dem Bestellblock.

„Das Tagesmenü, ohne Dessert ... und einen Hollersaft, groß, mit Leitungswasser.“

„Und dann darf ich Ihnen natürlich unsere Main Acts vorstellen.“ Lehnhart quetschte sich aus der Zirbenholzeckbank, ging um den Tisch herum, stellte sich hinter die

Schauspieler – dunkelhaariger Mann und blonde Frau (Nasen-OP?), beide Mitte dreißig – und legte ihnen jeweils eine Hand auf die Schulter. Dabei kam er mit seiner Mentholzigarette an die Haarspitzen der Blondierten, die zischend und rauchend Feuer fingen. Worauf ihr Kollege sofort ein Wasserglas zur Hand nahm, um sie zu löschen, was jedoch misslang, da sie bereits hysterisch aufgesprungen war, dabei versehentlich dem Produzenten die Stuhllehne in die Genitalien gestoßen hatte, und nun mit der rechten Hand auf ihre Haare einschlug. Während Lehnhart sich vor Schmerzen krümmte und norddeutsche Flüche ausstieß, der Drehbuchschreiber gelassen zur Serviette griff und sich das Löschwasser aus dem Gesicht tupfte, der Bürgermeister gar nichts tat, weil er es für möglich hielt, dass während seiner Pinkelpause die spontane Entscheidung gefallen war, den Gastgebern eine Szene aus dem Film vorzuspielen, die zu unterbrechen ihn womöglich als törichten Provinzler dastehen ließ.

„Die Topinamburschaumsuppe mit Rehbutterknöderl für den Herrn Major." Die Kellnerin stellte den Teller vor Schäfer ab, nahm ein paar leere Gläser mit, floh aus dem Stüberl und stieß in der Tür mit einem jungen Mann in Camouflagehosen und schwarzem Kapuzenpulli zusammen, worauf die abservierten Gläser in Scherben gingen und die Kellnerin ein „Vadommta Scheißdreck!" ausstieß, gefolgt von einem kleinlauten: „Entschuldigung ... ich hole gleich einen Besen."

„Is' Ulli wieder knülle oder wie?", wandte sich der Neuzugang grinsend an den Drehbuchschreiber und setzte sich in lässiger Langsamkeit zwischen Schäfer und den Bürgermeister.

„Sorry ... ganz fettes Sorry!" Lehnhart ließ sich erschöpft auf die Zirbenholzbank am kalten Kachelofen sinken und wischte sich über die Stirn. „Also: Saskia Weibezahl und unser Newcomer Tom Schmelzer, die beiden Hauptdarsteller ... Erik Brandt, unser Regisseur ... dann, ja, Erik, mach du weiter, ich muss jetzt mal was ...“ Abgang Lehnhart.

„Steht mit einem Bein noch voll in den Neunzigern, unser Ulli.“ Der Regisseur hakte seine Daumen in die Hosentaschen und balancierte auf den hinteren Stuhlbeinen. „Haben Sie das Skript schon bekommen?“, wandte er sich an Schäfer.

„Was für ein Skript?“

„Das Drehbuch, hat Claudia Ihnen das nicht geschickt? ... Kacke, alles muss man selber machen“, Brandt ließ sich nach vorne kippen, nahm sein Handy heraus und beschimpfte seine Assistentin. Was die hinter ihm am Boden kniende und kehrende Kellnerin auf sich bezog, mit einem „Scheiß-Marmeladinger“ kommentierte und sich rasch entfernte.

„E-Mail ist eben rausgegangen.“ Brandt knallte sein Handy auf den Tisch.

„Und das drucke ich dann am Posten auf Kosten der Steuerzahler aus ...“

„Ach so, hätten Sie lieber ein ... kann ich checken, bringt Ihnen morgen wer vorbei ... also kurz zur Story: Das Teil heißt *Schrot & Korn*, für den Piloten brauchen wir dann noch eine Sub, aber da ist Gregor dran ... und wenn die Quote stimmt, machen wir erst mal sechs Sequels.“

„*Schrot & Korn* ... da gibt’s einen Bio-Bäcker in Ottakring.“ Schäfer sah zum Drehbuchautor, der jedoch die Stirn in die Hand stützte und wie manisch in sein Notizbuch kritzelte ... Hielt der etwa fest, was hier passierte?

„Klar ... kennt man ja ... aber wir laden das anders auf, das ist ja der Bringer: Saskia gibt eine machohafte Kommissarin, der die Knarre locker sitzt ... sie ist Schrot, wegen der Ballerei ... und Tom ist der Nachdenkliche, Feinfühlige, mehr so ein Sensibelchen, der bisschen zu oft ins Glas kuckt, deswegen Korn ... Schnaps sagt ihr hier ... ja, das sind mal die Basics ... und für den Dreh bräuchten wir halt Ihren Support und ..." Der Regisseur hielt inne, weil Schäfers Handy läutete.

„Wer dreht durch? ... Schöpf? Ignaz *Grundstückgrenze* Schöpf? ... Nein, die Cobra brauchen wir da vorerst nicht ... Sichern Sie den Garten, holen Sie die Leute von der Straße und schicken Sie mir jemanden, der mich hinbringt ... Ja, ich bin zu Fuß hier ... Wieso kaputt? ... Das ist mir egal, soll ich den Bürgermeister fragen, ob er mir sein Auto leiht? Also: dalli!"

Schäfer wischte sich den Mund ab und sprang auf.

„Fettes Sorry, aber wir haben einen Einsatz ... Unser Bürgermeister, Herr König, wird mir sicher weiterleiten, inwiefern ... ja, also, bis demnächst ... hasta la vista."

„Kann ich mitkommen?" Der Drehbuchautor war wie im Zeitraffer von seinem Platz aufgestanden.

„Wozu?" Schäfer sah die Augenbrauen des Mannes zittern wie bei einem latenten Maniker.

„Realität statt Fiktion?"

„Was? ... Von mir aus, aber machen Sie nicht auf ..."

„Keine Sorge, ich bleibe hinter der Kamera."

Als sie vor die Tür traten, bremste sich Auer mit quietschenden Reifen ein, Schäfer nahm auf dem Vordersitz Platz, der Drehbuchautor zog die hintere Tür zu, während die Inspektorin schon den Kies auf dem Parkplatz aufspritzen ließ.

„Wer ist unser Begleiter?", wollte Auer wissen.

„Vom Fifi-Team ... will ein bisschen lokale Polizeiluft schnuppern."

„Fiffi? Klingt wie ein Haustiersender."

„Es heißt Fi-fi, first in fiction", sprach Sanders zwischen den Vordersitzen durch.

„Ja eh", wehrte Schäfer ab, „also: Wie schaut's aus?"

„Laut den Nachbarn hat er zweimal aus dem Fenster im oberen Stock geschossen."

„Auf wen oder was?"

„Wissen wir nicht ... keine Verletzten oder Sachschäden ... vielleicht verschießt er auch nur Platzpatronen."

„Und weswegen?"

„Die alte Leier: Das Bauamt hat sich gegen ihn verschworen, der Nachbar die Grundstücksgrenze verrückt ... Soll ich nicht doch die Cobra anfordern?"

„Nein", Schäfer sah in den Rückspiegel, „was schreiben Sie da?"

„Nur 'ne kurze Szene, die mir eben eingefallen ist ... lacht weinend ...", murmelte der Drehbuchautor und fing sich mit den Händen an Schäfers Nackenstütze ab, als Auer den Wagen in zwei Sekunden von hundert auf null brachte.

„Ab jetzt bleiben Sie im Wagen."

„Wie sich's gehört", erwiderte Sanders mit einem Grinsen, das Schäfer nicht interpretieren konnte.

Sie traten auf die Wohnstraße zwischen den kleinen Reihenhäusern, die großteils in halblegaler Bauweise aus einer ehemaligen Kleingartensiedlung entstanden waren. Ein Wildwuchs an Zubauten: Terrassen, die zu Wintergärten, die zu Wohnzimmern geworden waren. Fahrzeugunterstände, die zu Garagen, die zu Jugendzimmern umgebaut worden waren. Schwimmbecken, so einnehmend, dass man aus dem Küchenfenster Wasser daraus schöpfen konnte, monströse Trampoline für die Enkel, traktorähnliche Rasenmäher-Mobile, Schäferhunde, die aus Bewegungsmangel unberechenbar geworden waren,

Thujen, Maschendraht und Gartenzwerge, die Vorboten des Amoklaufs.

„Weste und Waffe!“, wandte sich Schäfer einem Beamten zu, der hinter seinem Streifenwagen stand.

„Herr Schöpf!“, rief er, nachdem er die kugelsichere Weste angelegt hatte. „Herr Schöpf, ich bin schwer enttäuscht! So was macht mich wirklich ... traurig!“ Schäfer stieg vorsichtig durch den Garten, um ja keines der Blumen- oder Gartenzwerge-Arrangements zu zerstören.

„Erzählen Sie das den Dreckschweinen vom Amt“, brüllte Schöpf aus dem Fenster im ersten Stock. „Das war immer so ausgemacht, dass ich aus dem Verschlag eine Garage mache! Das habe ich per Handschlag zugesichert bekommen!“

„... traurig und wütend!“, fuhr Schäfer fort, „wie stehe ich denn jetzt da, wenn die Cobra eintrifft, mit Rammbock, Nebelgranaten und Scharfschützen ... *Können Sie nicht einmal für die Sicherheit in so einem kleinen Ort sorgen?*, werden mir diese Wichtigtuer vorhalten, die keine Ahnung vom Leben hier draußen haben, oder? ... Da bemüht man sich, schaut, dass alle miteinander auskommen ... Immer erst reden!, das war immer meine Devise, Herr Schöpf!“ Schäfer blieb vor ein paar Gartenzwergen in Bergwerksmontur stehen, die einen durchsichtigen Sarg trugen, und verlor sich für ein paar Sekunden in der Betrachtung dieser Scheußlichkeit.

„Schluss ist mit Reden!“, bellte Schöpf und hustete, „das habe ich viel zu lange probiert ... jetzt müssen Taten folgen!“

„Ja, Taten!“, Schäfer zog seine Waffe und erschoss einen der Zwerge.

„Was ... was ...“, kam es aus dem Oberstock. „Sie sind ...“

„Gesetzestreue!“, rief Schäfer zu Schöpf hinauf, „ich habe Sie immer für einen gesetzestreuen Bürger gehalten! Einen, dem Anstand und Sicherheit am Herzen liegen!“

„Jaja“, stammelte Schöpf.

„Und jetzt das!“ Schäfer schoss auf den zweiten Zwerg. „Keinen anderen Ausweg lassen Sie mir, als meine Enttäuschung ... meine Enttäuschung und meine Wut an diesen Figuren auszulassen!“

„Ja machen Sie doch was“, schrie Schöpf verzweifelt den ratlos hinter ihren Streifenwagen stehenden Polizisten zu, „der ist doch wahnsinnig geworden!“

„Und das wundert Sie? ... Wenn ich an Ihre Frau denke, die Heidrun, die das alles allein wieder herrichten muss, nachdem die Cobra den ganzen Garten und das Haus verwüstet hat ... wie soll ich denn da ruhig bleiben? Hier steht ja nicht nur Ihre Ehre auf dem Spiel, sondern auch meine, Herr Schöpf!“ Schäfer setzte sich auf einen runden Stein und legte die Waffe in die Schubkarre eines Gärtner-Gartenzwergs. „Kommen Sie herunter, rauchen wir eine.“

Eine Minute später öffnete sich die Haustür. Schöpf sah sich verunsichert um und ging wie schlafwandelnd zu Schäfer. Der wehrte mit einer Handbewegung seine herbeistürmenden Kollegen ab und hielt Schöpf die offene Zigarettenschachtel hin.

„Ich habe mich einfach nicht mehr ausgesehen ...“

„Kann uns allen einmal passieren“, erwiderte Schäfer, „zum Glück ist niemand verletzt worden.“

„Die Zwergerl“, Schöpf lachte in seine Tränen hinein.

„Ich habe nur die beiden wirklich hässlichen erschossen.“

8.

„Das sind unsere Ermittlungen zum Fall Materna." Friedmann legte Schäfer einen Stapel Akten auf den Schreibtisch.

„Ah ... danke ... und was soll ich damit?"

„Weil Sie sich dafür interessiert haben und wir ... nur damit Sie wissen, dass wir damals nichts unversucht gelassen haben, um den Buben zu finden ... ist uns leider nicht gelungen, aber vielleicht ..."

„Wenn ich Zeit habe, schaue ich's durch ... danke."

Nachdem Friedmann das Büro verlassen hatte, nahm Schäfer den verstaubten Stapel und räumte ihn in den Schrank hinter ihm. Wieder so ein Herantreten an den Wunderheiler – wenn die Wissenschaft versagt, helfen nur mehr die übersinnlichen Kräfte des Majors. Schwachsinn. Weder langweilte er sich auf einer per Preisausschreiben gewonnenen Kreuzfahrt, noch erholte er sich im Krankenbett von einer Operation – also war ein zehn Jahre zurückliegender Vermisstenfall nicht gerade das, was ihn tatendurstig in die Hände klatschen ließ.

Also Tagesgeschäft – zum Beispiel das Scheusal, das die aufmüpfige der beiden Windreiter-Schwestern in seinem Auto dazu bewegen hatte wollen, ihm einen herunterzuholen. Günther Haidegger: eine Anzeige wegen Raufhandel, eine wegen Sachbeschädigung, eine wegen Körperverletzung, eine wegen sexueller Nötigung – zweimal außergerichtlicher Vergleich, einmal eine Geldstrafe, einmal Verfahren niedergelegt wegen Unglaubwürdigkeit der klagenden Partei. Dazu ein paar Verwaltungsstrafen und ein Vermerk wegen Marihuana-Konsum vor fünfzehn Jahren, der eigentlich längst gelöscht hätte werden müssen. Seit zwölf Jahren war Haidegger nicht mehr straffällig geworden, arbeitete als Elektriker bei den Stadtwerken, verheiratet, ein Kind, seit fünfzehn Jahren im Eishockeyverein, ebenso lange bei der Freiwilligen Feuerwehr. Durchschnittlicher ging es wohl nicht: ein Mann, der in jungen Jahren seine Hörner an die üblichen Begrenzungen des Lebens gestoßen hatte, dann domestiziert und ein braver Steuerzahler geworden war. Schicksal, Dummheit oder Blackout, dass das alte testosterongefütterte Biest gerade dann die Käfigtür aufstößt, als ein siebzehnjähriges Mädchen in Minirock und knappem Tank-Top nach Mitternacht ins Auto steigt.

Schäfer nahm seinen Gummiball und warf ihn ein paar Mal an die Wand gegenüber. Er hatte sich da in etwas hineinmanövriert, das ihm nicht behagte. Sicher, die Ausführungen der beiden Schwestern waren stimmig, Haidegger hatte sich eines strafrechtlichen Vergehens schuldig gemacht – die Drecksau hatte eine Minderjährige gegen ihren Willen bumsen wollen. Aber ohne entsprechende Anzeige ... wollte, durfte er nichts tun, „verdammt", murmelte er, versuchte einen komplizierten Vier-Banden-Wurf und erblickte, als er den Ball suchen ging, durch die Scheibe: Wolkinger! Bestimmt zwanzig Kilo leichter, braun gebrannt und in einem hellgrauen, perfekt sitzenden Anzug – seriös gekleidet hatte Schäfer den Mann immer nur vor Gericht gesehen –, aber das war ohne Zweifel Wolkinger, der sich nun mit einer bunt bedruckten Schachtel unter dem Arm Schäfers Büro näherte.

„Leg die Schachtel langsam auf den Boden, dann mit dem Gesicht zur Wand und die Hände auf den Kopf", empfing Schäfer seinen Besucher und umfasste dabei den Griff seiner Dienstwaffe, die auf dem Schreibtisch lag.

„Major ... du Urviech!" Wolkinger lachte laut, stellte die Schachtel ab und breitete die Arme aus. „Wie lange ist das jetzt her!?" Der Mann dachte offensichtlich keinen Augenblick daran, dass Schäfer seine Aufforderung ernst meinte.

„Wenn ich schlecht träume, gehört deine Visage meistens dazu ... auch wenn ich dich als fetten Sack in alten Fetzen in Erinnerung habe ... Wo hast du die Sachen gestohlen? Und wer hat dich ein halbes Jahr bei Wasser und Brot in einem Solarium eingesperrt?"

„Schäfer, mein liebster Exekutiver überhaupt ... wie geht's dir?"

„Du hast getrunken ... Bist du mit dem Auto gekommen?"

„Ah ... drei Pfiff und zwei Schnapserl", Wolkinger hielt sich die Faust vor den Mund und rülpste verhalten, „ganz ohne kannst du in Österreich kein erfolgreiches Verkaufsgespräch führen."

„Verkaufsgespräch ... Hehlerei ist immer noch strafbar."

„Geh bitte, Herr Major, halten wir uns nicht in der Vergangenheit auf ... Wer nicht den Augenblick lebt, dem ist auch keine freudige Zukunft gegönnt."

„Hat dich irgendeine Sekte erwischt?" Schäfer stand auf und ging zur Kaffeemaschine. Erstens, um sich und Wolkinger einen Espresso zu machen. Zweitens, um diesen nicht sehen zu lassen, dass sein Erscheinen ihm mehr Freude bereitete, als er es sich bei einem ehemaligen Dauergast der Justizanstalt Josefstadt erlauben wollte.

„Schau her!" Wolkinger stellte die mitgebrachte Schachtel auf den Schreibtisch und öffnete sie. Zum Vorschein kamen vier mit Kräutern gefüllte Zellophansäckchen und drei kleine Schachteln. Schäfer nahm den Deckel zur Hand und las:

„Wolkinger 7 – Wohlfühlen mit himmlischen Genüssen aus dem Weinviertel ... Du hast es tatsächlich durchgezogen und den Hof von deinen Alten umgestellt ... Kompliment."

„Ja! Und das Geschäft läuft wie eine Sau, der du eine Fackel an den Arsch hältst! Das hast du nicht geglaubt, oder?“

„Du hast mir selten einen Grund gegeben, dir irgendwas zu glauben“, erwiderte Schäfer, der immerhin der Hauptverantwortliche für Wolkingers insgesamt neunzehn Jahre hinter Gittern war. Diebstahl, Einbruch, Raub, Körperverletzung – hier saß kein Geistesverwandter Mahatma Gandhis.

„Ah, Schwamm drüber, jeder macht Fehler ... aber das da!“, Wolkinger riss eine der Teepackungen auf und hielt sie Schäfer hin, „das ist das Gute und Wahre ... riech einmal!“

„Ja ... Verbene, Minze und sonst noch was ... und jetzt? Ich kaufe dir sicher nichts ab.“

„Na, wo kämen wir denn da hin ... das ist ein Geschenk ... besser gesagt ein Promotion-Package, mit dem ich meine Biolinie dem öffentlichen Dienst schmackhaft machen will. Schau her, Major: Kaffee und Limo saufen, rauchen und sich aufregen ... das ist es, was den Alltag eines Polizeibeamten bestimmt ... das ist ungesund und führt in die Frühpension, enorme Schäden, die der Volkswirtschaft da entstehen ... und da komme ich ins Spiel: Wolkinger 7, Tees und Kräutermischungen für einen gesunden Lebensstil. *Fit & Fröhlich* mit Zitronengras, Verbene und Krauseminze ... Lavendel, Hopfen und Melisse im *Raus & Ruhe* ...“

„Ruhe!“, sagte Schäfer, als das Telefon läutete.

„... Herr Oberst ... Danke, danke ... Sind Sie ... Natürlich, stets zu Diensten ... Wenn die Hunnen nicht einfallen, bin ich hier ... Ich mich auch ... Bis bald, Herr Oberst.“

„Was ist? Tanzt der Kamp an?“, fragte Wolkinger ganz ohne Keilerton.

„Weil ich dem so in den Arsch kriechen würde ... Der Warstätter schaut am Nachmittag vorbei ... Landespolizeikommandant Oberst Warstätter ... wie ich mich freue ...“

„Hast du was ausgefressen, Major?“

„Geht dich überhaupt nichts an“, Schäfer sah einen Augenblick durch Wolkinger hindurch, „du willst also deine Kräutermischungen an öffentliche Ämter verkaufen, oder?“

„Sicher ... mein Beitrag zur Volksgesundheit.“

„Verstehe ... da könnte ich dir sicher helfen, mit meinen Beziehungen.“

„Was willst du, Schäfer?“ Wolkingers Verkaufseuphorie war angesichts Schäfers unerwarteter Zusage schlagartig zusammengebrochen und hatte einem argwöhnischen Ton Platz gemacht.

„Ach, nur eine Kleinigkeit ... ein Beitrag zur Volkssicherheit ... Hast du dein Werkzeug im Auto?“

„Ich will meinen Anwalt sprechen“, Wolkinger seufzte, „worum geht's?“

„Kostet dich fünf Minuten, schau her“, Schäfer drehte seinen Bildschirm um neunzig Grad, „in der Straße da ist die Tiefgarage von den Stadtwerken ... die Kameras können dir egal sein, die warten noch auf Genehmigung.“

Viertel vor zwölf verließ Schäfer sein Büro, stellte Wolkingers Karton auf den Besprechungstisch und trommelte mit den Fingerknöcheln auf die Tischplatte.

„Zur freien Entnahme: wohltuende Tees aus biologischem Anbau aus dem Weinviertel ... wenn ihr mehr davon wollt, liegt eine Karte drinnen mit E-Mail und Telefonnummer“, er stellte sich neben Auer, „Verkehrskontrolle ... vamos!“

„Wer war das?“, wollte Auer wissen, als sie im Auto saßen.

„Wolkinger? Ein alter Stammkunde aus Wien."
„Und der bringt Ihnen Tee?"
„Den baut er selber an ... Nach seiner letzten Entlassung ist er auf den Hof seiner Eltern zurück, hat irgendeine Schule fertig gemacht, die er mit achtzehn abgebrochen hat, und jetzt: Kräuterhexe Wolkinger."
„Da sieht man wieder, was das Gefängnis aus einem Menschen machen kann ..."
Schäfer warf ihr einen fragenden Blick zu und musste grinsen.
„Da ... hinter dem Kreisverkehr stellen wir uns auf."
„Ich glaube kaum, dass da einer zu schnell fährt", warf Auer ein.
„Es handelt sich mehr um ... eine taktische Maßnahme." Schäfer sah auf die Uhr am Armaturenbrett. Punkt zwölf. Vielleicht spielte das Glück auch noch mit.

Während Auer nach Gutdünken Fahrzeuge herauswinkte, Papiere und die Sicherheitsausrüstung kontrollierte und zweimal das Alkoholvortestgerät zum Einsatz brachte, stand Schäfer an den Wagen gelehnt und behielt die Tiefgaragenausfahrt der Stadtwerke im Auge. Um zwanzig nach zwölf verließ ein schwarzer BMW die Garage, bog in die Hauptstraße ein und fuhr auf den Kreisverkehr zu.
„Den mache ich." Schäfer nahm Auer die Kelle ab und trat auf die Straße.
„Nach dem Mittagessen müsst's kontrollieren, nicht davor", meinte Haidegger grinsend, während er Führerschein und Zulassung aus dem Handschuhfach holte. Schäfer beugte sich vor und schnüffelte ins Wageninnere. Raumspray Ozeanbrise und Erbrochenes.
„Pfuh, streng ... ist Ihnen während dem Fahren schlecht geworden, Herr ... Haidegger?"

„Mir? Wieso? ... Ah, wegen dem ... ja, das stinkt schon noch ... aber das war eine Beifahrerin, die ... der ist schlecht geworden und einen Teil hat leider das Auto abbekommen."

„So was ... Erste-Hilfe-Kasten, Warnweste ... alles dabei?"

„Sicher." Haidegger entriegelte den Kofferraum, stieg aus und ging nach hinten. „Das gibt's ja nicht", meinte er nach einer Minute erfolglosen Suchens und nahm sein Handy. „Dani ... hast du den Verbandskasten und das Warndreieck aus dem Auto? ... Ja wieso weiß ich auch nicht, aber es ist nichts mehr drinnen ... Blödsinn, wer soll das stehlen ... Nein, eine Fahrzeugkontrolle habe ich ... Na, nur Routine ... Ja, bis gleich, Bussi."

„Gar nicht gut", Schäfer warf einen Blick auf die Rückbank und hieb dann mit der flachen Hand ein paar Mal aufs Autodach, was BMW-Fahrer erfahrungsgemäß nicht sehr schätzten. „Stellen Sie sich vor, Ihre Beifahrerin erbricht sich während der Fahrt, Sie verreißen das Steuer ... da wäre die Sicherheitsausrüstung unter Umständen sehr hilfreich."

„Die ...", Haidegger räusperte sich, „ich habe keine Ahnung, wo die Sachen hingekommen sind ..."

„Haben Sie Ihren Wagen in letzter Zeit einmal unbeaufsichtigt abgestellt? Auf einem Parkplatz, mitten in der Nacht?"

Schäfer sah Haidegger in die Augen, auf die Pupillen, die sich etwas weiteten, auf die Halsschlagader, die sichtbar pochte, auf die Finger, die sich zur Faust krümmten. Offenbar war der Groschen gefallen.

„Gut ... als mein persönliches Einstandsgeschenk an Sie belasse ich es bei einer Verwarnung", Schäfer legte die rechte Hand aufs Holster, „und vertraue darauf, dass Sie sich in Zukunft gewissenhaft an alle gesetzlichen Vorschriften halten ... zur allgemeinen und Ihrer eigenen Sicherheit ..."

„Sicher." Haidegger stieg ohne einen weiteren Kommentar in den Wagen, warf Auer einen bösen Blick zu und fuhr davon.

„Wieso übernehmen Sie eigentlich Verkehrskontrollen?", fragte Auer auf der Rückfahrt leicht mürrisch.

„Hm ... um den Kontakt zur Bevölkerung nicht zu verlieren?"

„Genau ... und warum kontrolliere ich zwölf Fahrzeuge und bei keinem fehlt was ... dann fischen Sie einen Einzigen heraus und ..."

„Erfahrung ... Intuition ... und Zufall", erwiderte Schäfer gut gelaunt und klopfte sich virtuell auf beide Schultern, weil er das Problem Haidegger so elegant und ohne Fingerbrüche gelöst hatte – glaubte er zumindest.

9.

Im Postfach lag eine Musik-CD, die ihm seine Nichte aus Salzburg geschickt hatte. Etwa alle zwei Monate kam so ein Kuvert, erinnerte Schäfer daran, dass die Tochter seines Bruders sein Patenkind war und verschaffte ihm ein schlechtes Gewissen, weil er die Anrufe, die er sich regelmäßig vornahm, immer wieder verschob. Bis Lisa ihn mit einer Sammlung verwunderlicher Lieder darauf aufmerksam machte, dass es eine Welt außerhalb des Berufs und des eigenen verworrenen Gehirns gab. Eine Welt, in der sich Familienmitglieder, Freunde, kulturelle Kostbarkeiten und viele andere angenehme Erscheinungen tummelten, die manche Härten des Lebens abfederten, wenn sie es nicht sogar im Fall des freien Falles retten konnten, wie man hörte. Er legte die CD ein.

When the night wind softly blows through my open window
Then I start to remember the girl that brought me joy
Now the night wind softly blows sadness to tomorrow
Bringing tears to eyes so tired
Eyes I thought could cry no more.

Jössas, murmelte Schäfer und drehte die Lautstärke nach oben, bis Plank sich auf der anderen Seite der Scheibe in seine Richtung wandte. Das war *Anthem* von Deep Purple. Als er dieses Lied das letzte Mal gehört hatte, waren in seinem Blut mehr Liebeskummerhormone und THC geschwommen als Hämoglobin. Er wartete bis zum Schluss des Liedes, legte die Füße auf den Tisch und rief seine Nichte an.

„Mädel ... geht's dir gut? ... Wenn du schwermütig bist, sagst du es mir, ja? Nichts, das sich durch ein Gespräch mit Onkel Johannes ... Nein, ich habe nicht gekifft, ich bin Polizist, schon vergessen ... Nein, nur weil ich deine CD bekommen habe und ... Ja, gefällt mir ... aber wie kommst du zu ... Was heißt, du hast jetzt gerade keine Zeit, ich bin dein Pate und zudem Major im Dienste der ... Ja, schon klar ... Wann kommst du mich besuchen? ... Jederzeit, ich habe einen riesigen Garten, eine Feuerstelle, eine Katze, die mit einem Raben Kunststücke aufführt ... Ruf mich am Tag davor an, dann richte ich das Gästezimmer her ... Natürlich sind deine Freunde auch willkommen, aber Rauschgift wird bei mir nicht konsumiert ... Ich hab dich lieb, schöne Grüße an deinen Vater ... Ja, an deine Mutter natürlich auch."

Eine gute Viertelstunde ließ Schäfer seinen Gummiball im ungefähren Rhythmus von Zola Jesus, Neil Young und Peaking Lights springen, bis das Telefon sich darüber empörte, wie der hochrangige Polizist mit Steuergeldern umging.

„Major Schäfer? ... Doktor Lainz von der Gerichtsmedizin ... wir haben bereits ..."

„Ja, ich weiß, wer Sie sind – womit kann ich dienen?"

„Es geht um die toxikologische Untersuchung von Yvonne Raab ... wir haben im Blut des Mädchens Spuren von LSD und Benzodiazepinen gefunden, das sind ..."

„Tranquilizer, ich weiß", Schäfer drückte die Stopptaste seines CD-Players, der gerade *White Rabbit* von Jefferson Airplane preisgab. „Wie viel?"

„Reichlich ... so viel, dass man davon ausgehen kann, dass sie das LSD in der dem Suizid vorausgegangenen Nacht oder vielleicht sogar am Morgen eingenommen hat."

„Ich kümmere mich um die Sache ... danke." Er legte auf und rief Auer in sein Büro.

„Irgendwelche Ergebnisse bei Ihren ... Nachforschungen?"

„Der Suizid? ... Also bislang habe ich keine Zeit gehabt, aber ..."

„Was haben diese Filmleute gesagt? Haben die etwas gehört oder gesehen, als sie am Morgen durch den Wald spaziert sind?"

„Sie haben die Notbremsung gehört, haben sich aber nichts gedacht dabei ... Das sind vielleicht arrogante Schnösel, wenn Sie mich fragen. Dieser Brandt hat mich angeschaut, als wollte er mich für einen Pornofilm casten."

„Nehmen Sie's als Kompliment ... und jetzt gehen Sie noch einmal in die Schule und befragen Sie die Mitschülerinnen ... vor allem diese drei Mädels." Schäfer reichte Auer einen Zettel mit den Namen von Yvonnes besten Freundinnen.

„In Bezug auf was?"

„Verhaltensänderungen im vergangenen Jahr, ihre Beziehung zu Daniel Antinori, Kontakte zu Personen außerhalb der Schule, Leistungsabfall in irgendeinem Fach … und vor allem Drogenkonsum."

„Da hat niemand was ausgesagt."

„Die Gerichtsmedizin hat festgestellt, dass Yvonne kurz vor ihrem Tod Drogen konsumiert hat, also: Fragen Sie noch einmal … Nehmen Sie Friedmann mit, der schüchtert die mehr ein."

„Okay …"

„Und fragen Sie diese Sarah Köfler, weswegen sie kaum noch Kontakt zu Yvonne gehabt hat … Wenn Ihnen etwas merkwürdig vorkommt, bohren Sie nach und wenn Sie wieder zurück sind, erstellen Sie ein Gesprächsprotokoll und bringen es mir."

„Gut … dann …"

„Dann gehen Sie jetzt, ja", antwortete Schäfer.

Regungslos, fast als ob er einem Maler als Modell diente, saß Schäfer am Schreibtisch und starrte in die Luft. Etwas stimmte nicht. Eine Ungereimtheit, etwas Übersehenes, es sprang durch sein Gehirn wie der Gummiball durch den Raum, doch wesentlich schneller und nicht fassbar. Und er konnte nicht einmal sagen, ob es mit dem Selbstmord von Yvonne Raab zusammenhing. Mit den Drogen, die sie genommen hatte. Mit irgendeinem der anderen Delikte, die sie aktuell bearbeiteten, oder einfach nur damit, dass der Rabe am Vortag vergeblich auf die Katze gewartet hatte. Vielleicht auch nur damit, dass er es aus seiner früheren Tätigkeit gewohnt war, allerlei plausible und absurde Zusammenhänge herstellen zu müssen und jetzt mit Konflikten betraut war, die eine nüchterne und geerdete Vorgangsweise verlangten. War es möglich, gleichzeitig über- und unterfordert zu sein?, fragte er sich und sah den Drehbuchautor an der Scheibe vorbeigehen.

„Grüß Gott, Herr Major." Der Mann hatte sich nicht nur der österreichischen Grußweise befleißigt, sondern blieb obendrein an der Schwelle stehen, bis er aufgefordert wurde, einzutreten. Gute Manieren, damit hatte man bei Schäfer gleich einmal einen Sympathievorschuss.

„Herr ... Sanders, oder?"

„Genau ... ich wollte Ihnen nur das Drehbuch vorbeibringen, damit Sie es nicht ausdrucken müssen."

„Das ist nett ... ich hätte es aber auch am Bildschirm lesen können."

„Ja ... aber das da brennt besser." Sanders grinste und legte das Manuskript auf den Schreibtisch.

„Das sagen Sie über Ihr eigenes Werk?"

„Auftragswerk ... die Story ist völlig hanebüchen, aber bitte ..."

„Wer ist eigentlich auf die Idee gekommen, in dieser Gegend hier zu drehen?" Schäfer stand auf und ging zur Espressomaschine. „Kaffee, Tee, Wasser, Wein?"

„Oh ... ein Glas Wein, wenn Sie einen offen haben."

„Weiß oder rot?"

„Lieber weiß, aber nur ..."

„Ich habe sogar einen deutschen Riesling da ... Reichsrat von Buhl, Herrgottsacker."

„Aus des Führers privatem Nachlass?"

„Spotten Sie nicht ... der deutsche Moselwein wird gerade in Österreich allzu oft unterschätzt", Schäfer reichte seinem Gast ein volles Glas und goss sich selbst eine Tasse Tee auf – *Fit & Fröhlich* von Wolkinger.

„Wirklich gut ... Sie trinken nichts?"

„Ich bin im Dienst ... außerdem schaut mein Chef demnächst vorbei ... also, wer hatte die glorreiche Idee für einen Film in dieser einzigartigen Naturlandschaft?"

„So übel finde ich es hier nicht", Sanders zuckte mit den Schultern, „meistens zahlen die Länder und Gemeinden einen Zuschuss ... außerdem hat der Lehnhart eine Firma in Tschechien, da bekommt er billige Leute für den Kulissenbau und die Hilfsarbeiten, die sind in zwei Stunden hier ... und Erik, unser Regisseur, der steht auf solche Gegenden und die Leute hier ... *unverbraucht* sagt er dazu."

„Unverbraucht, verstehe ... und Sie gehören zu den hochbezahlten Kreativen."

„Denkste, aber so schlecht ist die Kohle auch nicht ... wenn man nicht in Stunden rechnet ... und die öden Drehs ... aber besser als Hartz IV."

„Und auf Kosten der Steuerzahler leben ... wie ich zum Beispiel", sagte Schäfer und warf einen Blick in das Drehbuch. „*... bei einem adventure incentive verunglückt der vermögende Unternehmer Heinrich Stettner tödlich. Auf den ersten Blick sieht alles nach einem Unfall aus und die örtliche Polizei* ... Okay, ich verstehe, was Sie meinen ... Was schreiben Sie denn sonst?"

„Kriminalromane", Sanders lächelte verlegen, „aber die wollen Sie sicher auch nicht lesen."

„Wieso nicht?"

„Als Mann vom Fach ... Was uns der Bürgermeister erzählt hat, waren Sie in Wien eine große Nummer bei der Mordkommission."

„Eine große Nummer ... na ja ... ich war lange dabei."

„Und warum sind Sie jetzt hier ... ich meine ..."

„Da, wo sich nur in Ihren Drehbüchern jede Woche ein mysteriöser Todesfall ereignet?"

„Ja, so ähnlich."

„Die Wege des Herrn ...", Schäfer verlor sich für eine Minute in seinen Gedanken, „das Leben schreibt eben ... Moment", das Telefon läutete. Friedmann, der ihm mitteilte, dass der Landespolizeikommandant eben eingetroffen war.

„'tschuldigung für den abrupten Abbruch, der big boss ist da." Schäfer nahm die halbvolle Flasche Wein und wickelte sie in eine Zeitung. „Nehmen Sie ... damit das Heimweh erträglicher wird."

„Keine Sorge, ich bin aus Düsseldorf", erwiderte Sanders, „aber vielen Dank ... lange keinen so guten Wein mehr getrunken ... auf Wiedersehen, Herr Major."

„Vielleicht kommen Sie einmal bei mir zu Hause vorbei ... dann lasse ich Sie einen guten Österreicher kosten und wir reden ... worüber auch immer."

„Sehr gerne sogar." Sanders wirkte überrascht. „Hier habe ich ... meine Karte ..."

10.

Samstag. Nach einem zweiwöchigen Hoch, das neben außerordentlich hohen Temperaturen auch überdurchschnittlich viele Hitzköpfe mit Raufhändeln, Ruhestörungen und Alkofahrten mit sich gebracht hatte, war die Temperatur plötzlich um zehn Grad gefallen. Die Wolken hingen tief, immer wieder weinten kurze, aber heftige Regenschauer herab. Ein paar Minuten hatte Schäfer im Bett liegend überlegt, sich dieser Stimmung zu ergeben. Den ganzen Vormittag schmalzige Schwarzweißfilme zu schauen und fettige Lebensmittel in sich zu stopfen. Dann war er in den englischen Regenmantel aus gewachster Baumwolle geschlüpft, den Bergmann ihm zum Abschied geschenkt hatte, und zu einer Morgenwanderung aufgebrochen. Drei Stunden später hatte er in einem Kaffeehaus das Kaiser-Frühstück verzehrt, ein paar Runden im Lesezirkel gedreht und sich anschließend auf den Heimweg gemacht.

Auf dem Treppenabsatz vor der Haustür saß Inspektor Schreyer, klatschnass, neben sich eine leere Saftflasche sowie einen Stapel zerklaubter Tageszeitungen. Und da jener nach Schäfers Erfahrung kein Schriftstück weglegte, ohne jedes einzelne Wort gelesen und überdacht zu haben, war er schon mindestens zwei Stunden hier.

„Steht da irgendwas drin über die Erfindung des Telefons? Damit kann man angeblich Leute über große Distanzen erreichen und fragen, wo sie sind und wann sie zurückkommen." Schäfer stieg an Schreyer vorbei zur Tür und sperrte auf.

„Nein, aber Sie sind drin, da!" Schreyer hielt Schäfer die Titelseite einer lokalen Wochenzeitung hin.

Amoklauf im Alleingang verhindert! Heimischer Polizist überwältigt bewaffneten Pensionisten.

„Geh ins Bad und dusch dich heiß ... ich bring dir was Trockenes zum Anziehen", sagte Schäfer, nachdem er seinen Mantel abgelegt und die Schuhe ausgezogen hatte.

Während sein Besuch sich im Bad hoffentlich einer Lungenentzündung erwehrte, saß Schäfer in der Küche, trank eine Tasse Filterkaffee und las so widerwillig wie geschmeichelt den Bericht über seinen Einsatz bei Schöpf. Amoklauf ... schwer bewaffnet ... Alleingang ... Realität versus Fiktion, wie der Drehbuchautor treffend bemerkt hatte. Ja, keine Frage, er war wieder einmal der Superbulle, als den ihn sogar diese oberschlaue Gymnasiastin sah. Dennoch: Was wäre passiert, wenn in Schöpfs Waffe nicht nur Schreckschusspatronen gewesen wären? Was würden sie schreiben, wenn eine seiner Kurzschlussaktionen einmal danebenginge? Konjunktiv, wieder einmal. Wie lange konnte das noch gut gehen, dass er auf die Regeln schiss und dennoch mit heiler Haut davonkam?

Quo usque tandem, Johannes?, wie ihn sein Lateinlehrer des Öfteren gefragt hatte.

Genau deswegen hatten sie ihn ja nach Schaching versetzt – in eine Gegend, wo die Wahrscheinlichkeit von Delikten, die seinen Gerechtigkeitssinn, den andere Wahnsinn nannten, zum Äußersten provozierten, sehr gering war. Doch das verstanden die Medien anscheinend anders: Er war nicht hier, um sich von der Gewalt der Großstadt zu erholen, sondern um das Spannungsmoment der Gewalt in die Provinz zu bringen. Verkehrte Welt.

„Ich wäre dann fertig." Schreyer stand mit einem Handtuch um die Hüften an der Schwelle zur Küche und grinste.

„Wenn das Wasser kocht, gießt du es in die Kanne da." Schäfer ging ins Schlafzimmer, um trockene Kleidung zu holen.

In einem abgewetzten Trainingsanzug saß Schreyer schließlich im Wohnzimmer und trank brav seinen Tee. Zuerst hatte Schäfer eine Jeans und einen Wollpullover aus dem Kasten geholt. Sich dann umentschieden, weil er annahm, dass Schreyer sich im Trainingsanzug mit dem Aufdruck *Polizei* wohler fühlte. Ein wenig weh ums Herz wurde ihm, als er den in seinem augenblicklichen Glück verhafteten Inspektor ansah. Fast sechs Jahre hatte dieser ihm in Wien ... *gedient* war das einzig richtige Wort, zumal Schreyer nur in einem dominanten Abhängigkeitsverhältnis funktionierte. Dann allerdings lief sein Gehirn wie ein Computer: Einen Berg Akten aus dem Archiv, der jeden anderen die Frühpension herbeisehnen ließ, sichtete er ohne Wenn und Aber. Inspektor!, konnte Schäfer ihn anherrschen, hat es von 1973 bis heute ein Tötungsdelikt gegeben, in dem ein Bleistift von Faber-Castell mit dem Härtegrad 4 eine Rolle gespielt hat? Und vier Stunden später stand Schreyer da und ratterte die Daten heraus wie ein Kontoauszugsdrucker.

Zum Leidwesen aller Nutznießer dieser halbautistischen Fähigkeiten hatte sich nach Schäfers Versetzung herausgestellt, dass der Inspektor zwar durchaus technisch, aber auch sklavisch funktionierte. Ohne den Major, sein einzig wahres Motherboard, brachen seine Leistungen ein, er wurde langsam, unzuverlässig und störrisch. Was dem neuen Gruppenleiter Bergmann nach einer zweimonatigen Toleranzfrist keine andere Wahl gelassen hatte, als Schreyer zuerst zu beurlauben, um sich nach einem passenden Job umzusehen, und ihn dann zu entlassen. So war Schreyer beim Statistischen Zentralamt gelandet. Und dort aufgrund seiner Fähigkeiten in Kombination mit fehlenden Karrierewünschen zum Wunschkind jedes faulen Beamten geworden.

„Wie läuft es bei der Arbeit?", fragte Schäfer, nachdem sie sich bestimmt zehn Minuten schweigend gegenübergesessen waren.

„Gut ... sie haben mir eine Gehaltserhöhung in Aussicht gestellt."

„Die steht dir jedes Jahr automatisch zu ... lass dich von denen nicht verarschen."

„Nein, bestimmt nicht ... Wie ... Ihnen geht es gut, hier?" Schreyer griff verlegen zu seiner Teetasse.

„Das Haus und der Garten sind super, die Arbeit ist ... gewöhnungsbedürftig."

„Ja, wie bei mir."

„Haben Sie noch Kontakt zu Bergmann?", fragte Schäfer, obgleich er wusste, dass Schreyer diesen einmal in der Woche anrief.

„Ich frage ihn manchmal, ob er Arbeit hat für mich ... aber er sagt immer: *Theoretisch ja, praktisch nein, weil das den Dienstvorschriften widerspricht und Ihre neuen Arbeitgeber damit sicher keine Freude hätten.*“

„Ehrlich und korrekt, der Chefinspektor“, Schäfer grinste, weil Schreyers perfekte Imitation die Stimme Bergmanns wie ein Echo in den Raum geholt hatte, „nehmen Sie’s ihm nicht übel.“

„Nein, mach ich nicht ... Sie haben ...“

„Nein, leider“, Schäfer brauchte Schreyer gar nicht ausreden zu lassen, um zu wissen, was ihm am Herzen lag. Und er hatte ein paar Mal selbst daran gedacht, den Inspektor in seine neue Gruppe zu holen. Allerdings: Wofür? Hier gab es in erster Linie Tagesgeschäft zu erledigen; die Arbeit der Sicherheitswache war etwas völlig anderes als der Apparat der Ermittlungseinheit Gewaltverbrechen. Schreyer mochte ein fantastischer Rechercheur und Datenaufarbeiter sein – aber als eigenverantwortlicher Hüter der Lebensqualität taugte er nicht. Und Schäfer konnte ihn ja nicht einstellen, nur um jede Woche die Dienststelle neu auszumalen.

„Vorige Woche hat sich eine Siebzehnjährige aus dem Ort vor den Zug gelegt.“ Nach zehn Minuten hielt Schäfer es nicht mehr aus, seinen Besucher so trübe und trist werden zu sehen wie das Wetter.

„Und warum?“

„Eben ... ich weiß es nicht genau ... allerdings hat die Gerichtsmedizin festgestellt, dass sie Drogen konsumiert hat, kurz vor ihrem Tod.“

„Was für Drogen?“ Schreyer richtete sich auf.

„LSD und Tranquilizer.“

„Vielleicht war ihr gar nicht bewusst, dass sie auf dem Gleis steht.“

„Möglich ... ich muss auf jeden Fall herausfinden, von wem sie die Drogen bekommen hat.“

„Das müssen Sie auf jeden Fall ... wenn ich dabei helfen kann ...“

„Schauen wir mal ... Ich mache uns was zu essen.“ Schäfer stand auf und marschierte in die Küche, erleichtert, dem ausgehungerten Inspektor wenigstens einen kleinen Bissen Polizeiarbeit vorgeworfen zu haben.

11.

Nachdem er seinen Gast am frühen Abend zum Bahnhof gebracht hatte, fuhr Schäfer am Posten vorbei, hielt an, überlegte eine Minute und stieg aus dem Wagen. Plank saß über einem Kreuzworträtsel, das er unter seiner Tastatur verschwinden ließ, als sein Vorgesetzter den Raum betrat.

„Ich habe nichts dagegen, dass Sie hier eine ruhige Kugel schieben, wenn nichts los ist“, Schäfer setzte sich, „aber ich mag es auch nicht, wenn Sie es vor mir verheimlichen wollen ... Trinken wir einen Kaffee?“

„Sicher, ja“, erwiderte Plank mit gerötetem Gesicht und ging Richtung Küche.

„Nehmen Sie meine Maschine.“

„Echt? Wie ...“

„Sie wollen mich jetzt nicht im Ernst fragen, wie die funktioniert, oder?“, unterbrach Schäfer den Inspektor.

„Wir ... ich habe mir nur ein paar Mal einen Kaffee gemacht, wenn ...“, meinte Plank kleinlaut und ging in Schäfers Büro.

„Das ist kein Kontrollbesuch“, Schäfer ließ ein Stück Zucker in seine Tasse fallen, „mir war langweilig, also wollte ich schauen, wie’s Ihnen geht.“

„Gut ... ruhig ist es.“

„Ja ... von mir zum Bahnhof und dann hierher habe ich keinen einzigen Menschen getroffen."

„Bei dem Wetter", sagte Plank hölzern und Schäfer fragte sich, ob der Inspektor neben dem Kreuzworträtsel vielleicht auch noch eine aufgeblasene Gummipuppe versteckt hatte.

„Ah, die Frau Raab war da." Plank stand erleichtert auf, ging abermals in Schäfers Büro und kam mit der Tragetasche eines Schuhgeschäfts zurück. „Das ist für Sie."

„Von ihrer Tochter", mutmaßte Schäfer, nachdem er ein postkartengroßes Notizbuch aus der Tasche genommen und aufgeschlagen hatte. „Dann weiß ich jetzt wenigstens, womit ich meinen Abend verbringe."

„Wollen Sie hierbleiben?", platzte es aus Plank heraus und er wurde abermals rot im Gesicht. „Entschuldigung, ich ..."

„Danke für das Angebot", Schäfer grinste und klopfte Plank auf die Schulter, „ich bin erreichbar."

Er ließ das Auto stehen und spazierte heimwärts. Als er an der Pizzeria Antinori vorbeikam, blickte er durch die Scheibe, sah, dass nur zwei Tische besetzt waren und betrat das Lokal. Hinter der Schank stand ein dunkelhaariger Bursche, der Schäfer für sein jugendliches Alter zu selbstsicher schien, als dass er nicht im familieneigenen Betrieb arbeitete.

„Bist du Daniel?"

„Ja, sicher", der Junge sah vom Zapfhahn auf, „ich kenne Sie ... Sie sind der neue Polizeichef ... der diesem Spinner die Gartenzwerge zerschossen hat ... geile Aktion."

„Ja ... ich hätte ein paar Fragen an dich", Schäfer hatte sich einen Bierdeckel genommen und klopfte diesen hochkant auf die Theke, „ein ruhiger Tisch für zwei?"

„Sicher." Der Junge gab dem ohnehin gelangweilten Kellner ein Zeichen, dass er ihn kurz vertreten sollte, und führte Schäfer an einen Tisch im hintersten Winkel des Restaurants. „Worum geht es denn?"

„Nur ein paar Routinefragen." Schäfer hatte Lust auf ein Glas Wein, wollte den Jungen jedoch nicht um eine Gefälligkeit bitten. „Wie lange warst du mit Yvonne zusammen?"

„Netto oder brutto?" Daniel grinste verschwörerisch.

„Du hast da oben schon ein bisschen mehr Hirn als eine Eidechse, oder?" Schäfer beugte sich nach vorne.

„Wieso?"

„Ein Mädchen, mit dem du liiert warst, hat sich vor zehn Tagen das Leben genommen ... ein Zug hat sie überfahren ... soll ich dir die Bilder zeigen?"

„Nein, aber ... das war ..."

„Oder soll ich jetzt davon ausgehen, dass dir ihr Tod deswegen so egal ist, weil sie irgendwas gewusst hat, das dir unangenehm ist?"

„Was? Wieso? ... Das ist doch meine Sache, ich ... ich schaue eben nach vorne und ..."

„Und?"

„Das hat sowieso nicht gepasst ... ich und die Yvonne."

„Und warum?"

„Sie war ..."

„Nicht schön genug?"

„Nein, doch ... wahrscheinlich war ich nicht intelligent genug für sie."

„Für diese Erkenntnis braucht man schon ein gewisses Maß an Intelligenz." Schäfer nahm einen freundlicheren Ton an. „Also hat sie Schluss gemacht?"

„Eigentlich wir beide ... das hat ja hinten und vorne nicht gepasst."

„Hinten und vorne, so so“, kam es Schäfer aus, worauf er sich betreten räusperte. „Warum wart ihr dann überhaupt zusammen?“

„Pfh ... ich hab sie halt interessant gefunden, weil sie anders war ... mit den Büchern und Filmen ... sie wollte ja entweder Schriftstellerin oder Regisseurin werden.“ Für einen Moment schien Antinori sentimental zu werden. „Und ich, na ja ...“

„Verstehe ... und irgendwann hat sich diese Faszination des Gegenteiligen abgewetzt ...“

„Was?“

„Es hat nicht mehr gepasst.“

„Ja ... vielleicht bin ich eh nur ihr Alibi gewesen ...“

„Wofür?“

„Na ja ... dass sie bei ihren Freundinnen gut dasteht, oder denen halt zeigen kann, dass sie eh wie alle anderen ...“

„Wer waren denn ihre besten Freundinnen?“

„Die Simona, die Nadine und die Sarah ... mit der Sarah hat sie sich aber wegen irgendwas zerkracht, keine Ahnung, worum es da gegangen ist.“

„Um einen Mann? ... Weißt du, ob sie nach eurer Beziehung mit einem anderen zusammen war?“

„Bestimmt nichts Fixes ...“

„Nimmst du Drogen?“, fuhr Schäfer im selben freundlichen Ton fort.

„Nein!“ Verwirrt schüttelte der Junge den Kopf.

„Hie und da ein Joint ... ab und zu ein E einwerfen?“

„Ja, probiert habe ich schon ... aber das ist nichts für mich.“

„Und Yvonne?“

„Weiß ich nicht so genau ... Einmal haben wir zusammen gekifft ... aber wir haben uns auch nicht wirklich oft gesehen ...“

„Wenn sie was genommen hat, von wem könnte sie es bekommen haben?"

„Von mir sicher nicht!"

„Gut ... danke."

„War's das?"

„Ja", Schäfer stand auf, „wenn dir noch etwas einfällt: anrufen."

Während auf dem Fernsehbildschirm zwei Kommissare in einer deutschen Kleinstadt ihr Handwerk mehr schlecht als recht erledigten und serientypische Plattheiten von sich gaben (Sanders?), blätterte Schäfer in den Aufzeichnungen von Yvonne Raab. Neben einem Notizbuch hatte deren Mutter ein paar Fotos, Schulzeugnisse, unbeschriftete CDs (Musik), DVDs (Filme, Serien) sowie die leere Verpackung der erwähnten Appetitzügler in die Papiertasche gegeben. Schäfer wusste, warum. Er hatte diesen Akt der Verzweiflung oft genug mitbekommen, und immer noch gab es ihm einen Stich ins Herz, wenn er solche Relikte vor sich hatte – als ob er als Polizist daraus eine tröstende Erklärung für den Tod des Mädchens, für irgendeinen Tod zu finden fähig wäre.

Er brauchte eine Weile, bis er die stichwortartigen Aufzeichnungen des Mädchens wenigstens teilweise verstand. Es gab kein System darin, keine klaren Hinweise, wo es sich um die Wiedergabe eigener Erlebnisse handelte, was Hoffnungen und Sehnsüchte waren, was erste lyrische Versuche und was die Übernahme von fremden Gedicht- oder Liedzeilen, die sie beeindruckt hatten. Mit einigen kryptischen Kürzeln konnte er überhaupt nichts anfangen. Ein Code? Oder nur die übliche Kommunikationskluft zwischen den Generationen?

Sein Gesamteindruck, nachdem er das Heft durchgesehen hatte: ein typischer Teenager, hormonelle Höllenpein, schwarze Kleidung, Verworrenheit zwischen Tagträumen und Langweile – so wie auch er, Johannes Schäfer, in diesem Alter gewesen war. Dass ihre Lehrer und Mitschüler sie als lebensfrohes und unbeschwertes Mädchen geschildert hatten: bornierter Gehorsam gegenüber der Polizei und die Angst vor den Vorwürfen, warum sie denn nichts bemerkt hätten et cetera.

Dann lag er im Bett. Hatte die Augen geschlossen und sah zu, was sich dahinter abspielte. Sanders, der Drehbuchautor, eine willkommene Abwechslung, was wohl für jeden ortsfremden, halbwegs intelligenten Menschen zuträfe.

Landespolizeikommandant Warstätter, der nach Sanders' Besuch sein Pfauenrad aufgeschlagen hatte. Ihn zuerst lobte für die gewaltfreie Bereinigung der krisenhaften Situation mit diesem unberechenbaren Pensionisten. Dann aber doch zu bedenken geben wollte, dass solch ein Vorgehen hier, im Gegensatz zu Wien ... dass der Hase hier anders lief, und er, Oberst Warstätter, doch Wert darauf legte, dass Situationen wie die mit jenem unberechenbaren Menschen, obgleich mit Bravour gelöst, wie er, ein Polizist alter Schule, neidlos anerkenne, doch auch manchmal einer Reflexion bedürften, die, ja, Major, wir verstehen uns, bla bla bla, die tausendmal gehörte Schulmeisterei.

Apropos schulmeisterlich: Bergmann gedachte ja am Wochenende mit Kovacs bei ihm aufzutauchen. Nach einer Radtour, die die beiden masochistischen Polizisten bei Sonnenaufgang in Klosterneuburg beginnen und etwa acht Stunden später mit einer Kohlehydrat-Orgie in Schäfers Garten abschließen wollten. Er hob seinen müden Körper, drehte die Nachttischlampe auf und kritzelte in den Block auf dem Nachttisch: Nudeln und Fleisch einkaufen. Ein paar Sekunden blieb sein Blick an diesen Worten hängen – früher waren auf Seiten wie diesen nur nächtliche Geistesblitze zu irgendwelchen komplizierten Fällen gestanden, und jetzt: Fleisch und Nudeln. Steak blutig! kritzelte Schäfer zu seinem eigenen Amüsement hinzu und drehte das Licht ab.

12.

Täglich grüßt das Eichhörnchen. Mehr aus Pflichtbewusstsein seinem Körper gegenüber denn aus Freude an der Natur drehte Schäfer sonntagvormittags die gleiche Runde wie am Vortag. Zumindest wartete diesmal bei seiner Rückkehr kein unangemeldeter Besuch.

Nach einem Zitronengras-Sandelholz-Bad (Wolkinger) setzte er sich vor den Fernseher und vergaß sich eine halbe Stunde bei den *Morden des Herrn ABC*. Dann drehte er den Ton ab und widmete sich abermals dem Notizbuch von Yvonne Raab. Aus diesen Kürzeln wurde er nicht schlau – aber neugierig. Er holte seinen Laptop und suchte nach der Abkürzung SIB. Sicherheitsbeauftragter, Sowjetisches Informationsbüro ... Dass Yvonne für einen Geheimdienst gearbeitet hatte und sterben musste, weil sie zu viel wusste, zu dieser Schlussfolgerung brauchte es schon einen Menschen wie Sanders. CUT ... was denn schneiden? Oder war diese Droge aus dem Jemen gemeint, der Kathstrauch? TML! ... Entnervt gab Schäfer auf, legte das Buch beiseite und starrte ein paar Minuten auf den Fernseher. Er musste den Kopf frei bekommen.

Kurz darauf saß er am Küchentisch, vor sich seine japanische Messerkollektion, einen Wasserstein und ein feuchtes Schwammtuch. Die Lautsprecher im Wohnzimmer steuerten seinem Tun Bachs *Goldberg-Variationen* bei. Einem Betrachter ohne Hintergrundwissen, der zufällig durchs Küchenfenster geschaut hätte, wäre wohl das prototypische Bild eines Serienmörders vor Augen gestanden. Doch Schäfer selbst gelangte über die langsamen und gleichmäßigen Bewegungen, mit denen er das Messer nun über den Stein zog, in einen Zustand fast rauschhafter Versunkenheit. Zen und die Kunst des Messerwetzens, hatte er einmal zu Bergmann gesagt, als der sich anerkennend über die Qualität der Messer geäußert hatte, während er die Zutaten für seine famosen Rindsrouladen schnitt. Suminagashi, 37 Lagen Stahl unterschiedlicher Härte, hatte Schäfer geprahlt, mit denen können Sie eine Wespe in der Luft zerteilen. Und das war kein hochtrabender Vergleich, das hatte er selbst ausprobiert, als ihm das Schleifen einmal zu langweilig geworden war.

Jetzt stand er an der Anrichte und schnitt Sellerie, Karotten und Kartoffeln für eine Gemüselasagne – das übliche Ofengericht, zumal den Herdplatten nicht zu trauen war. Einmal glühten sie auf wie ein verendender Stern, dann blieben sie kalt wie der Fisch in der Pfanne. Die Entscheidung, sich einem Fachmann anzuvertrauen, war gefallen, als Schäfer zwei Wochen zuvor Spaghetti in seinem Edelstahl-Wasserkocher zubereiten wollte. Przz, dreißig Euro beim Teufel. Tags darauf rief er einen Elektriker an, dessen Führerschein an einem seidenen Kabel hing und hatte ihn noch am selben Abend im Haus. Wo der gute Mann allein beim Anblick des Herdes schon dreifach seufzte und das Fläschchen für die letzte Ölung auspackte. Ja, jetzt hieß die Hürde Elektrofachmarkt, und die getraute sich Schäfer ohne seinen liebsten Abonnenten des Konsumenten-Magazins nicht zu nehmen.

„Verdammte Abhängigkeit, in die mich dieser Pedant Bergmann da gebracht hat“, murrte er und sah entgeistert zu, wie sich das gehackte Gemüse in scharlachrote Rüben verwandelte. „Ah, Scheiße, Scheiße“, schrie er und humpelte ins Bad, wo er den Erste-Hilfe-Kasten aufbewahrte. Und während er einen provisorischen Druckverband anlegte, fragte er sich, warum er eben gehumpelt war, wo er sich doch den halben Finger abgeschnitten hatte. Hand im Arsch, Hirn im Arsch, *man down* hieß das wohl im Kriegsjargon. Schäfer klappte seinen Laptop auf und suchte den Arzt, der Wochenenddienst hatte.

Fünf Minuten später war er unterwegs – in einem auffrisierten Saab, dessen Prüfplakette Schäfers Vorgänger höchstwahrscheinlich erhalten hatte, weil er über die Schwarzarbeiter in der Kfz-Werkstatt hinweggesehen hatte, mit der rechten Hand gleichzeitig lenkend und schaltend, die linke in einem Verband, der inzwischen mehr rot als weiß war.

„Sauberer Schnitt“, meinte der Arzt, als er die Wunde inspizierte, „sind Sie Koch?“

„Polizei.“ Schäfer fühlte sich plötzlich einer Ohnmacht nahe, was der Arzt offensichtlich gleich erkannte.

„Legen Sie sich hin … erst kümmere ich mich um das da und dann rufe ich die Polizei.“

„Nein … ich bin Polizist.“

„Ah … ja, stimmt“, der Arzt lächelte, „Sie waren am Wochenende in der Zeitung … aber ohne die Uniform …“

„Hm“, meinte Schäfer, der keine Ahnung hatte, ob er nackt in der Zeitung abgebildet gewesen war oder wovon dieser Mann gerade sprach.

Vielleicht eine Viertelstunde später saßen sie im Büro des Doktors. Schäfer mit einem Verband, unter dem sein Finger närrisch pochte, der Mann hinter dem Schreibtisch müde lächelnd und eine Packung Schmerzmittel über den Tisch reichend.

„Wenn Sie Linkshänder sind, sollten Sie die kommenden Tage mit der anderen Hand schießen."

„Das wird wohl kaum nötig sein."

„Wenn Ihnen nicht wieder ein paar Gartenzwerge in die Quere kommen." Lind schmunzelte, worauf er einen scharfen Blick abbekam. „Nein, so war das nicht gemeint, wir ... also im Ort ist Ihr Ansehen damit ..."

„Ja, ist mir schon aufgefallen, dass hier wenig verborgen bleibt." Schäfer tauchte kurz in seine Gedanken ab. „Waren Sie eigentlich der Hausarzt von Yvonne Raab?"

„Das Mädchen, das sich umgebracht hat? ... Furchtbare Geschichte ... ja, sie war, glaube ich, zwei-, dreimal hier."

„Hatte sie ... Probleme?"

„Ich verstehe nicht, was Sie meinen."

„Depressionen, Drogen ..."

„Ist mir nichts aufgefallen." Lind drehte sich zum Computer und bearbeitete die Tastatur.

„Die Gerichtsmedizin hat Benzodiazepine in ihrem Blut gefunden ... außerdem hat mit ihre Mutter erzählt, dass sie rezeptpflichtige Appetitzügler genommen hat."

„Von mir hat sie die sicher nicht ... Da hab ich's ... zweimal hab ich ihr Antibiotika verschrieben, einmal wegen einer Bronchitis, einmal wegen einer Mandelentzündung ... da wäre mir nichts aufgefallen ... was allerdings nichts heißen muss."

„Wie lange führen Sie die Praxis schon?"

„Seit gut einem Jahr."

„Und wer hat sie davor gehabt?"

„Doktor Kettner."

„Wohnt der noch hier im Ort?"

„Er ist vor eineinhalb Jahren gestorben, Infarkt in der eigenen Ordination ... Ironie des Schicksals, oder?"

„Kann man so sagen ... Haben Sie seine Patientenakten?"

„Nur von den Patienten, die ich übernommen habe ... mit ein paar Säcken uralter Ärztemuster, die er im Keller gelagert hat."

„Also haben Sie auch die Unterlagen über Yvonne Raab?"

„Wahrscheinlich ... müsste ich nachschauen ... aber damals war sie fünfzehn und was ich gehört habe, war Kettner ein sehr kompetenter Arzt ... Appetitzügler oder Tranquilizer hätte der ihr niemals verschrieben." Lind versuchte, ein Gähnen zu unterdrücken. Wochenenddienst hieß offensichtlich von Samstagfrüh bis Montagfrüh.

„Gut ... danke für den Finger und die Auskunft ... möglicherweise komme ich noch auf Sie zu."

„Sicher sogar: In einer Woche sind Sie hier zur Kontrolle ... und wenn davor was ist, kommen Sie sofort vorbei."

„Versprochen." Schäfer reichte dem Arzt die Hand.

13.

„Können Sie das heute noch durchschauen?" Schäfer reichte Auer das Notizbuch von Yvonne Raab über den Schreibtisch.

„Was ist das?" Auer setzte sich und drehte das Buch in der Hand, als ob so irgendwelche versteckten Botschaften zum Vorschein kommen könnten.

„Yvonne Raabs private Aufzeichnungen."

„Ah ... und worauf genau?"

„Vielleicht finden Sie irgendeinen Hinweis, von wem sie die Drogen bekommen hat ... ich kenne mich mit diesen Kürzeln nicht aus ... vor einem Monat: L! SIB ... vier Tage vor ihrem Tod: TML! CUT et cetera. Keine Ahnung, was das heißen soll, SIB, wohl kaum Sicherheitsbeauftragter oder Sowjetisches Informationsbüro … Haben Sie in der Schule irgendetwas herausgefunden?“

„Nichts in Bezug auf Drogen … da müsste ich noch einmal gezielt nachfragen.“

„Machen Sie das“, meinte Schäfer genervt. Er fühlte den Zeitpunkt näher kommen, an dem er seine Nachforschungen einstellen musste, um sich nicht aus Mangel an anderen Aufgaben in einem selbst geschaffenen Erklärungsmuster zu verstricken. Eine junge Frau hatte sich das Leben genommen. In Wien hatte das zum Tagesgeschäft gehört. Tragisch, doch Teil der Arbeit. Eine Seite Routinebericht, eine Seite Obduktionsbericht, Deckel drauf, Sarg versenkt. Wieso widmete er diesem Ereignis dann hier so viel Aufmerksamkeit? Weil es schmerzlich herausstach aus diesem sonst so friedfertigen Leben? Weil er sich in dieser überschaubaren Bevölkerungszahl verpflichtet fühlte, diese Tragödie in einen allgemein verständlichen Zusammenhang zu stellen, eine Ursache, eine Wirkung, eine Schuld zu finden?

„Also wegen den Befragungen in der Schule“, setzte Auer zögerlich fort, zumal Schäfer in ihr unzugängliche Galaxien abgedriftet war, „im Gegensatz zu ein paar anderen wurde Yvonne nicht gemobbt … weder in der Klasse noch über Facebook oder Chatrooms … Schaut nicht so aus, als ob sie irgendwelche Mitschüler fertigmachen wollten … auffällig ist höchstens, dass sie auf diesen Plattformen wenig aktiv war, zumindest im Gegensatz zu den anderen Mädels.“

„Sympathisch … und woher haben Sie diese Informationen?“, fragte Schäfer vorgesetztenhaft, um zu übertünchen, dass das Tempo, die Eigendynamik und die sozialen Auswirkungen dieser virtuellen Netzwerke seinen Horizont überstiegen. Verdammt – und er war noch keine fünfzig!

„Sarah, eine Freundin von Yvonne, die will unbedingt zur Polizei ... sie hat mir eine Tour über ihren Account gestattet."

„Was ist mit ihrem Browserverlauf? Haben Sie da was gefunden?"

„Musik, Kino, Literatur ... auffällig wenig pubertäres Zeugs ... scheint eher die Intellektuelle gewesen zu sein ..."

„Verstehe ... Was ist mit den anderen beiden, Simona und ..."

„Nadine ... die sind beide noch ziemlich geschockt, diese Simona hat überhaupt nicht mehr aufgehört zu weinen und ... Yvonne soll schon eher introvertiert gewesen sein, aber dass sie sich umbringt, dafür hätte es überhaupt keine Anzeichen gegeben, sie verstehen es einfach nicht."

„Okay ... gute Arbeit", Schäfer nahm irgendeine Akte zur Hand, die auf dem Schreibtisch lag, „bleiben Sie dran."

„Ja ... Was haben Sie mit Ihrer Hand gemacht?"

„Japanischer Stahl gegen Tiroler Fleisch ... Tirol hat verloren."

Am späten Nachmittag wurden sie zu einem Einsatz am Bahnhof gerufen. Eine Gruppe junger Männer lieferte sich eine wüste Schlägerei, bei der es nach Angaben des Anrufers schon so weit gekommen war, dass einer mit blutendem Kopf am Boden lag.

Ein, zwei Tage später fragte sich Schäfer, wie es sein konnte, dass er dem Alarm gefolgt war, als hätte er ihn herbeigesehnt. Endlich! Endlich hat sich jemand erbarmt, einen Gewaltausbruch zu inszenieren und Major Schäfer aus seiner selbst verschuldeten Eintönigkeit zu reißen. Ihm das zu geben, was er sonst nirgends zu finden schien. Ja, Schäfer, du arme Sau: Was irgendwann vielleicht aus

Idealismus begonnen worden war, hatte sich über die Jahre von der Sicherheitswache über das Drogendezernat hin zur Mordkommission verselbstständigt und konnte sich ohne die entsprechenden Straftaten nur selbst kannibalisieren. Weil der Gedanke *Wofür das alles?* nur schnell genug vom nächsten Täter erstickt werden musste. Und eine Versetzung von einer Großstadt in eine Gegend, die eine der niedrigsten Verbrechensraten in Österreich aufwies: Da verkam man zu einem pensionierten Formel-1-Fahrer, der nur mehr die Radarkästen als Gegner kannte. Dabei hatte Schäfer drei Jahre zuvor ernsthaft überlegt, eine Ausbildung zum Kindergärtner zu machen, weil er glaubte, die Gewalt nicht mehr ertragen zu können. Und dann war er zur Eingangshalle des Bahnhofs gerannt, hatte einen der Schläger am Kragen gepackt, ihm in die Kniekehle getreten und ihn zu Boden gerissen – wobei der Schlag in die Nieren nicht unbedingt notwendig gewesen wäre. Nachdem er dem Mann Handschellen angelegt hatte, sprang er auf und wollte sich auf den Nächsten stürzen. Doch die Show war vorbei, die Streithähne erschöpft und ihrem plötzlich friedvollen Benehmen zufolge durchaus froh, dass ihre Prügelei ein Ende fand, ohne dass jemand eine Niederlage eingestehen musste – die Polizei hatte schließlich außer Konkurrenz mitgemacht und konnte so nicht als Sieger gewertet werden.

„Ab in den Bus mit ihnen“, hatte Schäfer angeordnet, irgendwie enttäuscht.

Der restliche Tag verlief ruhig – als hätte er seine gesamte Gewaltenergie in dieser so hitzigen wie harmlosen Prügelei verpufft und müsste sich erst wieder aufladen. Schäfer beschäftigte sich administrativ, wie er bei einer allfälligen Nachfrage geantwortet hätte: surfte im Internet, studierte den tausend Seiten starken Heimwerker-Katalog, den Inspektor Schreyer ihm als Abschiedsgeschenk vermacht hatte, beantwortete ein paar Mails – insgesamt nichts, das der genauen Beschreibung oder Erinnerung lohnte.

Als er die Uniform gegen seine Zivilkleidung tauschte, traf eine SMS von Sanders ein: Haben Sie morgen Abend Zeit? Würde Sie gerne zu ein paar fachlichen Dingen befragen. LG, Sanders. Ich gebe Ihnen morgen Bescheid, tippte Schäfer und verließ den Posten. Auf dem Parkplatz lief ihm Nadja Windreiter in die Arme.

„Gibt's was Wichtiges?" Schäfer verlangsamte seinen Schritt, ohne stehen zu bleiben.

„Nein ... ja, vielleicht." Das Mädchen schien enttäuscht von seiner harschen Art.

„Und?"

„Die Yvonne hat sich ziemlich sicher mit jemandem getroffen, der nicht von der Schule ist ... möglich, dass sie von ihm auch was bekommen hat."

„Hat der auch einen Namen?" Schäfer blieb stehen und nahm seinen Notizblock heraus.

„Einen Namen hat er sicher, aber ich weiß ihn nicht."

„Und woher stammt diese Information?"

„Ja, Gerede halt ... dass sie seit einem halben Jahr mit ihren Freundinnen nicht mehr viel unternommen`hat ... und weil sie halt ein paar Mal so geheimnisvoll getan hat ... vielleicht hat sie geglaubt, dass wir zu doof für sie sind ..."

„Wirklich?", rutschte es Schäfer heraus, „und woher weißt du, dass sie von dieser Person Drogen bekommen hat?"

„Na von wem denn sonst?"

„Aber du weißt nicht, ob sie überhaupt welche genommen hat, oder?"

„Das haben Sie doch gesagt."

„Nein, ich habe dich gefragt, ob sie welche nimmt", Schäfer steckte sein Notizbuch weg, „vergiss das alles ... der Fall Raab ist abgeschlossen ... der Haidegger wird dich ziemlich sicher nicht mehr belästigen, und wenn doch, musst du eine Anzeige erstatten ... schönen Abend."

„Ja ... Ihnen auch ... danke wegen ... Sie wissen schon ..."

14.

Als er nach Hause kam, die Terrassentür öffnete und über das weite Land, die einsamen Hügel und Felder blickte, ließ sich die Schwermut auf ihm nieder. Er setzte sich an die Hausmauer und zündete sich eine Zigarette an. Sah neidvoll den Ameisen zu, die tüchtig und unbeirrt ihr Tagwerk zu Ende brachten. Hatten die eigentlich Schichtarbeiter? Die in der Nacht den ganzen Kram aufräumten, den ihre Kollegen tagsüber in den Bau geschleppt hatten? Bau ... hieß das überhaupt so? Haufen war ja hier weit und breit keiner. Hatte er jetzt laut gedacht? Er stand auf und holte sein Handy.

„Herr Autor, Schäfer hier ... Haben Sie vielleicht heute noch Lust auf ein Gläschen? ... Noch besser, dann spare ich mir das Kochen ... Sardellen und Oliven, Firenze, glaube ich, heißt die ... Schafgasse 17 ... Ja, das habe ich mir auch gedacht ... Bis gleich ..."

Aus dem Keller holte er einen Weißen und einen Roten, öffnete beide, stellte Ersteren in den Kühlschrank, schenkte ein Glas Sangiovese ein und ging in den Garten. Während er seinen beiden Tieren zusah, wunderte er sich über den spontanen Entschluss, diesen Drehbuchautor einzuladen. Wie viele Male war ihm denn in Wien die Decke auf den Kopf gefallen und er hatte es nicht fertiggebracht, jemanden anzurufen? Und jetzt? Lebte er in einem Dorf und hatte Angst, dass ihm der Himmel auf den Kopf fallen könnte – was immerhin schon die Gallier dazu bewogen hatte, ausschweifende Feste zu veranstalten. Zudem böte sich endlich wieder einmal die Gelegenheit zu einem Gespräch, das über die Orts- und Berufsgrenzen hinausführte. Das war keinesfalls gegen Bergmann oder Kamp gemünzt, mit denen er regelmäßig Kontakt hatte. Aber die beiden waren über die jahrelange Zusammenarbeit eben doch so etwas wie ... Ehepartner geworden. Die einen in- und auswendig kannten, jede Lüge und jede falsche Ausrede durchschauten, jede Prahlerei zurechtrückten, fast jeden Fehler verziehen und ihn dementsprechend in die Pflicht nahmen. Sanders hingegen: Der hatte zwar den Mangel, keine Frau zu sein, aber immerhin würde Schäfer bei ihm noch als extravaganter Polizist und lebendes Vorbild für seine Kriminalromane durchgehen. Wer weiß, vielleicht würde er irgendwann sogar unter einem Pseudonym die Hauptrolle in einem literarischen Werk besetzen!

„Oh ... haben Sie sich verletzt?“, war Sanders erste Frage, als er über den niedrigen Holzzaun in den Garten stieg und Schäfer einhändig beim Aufrichten der Holzscheite für das Lagerfeuer sah.

„Kleiner Küchenunfall, nicht weiter tragisch.“

„Wollen wir die Pizza gleich essen oder ...“

„Oder kalt? ... Nein, ich hole uns Teller und Messer ... und Gläser.“

„Was ... was machen denn die Katze und die Krähe da?“

„Das ist ein Rabe ... erkläre ich Ihnen später.“

Sie hatten gegessen, die Flasche Sangiovese geleert und die Sache mit den beiden Theatertieren geklärt. Und obgleich Schäfer kurz zuvor die Zunge locker und das Herz zum Bersten gewesen war, saßen sie nun schweigend da und wussten nicht, was reden. Die Vorfreude auf ein gutes Gespräch hatte sich von Schäfer verabschiedet wie die Sonne – kann jetzt nicht, morgen ist auch noch ein Tag.

Was sollte er diesem Unbekannten denn erzählen? Für die meisten Ereignisse aus seinem Berufsleben galt das Dienstgeheimnis. Und für die aus seinem Privatleben das Dogma banal oder peinlich. Also stand Schäfer auf und entzündete das Feuer. Wartete, bis die Flammen aus dem Spanholz gierig an den pechigen Fichtenästen darüber leckten, und fächerte ihnen mit einem Stück Pappkarton Sauerstoff zu. Feuer, Furio! Brennt, Dämonen, brennt! Ah, wie willig sich die Scheiter nach einem kurzen Aufqualmen den Flammen ergaben. Wahrlich ein lustvolles Ritual, das Schäfer hier fast jeden Tag vollzog.

„Eine Frage an Sie als Polizist", hörte er Sanders sagen und sich gleich darauf räuspern, wohl weil ihm der redaktionelle Ton seiner Frage aufgefallen war, mit der er den im orangen Widerschein leuchtenden Major aus seiner Versenkung riss. „Wäre es eigentlich möglich, dass Sie mir Ermittlungsakten, also auf jeden Fall alte, dass Sie mir ..."

„Was wollen Sie damit?"

„Zum Beispiel sehen, wie sich so eine Vernehmung tatsächlich anhört ... wie die reden, die ..."

„Sie lügen."

„Ja, schon ... aber wie Sie so einen dazu bringen, sich selbst zu verraten ... oder zu gestehen ... weil im Fernsehen ist das halt meistens so ..."

„Erlogen?" Schäfer stellte sein Glas auf den Tisch und sah seinem Gast in die Augen. „Haben Sie schon einmal gegen das Gesetz verstoßen?"

„Ich?", Sanders überlegte einen Moment, „ja, schon."

„Sie sagen die Wahrheit", Schäfer klopfte mit den Fingerknöcheln auf den Tisch, „sehen Sie: So einfach ist das."

„Ja, aber ... jetzt verarschen Sie mich, oder?"

„Ohne böse Absicht." Schäfer stand auf, nahm die Eisenstange, die an der Hauswand lehnte, stocherte im Feuer herum und legte vier dicke Scheiter nach. Er hob seinen Kopf zu den Sternen und merkte, dass der Alkohol ihn an eine Grenze gebracht hatte, über die hinaus ihm die Gesellschaft eines quasi Unbekannten am nächsten Tag ein gehöriges Maß an schlechtem Gewissen bereiten konnte. Will heißen: Scheiße, Schäfer, du Saufsau, was hast du dem gestern alles erzählt – und wo ist mein Wasser? Ist mir heute auch egal, sagte er sich, und zu Sanders:

„Ich will Ihnen was sagen ..."

„Und was?", fragte Sanders eine Minute später.

„Sie wollen wissen, wie das ist ... wie wir solche Menschen verhören ... wie man zur Wahrheit kommt ... aber wesentlich interessanter wäre es doch, zu wissen, warum ich Ihnen ausweiche."

„Vielleicht ... also warum?"

„Nun gut ... Ich kenne Sie seit ... etwa einer Woche. Sie sind mir sympathisch ... wahrscheinlich weil Sie in diesem Piefkehaufen der einzige Zurechnungsfähige sind ... außerdem treffe ich hier sonst so gut wie nie jemanden, der mich interessiert ... und für einen Mann in Ihrem Alter ... Wie alt sind Sie eigentlich?"

„34."

„Ah ... eh nicht mehr so jung ... Sie fallen also obendrein durch gutes Benehmen auf, was Ihnen einen weiteren Sympathievorschuss einbringt ... so viel, dass ich Sie sogar zu mir nach Hause einlade, obwohl das meinem Charakter völlig widerspricht ... Sie sind also hier und wollen etwas über meine Arbeit wissen und unter Umständen sogar Akteneinsicht bekommen ... und wie stehe ich dazu, werter Dichter?"

„Keine Ahnung ... sagen Sie es mir."

„Ich kann Ihnen nicht vertrauen", Schäfer nahm einen Schluck Wein und ließ seine Worte wirken, „verstehen Sie: Sie sind ein netter Kerl, haben nichts Heimtückisches an sich, ein harmloses unschuldiges Bürschchen, 'tschuldigung, das ist nicht böse gemeint, aber ... ich habe eben auch schon zwanzigjährige Engelsgesichter vor mir gehabt, die ihre Freundin filetiert und im Lainzer Tiergarten an die Wildschweine verfüttert haben."

„Ich glaube nicht, dass ich ein böser Mensch bin", meinte Sanders nach einer von unguten Schwingungen getragenen Pause, „mich interessiert Ihr Beruf ... warum sollte ich Ihnen etwas antun wollen?"

„Sagen Sie es mir", sagte Schäfer nun sanfter, „na los, Sie sind der Schriftsteller ... liefern Sie mir irgendeinen Verdachtsmoment, der mein Misstrauen bestätigt."

„Ich verstehe nicht ganz."

„Nur so, als Fiktion ... ich bin der gutmütige und gelangweilte Dorfpolizist, der den deutschen Drehbuchautor zum Abendessen einlädt ... und nach drei Flaschen Wein hauen Sie mir das Eisenrohr da über den Schädel und stoßen mich ins Feuer ... warum?"

„Na ja, vielleicht ... wegen einer Frau ... oder wegen Geld?"

„Ja genau ... *Warum haben Sie uns nicht gesagt, dass Sie eine Affäre mit der Frau des Opfers hatten?!* ... oder: *Ihre Machenschaften haben seinen Vater in den Ruin getrieben!* ... bei Ihrem *Schrot-&-Korn*-Dreck vielleicht ... aber ein bisschen tiefgründiger geht es hoffentlich schon noch, oder?"

„Also gut“, meinte Sanders, richtete sich auf und legte den Kopf in den Nacken. „Ich bin der Sohn von jemand, den Sie ins Gefängnis gebracht haben ... Meine Mutter war völlig überfordert, hat zum Trinken angefangen, worauf ich zu einer Pflegefamilie gekommen bin und nach der Schule ...“

„Sie haben gesagt, dass Sie aus Düsseldorf sind“, unterbrach Schäfer den Autor, „und Ihr Dialekt ist nicht selbst angelernt ... Warum sollten Sie aus Wien zu einer deutschen Pflegefamilie kommen?“

„Okay“, Sanders stand auf und stellte sich ans Feuer, „ich bin ein Psychopath ...“

„Jetzt bin ich aber gespannt.“

„Ich halte mich für den genialsten Verbrecher überhaupt und will das beweisen, indem ich die besten Mordermittler zum Narren halte.“

„Danke für das Kompliment ... also gut, wie geht das ... dazu müssten Sie an jedem Tatort einen Hinweis darauf hinterlassen, dass Sie es waren ... und in Europa gibt's zurzeit keine Mordfälle, bei denen der Täter einen Brief hinterlässt, auf dem steht: Hallo, Herr Polizist, ich bin's wieder.“

„Ich könnte ja hier anfangen.“

„Eben ... deswegen bin ich ja im Fall des Falles in zwei Sekunden bei meiner Waffe.“

„Was?“ Der Drehbuchautor schien kurz davor, in heilloser Panik über den Zaun zu springen. „Aber wir reden doch von Fiktion!“

„Scherz ... also: Wer könnten Sie sein, der es darauf anlegt, mich in diesem öden Kaff umzubringen?“

„Ich ... keine Ahnung, ich weiß nicht, wie ein echter Mörder tickt.“ Sanders hob hilflos die Arme.

„Bravo“, sagte Schäfer mit französischem Akzent, „ich gehe noch eine Flasche holen ... wenn Sie einen Mord als tödlichen Sturz über die Kellerstiege tarnen wollen, wäre jetzt der richtige Zeitpunkt."

„O Mann ... und ich dachte immer, dass ich einen an der Klatsche habe."

„Ich kann Ihnen etwas geben", sagte Schäfer zwei Gläser später.

„Was denn?"

„Eine Ermittlungsakte ... allerdings ist sie zehn Jahre alt und ich müsste sie davor lesen."

„Warum?"

„Warum was?"

„Warum müssen Sie sie davor lesen ... Sie kennen sie ja schon, oder?"

„Nein ... das ist ein Fall aus der Gegend ... da war ich noch nicht dabei, weil ... egal ... ich muss sie davor lesen und eventuelle Indiskretionen herausnehmen ..."

„Worum geht es in diesem Fall?"

„Ein vermisster Junge aus der Gegend ... nie gefunden ... seine Mutter ist inzwischen völlig durch den Wind, spaziert durch den Wald und singt Kirchenlieder ... mehr weiß ich auch nicht."

„Wahnsinn, ein *cold case* ... und das würden Sie mir wirklich geben?" Sanders glühte förmlich vor Begeisterung und schenkte die Gläser randvoll.

„Sie haben wirklich wenig Ahnung", erwiderte Schäfer, bemüht, nicht allzu verächtlich zu klingen, „wenn hier ein siebzehnjähriger Bursch vermisst wird, kämmen mindestens siebzig Kollegen die Gegend durch ... Hunde, Hubschrauber, Wärmebildkameras ... Straßensperren, Grenzkontrollen ... danach Taucher und Leichensuchhunde ... Was glauben Sie, wozu wir unsere Ausbildung erhalten haben? Damit eine gelangweilte Frühpensionistin, die alle Agatha-Christie-Romane gelesen hat, beim Spaziergang mit ihrem Golden Retriever über ein Beweisstück stolpert, das wir leider übersehen haben?“

„Nein, natürlich nicht ... so war das nicht gemeint“, Sanders stand auf, torkelte zum Feuer und legte zwei Scheiter nach – ganz schön mutig, der Bursche, „ich habe nur noch nie solche ... Ermittlungs... in den Händen gehalten.“

„Erwarten Sie sich nicht zu viel ... danach sind Sie genauso schlau wie vorher ... sonst hätten wir ihn schon gefunden.“

„Aber ... Sie haben gesagt, dass Sie damals gar nicht dabei waren.“

„Wir, die Polizei ...“

„Einer für alle, alle für einen.“

„So in etwa, ja.“

„Und wenn ich wirklich was finde?“

„Dann haben Sie’s erfunden.“

15.

Nach zwei doppelten Espresso ging er die Vorfälle der vergangenen Nacht durch. Nichts Außergewöhnliches: ein Ehestreit, der überlaut, aber ohne Handgreiflichkeiten ausgetragen worden war. Eine alte Frau, die sich beschwert hatte, dass vom Balkon unter ihr Rauch in ihr Schlafzimmer zog. Vielleicht von einem Griller? Nein, auch keine Zigaretten, so scharf irgendwie, ein bisschen süßlich. Ein Mopedunfall mit zwei Leichtverletzten, ein paar Ruhestörungen ... eine Schießerei? Wahrscheinlich Knallkörper, hatte Iron Cop II auf dem Protokoll vermerkt, nachdem es sich um eine schnelle Abfolge von fünf bis acht schussähnlichen Geräuschen gehandelt hatte, denen jedoch weder ein Schütze noch ein Opfer zugeschrieben werden konnte.

Zum Glück hatte der Drehbuchautor einen spontanen Tinnitus erlitten und jeden weiteren Waffengebrauch untersagt, nachdem Schäfer ein halbes Magazin auf die leeren Weinflaschen gefeuert hatte … hm … ja … sein Gehirn war sogar zu träge, um deswegen ein schlechtes Gewissen produzieren zu können.

Er erinnerte sich, dass er Sanders die Akte zum Fall Materna versprochen hatte. Für wann, wusste er allerdings nicht mehr. Nach Hause würde er den verstaubten Packen nicht mitnehmen, um allfällige Aufzeichnungen zu entfernen, die nicht in die Hände und Ohren einer Zivilperson gehörten. Am Wochenende, da könnte er … nein, da hatten sich Bergmann und Kovacs angekündigt und Schäfer hatte versprochen, ihnen ein fettes Abendessen aufzutischen. Sonntag vielleicht … warum nicht gleich, sagte er sich, hievte den staubigen Stapel aus dem Schrank und stellte ihn auf dem Schreibtisch ab. Sollte Sanders die Akten mitnehmen und sich daraus das Material für einen Roman saugen, dann war der alte Krempel wenigstens für irgendetwas gut. Er rief Auer zu sich und ersuchte sie, die ersten hundert Seiten aus der Akte zu kopieren. Nachdem sie die Kopien zurückgebracht, auf seinen Schreibtisch gelegt und ein paar Sekunden innegehalten hatte – wohl in der Hoffnung, dass Schäfer sie mit einer Neuaufnahme dieses Falls betrauen wollte –, verließ sie das Büro.

Schäfer erlaubte sich einen Seufzer, als hätte er die Schularbeiten einer Klasse hoffnungsloser Nieten vor sich, nahm einen schwarzen Faserstift und begann die Akten um verfängliche Namen und Aussagen zu bereinigen. Vielleicht nicht um alle, musste er sich eingestehen, zumal er die Dokumente eher durchsah wie den Playboy – viel Fließtext ist gleich wenig Aufmerksamkeit. Doch der Fall war kalt wie die Winter hier, Sanders ein Deutscher, und notfalls konnte er immer noch behaupten, dass dieser sie aus seinem Haus gestohlen hatte.

Doch so wenig interessiert Schäfer kurz zuvor noch am Schicksal von Alexander Materna gewesen war – mit jeder Seite, die er umblätterte, nahm ihn der Fall mehr gefangen, bis er sich ab der erneuten Befragung des leiblichen Vaters am 19. 5. 2002 für die folgenden zwei Stunden in die Vergangenheit verabschiedete. Dabei widmete er sich allerdings weniger der Arbeit der Ermittler als vielmehr der Geschichte der Frau, die bald nach seinem Umzug in sein Wahrnehmungsfeld getreten war: Luise Materna, gebürtige Hofmüller, geboren am 7. 1. 1960 in Sankt Valentin, gelernte Schneiderin, verehelicht am 8. 8. 1987 mit Leopold Materna, geboren am 4. 12. 1954 in Weitra, Druckereibesitzer. Zwei Kinder, Alexander, geboren 1988, sowie Klara, geboren 1989. Nach der Scheidung der Eltern im Jahr 2000 zog die Tochter auf eigenen Wunsch zu ihrem Vater, während Alexander bei seiner Mutter blieb, zwei Jahre, bis er sich in Luft auflöste.

Ob die Zettel, die sie bestimmt gleich nach dem Verschwinden des Sohnes überall im Bezirk aufgehängt hatten, im Unternehmen des Vaters produziert worden waren? Schäfer verlor sich in einer Szene, in der die verzweifelte Mutter den verzweifelten ehemaligen Gatten in dessen Büro aufsucht. Wo sich die beiden in die Arme fallen, alle Zerwürfnisse ausgeblendet angesichts der aktuellen Geschehnisse, sie weinen eine Minute lang, der Mann streicht der Frau, die er einst so geliebt hat, eine Haarsträhne hinters Ohr, küsst sie zärtlich auf die Stirn, wischt sich mit beiden Händen die Tränen aus dem Gesicht und setzt sich an seinen Schreibtisch. Welches Bild sollen wir denn drauf drucken?, fragt er mit wiedergewonnener Fassung, worauf sie ein digitales Album des gemeinsamen Kindes durchsehen, erneut in Tränen ausbrechen und sich schließlich für ein Passfoto entscheiden, auf dem Alexander Materna nicht besonders vorteilhaft aussieht. Doch das war auch nicht der vorrangige Zweck. Es ging ums Wiedererkennen, ums Finden und nicht ums Erinnern, wie sie sich beide wohl beständig versicherten, ohne es zu sagen. Das war doch ... kein Partezettel!

„Herr Major, können Sie sich das bitte anschauen?“ Plank stand unangemeldet in der Tür und machte ein Gesicht, als hätte er eben ein Paket geöffnet, in dem ein abgeschnittener Zeh lag.

„Stets zu Diensten“, murrte Schäfer, erhob sich kunstvoll seufzend und folgte dem Inspektor.

„Da!“ Plank drehte seinen Bildschirm um neunzig Grad und ließ einen Film ablaufen.

„Wer ...“ Mehr brachte Schäfer nicht heraus, als er Yvonne Raab auf den Gleisen sitzen sah, den Kopf gesenkt, die Haare, die im Sonnenlicht glänzten.

„Scheiße!“ Der Zug näherte sich, kein Ton, doch die Notbremsung war offensichtlich schon eingeleitet worden, da Funken unter den Rädern sprühten, die Lok schob sich fast geruhsam auf das Mädchen zu, als wäre es ohnehin ausgemacht, dass sie zehn Zentimeter vor ihr stehen bleiben würde. Doch es war Physik, die hier wirkte, kein Drehbuch, das auf ein Atemanhalten des Publikums zielte, sondern ein paar hundert Tonnen Metall, die Yvonne trafen, als wäre sie eine Puppe in einem Crashtest. Wumm, dann unter die Räder, der abgetrennte Arm, das Bein ... dann schwenkte die Kamera und der Film zeigte Schäfer, wie er heranlief – er konnte sich nicht erinnern, gelaufen zu sein –, wie er sein Tempo verlangsamte, ein paar Sekunden stehen blieb, weiterging, als wate er in Melasse, sein Telefon in die Hand nahm, offensichtlich etwas sagte, aus.

Ein paar Sekunden starrten Schäfer, Plank und jetzt auch Hornig schweigend auf das unscharfe Standbild, das einen Mann mit seltsamer Sonnenbrille zeigte, der in der linken Hand eine Zigarette hielt und das Display seines Handys betrachtete.

„Was haben Sie eigentlich dort gemacht?“, fragte Hornig weggetreten.

„Was ist denn das für ein beschissener Kommentar“, fuhr Schäfer auf, hielt inne, weil er die Glocke hörte, das Summen des Türöffners, er drehte sich zum Empfangsbereich hin und sah, wie seine Wegbekanntschaft den Posten betrat.

„Jetzt nicht, Frau Nachtigall!“, bellte er sie an, „jetzt sicher nicht!“

„Aber ... der Sascha ... haben Sie ...“

„Frau ...“

„Materna“, half Hornig aus.

„Ja, Materna ... irgendwann muss Schluss sein mit dem Theater“, ging es mit Schäfer durch, „ihr Sohn ist vor über zehn Jahren verschwunden, er hat sich nie bei Ihnen gemeldet, er ist auch sonst nirgendwo aufgetaucht ... So leid es mir tut, dass ich Ihnen das jetzt sagen muss, Frau Materna, aber: Ihr Sascha ist tot! ... Er kommt nicht zurück, weil er nicht mehr lebt.“

„Herr Major“, Hornig nahm Schäfer am Arm, „das ist doch wirklich nicht nötig.“

„Nein? ... Wäre es auch nicht, wenn Sie der Frau irgendwann die Wahrheit gesagt hätten, oder?“

„Aber es ist nicht erwiesen, dass ...“

„Aber dann muss ich ihn doch beerdigen“, fiel die Frau den beiden Polizisten ins Wort, ohne irgendwie geschockt zu wirken, „beerdigen werde ich ihn wohl können, oder?“

„Ja, natürlich“, Inspektor Plank nahm die Frau am Ellbogen und begleitete sie zum Ausgang, „wir werden uns darum kümmern und sagen Ihnen, wann es so weit ist.“

„Das wäre ganz lieb, vielen Dank.“ Sie lächelte zufrieden und war verschwunden.

Kindergärtner, ging es Schäfer durch den Kopf, ich hätte es durchziehen sollen. Damals, als ich vor dieser Auslage gestanden bin mit den Puppen, den Pixi-Büchern und diesem Prinzessinnenset. Wenn Bergmann mich nicht zum Alberner Hafen geholt hätte, wo diese Frau ... Ziermann hatte sie geheißen, Sonja Ziermann ... die Herzdame, die ...

„Herr Major?“

„Hm? ... Ja ... ich nehme an, dass dieses Mail von einer anonymen Adresse kommt, oder?“

„Ja“, erwiderte Plank.

„Vielleicht war der mit der Kamera ja auch nur zufällig dort“, meinte Hornig.

„Und das macht es besser?“, fuhr Schäfer seinen Kollegen an, „ah, endlich einmal nicht diese faden Fischreiher, sondern ein junges Mädchen, das sich umbringt, hurra! ... Plank: Kümmern Sie sich um die IP-Adressen, schauen Sie das Internet durch, ob dieses Video irgendwo auftaucht ... wenn ja, rufen Sie das LKA an und geben ihnen den Link, damit sie das abdrehen ... Ich brauche frische Luft.“

Dann saß er im fast leeren Gastgarten eines Wirtshauses, wartete darauf, dass sein Pfefferminztee abkühlte, und kratzte mit dem Fingernagel brüchigen Lack von der Tischplatte. Das morgendliche Vakuum in seinem Kopf hatte sich in einen Überdruck von innen verwandelt. Taten wollte er setzen und wusste nicht, wie und wo anfangen. Von Anfang an: Ein junges Mädchen unter Drogeneinfluss setzt sich am frühen Morgen aufs Bahngleis und wird vom Zug getötet. Ein tragischer Suizid. Unnatürliche Todesursache ohne Fremdeinwirkung. Dann taucht dieser Film auf. Belegt, dass eine unbekannte Person in der Nähe gewesen ist. Aber ist eine Kamera schon Fremdeinwirkung? Unterlassene Hilfeleistung, zumal der Beobachter das Mädchen nicht gerettet hatte. Herzlos, krank, abgestumpft, aber nicht viel anders als die Menschen, die an einem Autowrack vorbeifahren und Fotos machen, ohne sich darum zu kümmern, ob in dem Blechhaufen vielleicht ein mit dem Tode Ringender verkeilt ist. Was geschah mit den Bildern und Videos solcher Vorfälle normalerweise? Sie fanden sich wenig später in den Medien, im Internet oder möglicherweise im digitalen Album eines abgestumpften jungen Mannes („Willst du meine Opfersammlung sehen?").

Doch wer hielt sich mit einer Kamera im Morgengrauen in der Nähe des Bahndamms auf? Und dann noch das ganze per E-Mail an die Polizei ... ein schwachsinniger Scherz von ein paar gelangweilten Jugendlichen? Max und Moritz? „He, heraus! Du Ziegenböck! Schäfer, Schäfer, meck meck meck!" Also nur eine pubertäre Provokation, die zwar ihm das Blut in den Adern gefrieren ließ, aber für die eiskaltblütige Jugend ein neckischer Zeitvertreib war? Doch wenn dieses nur der erste Streich, welcher folgte als Nächstes gleich? Schäfer trank seinen Tee aus und rief nach der Rechnung. Hier ewig im eigenen Saft zu schmoren brachte ihn der Lösung nicht näher. Er musste strategisch vorgehen. Er brauchte sein Team. Er fragte sich, ob diese Erkenntnis ein Zeichen von Reife oder Schwäche war.

Zum Schichtwechsel rief er Hornig, Plank, Auer, Friedmann sowie die beiden Iron Cops zusammen, die seit drei

Wochen quasi fix auf den Nachtdienst und die Wochenendschichten abonniert waren. Das widersprach zwar den Vorschriften, doch Schäfer hatte deren Ansuchen mit dem Einverständnis aller Kollegen nachgegeben. Schließlich kam es nicht jedes Jahr vor, dass sich zwei Beamte aus dem Ort für den *Iron Cop* qualifizierten – einen Triathlon in den Niederlanden, bei dem es galt, durch den eisigen Atlantik und dreckige Grachten zu kraulen, dann hundert Kilometer mit dem Rad gegen den Wind zu kämpfen und sich schließlich beim Marathon inklusive Schießstand den Rest zu geben. Um sich dabei nicht zu blamieren – und damit natürlich irgendwie auch die österreichische Exekutive –, benötigten die beiden vier bis sechs Stunden Tagesfreizeit allein zum Trainieren. Nach Rücksprache mit dem Bezirks- und Landespolizeikommandanten hatte Schäfer schulterzuckend gemeint: Von mir aus. Und gedacht: Ihr kommt schon noch drauf, dass es etwas anderes im Leben gibt, als den Körper in eine Maschine zu verwandeln ... mit einer Flasche Wein am Lagerfeuer sitzen zum Beispiel.

„Heute morgen ist dieses E-Mail gekommen", wandte Schäfer sich an seine Gruppe und ließ das Video ablaufen. Nachdem die zu erwartenden Kommentare (Drecksau, perverses Schwein et cetera) abgegeben worden waren, fuhr er fort:

„Das Mail ist von einer anonymen Adresse und über eine verschlüsselte IP geschickt worden ... unwahrscheinlich, dass wir den Absender ermitteln können ... ich bin aber der Meinung, dass wir es mit einer oder mehreren Personen aus der näheren Umgebung zu tun haben."

„Wieso schickt der uns so was?", stellte Auer in den Raum.

„Um zu provozieren, um Aufmerksamkeit zu erlangen ... aber über das Motiv will ich hier und jetzt noch nicht spekulieren. Ich will den Menschen finden, der fähig ist, ein junges Mädchen vor seinen Augen sterben zu sehen, ohne es davon abzuhalten."

„Und wenn diese Person nur zufällig dort war, als sie sich ...", meinte Iron Cop I.

„Möglich, aber wenig wahrscheinlich ... ich kenne keine Person, die sich um sechs Uhr früh in der Nähe des Bahndamms aufhält, ein Mädchen sieht, das sich offensichtlich umbringen will, und statt zu helfen die Videokamera nimmt, die sie zufällig dabei hat, abwartet, bis der Zug über die Kleine gefahren ist, und dann diesen perversen Scheiß auch noch an uns schickt."

„Und wie gehen wir jetzt weiter vor?", stellte Auer endlich die erste vernünftige Frage.

„Genau ... erstens: dichthalten. Ihr sprecht mit niemand über dieses Video ... das schließt in diesem Fall auch Beziehungspartner ein ... oder Personen, die ihr ins Bett kriegen wollt", Schäfer sah Iron Cop II an, der vor drei Monaten in einer Disco ein Go-go-Girl mit seinem Wissen über zwei tschechische Drogenschmuggler beeindrucken hatte wollen – nicht ahnend, dass jene am Vertrieb der Amphetaminpillen beteiligt war und den Dealern einen Tipp gab. „Wer auch immer uns dieses Video geschickt hat: Er oder sie will uns herausfordern oder verarschen."

„Aber warum?", fragte Plank an der Grenze zur Verzweiflung. (Von solchen Sachen hat mir die Beraterin beim AMS damals nichts gesagt!)

„Keine Ahnung", gab Schäfer zu, „aber ich habe die Erfahrung gemacht, dass solche Wichtigtuer am ehesten das Handtuch werfen oder sich verraten, wenn man ihnen öffentlich keine Beachtung schenkt ... und da wir es hier nicht mit einem Mord zu tun haben, halte ich die Taktik des scheinbaren Ignorierens vorerst für am vernünftigsten … also auf keinen Fall irgendwas an die Presse. Denkt nach, recherchiert, sucht die Datenbanken nach ähnlichen Vorfällen durch … tut, was immer euch dazu einfällt, aber lasst es bitte hier innerhalb dieser Wände.“

„Was ist mit dem LKA?“, fragte Friedmann, der erfahren genug war, um zu wissen, dass so ein Fall unzählige Überstunden und viel Gelegenheit für Fehltritte bereithalten konnte.

„Vorerst behalten wir die Sache hier … die kochen auch nur mit Wasser und mehr als unterlassene Hilfeleistung haben wir nicht … Auf jeden Fall nehmen wir uns diese Filmleute noch einmal vor … das hat alles angefangen, als die hergekommen sind, kann Zufall sein, aber darauf möchte ich mich nicht verlassen … die will ich spätestens übermorgen alle einzeln befragt haben.“

Später im Garten … nachdem er sich beim Schwimmen im zwanzig Kilometer entfernten Badesee verausgabt und hernach ins dunkle Moorwasser gestarrt hatte. Dessen vom Wind gewellte Oberfläche in der Abendsonne geglitzert hatte wie … der Schatz von Ali Baba? … Kristalle? … Er hatte kein Bild gefunden, das zu seiner Stimmung passte. Später im Garten also, wo er die Hälfte seiner Abendjause der Katze und dem Raben zuwarf, die diesem erstmaligen Gunstbeweis zehn Minuten misstrauten, bis die Gier sie überwältigte … später im Garten, wo er sich allem widersetzte, was ihm als Krücke seiner Einsamkeit vorkam: dem Wein, dem Messerschleifen, einem Anruf irgendwo … sammelte er die Patronenhülsen ein und warf sie in die leblose Feuerstelle. Überprüfte, ob der Gartenzaun einen neuen Anstrich vertragen könnte. Dachte daran, ihn gänzlich niederzureißen und zu verheizen. Diese hässliche, nutzlose Reviergrenze, die nur jemanden abhalten konnte, der keine Gefahr darstellte.

Später im Garten fragte er sich, ob er vielleicht selbst in Gefahr war. Keine vier Monate hier und schon bekam er es mit einem Perversen zu tun, der eine Selbstmörderin filmte und das Video an die Polizei schickte.

Wenn er an diesen Vorfall logisch heranging, müsste er zuerst Bergmann auf den Posten holen. Der war es schließlich gewesen, der Schäfer dieses Energiefeld angedichtet hatte. Und weil es dieses nun einmal nicht gab, stand der Chefinspektor als Hauptverdächtiger da. Vielleicht war er nach dem Abgang seines ehemaligen Vorgesetzten in eine Psychose gefallen. In eine dissoziative Störung, aus der er sich befreien wollte, indem er Schäfer einen komplizierten Fall aufhalste, der diesen veranlassen würde, seinen ehemaligen Assistenten ... Bergmann als Diabolus ex machina, Schwachsinn.

Was war mit diesen Fi-fi-Leuten? In diesem Haufen an Freaks konnte sich auf jeden Fall einer finden, der zu so etwas fähig war. An Kameras und den technischen Fähigkeiten, so ein Video anonym zu versenden, mangelte es ihnen bestimmt nicht. Und er hatte auch noch einen von ihnen zu sich nach Hause eingeladen. Wobei dieser Sanders einfach nicht der Mensch dazu war, so etwas zu tun, oder? Vielleicht war es ja jemand, der ihm persönlich etwas heimzahlen wollte. Jahrelang – jetzt konnte man schon sagen jahrzehntelang – hatte er solche Menschen verfolgt, hatte sie verhaftet und verhört, dann waren sie verurteilt worden und ... vergessen?

Nein ... er saß im Gras, entzündete in der Feuerstelle eine alte Zeitung, warf die Reste einer Obststeige hinein, die er am Vorabend zertreten hatte, und reihte im Kopf die schlimmsten Verbrecher auf, mit denen er zu tun gehabt hatte – etwa so wie Don Giovanni die Liste seiner Liebhaberinnen durchsieht. Ja, dieser Abend, als seine Exfreundin Isabelle ihn in die Staatsoper geschleppt hatte.

Wo er in dieser peinlichen Loge (Geschenk vom Oberstaatsanwalt!) verlegen im Programmheft geblättert hatte und noch während des Lesens über den alten *dissoluto punito*, den bestraften Wüstling, in Gedanken bei einer aktuellen Ermittlung gelandet war.

Später im Garten rief tatsächlich Isabelle an. Hatten Frauen eine biologische Ausstattung, die es ihnen auch über große Distanz erlaubte, den Schmerz gegenwärtiger wie auch ehemaliger Gefährten zu fühlen? So wie die Metallpartikel am Schnabel der Brieftaube, die angeblich wie ein Kompass funktionierten. Er stellte diese Frage Isabelle und sie lachte.

„Hast du denn die letzten vier Wochen schmerzfrei verbracht?", fragte sie nach.

„So lange hast du schon nicht mehr angerufen? ... Miststück!"

„Ja, du mich auch nicht, Scheißkerl! ... Hast du dich schon eingelebt? ... also: in deinem Haus, nicht in deinem Leben."

„Ah, haha ... haben Frau Staatsanwältin dem Champagner zugesprochen oder eine Gehaltserhöhung bekommen?"

„Wer im Weinkeller sitzt, soll nicht mit Flaschen werfen ... Beides, mon cher inspecteur ... Wenn ich das nächste Mal nach Wien fliege, nehme ich dir aus der Business Class die honigummantelten Erdnüsse mit."

„Gerne ... ich darbe bei Pumpernickel und Leberstreichwurst."

„Du hast immer noch keinen neuen Herd und überlegst, das Geschirr aus deiner alten Wohnung, das du zur Caritas gebracht hast, zurückzuverlangen."

„So in etwa, ja ... Bergmann reißt sich aber auch nicht wirklich den Arsch auf, mir zu helfen."

„Vielleicht solltest du ihm den Arsch … 'tschuldigung, das war jetzt geschmacklos … vielleicht solltest du ihn einfach ganz lieb danach fragen, als Freund, verstehst du."

„… Freund, ja, vielleicht."

„Ja, Freund … Vergiss endlich einmal die alte Hierarchie und gesteh dir ein, was du ihm zu verdanken hast. Ohne ihn wärst du im Gefängnis oder tot."

„Wer sagt denn so was?"

„Ach, vergiss es … Ich rufe ihn morgen an und gebe ihm diskret zu verstehen, dass du ohne seine Hilfe demnächst die Raben von den Bäumen schießt und am Lagerfeuer brätst."

„Hab ich dir eigentlich schon erzählt, dass in meinem Garten eine Katze und ein Rabe Kunststücke einüben?"

„Warum wundert mich das jetzt nicht …"

16.

Die Befragung des Filmteams hatte sie keinen Schritt weitergebracht. Unabhängig voneinander – und ohne den Eindruck zu machen, sich abgesprochen zu haben – sagten alle sieben Personen aus, dass sich bei ihrer frühmorgendlichen Wald- und Wiesentour keiner von der Gruppe entfernt hatte. Zudem hätte niemand von ihnen das Mädchen je zuvor gesehen, geschweige denn näheren Kontakt zu ihm gehabt. Die Sache mit dem Video hatte Schäfer freilich nicht erwähnt. Zum einen ging es hier um Täterwissen, aus dem sich durch eine Unachtsamkeit im Gespräch vielleicht ein Verdächtiger finden ließe. Zum anderen schien es ihm noch zu früh, Misstrauen innerhalb des Filmteams zu säen. Einstweilen wollte er mit „ein paar Unklarheiten" und „reinen Routinemaßnahmen" nur eine Prise Sand ins Getriebe der Produktion werfen – ein kleines Knirschen bewirken, das vielleicht den einen oder anderen zu geschärfter Aufmerksamkeit anregte, ohne dass gleich die ganze Maschine stockte. Und der Bürgermeister nebst Tourismusverband ihm den Landespolizeikommandanten auf den Hals hetzten.

„Reiner Zufall also, oder?“, fragte Schäfer den Drehbuchautor, der am späten Nachmittag vorbeikam.

„Na ja ...“, Sanders zuckte mit den Achseln und schielte zum Kühlschrank, „was denn sonst? Ist ja doch nicht so, dass jemand das Mädchen auf die Gleise gefesselt hat, oder?“

„Nein“, Schäfer stand auf und holte seinem Gast ein Glas Wein, „es gibt allerdings ein paar Kleinigkeiten, die diesen Suizid in einem seltsamen Licht erscheinen lassen.“

„Was denn zum Beispiel?“

„Es sieht so aus, als ob zum Zeitpunkt des Unglücks jemand in der Nähe war, der das Mädchen hätte retten können ...“

„Versteh ich nicht.“ Sanders nahm einen großen Schluck.

„Was gibt's da nicht zu verstehen? Jemand hat die Kleine gesehen und sie trotzdem nicht von den Gleisen geholt.“

„Und ... wer war das?“

„Weiß ich nicht.“

„Aber woher wissen Sie dann, dass jemand dort war ... das muss doch ein Zeuge gesehen haben und der hätte das Mädchen doch selbst gerettet oder ...“

„Ja“, so viel Scharfsinn hatte Schäfer dem Drehbuchautor nicht zugetraut, „ich kann Ihnen nur so viel sagen, dass dieser Todesfall ... dass ich ihn nicht so einfach als Selbstmord abtun kann.“

„Und Sie glauben, dass einer von uns etwas damit zu tun hat?“

„Womit wir wieder am Anfang wären", meinte Schäfer, trommelte mit dem Bleistift ein paar Takte auf den Schreibtisch und sah Sanders durchdringend an. „Ich habe per Mail ein Video bekommen, auf dem der Tod des Mädchens zu sehen ist."

„Was?!" Sanders sah Schäfer ungläubig an und stellte sein Glas ab. „Das ist ja abartig."

„Eben ... und genau deswegen habe ich auch Sie und Ihre Kollegen antanzen lassen."

„Wahnsinn." Der Drehbuchautor nahm sein Glas, trank es leer und hielt es unschlüssig in der Hand, worauf Schäfer aufstand, zum Kühlschrank ging und die Flasche hernach auf den Schreibtisch stellte. Angetrunken war ihm der Mann im Augenblick lieber als nüchtern.

„Also: Gibt es jemanden in eurem Team, dem Sie so etwas zutrauen?"

„Ffh", stieß Sanders einen Seufzer aus, „außer Ulli und Erik kenne ich ja keinen besser... außerdem, wie hätte denn jemand wissen sollen, dass das Mädchen sich genau um diese Uhrzeit ... der hätte sie doch kennen müssen und ... Das ist mir ehrlich gesagt alles ein bisschen zu hoch."

„Damit sind Sie nicht allein ... ja, bevor ich's vergesse", Schäfer öffnete die Schublade und nahm das Notizbuch von Yvonne Raab heraus, „Sie als Sprachgewandter: Wissen Sie zufällig, was diese Kürzel bedeuten könnten?"

„SIB ... CUT ... TML", murmelte Sanders, „könnten SMS-Abkürzungen sein, SIB heißt dann Schmetterlinge im Bauch, CUT steht wahrscheinlich für see you there oder tomorrow ... TML sagt mir nichts ..."

„Schmetterlinge im Bauch heißt, dass sie verliebt war ... und weder ihre Freundinnen noch ihre Mutter haben davon was mitbekommen ... seltsam, oder?"

„Na ja … vielleicht wollte sie es geheim halten, deswegen auch die Kürzel … eine verbotene Liebe, daraus lässt sich immer was machen!“

„Was machen?“

„Na ja, eine Geschichte, Tragödien …“

„Ja, danke für den Tipp.“ Schäfer griff nach hinten, holte die Kopien der Akte Materna aus dem Schrank und hievte sie auf den Schreibtisch. „Brauchen Sie eine Tasche?“

„Was ist das?“, fragte Sanders leicht verunsichert.

„Die Akte, die ich Ihnen versprochen habe … erinnern Sie sich nicht mehr?“

„Natürlich!“, dem Drehbuchautor leuchteten die Augen, „aber dass Sie das ernst gemeint haben …“

„Das wusste ich bis gestern selbst noch nicht.“ Schäfer druckte ein Dokument aus und legte es vor Sanders hin.

„Was ist das?“

„Eine Sicherheitserklärung: Wenn Sie diese Akte im Gesamten oder Auszüge daraus ohne Erlaubnis weitergeben oder vervielfältigen: ab in die Donau.“ Schäfer reichte seinem Gegenüber einen Stift. „Da unterschreiben, wo *geständiger Serienmörder* steht.“

„Eigentlich müsste ich dem Lehnhart Sie als Hauptrolle vorschlagen“, meinte Sanders kichernd, während er das Formular ungelesen unterschrieb.

„Wann fangt ihr eigentlich an mit dem Dreh?“

„Morgen, da ist der ‚Unfall‘ dran … aber weil es hier in der Gegend mit Möglichkeiten zum Canyoning schlecht aussieht, fahren die nach Salzburg … so viel zum Realismus.“

„Sie fahren nicht mit?“

„Nein, ich bin nur dabei, wo Logikfehler auftreten könnten … wenn es schnell was zum Umschreiben gibt … aber mal im Ernst: Wollen Sie nicht eine kurze Szene haben?

Erik macht da sofort mit ... muss ich nur das Wort Authentizität fallen lassen und Sie sind dabei."

„Ja", Schäfer überlegte einen Moment, „ich will in einem Gasthaus in der Ecke sitzen, am besten beim Tischlerwirt ... mit einem falschen Vollbart und einem Tirolerhut ... und wenn eure beiden Stars hereinkommen, um der Kellnerin ein paar Fragen zu stellen, möchte ich sagen: Schleicht's eich, Scheiß-Kiwara!"

„Was war das zum Schluss?"

„Kiwara ... sagt man in Ostösterreich zu Polizeibeamten."

„Alles klar", meinte Sanders, nachdem er ein Notizbuch aus der Gesäßtasche genommen und ein paar Stichwörter hineingeschrieben hatte. „Das box ich durch."

„Bestimmt, ich wollte immer schon ins Fernsehen", meinte Schäfer und schaute auf die Uhr.

Nachdem Sanders den Posten verlassen hatte, versuchte Schäfer eine halbe Stunde lang, sich ein Bild von der Person zu machen, die ihnen dieses Video geschickt hatte. Es war nicht an ihn persönlich, sondern an die Dienststelle gegangen. Also stand zumindest nicht er selbst im Fokus. Viel weiter kam er nicht. Was war los mit ihm? Er schrieb es der mangelnden Unterstützung durch sein Team zu und blätterte zur Ablenkung abermals die Akte Materna durch. Dann fischte er eine Zigarette aus der Schachtel und ging ins Freie, wo er Hornig bei einer seiner zahlreichen Rauchpausen antraf.

„Haben Sie Feuer?", fragte er den Revierinspektor, obwohl er selbst ein Feuerzeug in der Tasche hatte. Ja, in manchen Momenten erkannte er, dass eine Geste der Dienerschaft es einem anderen ermöglichte, sich wie ein Herr zu fühlen.

„Heute gibt's noch ein ordentliches Donnerwetter." Hornig deutete zum Himmel, an dem ein paar harmlose Wolken schlummerten.

„Schwül genug ist es ..." Schäfer ging ein paar Schritte auf den Parkplatz und sah Richtung Westen, als könnte dort die Gewitterfront stehen wie Hannibal vor den Toren Roms.

„Und der Mond dreht auch", meinte Hornig, worauf Schäfer ihn unverständig ansah. Gütiger Vater, die Welterklärungsversuche deiner Geschöpfe: So unendlich sind sie wie fruchtlos, verdunkelnd, erhellend, doch niemals das Letzte erleuchtend, wie Schäfer aus eigener Erfahrung wusste, und sich auch deshalb jede weitere Frage verkniff.

„Übrigens ... weil die Frau Materna gestern wieder da war ..."

„Die Nachtigall", ergänzte Hornig.

„Ja ... was glauben Sie denn, was mit ihrem Sohn passiert ist?"

„Mit dem Sascha? ... Ins Ausland ist der." Hornig zündete sich eine neue Zigarette an der alten an, inhalierte tief und stieß den Rauch so kraftvoll aus, als ob er damit einer Meinung Nachdruck verleihen konnte, nach der nie jemand gefragt hatte.

„Ohne Pass, ohne Geld ... ohne irgendwen zu informieren?"

„Ah, das Bürscherl hat schon gewusst, wie's geht."

„Wie was geht?" Ab diesem Zeitpunkt verbuchte Schäfer das Gespräch unter Aufrechterhaltung eines freundlichen Kontakts zum Pöbel.

„Mit dem Halbseidenen halt ... Nichts wie Sorgen hat der seiner Mutter gemacht ... dabei war das einmal eine wirklich fesche Person, die Frau Materna ... und eine Stimme hat die ..."

„Aber die hat sie erst nachher gehabt.“

„Was?“

„Die Stimme.“ Schäfer zündete sich ebenfalls eine weitere Zigarette an.

„Ja … weil der Herr Pfarrer … das hat ihr vielleicht sogar geholfen … dass sie da im Chor ist und mit den Leuten … aber eine Stimme … möchte man nicht glauben, wenn man sie heute so sieht … und die war fesch, früher.“

„Das glaube ich gern … um so eine würden sich die Gewissen auch heute noch reißen, wenn sie nicht …“ Schäfer wachelte mit der Hand vor seiner Stirn hin und her.

„Bestimmt … ja, was meinen Sie, wie da die Herrschaften angetanzt sind, wie sie sich vom Materna hat scheiden lassen … unter uns: Mir hätte sie schon auch gefallen, die Luise … aber bieten habe ich ihr halt nichts können.“

„Na ja: Ganz nichts ist so eine Stelle bei der Gendarmerie ja auch nicht“, bemerkte Schäfer.

„Ja, schon … aber die Luise hat's eher mit den Höheren gehabt … der Materna war ja auch nur ein gelernter Setzer, aber fleißig, und Geld hat er gemacht … das hat ihr schon imponiert … da war einer wie ich …“

„Aber Sie haben eh eine ordentliche Gattin“, wandte Schäfer ein und wunderte sich sogleich über seine absonderliche Wortwahl.

„Jaja … beklagen darf ich mich nicht … manchmal träumt man halt, oder? … Das machen wir doch alle, oder?“

„Ja“, erwiderte Schäfer, dämpfte seine Zigarette aus und ging zur Eingangstür, bevor Hornig noch auf die Idee kam, ihm auf die Schulter zu klopfen.

17.

Ohne es auch nur eine Sekunde lang geplant zu haben, begrüßte er den Samstag in andächtiger Demut, im Gras kniend und dem Leben für so viel Schönheit dankend: der Sonne, die wie eine wärmende Welle über die beschattete kühle Luft in seinem Garten kam. Den Amseln, Meisen und anderen ihm namenlosen Singvögeln, die diesem so großen wie gewöhnlichen Ereignis ihre hellsten und freudigsten Töne schenkten. Dem Frieden, der über den Wiesen und Äckern lag, über der Erde, die mit flüchtigen Nebelschwaden die Feuchtigkeit des nächtlichen Gewitters freigab, dem Mohn, den Laubbäumen ... all das flutete ihn mit so viel Anmut und Glück ... dass die Wehmut nicht ausbleiben konnte, diese Schönheit und dieses Gefühl nicht halten zu können, nicht mit den Händen, nicht mit Worten. Er konnte es nur sein lassen, für den Augenblick, während die Feuchtigkeit des Grases durch den Stoff seiner Hose auf die Knie drang und ihn schließlich überredete, sich zu erheben und aufrecht in den neuen Tag zu gehen. Oder auch: Schluss mit kitschig, jetzt wird's wirklich.

Er ließ den Morgenspaziergang aus. Vermutlich zum ersten Mal, seit er das Haus bezogen hatte. Wenige Sekunden nach sechs – die Frühnachrichten im Radio gaben ihm diese präzise Zeitauskunft – setzte er Teewasser auf. Er zerteilte drei Marillen und eine Banane, gab die Stücke in eine Schüssel und goss Joghurt darüber. Dann schnitt er drei Scheiben Schwarzbrot ab, nahm Butter, Käse und Marmelade sowie ein Ei aus dem Kühlschrank, füllte einen kleinen Topf mit Wasser und stellte ihn auf die Herdplatte. Die weigerte sich, auch nur lauwarm zu werden. Er versuchte es mit den drei anderen, die ebenfalls weder auf das Drehen der Schalter noch auf Schäfers Bitten reagierten. Das war gar nicht gut. Am Nachmittag würden Kovacs und Bergmann anradeln, hungrig wie die Germanen nach einer Schlacht gegen die Römer. Wenn die nur Käsebrot und Wein bekamen, würden sie wahrscheinlich sogar ihren ehemaligen Herrn und Meister schlachten und wie ein Spanferkel über dem Feuer drehen. Immerhin habe ich noch ein paar Stunden Zeit, beruhigte er sich, als er im Garten saß, in aller Ruhe sein Frühstück verzehrte und erfreut feststellte, dass seine Tiere dabei waren, ein neues Stück einzustudieren. Dabei kauerte die Katze neben der Feuerstelle und stellte sich schlafend, während der Rabe auf ihren Rücken hüpfte, sich in ihrem Fell verkrallte und mit den Flügeln zu schlagen begann.

Gespannt setzte Schäfer seine Tasse ab. Entweder gaben die beiden hier eine arme Version der Bremer Stadtmusikanten oder ... oder der Vogel wollte die Katze tatsächlich in die Luft bringen! Schäfer lief ins Schlafzimmer, um sein Handy zu holen. Wenn dem Raben das gelang, musste es Beweise dafür geben! Sonst: „Hab ich dir schon erzählt, dass ich meinem Raben beigebracht habe, meine Katze auf einen Rundflug mitzunehmen?" „Aha (Vogel zeigen), da wandern also die Sachen hin, die ihr bei den tschechischen Drogenschmugglern beschlagnahmt."

Er stellte die Videofunktion ein, lief in den Garten zurück ... gescheitert. Die Katze lag jetzt auf der Seite und schnaufte schwer, der Rabe hoppelte um sie herum und schrie auf sie ein. Es war eindeutig an der Zeit, dass Schäfer ihnen zeigte, was den Unterschied zwischen Mensch und Tier ausmachte.

„Heyho, Meister Rabe, mit einem Boden-Luft-Start funktioniert das nicht ... Stellt euch aufs Dach", Schäfer deutete auf den Giebel, „du stellst dich auf sie drauf, sie läuft an und dann mit vereinten Kräften: Schwupp, up in the air."

„Kra kra." Der Vogel deutete mit dem Schnabel auf die Katze, die Schäfer nun ungewöhnlich schlapp erschien.

„Was ist los, Mieze ... hast du einen Kater? ... Okay, der Witz war mies." Er ging langsam auf sie zu, worauf der Rabe einen Meter zurück hüpfte.

Schäfer ging in die Knie und streichelte der Katze über den Rücken. War das Vieh krank? Wie merkte man denn so etwas? Er zwickte sie so stark, dass er meinte, sie damit jedenfalls zur Flucht bewegen zu können. Nichts. Der Rabe schrie. Die Katze schloss die Augen. War das jetzt ein neues Stück oder ging es ihr wirklich schlecht? Schäfer hob das Tier hoch, trug es ins Wohnzimmer und rief am Posten an.

„Servus, ich bin's ... Kannst du mir die Nummer von der Tierärztin heraussuchen ... Gut, lasse ich gelten, hab eh schon lange keinen Schäferwitz mehr gehört, jetzt die Telefonnummer bitte ... Dann schick sie eben per SMS ... Wo? ... Mir egal, da kümmert ihr euch selber drum ... zur Not holt ihr die Cobra."

Ein Betrunkener hatte beim Zehn-Jahres-Jubiläum eines Möbelhauses angefangen zu randalieren, weil er sich vom Glücksrad um den Hauptpreis betrogen fühlte – mittlerweile zertrümmerten angeblich drei junge Männer den Badezimmer-Schauraum. Und da sollte Schäfer jetzt tatütata ins Gewerbegebiet fahren, um seinen Kollegen beizustehen. Fehlanzeige. Er hatte eine kranke Katze am Arm und noch genug samstäglichen Morgenfrieden im Herzen, um die Welt zumindest bis zum Abend für einen wunderbaren Platz zu halten. Das war zu selten, um es wegen ein paar Trunkenbolden aufs Spiel zu setzen. Doch nicht sein Problem, wenn diese Möbelhaus-Idioten an einem Samstagvormittag Freibier ausschenkten an andere Idioten, die im Laufe des Freitagsbesäufnisses zu keiner befriedigenden Prügelei gekommen waren. Was sollte er denn dort ausrichten – mit seiner versehrten Hand? In den Haufen schießen? Andererseits, begann er zu überlegen ... wenn er diese Vandalen irgendwie in den Küchenbereich locken und dazu bringen könnte, einen Herd zu beschädigen ... den könnte er dann als Beweismittel beschlagnahmen und von einem der Iron Cops frei Haus liefern lassen ... Piep piep, nistete sich eine SMS in seinem Handy ein. Er schupfte die Katze in seine linke Armbeuge und rief die Tierärztin an.

„Danke, dass Sie sich so schnell Zeit genommen haben", sagte Schäfer, während ihn die Tierärztin von der Eingangstür in die Praxis geleitete.

„Bei einem polizeilichen Notfall kann ich wohl schlecht Nein sagen." Sie nahm ihm die Katze aus dem Arm und legte sie auf die Untersuchungsliege. „Was fehlt ihr denn?"

„Tja ...", Schäfer lag es auf der Zunge, zu sagen: Bin ich der Veterinär oder Sie?, „sie wirkt ein bisschen ... schlaff."

„Aber das ist doch ... ist das die Miss Rost?" Die Tierärztin nahm ihre Hände vom Bauch der Katze und schaute Schäfer verblüfft an.

„Wer?"

„Passen Sie auf, dass sie nicht herunterfällt." Die Frau ging zu einem grau furnierten Wandschrank, holte zwei Schuhschachteln heraus, stellte sie auf die Untersuchungsliege und nahm die Deckel ab.

„2000, 2001 ...", murmelte sie, während Schäfer entgeistert zusah und an Bergmanns Theorie von den Energiefeldern dachte. Ganz falsch lag sein ehemaliger Assistent wirklich nicht: Überall, wo er hinkam, stellte sich in kürzester Zeit ein Sammelsurium an durchgeknallten

Gestalten ein, die irgendetwas trieben, das mit der konventionellen Welt nicht konform ging.

„Ah, da ... das ist sie." Triumphierend hielt die Tierärztin Schäfer einen A4-Zettel hin, auf dem fett und groß die Kopfzeile *Weggelaufen*, ein unterbelichtetes Foto einer hässlichen Katze sowie ein Fließtext zu sehen waren.

„Mai 2002", brachte er murmelnd vor, was am rechten oberen Rand des Zettels in Handschrift zu lesen war, „topaktuell, Ihre Fahndungskartei."

„Wo haben Sie sie gefunden?" Sie fuhr dem apathischen Tier mit einem Holzstäbchen ins Maul.

„Gar nicht ... die ist mir zugelaufen."

„Und zehn Jahre fragen Sie sich nicht, ob irgendwer sie vermissen könnte?" Sie drehte sich zu einer Anrichte um, zog eine Schublade auf und holte eine Spritze hervor.

„Wieso zehn Jahre?", erwiderte Schäfer nun schärfer als gewollt, „das ... die Katze treibt sich erst seit zwei oder drei Monaten in meinem Garten herum."

„Das kann ich nicht glauben." Die Tierärztin füllte die Spritze mit einer braunen zähen Flüssigkeit aus einem Infusionsbeutel und hielt sie der Katze ins Maul.

„Dann erstatten Sie von mir aus am Montag Anzeige wegen Falschaussage und ich nehme das gleich persönlich auf", meinte Schäfer, der es partout nicht ausstehen konnte, der Lüge bezichtigt zu werden.

„Nein, nein, so habe ich das nicht gemeint, Herr Major ... ich kann's nur nicht glauben, dass die Miss Rost so plötzlich wieder auftaucht ... dass die überhaupt noch lebt."

„Wieso ... wie alt ist sie denn?"

„Na ja ... wie der Alexander sie im Wald gefunden hat, war sie vielleicht fünf ... höchstens acht, würde ich sagen ... und die Frau Materna hat den Zettel hergebracht, gleich nachdem die Miss Rost weg war."

„Die Frau Materna? ... Das war die Katze von der Nachtigall?“ Schäfer zog die Augenbrauen hoch.

„Genau“, die Tierärztin lachte frei heraus, „Sie kennen sich eh schon recht gut aus mit den Spitznamen unserer Leute.“

„Und ihr Sohn, Alexander: Der hat die Katze gefunden ... und dann, als er verschwunden ist, war plötzlich auch die ... die Miss weg?“

„Stimmt eigentlich ...“, die Ärztin nahm erneut den Zettel zur Hand, „daran hab ich damals gar nicht gedacht ...“

„Dass sie vielleicht wegen ihm weg ist?“

„Ja ... wir waren damals alle ... wegen Sascha ... dass da eine Katze ...“ Mit einem Mal schien die Ärztin ihre professionelle Konzentration zu verlieren – während die von Schäfer stetig zunahm.

„Sie sagen, die Miss Rost war zehn Jahre verschwunden und niemand hat sie gesehen, bis ich sie heute hierhergebracht habe ...“

„Ja ... deswegen war ich ja auch so verwundert ... dass sie überhaupt noch lebt.“

„Verstehe.“ Schäfer trat an die Behandlungsliege und kraulte der Katze den Nacken, als müsste er seine Besitzansprüche sicherstellen. „Schon seltsam, oder? Zehn Jahre im Untergrund und dann taucht sie plötzlich wieder auf ... das muss doch einen Grund haben, oder?“

„Na ja ... wenn sie jetzt etwa sechzehn ist, wie ich schätze ... das ist schon ziemlich alt ... das passt aber auch dazu, dass sie zutraulicher wird und die Nähe von Menschen sucht.“

„Menschen ...“

„Ja, auch Polizisten sind Menschen“, meinte sie schmunzelnd und Schäfer wurde plötzlich gewahr, dass er ja einer Frau gegenüberstand; allerdings einer Frau mit einem Ehering – verdammt, hatten Tierärztinnen nicht generell ledig oder geschieden zu sein?

„So habe ich das nicht gemeint … eher wegen dem Raben …"

„Was denn für ein Rabe?" Die Ärztin sah ihn verwundert an.

„Der … egal", winkte Schäfer ab. Dass in seinem Garten die Leute von *Universum* aufkreuzten, fehlte ihm gerade noch. Ein nerviges Filmteam im Ort war genug. „Also wird sie wieder, die Miss …"

„Miss Rost … den Namen hat ihr Sascha gegeben … weil ihr Fell so eigen ist."

„Ja, eine hässlichere Katze werden wir so schnell nicht zu Gesicht bekommen."

„Ja … wobei hässlich relativ ist … sie ist sehr klug", die Tierärztin hielt der gierig saugenden Katze nun die zweite Spritzenfüllung ins Maul, „womit füttern Sie sie denn?"

„Füttern?"

„Ja … Haustiere brauchen Nahrung, wie wir Menschen auch." Sie sah ihn vorwurfsvoll an.

„Das ist kein Haustier … das ist ein Gartengast mit meiner Erlaubnis und einmal hat sie mir eine Maus vor die Tür gelegt, weshalb ich der Meinung war, dass sie sich ihr Futter …" Die Ärztin warf ihm einen Blick zu, der jede weitere Diskussion erübrigte. Scheiße, verlor Schäfer sich in seinen Gedanken, warum bist du keine strafversetzte Veterinärkoryphäe, genauso einsam, genauso geil wie ich. Warum belohnt das Schicksal meine plötzliche Tierliebe nicht mit einem Quickie hier auf dem Behandlungstisch.

„Ich gebe Ihnen etwas mit fürs Wochenende", sagte sie und streichelte der nun wesentlich vitaler wirkenden Katze den Kopf, „und am Montag kaufen Sie ihr Flüssignahrung für Katzenbabys und ein paar ganz normale Dosen."

„Also bin ich jetzt ganz offiziell für das Mistviech verantwortlich", murrte Schäfer und nahm die Katze behutsam aus den Armen der Tierärztin.

„Sieht ganz so aus ... besser als bei der Frau Materna ist sie bei Ihnen bestimmt aufgehoben."

„Wahrscheinlich ... Wie geht das bei Ihnen mit der Bezahlung?"

„Dienstlich? ... Suchhund mit Darmverschluss aufgrund eines verschluckten Gegenstands?"

„Von mir aus ... danke jedenfalls." Schäfer reichte der Tierärztin die Hand.

„Gerne ... wenn irgendetwas ist, rufen Sie mich bitte an ... rechtzeitig."

18.

Die Katze leckte sich die Pfoten, Schäfer kratzte den Schorf aus den Windungen seiner Ohrmuschel.

„Was machen wir jetzt, du Mistvieh? ... Ich habe dem Bergmann und der Kovacs Steaks und Nudeln versprochen, und die Herdplatten sind hinüber."

Entgegen seinen Gewohnheiten zündete er sich im Auto eine Zigarette an und blies den Rauch aus dem Fenster.

„Dieser vertrottelte Stark ... beginnt mit dem Renovieren und was macht er zuerst? Den Keller! Als ob es irgendwen interessiert, dass da unten ein neuer Estrich ist, während der Rest der Bude vergammelt ... Weißt du, ob der Camping-Kocher in der Garage funktioniert? ... Nein, du weißt gar nichts ... du bist die Katze von einem verschwundenen Teenager und einer verrückten Frau ... und dann suchst du dir nach zehn Jahren im Exil ein neues Heim und auf wen stößt du? Major Schäfer! ... Dir hat die böse Fee bei der Geburt wirklich ins Gesicht gespuckt ... Verdammt, wo krieg ich jetzt einen Herd her und wie schaffe ich den heim mit meiner kaputten Hand?“

„Mhmjiau.“ Die Katze richtete sich auf und legte die Vorderpfoten auf die Seitenscheibe.

„Du bist mir keine große Hilfe“, erwiderte Schäfer, kurbelte die Scheibe hinunter und überlegte, wer sich in seiner neuen Heimat bereit erklären würde, ihm einen Herd in die Küche zu schleppen, ohne irgendeine Gegenleistung in Anspruch nehmen zu wollen.

„Herr Autor! ... Wie geht's voran mit den Akten? ... Ach, tatsächlich? ... Ja, natürlich interessiert mich das, aber ... Mein Vorgänger? ... Keine Ahnung, habe ich nie getroffen, soll aber in Ordnung gewesen sein ... Ja, sicher, aber ... Am einfachsten wäre es, wenn Sie heute Abend vorbeikommen ... Nur ein zwangloses Essen mit zwei ehemaligen Kollegen ... Ja, von der Kripo ... Ganz im Gegenteil, die tun nichts lieber, als Zivilpersonen von ihren Abenteuern zu erzählen ... Ganz sicher, sonst würde ich es nicht sagen ... Das Einzige, worum ich Sie bitten möchte ...“

Zwanzig Minuten später traf der Drehbuchautor auf einem Mountainbike am Parkplatz des Elektromarkts ein. Irgendwas hat es mit dem, sagte sich Schäfer, als er den über beide Ohren grinsenden Sanders sein Fahrrad anketten sah. Immer wenn der auftaucht, passiert irgendwas Unvorhergesehenes. Gut, vielleicht hing es nur damit zusammen, dass Schäfers Leben in den vergangenen Monaten sehr vorhersehbar geworden war. Dass die Gleichförmigkeit der Tage und Wochen eine stille Oberfläche geschaffen hatte, die schon der Sprung eines Wasserflohs in Aufregung zu bringen vermochte. Außerdem: Wer holte den Autor denn ständig an seine Seite?

„Was wollen Sie denn kaufen?", fragte Sanders Schäfer, der neben dem Wagen stand und der Katze durchs Beifahrerfenster auftrug, sich wohlerzogen zu verhalten.

„Einen Herd."

„Einen Herd? ... Ich weiß nicht, ob wir das zu zweit schaffen."

„Wieso ... was wiegt so ein Gerät?"

„Na ja ... sicher mehr als eine Männerleiche."

„Gehen wir hinein und schauen uns das erst einmal an." Schäfer ging voraus und nahm sein Telefon zur Hand, während Sanders sein Notizbuch herausnahm. „Ihre Schreiberei ist mir irgendwie unheimlich ... ist das eine Sucht?"

„Irgendwie schon."

„Ja, ich bin's", rief Schäfer ins Telefon, „wie schaut's denn aus mit euren Vandalen? ... Ja, behaltet sie vorerst da."

Dann standen sie in einer Verkaufshalle, verloren zwischen hunderten weißen, schwarzen, grauen Blöcken aus Metall und Kunststoff – ob es sich dabei um Dampfgarer, Vollwaschautomaten, Mikrowellenmonster oder Protonenbeschleuniger handelte, vermochten sie beide nicht zu sagen.

„Hey!", schrie Schäfer zwei Verkäuferinnen am anderen Ende der Halle zu, die in ein angeregtes Pläuschchen vertieft waren.

„Ich schicke Ihnen gleich einen Kollegen", erwiderte eine der beiden und beugte sich über ihre Budel, worauf der Wunsch nach einem Mitarbeiter in der Küchenabteilung durchs ganze Haus schallte.

„So einen hätte ich gern!" Schäfer blieb vor einem kombinierten Gas-Elektro-Gerät stehen, das ihn an eine französische Küche aus Filmen mit Romy Schneider und Yves

Montand erinnerte. Er hob das Preisschild. „Nein, hätte ich lieber nicht."

„Die halten uns für ein Pärchen", sagte der Autor leise.

„Was? Wer?"

„Die beiden Tussis da drüben ..."

„Woher wollen Sie das wissen?"

„Zwei Männer, die sich bei den Herden herumtreiben und offensichtlich keine Ahnung haben: Das können nur Schwule sein ... außerdem schauen sie immer wieder her und grinsen unverschämt."

„Dann gehe ich jetzt hinüber, zeige ihnen meine Handschellen und frage sie, ob sie Lust auf einen versauten Vierer haben."

„Ja!"

„Nein", erwiderte Schäfer, selbst enttäuscht darüber, dass er sich dazu nicht hinreißen lassen konnte. Aber die Zeiten, als er die Chuzpe besessen hatte, in ein Studentinnenheim zu gehen, seinen Ausweis zu zeigen und zu fragen: Sagen Sie, wohnt hier eine Nymphomanin?, diese Zeiten waren wohl vorbei.

„Womit kann ich den Herren dienen?" Ein Mann, dessen Gesicht Schäfer umgehend an einen Biber erinnerte, stand vor ihnen und rieb sich die Hände.

„Ich brauche einen Herd ... möglichst unkompliziert, also ohne Computer drin ... und Gas wäre mir eigentlich lieber."

„Haben Sie einen Gasanschluss in Ihrer Wohnung?"

„Ähm ... nicht, dass ich wüsste."

„Also einen mit Flaschengas ... hm ..."

„Na ja", Schäfer merkte, dass er tatsächlich völlig planlos war. „Was würden Sie denn empfehlen?"

Eine halbe Stunde später standen Schäfer und der Drehbuchautor auf dem Parkplatz, zwischen ihnen der Herd, der nie und nimmer ins Auto passte.

„Und was jetzt?" Sanders kicherte seit zehn Minuten fast pausenlos. „Jetzt haben Sie sicher noch ein Ass im Ärmel, oder?"

„Jetzt spiele ich den Supertrumpf aus", Schäfer nahm sein Telefon, „gehen Sie noch einmal hinein und holen Sie dieses Dings ... das mit den Rädern."

„Wollen Sie nicht doch lieber so einen Leih-Lieferwagen ..."

„Nein." Schäfer winkte Sanders Richtung Gebäude und drückte die Wähltaste. „Ironman! ... Ich habe eine Idee, wie wir diese Randalierer Buße tun lassen können ... Bringt sie zum Elektro Lechner, um den Rest kümmere ich mich ... Ja, alle drei ... Natürlich übernehme ich die Verantwortung ... Dalli dalli!"

Sanders kam eben mit dem Hubwagen über den Parkplatz, als der Streifenwagen heranfuhr. Inspektor Plank und Iron Cop I stiegen aus, öffneten die Hintertüren, worauf sich drei junge Männer aus dem Fond zwängten. Allesamt sahen sie aus, als zögen sie in ihrer Freizeit Eisenbahnwaggons durch die Gegend. Dass die Blutergüsse an ihren Handgelenken von den Drahtseilen stammten, mit denen sie dieses Hobby durchführten, glaubte Schäfer allerdings nicht. Das sah nach engen Handschellen aus, an denen heftig gezerrt worden war. Die Landjugend heutzutage ... über Jahrhunderte programmiert, schwere Pflüge über die Äcker zu ziehen und Schweinehälften in die Stadt zu tragen ... dann haben sie einen Bürojob und müssen als Ausgleich in einem Einkaufszentrum randalieren. Eigentlich nur verständlich.

„So, ihr Kraftlackel ... der Herd da muss in die Schafgasse 17, ziemlich schnell, weil ich heute Gäste habe."

„Der geht da nie hinein." Einer der Männer deutete auf Schäfers Saab.

„Das habe ich fast befürchtet ... deshalb haben wir auch diesen so einfachen wie funktionellen Transportbehelf hier." Schäfer legte eine Hand auf den Griff des Hubwagens.

„Ich habe einen Pick-up daheim stehen", meinte einer, „damit bin ich in zehn Minuten hier."

„Kollege Plank, haben Sie bei den Herren einen Alkoholtest durchgeführt?"

„Ja", Plank trat vor die drei Männer und klopfte ihnen der Reihe nach mit dem Zeigefinger auf die Brust, „null Komma neun, eins Komma vier und zwei Komma eins."

„Aber da war von gestern auch noch was dabei!", warf der mit dem höchsten Promillewert ein.

„Na dann wird das mit dem Pick-up wohl nichts." Schäfer hob entschuldigend die Hände und stieg ins Auto. „Ihr wisst, wo die Schafgasse ist, oder?"

„Ja", kam es von einem der drei Männer, die sich offensichtlich nicht erklären konnten, was hier gespielt wurde.

„Also dann: Hopp hopp!", rief Sanders frech, der sich im Gegenüber der beiden Parteien wohl eindeutig als Polizist sah.

19.

Bergmann und Kovacs trafen kurz nach vier ein, die Beine zittrig, das Gesicht strahlend – debil glücklich durch die Endorphine, die man bei Zweihundert-Kilometer-Radtouren wohl ausschütten muss, um dem Geist vorzugaukeln, dass es schon in Ordnung ist, was der Körper da gerade treibt. Jedenfalls hieß Schäfer seine ehemaligen Kollegen nicht so herzlich willkommen, wie er es sich gewünscht hatte. Das hing damit zusammen, dass er in zwei Supermärkten keine ordentlichen Steaks gefunden hatte, die Metzgerei am Samstag zu Mittag zusperrte und er zwanzig Kilometer gefahren war, um bei einem Biobauern einen Kalbslungenbraten zum Preis einer ganzen Kuh zu erstehen. Es hing weiters damit zusammen, dass bei seiner Rückkehr die drei starken Männer immer noch da waren und mittlerweile die halbe Küche ausgebaut hatten, zumal die Maße des neuen Herdes nicht mit denen des alten übereinstimmten. Dann hing es damit zusammen, dass plötzlich zwei weitere Männer einfielen: der eine mit einem riesigen Werkzeugkasten, da man für den Starkstromanschluss angeblich einen Elektriker brauchte, der andere mit einer Kiste Bier, zumal solche Nachbarschaftsdienste am Samstagnachmittag nur in gelöster Stimmung zu tätigen waren. Und letztendlich hing es auch damit zusammen, dass bei all diesem unerwarteten Wahnsinn die Katze im Auto vergessen worden war und prompt auf die Rückbank geschissen hatte. Eine Serie, die selbst Schäfer – der Murphys Gesetz schon längst als Grundprinzip seines Lebens verinnerlicht hatte – als übertriebene Verdichtung ansah. Dafür hatte sich das Schicksal gefälligst irgendwann zu revanchieren.

„Diese Arbeiter sind doch hoffentlich angemeldet.“ Kovacs grinste und legte sich genussvoll seufzend in die Wiese.

„Wenn Sie es genau wissen wollen: Das ist ein Beitrag zur Resozialisierung straffällig gewordener Adoleszenten ... die verschwenden ihre Energie immerhin nicht damit, stundenlang deppert durch die Gegend zu radeln!“

„Oh oh“, brachte Bergmann ein, der mit einer Literflasche Mineralwasser an der Hauswand saß. „Ich empfehle einen Schluck Rotwein zur Entspannung der Lage.“

„Ja, das mache ich jetzt auch ... und Sie verschaffen sich in der Küche einen Überblick über das Ausmaß der Katastrophe.“

„Ist das ein Befehl?“, fragte Bergmann und klimperte mit den Wimpern.

„Eine Bitte, Herr Chefinspektor, eine Bitte von Kollege zu Kollege.“

„So soll sie denn erfüllt werden.“

„Ah!“, knurrte Schäfer und ging ins Haus, „im Dienst wart ihr ja schon anstrengend genug, aber in der Freizeit seid ihr überhaupt nicht mehr auszuhalten!“

Im Keller stellte er sich vors Weinregal, schloss die Augen und zog eine Flasche heraus. Parfait, sagte er sich beim Betrachten des Etiketts: Côtes du Rhône 2010, nicht zu luxuriös, nicht zu heftig, genau das Richtige, um einen sanften Filter zwischen sich und das Treiben über ihm zu legen. Zwischen sich und das Tosen rundum, das in den letzten Tagen lauter geworden war, als es seiner angeschlagenen Psyche guttat. Er öffnete die Flasche, roch am Korken und schenkte sich ein Wasserglas voll, das er zuvor an der Spüle neben der Waschmaschine ausgewaschen hatte. Er setzte sich auf einen Holzschemel, nahm einen Schluck und genoss die kühle Einsamkeit. Sein Vorgänger, Chefinspektor Stark, hatte sich vermutlich auch des Öfteren hierher zurückgezogen. Das legten zumindest der Eisenofen, die verschlissene Couch, das Bücherregal und der kleine Fernseher nahe, die sich im hintersten Teil des Kellers befanden. Und der Umstand, dass Stark mit dem Renovieren des Hauses hier unten begonnen hatte und nicht in der Küche, die ... daran wollte Schäfer gar nicht denken.

„Major!?“ Sanders Stimme, die von einem Poltern begleitet über die Kellertreppe herabschallte.

„Ich stelle gerade die Weinkarte für den Abend zusammen.“

„Prima ... Sagen Sie mal: Die haben sich ja verdoppelt, die Jungs da oben ... die fetzen jetzt schon die Tapeten runter."

„Ihre Schuld! ... Wenn Sie mich überzeugt hätten, dass wir uns den gratis Lieferwagen ausleihen, dann ..."

„Das habe ich Ihnen vorgeschlagen!"

„Ja, aber nicht überzeugend genug", Schäfer seufzte, „man darf nie unterschätzen, was die versuchte Umwandlung krimineller Energien alles bewirken kann."

„Und die zwei im Garten sind ..."

„Chefinspektor Bergmann, Gruppenleiter der Ermittlungseinheit Gewaltkriminalität, sowie Revierinspektorin Kovacs."

„Und Sie waren ihr Chef?"

„Ja, irgendwann einmal." Um einer weiterführenden Diskussion über seinen ehemaligen und jetzigen Arbeitsplatz zu entgehen, nahm Schäfer ein paar Flaschen aus dem Regal, drückte Sanders drei in die Arme und ging die Treppe hinauf.

„Übrigens: Ich habe die Akten mitgenommen", meinte der Autor aufgeregt.

„Schön ... ich gebe Ihnen ein Zeichen, wann Sie damit anfangen dürfen."

„Was denn für eins?"

„Ich springe über den Gartenzaun und laufe schreiend die Straße hinunter." Schäfer warf einen Blick in die Küche, die nichts mehr mit dem Raum zu tun hatte, in dem er bei Sonnenaufgang sein Frühstück zubereitet hatte. „Geht der Herd jetzt?", rief er in den Schweiß- und Biergeruch hinein.

„Der Herd schon", kam eine kräftige Stimme unterhalb der Spüle hervor, „aber die Leitungen – Strom und Wasser – die gehören schleunigst getauscht ... das ist ja schon fahrlässig!"

„Ja ... was haltet ihr davon, wenn ich euch eine Kiste Bier ausgebe, die ihr bei euch daheim vernichtet, und das Projekt Küche verschieben wir auf nächste Woche."

Das folgende mehrstimmige Gegröle fasste Schäfer als Zustimmung auf, suchte Brieftasche und Autoschlüssel und bat Sanders, zur nächsten Tankstelle zu fahren. Ein paar Beutel Knabberzeugs sollte er auch mitnehmen, falls sich beim Kochen irgendwelche Verzögerungen ergäben. „Vielleicht gleich Pizza?", fragte der Drehbuchautor, was Schäfer nicht einmal kommentierte. Den Teufel an die Küchenwand zu malen, wo diese Höllenhunde schon die Tapeten heruntergefetzt hatten ... Es war Zeit, sein Revier zu behaupten!

Ein paar Stunden später war seine Welt wieder in Ordnung – zumindest die kleine. Die Steaks in Schalotten-Rotwein-Soße waren dank Bergmanns Übernahme der Küche vorzüglich gelungen, das Mousse von der famiglia Antinori so flaumig wie deftig, auch der Wein nicht von schlechten Reben. Zudem: 26 Grad, in den Kiefern das Gezirpe der Grillen, ein wolkenfreier Nachthimmel, in den die Funken des Lagerfeuers stoben wie sehnsüchtige Gedanken an eine Geliebte. (Ein etwas schiefer Vergleich, wie Schäfer sich nun selbst eingestand, während er in die Flammen starrte. Ein Vergleich, der mehr den Vergleichenden entblößt als den Gegenstand, oder? Weil ich sehnsüchtig und einsam bin. Weil meine Wünsche in den Himmel schießen und verlöschen, ohne von irgendjemandem gehört zu werden. Da drüben turtelt die Kovacs mit dem Drehbuchautor, da vorne torkelt Bergmann durch den Garten und erklärt sich selbst die Sternbilder. Und ich sitze da wie der Oberbösewicht bei James Bond: eine greise Katze im Schoß und ein irres Grinsen auf den Lippen.)

Kurz nach Mitternacht war der Drehbuchautor betrunken und mutig genug, drei ähnlich betrunkenen Kriminalpolizisten seine Erkenntnisse in Bezug auf einen zehn Jahre zurückliegenden Vermisstenfall aufzudrängen. Mit einem energischen *So!* schleuderte er seinen Rucksack auf den Tisch. Holte den Aktenstapel heraus, den aus den Händen gegeben zu haben Schäfer nun ein gestöhntes *Mea culpa, mea maxima culpa!* entlockte.

„Ihre Schuld nicht, Major, aber ... wieso habt ihr hier in Österreich eigentlich so militärische Titel bei der Polizei?", entgleiste Sanders in seinen Ausführungen und erhielt keine Antwort, „ja ... aber womöglich die Schuld von Ihrem Vorgänger, Chefinspektor Stark ..."

„Können wir nicht gleich die Auflösung haben?" Kovacs legte ihre Hand auf Sanders' Unterarm, was ihn erneut aus dem Konzept brachte.

„Auflösung? ... Die habe ich nicht ... aber dass da was faul ist, unbedingt ist hier was faul!", Sanders schlug sein Notizbuch auf und bemühte sich, die richtige Seite zu finden, „ich hab's gleich ..."

„Wenn das was wird, gehe ich auch zum Film", wandte sich Schäfer an Bergmann, dessen Augenlider schon auf Halbmast hingen.

„Ja", murmelte Bergmann, nickte bedächtig und richtete sich plötzlich hellwach auf. „Aber wenn der Piefke tatsächlich etwas gefunden hat und das wird eine große Geschichte, dann ..."

„Ähm ... ich kann Sie hören", brachte Sanders ein.

„Entschuldigung, das war ... tut mir ... wirklich, ganz ehrlich leid."

„Dann was?", fragte Schäfer.

„Dann ... ja dann schaut das mit meiner Theorie von den Energiefeldern auf einmal wieder ganz anders aus!"

„Was für Energiefelder denn?“ Sanders stand auf, torkelte zum Gartenschlauch, drehte an der Düse und ließ sich gut einen Liter in den Hals und auf den Oberkörper rinnen.

„Ich auch!“, rief Kovacs und riss den Mund auf, worauf Sanders den Wasserstrahl auf sie lenkte und dabei gleich die ganze Runde einwässerte.

„Bergmann, los, schießen Sie!“, schrie Schäfer.

„Sorry, sorry, sorry!“ Sanders griff sich ein Geschirrtuch und tupfte das Wasser von den Dokumenten und Schäfers Gesicht.

„Was für Energiefelder?“, wiederholte Sanders die Frage.

„Dass unser Major die außergewöhnlichen Fälle anzieht“, sprach Bergmann nun in die Runde, „er hat ein Energiefeld um sich, das ... egal, wo er als Polizist arbeitet, kommt es zu einer Häufung von ...“

„Bergmann!“, fiel Schäfer seinem Kollegen ins Wort. „Das haben wir, soweit ich weiß, das letzte Mal ausführlich genug besprochen.“

„Was genau hat denn der Stark verpfuscht?“, bemühte sich Kovacs, die Spannung zu lösen.

„Nicht so wichtig ... ist wahrscheinlich auch nur ein ... tut mir leid.“ Sanders nippte betreten an seinem Glas.

„Also: Wo hat er gepfuscht, mein werter Vorgänger?“ Schäfer stand auf und entkorkte eine weitere Flasche. „Ist ja nicht so, dass ich neuen Erkenntnissen grundsätzlich abgeneigt bin ... noch dazu, wenn sie von einem Verfasser großer Kriminalromane stammen!“

20.

Im Laufe ihrer über zehnjährigen Zusammenarbeit – die man aufgrund des Überlappens in den Privatbereich durchaus auch als Beziehung bezeichnen konnte – hatte Bergmann Schäfers Eigenheiten besser kennengelernt als irgendwer sonst. Ein paar waren als harmlose Schrullen zu klassifizieren, andere waren für Nichteingeweihte seltsam bis beängstigend. Und dann gab es den roten Bereich, wo immer jemand rufen sollte: Verdammt, wir müssen hier raus, das Ding kann uns jeden Moment um die Ohren fliegen!

Sich nach einem Abend wie dem vorherigen, als reichlich Wein und Herzblut geflossen waren, am Morgen in Schäfers Küche zu befinden und auf ein gemeinsames Frühstück zu drängen, gehörte eindeutig in diesen Bereich. Nicht, dass der Major handgreiflich wurde – doch die Stimmung, in die er einen bei solch einem Fehltritt allein durch seine Ausstrahlung versetzen konnte, glich jener im Niemandsland um Fukushima.

Also kroch Bergmann kurz nach sieben aus seinem Schlafsack, nahm eine kalte Dusche, trank einen Nescafé und ging in den Garten, um Kovacs und den Drehbuchautor zu wecken. Mit dem Gartenschlauch in der Hand ging er auf den Deckenhaufen zu, unter dem die beiden lagen. Dann besann er sich und stupste sie sanft mit dem Fuß an. Auf, auf!, bevor die Bestie sich regt.

„Lieber, lieber Bergmann, bester aller Freunde und Kollegen“, murmelte Schäfer, als er im Halbschlaf ins Bad torkelte und sich gleich auf den linken Fuß pinkelte. Hatte der Chefinspektor tatsächlich in diesem Zustand noch den Tisch abgeräumt! Und ihm einen Krug Wasser neben das Bett gestellt! Und einen Zettel in der Küche hinterlassen:

Wünsche einen guten Morgen! Wir sind schon wieder am Strampeln. Schönen Tag!

Schade, sagte sich Schäfer, als er mit einer Tasse Pfefferminztee ins Freie ging. So ein gemeinsames Frühstück wäre sicher lustig gewesen. Andererseits hatte er nicht vor, den Vormittag im Garten zu vertrödeln. Zu Mittag sollte es laut Wetterbericht bis zu dreißig Grad haben – da sah er sich schon an seinem Waldteich im Schatten liegen und ein Wurstbrot essen.

Er war erst hundert Meter gegangen, als er noch einmal umkehrte; erstens die Katze, zweitens die Akten. In der Küche füllte er das stinkende Tierfutter in einen riesigen Aschenbecher, den er irgendwann in einem Lokal auf Lefkada hatte mitgehen lassen, stellte ihn unter den Kirschbaum und gab so lange nichtmenschliche Laute von sich, bis die Katze tatsächlich erschien und sich über das Futter beugte.

„Sehr brav, Miss Rost ... am besten versteckst du einen Teil davon irgendwo, bevor sich dein diebischer Freund darauf stürzt."

„Krah, krah!", tönte es aus den Ästen über ihm.

„Das ist nur für sie!", rief Schäfer hinauf, „von mir aus kannst du das Baguette haben, das von gestern übrig geblieben ist ... aber von den Haseninnereien hältst du dich fern!"

„Krah, kraaah!"

Mit erleichtertem Gewissen und einem Kilo Ermittlungsakten im Rucksack marschierte er schließlich zum zweiten Mal los. Die ersten zwei Kilometer erledigte er im Laufschritt. Erst als er im Wald war, die Verkehrsgeräusche verebbt, kein Haus mehr in Sicht, stellte Schäfer auf das Wandertempo um, das mit seinem Gedankenfluss harmonierte. Kujüt, kujüt, rief ein Vogel. Fast dschungelhaft, dachte Schäfer, vielleicht ist irgendwo ein Tukan ausgebüchst. Von diesem exotischen Namen sprangen seine Gedanken zu Sanders, der sie am Vorabend mit seiner so trunkenen wie kreativen Energie befeuert hatte. Kein Wunder, war er doch zum ersten Mal in seinem Leben mit drei Menschen an einem Tisch gesessen, die das taten, was er erfand. Aus dieser Konstellation war tatsächlich so etwas wie – ja, Bergmann, in diesem Fall lasse ich es gelten – ein Energiefeld entstanden, das alle Anwesenden in seinen Bann gezogen hatte. Wobei gesagt werden muss, dass die Akte Materna geradezu prädestiniert war, solch ein kriminalistisches Symposium anzufachen, wie es nach Mitternacht rund um Schäfers Lagerfeuer entstanden war.

Dass bei den Ermittlungen zumindest in den ersten Tagen nach-, wenn nicht gar fahrlässig vorgegangen worden war, stand außer Frage. Alexander Materna war von seiner Mutter am Freitag, dem 3.5.2002, um 00:45 Uhr als vermisst gemeldet worden. Und nicht vor Sonntagabend hatte Chefinspektor Stark das Landeskriminalamt eingeschaltet. Das waren wesentlich mehr als 24 Stunden, wie Sanders zu Recht angemerkt hatte. „Das ist doch unverzeihlich, wenn man bedenkt, dass in solchen Fällen die ersten 48 Stunden entscheidend sind, entscheidend über Leben und Tod!", hatte der Drehbuchautor deklamiert, der die kompletten Staffeln von *CSI*, *Cold Case* und *Without a Trace* auf DVD zu Hause hatte. Das war jenseits jeglicher moderner kriminalistischer Standards!

„Jaja", hatte Schäfer gemurrt, „lass uns im Kraut mit deiner Fernsehlogik", und dann – während der Drehbuchautor von Kovacs' Hand abgelenkt worden war, die von seinem Unterarm auf seinen Oberschenkel wanderte – einen Fehler in der Ermittlungsakte gefunden, der ihn auch jetzt noch beschäftigte, als er durch den Wald marschierend die Rufe des entflohenen Tukans nachahmte.

„Frau Luise Materna gibt an, bis ein Uhr im Restaurant Zum Goldenen Hirschen gewesen zu sein, was von Doktor Mathias Kettner als auch von zwei Bediensteten des besagten Lokals bestätigt wird ..."

„Der Bedienstete Salzl gibt an, Frau Luise Materna sowie Doktor Mathias Kettner von elf Uhr bis etwa ein Uhr bedient zu haben ..."

„Die Mutter der vermissten Person gibt an, gegen Mitternacht nach Hause gekommen zu sein und beim Betreten des Wohnhauses als Erstes nach ihrem Sohn gerufen zu haben ..."

„Der Trafikant Posch gibt an, die vermisste Person gegen siebzehn Uhr in seinem Geschäft bedient zu haben ..."

„Anton S., Schüler, gibt an, bis circa 20:30 Uhr in Anwesenheit der vermissten Person verbracht zu haben ..."

„Doktor Mathias Kettner gibt an, die Mutter der vermissten Person gegen siebzehn Uhr in seinem Wohnhaus empfangen zu haben ..."

„Herr Leopold Materna bestätigt den Anruf seiner mittlerweile geschiedenen Ehefrau, Luise Materna, wonach sie ihn kurz nach 24:00 Uhr angerufen und befragt hätte, ob ihr gemeinsamer Sohn, Alexander Materna, sich bei ihm befände, was jener verneinte ..."

„Doktor Kettner gibt an, Frau Luise Materna gegen Mitternacht vor ihrem Wohnhaus abgesetzt zu haben ..."

„Ist das denn niemandem aufgefallen?", dachte Schäfer laut und schob sich eine Handvoll Blaubeeren in den Mund. 13:00 und 01:00 Uhr sind doch nicht dasselbe! Einmal ist die Materna mit dem Kettner beim Mittagessen, dann kommt sie um fünf Uhr nachmittags zu ihm, dann setzt er sie um Mitternacht bei ihr ab, und überhaupt: Wenn der Sohn um 20:30 Uhr nachweislich bei einem Freund war, was sollte dann das Tamtam um die zwei Stunden, in denen die Mutter mit dem Doktor im Goldenen Hirschen war? Unlogisch war das – im Gesamtkontext der Ermittlungen wahrscheinlich auch unerheblich, zumal die Beamten des LKA keinerlei Spuren eines Gewaltverbrechens gefunden hatten. Aber diese und andere Schlampereien ließen Chefinspektor Stark in einem Bild erscheinen, das wenig mit dem zu tun hatte, das Oberst Kamp und Oberstleutnant Pürstl von ihm gezeichnet hatten. Laut ihren Aussagen – und Schäfer hatte wenig Grund, seinen ehemaligen Ausbildnern und väterlichen Freunden zu misstrauen – war Stark kein kriminalistisches Genie gewesen, aber doch ein gewissenhafter und intelligenter Polizist, der sich durch reichlich Erfahrung und gutes Gespür ausgezeichnet hatte. Und gerade in einem Fall, bei dem er diese Fähigkeiten unter Beweis stellen konnte, bei dem er zudem im Tausend-Watt-Licht der Öffentlichkeit stand, verhielt er sich, als ginge es um eine gestohlene Sonntagszeitung.

Schäfer erreichte den Teich: Rucksack weg, Kleider weg, einen Plastiksack um den Verband an der Hand gebunden und ab ins Wasser, als wäre er kurz zuvor in einen Ameisenhaufen gefallen. Er tauchte ein paar Meter und schwamm dann den Teich entlang des Ufers ab. Zwei Pärchen und eine Familie mit drei Kindern nahm er wahr. Für einen Sonntag mit dreißig Grad so gut wie niemand, gratulierte sich Schäfer zu seinem kleinen Paradies. Hierher führte keine Straße und der Waldpfad war auch für geübte Mountainbiker weder Herausforderung noch Vergnügen. Einmal waren Schäfer im Wald zwei jugendliche Motocrossfahrer untergekommen. Zuerst hatte er an Forstarbeiter mit Kettensägen geglaubt. Dann waren diese Wüstlinge vor ihm aufgetaucht, worauf er einen schweren Ast aufgehoben hatte und brüllend auf sie zugestürmt war. Der eine war vor Schreck sofort vom Motorrad gefallen, der andere hatte die Flucht ergriffen und war in halbwegs sicherer Entfernung stehen geblieben. „Beim nächsten Mal schlage ich euch den Schädel ein", hatte Schäfer geschrien und es bestand kein Zweifel, dass er es ernst meinte. „Si vis pacem, para bellum", hatte er im Weitergehen gemurmelt, leicht beschämt wegen seiner Raserei, aber auch stolz, den Waldfrieden gesichert zu haben.

Zwei Stunden später legte er die Akten weg und lief abermals in den Teich hinein. Die hoch stehende Sonne hatte die Wasseroberfläche bereits so erwärmt, dass sie kaum noch Abkühlung brachte. Schäfer schwamm in die Mitte des Teichs und tauchte zum Grund. Dort legte er sich bäuchlings hin und hielt sich an den Algen fest, bis seine Lungen nicht mehr mitmachten und ihn zum Auftauchen zwangen. Er wiederholte diesen Vorgang unzählige Male, wobei er sich nur auf seinen Atem und seinen Herzschlag konzentrierte. Danach war sein Geist klar und scharf wie dreifach destillierter Vogelbeerschnaps. Mit geschlossenen Augen ließ er sich am Rücken treiben. Er konnte Sanders nur recht geben: An diesen Ermittlungen war etwas faul, oberfaul, da stank etwas wie eine Faulleiche.

Woran das lag, hatte der Drehbuchautor nicht sagen können, aber er hatte es gefühlt. Und nun steckte Schäfer seine Nase hinein und prüfte, woher genau dieser Gestank kam. Am mangelnden Einsatz lag es nicht: Die Beamten hatten jeden Mitschüler, jeden Lehrer, alle Verwandten und Bekannten befragt. Parallel dazu war das Gebiet in einem Umkreis von über siebzig Kilometern durchkämmt worden, jeder See, jeder Heuschober, jedes leer stehende Gebäude. Sie hatten Hubschrauber, Suchhunde, hunderte Freiwillige von den Feuerwehren bis zum Bundesheer im Einsatz gehabt. Sie hatten die Überwachungsbänder der Tankstellen, Bahnhöfe und nächsten Flughäfen gesichtet, sie waren jedem noch so obskuren Hinweis nachgegangen, hatten sogar eine Lagerhalle durchsucht, zu der sie von einer Hellseherin geschickt worden waren ... Offenbar hatten sie nichts unversucht gelassen, um den Jungen zu finden. Und ebendieser vorbildliche Einsatz störte Schäfer. Weil er zu nichts geführt hatte. Nicht unbedingt, was den letztgültigen Erfolg, die Auffindung der vermissten Person, betraf. Die konnte sich am Wipfel einer Tanne erhängt haben und von den Raben gefressen oder von irgendeinem Perversen eingesperrt worden sein – Heimat, bist du großer Keller. Zu nichts geführt, weil diese monatelangen Ermittlungen ihm aus gegenwärtiger Sicht vorkamen wie der Seniorentanzabend auf einem Billig-Kreuzfahrtschiff: Man dreht sich im Kreis, nur um in Bewegung zu bleiben und sich davon abzulenken, dass man an einem langweiligen Ort in langweiliger Begleitung ist. Genau: langweilig, das war es, was Schäfer an diesem Fall störte. Unzählige lose Fäden, aber nie war jemand da, der sagte: Burschen!, hier wird's interessant, hier ziehen wir die Schlinge enger.

Dieser Jemand hätte Chefinspektor Stark sein müssen. Er hatte fünfzehn Jahre im Ort gearbeitet, kannte die Leute, kannte viele ihrer dunklen Seiten. Da war es doch nicht möglich, dass der sich bei ein paar vorübergehenden Pseudoverhören und -festnahmen aufhielt (zwei slowakische Küchenhilfen, die mit der Weitergabe von Haschisch in Verbindung gebracht wurden; der Besitzer einer Videothek, mit dem Alexander Materna ein paar Mal beim Dartspielen in einem Lokal gesehen worden war; ein

39-jähriger Bildhauer aus Passau, der den Jungen nachweislich zwei Mal besucht hatte). Allein bei diesen beiden Personen hätte doch irgendwer aufmerksam werden und sich sagen müssen: Hm, keine Freundin, in erster Linie Bekanntschaften mit Männern, möglicherweise homosexuell. Wenn ja, dann fast sicher Kontakte nach Linz, Salzburg oder Wien, zumal Schwule in der österreichischen Provinz, pardon, immer noch am Arsch waren. Und wenn sich dieser Verdacht bestätigt hätte: Konflikte mit der Familie? Konflikte mit irgendwelchen homophoben Spinnern aus dem Ort, die der *schwulen Sau* vielleicht eine aufs Maul geben wollten? Gab es vielleicht einen Familienvater, der mit Alexander seine eigentliche Neigung auslebte? Eine Liebesbeziehung, die genug Konfliktpotenzial barg, um in einem Totschlag, einer Körperverletzung mit Todesfolge, vielleicht auch nur in einem Unfall zu enden, bei dem die Leiche verschwinden musste, weil der Verantwortliche ... ein angesehener Unternehmer, ein Politiker ... ein Polizist war? Spekulationen, natürlich, aber genau darin hatte sich ein Ermittlungsbeamter auch zu ergehen, wenn sonst nichts weiterging. Und hier? Hier war ein Berg an Informationen, der weniger dazu diente, einen guten Überblick zu verschaffen, als die Sicht zu verstellen. Schäfer schwamm ans Ufer und legte sich schlotternd in die Sonne.

21.

Der Rückweg wurde beschwerlich. Schäfer hatte nur wenig gegessen und getrunken, die Hitze hatte ihm trotz des Waldschattens mehr zugesetzt als erwartet, und da er beim Studium der Akten die Zeit übersehen hatte, stand die Sonne schon auf Orange, während er gerade einmal die Hälfte des Weges zurückgelegt hatte.

Nun merk' ich erst, wie müd' ich bin, da ich zur Ruh'
mich lege:
Das Wandern hielt mich munter hin, auf unwirtbarem
Wege.

Schwache Beine, Unterzucker und eine blöde Angst, die ihm einredete, dass er jeden Augenblick kollabieren und sterben konnte. Jetzt bloß keine Panikattacke!

Auch du, mein Herz, in Kampf und Sturm, so wild und
so verwegen,
fühlst in der Still' erst deinen Wurm mit heißem Stich
sich regen!

Er sollte am Posten anrufen und sich abholen lassen. Und dann das hämische Grinsen von Iron Cop II ertragen? Der vermutlich daran gewöhnt war, 24 Stunden durch den Wald zu hetzen und sich nur von Tau und Maden zu ernähren. Da musste es doch eine andere Alternative geben. Wie zur Antwort aus höheren Sphären rief in dem Moment, als Schäfer sich erschöpft auf einen Baumstumpf setzte, Sanders an.

„Haben Sie ein Auto zur Verfügung?", übernahm Schäfer den Gesprächsbeginn.

„Ein Auto? Nein, heute leider nicht, brauchen Sie eins?"

„Nein, ich wollte nur einmal wieder eins sehen", erwiderte Schäfer mürrisch, „was gibt's?"

„Ich wollte nur wissen, ob Sie vielleicht schon in die Akten geblickt haben wegen ..."

„Nein“, log Schäfer, „vielleicht komme ich heute Abend dazu.“

„Okay, dann wegen dieses anderen Falls, mit diesem Mädchen, da habe ich mir auch ein paar Gedanken dazu gemacht ...“

„Und was genau?“ Schäfer stand auf und streckte stöhnend seinen Rücken durch.

„Das ist doch genau so etwas, worüber wir neulich Abend gesprochen haben ...“

„Ich kann mich nicht erinnern.“

„Wenn ich ein Psychopath wäre und die besten Ermittler Europas ermorden möchte ... dass ich da eine Botschaft hinterlassen müsste!“

„Ja, einen griechischen Buchstaben oder eine römische Ziffer am besten, eingeschnitzt in den Leichnam.“

„Wieso das?“

„Das war ein Scherz. Wir haben darüber gesprochen, was Sie für einen Grund haben könnten, mich zu ermorden, wenn wir in einem Ihrer Romane wären ... und dort kommen solche Botschaften für gewöhnlich vor, oder?“

„Also können Sie sich doch erinnern?“

„Ja, von mir aus“, Schäfer suchte erfolglos nach einer Zigarette, „also was ist jetzt mit dieser Botschaft?“

„Der Film! ... Das bedeutet doch, dass der Täter von der Übungsphase übergegangen ist in eine Phase, wo er sich seiner sicher ist und ...“

„So weit sind wir noch nicht“, erwiderte Schäfer und nahm seinen Rucksack ab. Irgendwo mussten doch diese verdammten Zigaretten sein. „Wir können von keinem Täter sprechen, wenn ein Suizid vorliegt.“

„Ja, aber nur mal angenommen ... dann wäre dieses Mädchen die erste einer Serie und es ist nur eine Frage der Zeit, bis ...“

„Moment“, unterbrach Schäfer das Gespräch, weil ein anderer Anrufer anklopfte. Auer. „Herr Autor, die Arbeit ruft, wir telefonieren später.“

„Frau Inspektor ... ich begleite Sie überallhin, wenn Sie mich davor abholen“, begrüßte er sie.

„Was? ... Nein, nicht nötig ... das habe ich schon erledigt“, erwiderte sie leicht verwirrt.

„Was haben Sie erledigt?“

„In Freikirchen ist eine Sechzehnjährige von einem Siloturm gefallen ... sie hat's überlebt und liegt jetzt im künstlichen Tiefschlaf.“

„Freikirchen? ... Was geht uns das an?“

„Ich ... Sie haben doch gesagt, dass ich an der Sache dranbleiben darf ... und da habe ich eben alle benachbarten Posten gebeten, mich zu informieren, wenn sich wieder so etwas ...“

„Waren Sie dort?“ Schäfer setzte sich an den Straßenrand.

„Ja, das wollte ich Ihnen ja sagen.“

„Was sagen?“

„Können wir uns nicht irgendwo treffen?“, schlug sie vorsichtig vor.

„Sicher ... haben Sie ein Auto?“

Zwanzig Minuten später war sie da, winkte im Vorbeifahren lachend aus dem Auto, als wäre er ihr Liebhaber – oder Vater –, wendete an der nächsten breiteren Stelle und hielt schließlich neben ihm.

„Sie schickt ein Engel.“ Schäfer legte den Gurt an und hoffte im selben Moment, dass er nicht zu sehr nach Schweiß roch.

„Der Todesengel.“ Sie warf ihm einen Blick zu, den er nicht deuten konnte.

„Sie lebt noch, oder?“

„Ja ... also, vor einer Stunde hat sie noch gelebt.“

„Irgendetwas Auffälliges?“

„Der Bauer, dem der Silo gehört, hat gesagt, dass noch ein anderer da war.“

„Wo da?“

„Beim Silo.“

„Kann ich das bitte in Protokollsprache haben?“

„Herr Posch, der Besitzer des Silos, von dem besagte Person gestürzt ist, sagte in einer ersten Einvernahme aus, dass er, nachdem er einen Schrei vernommen hatte, aus dem Fenster gesehen und jemanden beobachtet hat, der über das Feld in Richtung Wald gegangen ist.“

„Beschreibung?“

„Höchstwahrscheinlich männlich.“

„Was hat er dann gemacht?“

„Er ist aufs Feld hinaus und hat sie gefunden.“

„Und der andere?“

„War weg, und deswegen habe ich mich gefragt ... Wohin soll ich Sie denn bringen?“, unterbrach sie sich selbst, als sie zur Ortseinfahrt kamen.

„Zu mir, bitte ... Wenn Sie Hunger haben, ist noch genug von gestern da, Steaks in Schalotten-Soße und Tagliatelle.“

„Yummie ... und um den passenden Wein muss ich mir bei Ihnen eh keine Sorgen machen.“

„Womit ich mir diesen Ruf verdiene, verstehe ich nicht.“

Später im Garten – nachdem Schäfer geduscht und Auer das Essen aufgewärmt hatte:

„Dieses Filmteam ...“, meinte Auer zögerlich. Auweia, was kam jetzt?

„Hm?“

„Die haben mich gefragt, ob ich mitspielen will ... also nur in einer kleinen Nebenrolle und ...“

„Als was?"
„Na als Polizistin."
„In Uniform?"
„Ja, natürlich ... die Zivilen sind ja ..."
„*Schrot & Korn,* ich weiß."
„Hätten Sie was dagegen?"
„Dass Sie da mitmachen? Pf, was versprechen Sie sich denn davon? Dass Sie entdeckt werden?"
„Nein", sie kicherte, „nur um zu sehen, wie es da zugeht, beim Film ... das ist doch spannend."
„Nein, das ist eine öde Herumsteherei, wo Sie aus Langweile billige Sandwiches in sich hineinstopfen und darauf warten, dass Sie endlich dran sind, um zehnmal in Folge einen Satz zu sagen wie: Hier sind die Unterlagen, die Sie angefordert haben."
„Waren Sie schon einmal bei so einem Dreh?"
„Nein ... ich habe vor ein paar Jahren mit einem Regisseur zu tun gehabt."
„Und wie war das?"
„Er hat in Rom einen Werbefilm gedreht ... außerdem war er ein ehemaliger RAF-Terrorist und Bombenbauer." Schäfer lächelte, als er an den wahnsinnigen Friedrich dachte, mit dem er damals zu Abend gegessen hatte.
„Also darf ich mitmachen?"
„Wenn Sie die Fehlstunden von Ihrer Freizeit abziehen, von mir aus ... aber seien Sie nicht enttäuscht, wenn Sie nach diesem wahnsinnig verzwickten Mordfall rund um den vermögenden Unternehmer Heinrich Stettner wieder mit stinknormalen besoffenen Autofahrern zu tun haben."
„Oder mit jemandem, der junge Mädchen in den Selbstmord treibt ..."
„Hätten Sie das gerne?", erwiderte Schäfer scharf und wartete keine Antwort ab, „dass es nicht nur zwei tragische

Fälle sind mit Familien, die an ihrem Schmerz kaputtgehen, Mütter, die keinen Sinn mehr im Leben sehen, weil ihre Kinder gestorben sind ...“

„Entschuldigung, so hab ich das nicht gesehen ... mit so was habe ich halt noch nie wirklich ...“

„Dann vergessen Sie jetzt bitte kurz diesen Filmdreck und hören Sie auf die Stimme der Reife und Erfahrung.“ Schäfer griff sich sein Glas und nahm einen großen Schluck. „Wir leben hier in einem beschaulichen Ort mit gerade einmal fünftausend Einwohnern, wo es seit sieben Jahren keinen Mord mehr gegeben hat, wo kein großes soziales Gefälle herrscht. Wo es keine religiösen oder ethnischen Konflikte gibt, wo die Leute im Allgemeinen sehr gut miteinander auskommen. Da gibt es sowohl erfahrungsgemäß als auch statistisch andere Bewältigungsstrategien für innere oder äußere Konflikte als Mord und Totschlag. Also verschwenden wir unsere Zeit und Energie nicht mit haltlosen Spekulationen, sondern ermitteln die Fakten ... und die sagen in unserem Fall, dass es eine Selbstmörderin gibt, die Drogen konsumiert hat, und ein weiteres Mädchen, das aus welchem Grund auch immer von einem Siloturm gestürzt ist, wobei die zweite anwesende Person höchstwahrscheinlich ein anderer Jugendlicher war, der aus bislang unbekannten Gründen das Weite gesucht hat ... Ja, so weit sind wir.“

„Und das Video, das uns geschickt worden ist?“

„Ist per se noch keine Straftat“, meinte Schäfer und fragte sich, warum er in diesem Diskurs die Überlegenheit faktenorientierter Ermittlungsarbeit zu verteidigen hatte. Natürlich hatte dieses Video etwas zu bedeuten. Es war beängstigend, abscheulich. Es ließ ihn zur Waffe greifen, wenn er an die Person dachte, die diesem Mädchen beim Sterben zugesehen hatte, aber ... er war erschöpft ... und das nicht nur in diesem Augenblick.

„Aber Sie glauben ja selbst nicht, dass da jemand zufällig mit einer Kamera herumgestanden ist, oder?"

„Glauben ..." Schäfer brachte den Satz nicht fertig, weil er sich in der Betrachtung des Raben verlor, der vor dem Aschenbechernapf stand und der Katze zunickte, als würde er ihr Verhalten aufs herzlichste begrüßen. Ein Irrenplatz: Zwei naturgemäß befeindete Tiere haben eine Affäre, Düsseldorfer Drehbuchautoren und junge Provinzkriminalistinnen saufen meinen Wein weg und wollen mir einreden, dass hier Serienmörder frei herumlaufen. Konnte nicht wenigstens zwischendrin einmal der Frieden herrschen, wegen dem er hierherversetzt worden war? Ring ring. Inspektor Schreyer. Um die Uhrzeit?

„Freund Schreyer, was gibt's? ... Wovon reden Sie? ... Ach, Beziehungen ... eingehackt haben Sie sich hoffentlich nirgends ... Und bei denen waren ebenfalls Drogen im Spiel? ... Ja, wenn Sie es mir schicken, schaue ich es mir spätestens morgen an ... Gut, danke ... Ja, die waren gestern da, sind aber gleich in der Früh weiter ... Mach ich, danke, Schreyer, gute Arbeit."

„War das dienstlich?", wollte Auer wissen, die sich während Schäfers Telefonat ihr Glas bis zum Rand angefüllt hatte. Jetzt war dann aber Schluss: Dieser Blaufränkische 2008 war gewiss besser als das, was sie bei ihren Disco-Besuchen mit Cola aufspritzte, um es überhaupt trinken zu können, aber hier gab es eine Hierarchie.

„So in etwa ... und Sie trinken jetzt aus und gehen heim", Schäfer stand auf und begann, den Tisch abzuräumen, „damit wir morgen fit sind."

„Sind Sie sicher?", säuselte Auer und Schäfer verschwand ohne eine Antwort durch die Gartentür. In der Küche kühlte er sich das Gesicht mit kaltem Wasser und trank dabei gleich einen halben Liter vom Hahn. „Heiliger Antonius, bewahre mich vor sündiger Versuchung", murmelte er, legte den Kopf in den Nacken und atmete ein paar Mal tief durch. Diese Frau dort draußen auf seiner Terrasse: Ende zwanzig, hübsch, intelligent, ein durchtrainierter Körper, ein blaufränkisch lasziver Geist und offensichtlich eine Schwäche für erfahrene Kriminalisten. Wäre sie am Tag zuvor dabei gewesen, hätte Schäfer höchstwahrscheinlich nach langer Zeit wieder einmal Sex gehabt. Und das schlechteste Gewissen seit ... das wollte er gar nicht ergründen. Hinfort mit ihr! Und komm ihren Lippen nicht zu nah, du Geilspecht! Ach ja: Mit dem Auto lässt du sie auch nicht mehr fahren.

Kurz nach zehn entzündete er doch noch ein Feuer. Ein kleines, wie er sich selbst ermahnte, nachdem er den merklich geschwundenen Vorrat an Winter-Brennholz hinter dem Haus betrachtet hatte.

„Ich sublimiere", sprach er zur Katze, die um seine Beine strich, während er Späne von einem Fichtenscheit spaltete und auf ein Papierknäuel in der Feuerstelle legte. „Für unbelesene Wesen wie dich heißt das übersetzt, dass ich meine sexuelle Energie auf Bereiche verwende, die unterschwellig, also irgendwie unbewusst doch mit Ficken zu tun haben ... Pyromanie: ein Klassiker, aber nur einer von vielen. Verstümmelungen post mortem ... ja, ich höre schon auf", meinte Schäfer, als die Katze ihre Krallen in seinen Unterschenkel bohrte. Er wartete, bis das Feuer in Fahrt gekommen war, zog seinen Liegestuhl heran und holte den Laptop aus seinem Schlafzimmer, um Schreyers Mail abzurufen. Sich mit den autistischen Manien seines ehemaligen Untergebenen zu beschäftigen war immer noch würdiger, als sich zu den Bildern irgendwelcher retuschierter Pornoqueens einen herunterzuholen. (Das konnte er ja später im Schlafzimmer immer noch tun.)

22.

Am späten Vormittag hatte er einen Termin bei Doktor Lind, um seinen Finger kontrollieren und gegebenenfalls die Fäden ziehen zu lassen. Anders als bei seinem ersten Besuch war das Wartezimmer diesmal besetzt bis auf zwei freie Stühle. Nachdem Schäfer der Arzthelferin seine Sozialversicherungskarte gegeben hatte, grüßte er in die Runde, nahm sich eine Illustrierte und setzte sich neben einen alten Mann, der das Kinn auf der Brust liegen hatte und schnurrte wie Schäfers Katze. So so, die ehemalige Geliebte von Roy Black hatte also zu einem späten Lebensglück gefunden. Die gemeinsame Tochter – sie hatte ihn Papa genannt! – machte gerade Abi. Und Mutter entspannte sich am besten, wenn sie mit der Motorsäge Skulpturen aus mannshohen Baumstämmen fräste. Kollegen!, habt ein Auge auf die Frau, murmelte Schäfer in sich hinein, blätterte weiter und begann einen Bericht über das schwere Leben der Prinzessin von Monaco im Schatten der neuen Ehefrau ihres Bruders.

„Wie geht es Ihnen?“ Der Arzt stand auf, ging um seinen Schreibtisch herum und gab Schäfer die Hand. „Noch Schmerzen?“

„Gut ... manchmal zwickt es, aber nicht weiter schlimm.“

„Kommen Sie bitte mit ... dann nehmen wir den Verband ab.“

Schäfer folgte dem Arzt in ein Nebenzimmer, in dem sich eine Behandlungsliege, ein verschließbarer Medikamentenschrank mit Glastür, Nirostazeilen ... und anderes Zeug befand, das man aus den Praxen von Allgemeinmedizinern kennt.

„Schön." Der Arzt nahm Schäfers Finger und übte leichten Druck auf die Stellen neben der Naht aus. „Wenn man jung ist, heilt so was ja im Normalfall eh schnell."

„Danke", meinte Schäfer, „für das jung."

„Na ja, wir sind vom selben Jahrgang", der Arzt schmunzelte, „ich würde sagen, wir lassen die Nähte noch eine Woche drin ... aber ich mache Ihnen einen einfacheren Pflasterverband, der Ihnen nicht so im Weg umgeht ... Haben Sie eigentlich schon gehört, dass sie bald Konkurrenz bekommen?"

„Ich? Wieso?"

„Diese Filmfirma ..."

„Ja ... ich hab das Drehbuch zu lesen bekommen."

„Und?"

„Das Übliche: kriminalistisch völliger Schwachsinn, aber wenigstens passiert alle paar Minuten was."

Wieder im Sprechzimmer, fiel Schäfers Blick auf eine Skulptur, die im Regal hinter dem Schreibtisch als Bücherstütze diente: ein grob gehauener weißer Stein, auf der Oberseite eine dünne Metallplatte, aus der eine silberne Stimmgabel ragte.

„Spielen Sie ein Instrument?" Schäfer deutete mit dem gesunden Zeigefinger auf die Skulptur.

„Ich?", der Arzt drehte sich zum Regal hin, „ach, das da ... nein, das ist noch von Doktor Kettner ... Ich habe es behalten, weil ... ich wollte etwas hier haben, das an ihn erinnert ... und für einen Pokal ist es ja geradezu ästhetisch."

„Wofür hat er den bekommen?", wollte Schäfer wissen, worauf der Arzt den Stein in die Hand nahm und die Inschrift auf der silbernen Platte vorlas: „Jeunesse Musikpreis 1977, 2. Platz."

„Hm … und dann hat er sich doch für die Medizin entschieden.“

„Apollon ist der Gott der Künste, also auch der Heilkunst.“ Der Doktor lächelte und reichte Schäfer die Hand. „Also bis in einer Woche … Ich schaue, dass Sie nicht zu lange warten müssen.“

„Danke.“

„Ah“, rief Lind, als Schäfer schon die Türschnalle in der Hand hatte, „ich wollte Sie ja anrufen …“

„Weswegen?“

„Diese Sache mit den Tranquilizern und Appetitzüglern, die Yvonne Raab genommen hat … Haben Sie aufs Ablaufdatum geschaut?“

„Nein, warum?“

„Ich hab Ihnen doch erzählt, dass im Keller sicher zehn Müllsäcke mit alten Ärztemustern waren, die ich entsorgt habe …“

„Und?“

„Da waren Medikamente dabei, die schon vor zwanzig Jahren wegen gesundheitlicher Bedenken vom Markt genommen worden sind … unter anderem diverse Appetitzügler, da sie Methylamphetamine enthalten haben.“

„Hm … wie kommt man in den Keller? Durch die Praxis?“

„Auch, aber dazwischen ist vorschriftsmäßig eine Sicherheitstür … In den Keller kommt man aber ganz leicht über den Schuppen hinten im Garten, nur eine alte Holztür mit Buntbartschloss.“

„Ein einfacher Dietrich und hereinspaziert … Haben Sie den Keller gereinigt?“

„Nein … ich wollte nur das Zeugs weghaben.“

Nach seinem Besuch bei Doktor Lind ging Schäfer nach Hause, um die Schachtel mit den Medikamenten zu überprüfen, die er von Frau Raab bekommen hatte. Abgelaufen im November 1989 – warum hatte sie das MDMA nicht einfach bei einem Dealer in Wels oder Linz gekauft? Weil sie es geschenkt bekommen hatte? Er machte sich auf den Weg zur Arbeit, wo fünf Minuten nach seiner Ankunft eine gut gelaunte Auer im Büro stand, in der linken Hand eine Akte.

„Wie machen wir denn jetzt weiter?“ Sie setzte sich und schaute Schäfer erwartungsfroh an.

„Womit? Und wer ist wir?“

„Na mit diesen Mädchen ... da ist doch ...“

„Haben Sie den Bericht aus Freikirchen, von dieser ...?“

„Jasmin Eder, ja ... hier.“ Sie legte die Akte auf den Schreibtisch.

„Gut, geben Sie sie mir.“ Schäfer stützte sich auf die Tischplatte. „Ich will, dass Sie sich in den nächsten Tagen um alles andere als um diese beiden Fälle kümmern ... Wenn Sie Informationen dazu bekommen, dann zuerst zu mir.“

„Aber warum ... wir ...“

„Das habe ich Ihnen doch gestern schon zu erklären versucht ... Verstehen Sie mich nicht falsch: Ich schätze Ihr Engagement und Ihren Scharfsinn ... aber Sie haben keine kriminalpolizeiliche Erfahrung und ich habe schon oft genug erlebt, dass junge Kollegen plötzlich übereifrig werden, andere Aufgaben vernachlässigen oder sich sogar in Gefahr bringen ... Wenn wir es hier mit einer Straftat zu tun haben – und noch nicht einmal das ist geklärt –, brauchen wir wesentlich mehr, als wir momentan haben ... Beweise, Tatverdächtige ... Dabei muss uns früher oder später ohnehin das LKA unterstützen.“

„Ach, so ist das“, Auers Nasenflügel begannen zu zittern, „ich komme drauf, dass an diesen Selbstmorden etwas faul ist und jetzt, wo Sie merken, dass da vielleicht wirklich mehr dahintersteckt, übernehmen Sie und ...“

„Und was?“, fuhr Schäfer sie an, „hole mir einen Orden vom Innenminister für besondere Verdienste um die selbstmordgefährdete Landjugend? Hier geht es nicht um Egotrips, wer welchen Fall vor wem aufklärt ...“

„Sagen ausgerechnet Sie“, murmelte Auer, laut genug, dass Schäfer es hören konnte.

„Richtig, ich sage das: Major Schäfer ... der nicht Ihr Kumpel auf Augenhöhe ist, nur weil Sie in seinem Garten ein Glas Wein zu viel getrunken haben, sondern Ihr Vorgesetzter ... und wenn Sie meine Anweisungen nicht befolgen, suspendiere ich Sie, verstanden!?“

„Ja ... verstanden.“

„Heiliger Antonius!“, stieß er mit einem Seufzen aus, nachdem die Inspektorin sein Büro verlassen hatte. Danke, dass du mich der gestrigen Versuchung hast widersagen lassen! Nicht auszudenken, wenn er auf die Idee gekommen wäre, sie noch ein bisschen abzufüllen und dann ins Bett zu kriegen. Mit Kollegen von anderen Einheiten, ja, soll schon vorgekommen sein, aber in der eigenen Dienststelle: Teufels Küche. So war wenigstens nur das übliche Konfliktpotenzial am Brodeln – das allerdings auf engem Raum und ohne Möglichkeiten, sich aus dem Weg zu gehen.

Wird sich schon eine Lösung finden, sagte sich Schäfer, nachdem er ein paar Minuten seinen Gummiball zwischen Boden und rechter Hand hatte oszillieren lassen. Am besten mit gutem Beispiel vorangehen und mit einer überragenden Aufklärungsquote den Ruhm des Postens über ganz Österreich erstrahlen lassen. Also: ein Unfallbericht, dem zufolge ein 26-jähriger Mann beim Sturz von einem Rohbau multiple Brüche erlitten hatte. Nachbarschaftshilfe, hatte der Bauherr angegeben, das Unfallopfer war allerdings in einer polnischen Kleinstadt gemeldet. Dann ein Einbruch, bei dem unbekannte Täter zwischen Mitternacht und vier Uhr früh in eine Fleischerei eingedrungen waren. Im Büro hatten sie den Tresor aus der Wand gestemmt und samt allen weiteren verfügbaren Wertsachen abtransportiert. Schäfer sah sich die Bilder des verwüsteten Raums an. Wenn sein Laienwissen ihn nicht täuschte, war das Rigips. Wer baute einen Tresor in eine Gipskartonwand ein? Weiter: vier Laternen beschädigt, zwei Gullydeckel herausgerissen … Wenn das so weiterging, würde er Sanders' Angebot annehmen. In diesem stumpfsinnigen Film mitspielen und sich einbilden, in einem tatsächlichen Kriminalfall zu stecken.

Sein Computer meldete den Empfang einer E-Mail. Der Autor? Das wäre ein Zeichen! Schäfer drehte sich zum Bildschirm, sah den anonymen Absender und klickte auf den Dateianhang. Ein Video. Ein Mädchen steht auf einem Siloturm, geht in die Knie und schaut in die Tiefe, steht wieder auf, winkt nach unten, wartet einen Augenblick und springt. Die Kamera folgt dem Fall, bis das Mädchen auf der Wiese aufschlägt und dort wie eine verdrehte Schaufensterpuppe liegen bleibt.

Eine Minute verstrich – vielleicht auch fünf –, dann riss sich Schäfer aus dem Sessel, ging zur Tür und rief hinaus: „Gruppenbesprechung, jetzt!"

23.

Er hatte sein Team mit den Aufgaben betraut, die sich mittels Telefonaten, Vor-Ort-Befragungen und Datenbank-Recherchen erledigen ließen: Beziehungen zwischen den beiden Mädchen, gemeinsame Kontaktpunkte zu Dritten, Drogen, außergewöhnliche Bekanntschaften in den vergangenen Monaten et cetera. Das LKA? Die Frage stand im Raum, doch Schäfers Tonfall war zu bestimmt, als dass jemand sie zu stellen wagte. Nachdem er die nächste Besprechung auf sechs Uhr abends angesetzt hatte, zog er sich in sein Büro zurück. Eigentlich war ihm nach einem ausgiebigen Spaziergang – einem körperlichen Rhythmus, der im Einklang stand mit seinen galoppierenden Gedanken. Doch er war nicht länger in Wien mit einer selbstständigen Gruppe an seiner Seite. Hier hatte die Kommandobrücke besetzt zu sein für den Fall, dass die Klingonen einen erneuten Angriff starteten.

Er setzte den Wasserkocher auf, bereitete sich eine Kanne Wolkingers *Kraft & Konzentration* und ging mit einer dampfenden Tasse in der Hand von einer Wand zur anderen. Dann heftete er vier Bögen A1-Papier an die Wand und nahm einen schwarzen Faserstift. Die Geschwindigkeit, mit der Schäfer die bislang bekannten Fakten und etwaige Anhaltspunkte für einen Verdächtigen notierte, ließ an einen Maler denken, der bemerkt hat, dass die Muse schon einige Male auf die Uhr geblickt hat und sich wohl demnächst verflüchtigen wird.

Nachdem er zwei Charts dicht beschrieben hatte, nahm er die Berichte zur Hand, die Schreyer geschickt hatte: 92 Todesfälle von Jugendlichen unter Drogeneinfluss, von denen Schäfer jene aus Deutschland und der Schweiz beiseitelegte. Er sortierte die Fälle aus Österreich und beschränkte sich schließlich auf drei Jugendliche aus der Region, die in jüngster Vergangenheit auf nichtnatürliche Weise ums Leben gekommen waren. Nachdem er ein Mädchen, das im Ottensteiner Stausee unter Alkoholeinfluss ertrunken war, sowie einen Studenten, der sich erschossen hatte, ebenfalls ausgeklammert hatte, blieb ein Fall übrig:

Corina Vogtenhuber, eine achtzehnjährige Schülerin aus der Gegend, die bei einem Sprung respektive Sturz von einer Autobahnbrücke im Salzkammergut zu Tode gekommen war. Bei der Obduktion waren LSD und Barbiturate gefunden worden.

Schäfer telefonierte mit den zuständigen Beamten und forderte die komplette Ermittlungsakte an. Ein paar Minuten hörte er sich das übliche Gerede an – so schnell geht das nicht, im Moment sehr viel zu tun –, dann wiederholte er seinen Dienstrang, erwähnte den Landespolizeikommandanten und bekam die Übermittlung noch für den selben Tag zugesichert.

Auer betrat das Büro – anzuklopfen hatte sie in der Aufregung vergessen.

„Jasmin Eder hat Drogen konsumiert", sie sah auf ihren Notizblock, „Halluzinogene und ein Muskel-Relaxans ... haben sie im Krankenhaus herausgefunden ... offenbar eine Mischung, die einen ziemlich aus den Patschen haut."

„Wann können wir mit ihr sprechen?"

„Mit ihren Kopfverletzungen wäre es ein Wunder, wenn sie überhaupt noch sprechen kann ... wenn sie überhaupt noch einmal aufwacht."

„Gut ... wenn die Eltern einverstanden sind, lassen Sie sich ihr Zimmer zeigen." Als Auer schon dabei war, die Tür hinter sich zu schließen, fügte Schäfer rasch hinzu: „Und sagen Sie nichts über das Video!"

Er versuchte sich zu konzentrieren, seine Gedanken so zu ordnen, dass sie ihm eine Vorstellung von diesem Schwein lieferten, das ... was denn? Den Mädchen Drogen verschaffte? Sie zwang, diese zu nehmen? Sie ihnen ohne deren Wissen verabreichte? Und dann dazu brachte, sich zu töten? Freiwillig? Wohl kaum, zumal Jasmin Eder auf dem Video bester Dinge schien. Aber warum diese Inszenierung? Warum diese Videos? Es gelang ihm nicht, eine kausale Kette herzustellen. Er griff zum Telefon.

„Das ist ein Gewaltverbrechen“, schloss Bergmann, nachdem Schäfer ihm von seinem Fall erzählt hatte. „Sie müssen das LKA einschalten.“

„Mach ich doch gerade …“

„Ja, danke … und als Nächstes holen wir Inspektor Schreyer ins Boot, oder?“, meinte Bergmann genervt.

„Der ist schon dabei … also war er, kurzzeitig, für ein paar Recherchen …“

„Na dann ist das A-Team ja fast wieder komplett.“ Schäfer konnte Bergmanns Kopfschütteln durch die Telefonleitung wahrnehmen.

„Ja, und jetzt bitte Konzentration … Wer macht so was?“

„Was weiß denn ich … ein Mitschüler? Ein Verwandter oder Bekannter?“

„Gut möglich … auf jeden Fall jemand, dem die Mädchen vertrauen … eher männlich, wenn man bedenkt, wie kaltblütig das durchgezogen worden ist.“

„Würde ich nicht jetzt schon ausschließen … außerdem muss es keine Einzelperson gewesen sein … Was ist denn überhaupt mit diesen Filmleuten? Ist das ein Zufall?“

„Wir haben sie befragt … bislang gibt’s keine Anhaltspunkte … aber da bleibe ich sowieso dran.“

„Und die Drogen? Da muss sich doch ein Dealer finden lassen …“

„Nicht wenn sie das Zeug von dem bekommen haben, den wir suchen.“ Schäfer klemmte sich den Hörer an den Hals und machte ein paar Notizen auf seinen Charts. „Deshalb glaube ich auch, dass diese Person nicht in der Schule oder im normalen Freundeskreis zu finden ist, sonst hätten wir längst schon einen Hinweis bekommen.“

„Aber irgendwo müssen die Mädels den ja kennengelernt haben ... im Internet vielleicht, haben Sie da nichts gefunden?“

„Sind wir dran“, Schäfer hörte sein Fax arbeiten, „ich bekomme gerade was Wichtiges herein, ich rufe Sie später an.“

Der Ermittlungsbericht zu Corina Vogtenhuber las sich wie eine Variation zum Thema Selbstmord von Yvonne Raab: kein vorhergehender Hinweis auf Depressionen oder Suizidgedanken, kein Abschiedsbrief, kein kurz zuvor erlebtes schweres Trauma; nichts, das dieses Lebensende erklären konnte. Allerdings hatten drei Autofahrer ausgesagt, dass sie auf der Brücke noch eine weitere Person wahrgenommen hätten – einen jungen Mann, dessen Verhalten jedoch in keiner Weise auf Gewaltausübung schließen hätte lassen.

Also was? Eine drogeninduzierte Psychose? Ein tödliches Versehen, weil sie halluziniert hatte, dass die Brücke nur einen Meter hoch war? Die zweite Person konnte demnach ein Bekannter gewesen sein. Der wahrscheinlich ebenfalls unter Drogen gestanden war. Der vergeblich versucht hatte, sie abzuhalten beziehungsweise unfähig gewesen war, die Situation richtig einzuschätzen.

Weiters stand in dem Bericht etwas von unterschiedlichen, flüchtigen Männerbekanntschaften. In der mündlichen Fassung hatte das wahrscheinlich geheißen: ein Flittchen, das es mit jedem getrieben hat. Wobei diese Annahme offensichtlich weniger auf glaubwürdigen Aussagen beruhte, als auf Gerüchten und zahlreichen freizügigen Fotos, die Corina Vogtenhuber im Internet platziert hatte. Blieben die wesentlichen Nicht-Übereinstimmungen: Der Wohnort lag dreißig Kilometer von Schaching entfernt, außerdem stand nichts über ein Video im Bericht.

Er sah auf die Uhr und verließ das Büro.

„Was haben wir?“, fragte Schäfer lautstark in die Runde, „und nicht viel ist zu wenig.“

„Ich war in Jasmins Zimmer und habe die hier gefunden“, Auer legte drei Tablettenschachteln auf den Tisch, „Schmerzmittel, Muskelrelaxanzien, Appetitzügler ... alles verschreibungspflichtig ...“

„Alle abgelaufen“, meinte Schäfer und legte die Schachteln wieder auf den Tisch. „Was hat die Familie gesagt?“

„Der Vater hat eine Mordswut und weiß nicht, auf wen“, meinte Friedmann, „die Mutter zuckt meistens nur mit den Schultern und weint ... Wie es aussieht, haben die Eltern keine Ahnung, was ihre Tochter in den letzten Monaten gemacht hat oder mit wem sie unterwegs war.“

„Geschwister?“

„Der ältere Bruder ist beim Barras, den treffe ich morgen ... der jüngere ist völlig durch den Wind.“

„Was ist mit Yvonne Raab? Haben sich die beiden gekannt?“

„Bisher gibt es keinen Hinweis darauf ... Dass sie sich beim Ausgehen oder einem Konzert getroffen haben, ist natürlich möglich, aber ...“

„Das Handy?“, wandte sich Schäfer an Plank.

„Keins gefunden ... Ich hab mir die Nummer besorgt und die Rufdaten angefordert. Bekommen wir frühestens morgen.“

„Gut“, Schäfer sah in ratlose Gesichter, „macht morgen bei den Mitschülern weiter ... irgendwer muss was wissen.“

Er stand vor seinen Charts und merkte, wie ihn die Konzentration verließ. Sein Spaziergang rief nach ihm. Irgendeinen Fortschritt brauche ich!, antwortete Schäfer. Die abgelaufenen Medikamente. Aus dem Keller von Doktor Kettner? War jemand in das leer stehende Haus eingebrochen und hatte sich ohne jede Eile bei den Ärztemustern bedient? Man brauchte sich schließlich nur mit einem Laptop hinsetzen, die Namen der Medikamente im Internet eingeben und schon hatte man die Wirksubstanz.

Schäfer setzte sich an den Schreibtisch und griff zum Telefon.

„Hier spricht der automatische Anrufbeantworter von Chefinspektor Bergmann ...“

„Sehr witzig, Bergmann ... ich kann eine Mailbox durchaus von einer Livestimme unterscheiden.“

„Wie geht das?“

„Verrate ich Ihnen nicht ... Sie müssen mir einen Gefallen tun: Ich brauche einen Forensiker unseres Vertrauens, der hier vor Ort einen Keller siebt.“

„Warum beantragen Sie das nicht offiziell? Schon gut, blöde Frage ...“

„Werden Sie nicht pampig, ich kenne die Vorschriften, ich brauche auch die Laborarbeit. Können Sie mir den Bracharz oder wen aus der Liga verschaffen oder nicht?“

„Was ist die Gegenleistung?“

„Haben Sie das Abendessen vergessen?“

„Damit sind Sie nur noch etwa 1800 Punkte im Minus.“

„Jetzt hören Sie schon auf ...“

„Ja, gut, ich schau, was ich machen kann.“

„Danke, Herr Gruppenleiter. Küss die Hand und servus nach Wien!“

Schäfer musste nicht seit zwanzig Jahren bei der Polizei sein, um zu wissen, dass die Durchsuchung von Kettners Keller hirnrissig war. Würden sich dort Spuren unerlaubten Eindringens finden, durfte er noch lange nicht auf den Diebstahl von Medikamenten schließen. (Der Keller könnte genauso über längere Zeit als geheime Liebeshöhle für Teenager gedient haben.) Waren dort tatsächlich Medikamente gestohlen worden, durfte er nicht von einer Weitergabe ausgehen. Lag eine Weitergabe vor, musste die nicht zwingend etwas mit dem Selbstmord der Mädchen zu tun haben.

Wozu sollte diese Aktion also gut sein? Eine Ablenk-Übung, um nicht zu verzweifeln? Die Warmhalte-Gymnastik eines Abfahrtsläufers, dessen Start wegen Nebels immer wieder auf unbestimmte Zeit verschoben wird? Oder schlichtweg die Zuversicht, dass sich in einem alten verstaubten Keller immer irgendetwas finden ließe, das zum Täter führte? Herr im Himmel, er war doch nicht Sanders! Er war ein mit allen Wassern und Blutgruppen gewaschener Polizist und wusste genau, wie ein Staatsanwalt reagieren würde, wenn er mit seinen bisherigen Informationen eine Durchsuchung inklusive der anschließenden Laborauswertung beantragte: Augenbrauen hochziehen und mit dem Zeigefinger an die Schläfe klopfen. Also Bergmann noch einmal anrufen und die Sache abblasen? Nein. Die Kosten für die forensische Auswertung würden ohnehin in irgendeinem fremden Budget verschwinden. Na hallo, würgte Schäfer seine aufkommenden Bedenken ab, wozu lebe ich in Österreich.

24.

Mondlos hatte sich die Nacht gesetzt. Schäfers Geist war dämmrig und folgte dem Treiben der Glühwürmchen im Holunderstrauch. „Augenblick, du bist ...", murmelte er, als das Handy klingelte.

„Nach acht und vor acht ... hat man zumindest mir im Internat in Lausanne beigebracht", murrte Schäfer.

„Sie waren in einem Schweizer Internat?!" Der Drehbuchautor kicherte kindisch ins Telefon.

„Und wenn nicht, ist es auch egal … was wollen Sie?"

„Wissen Sie, was ich mir heute überlegt habe?", fragte Sanders mit schwerer Zunge.

„Nein." Mehr noch als selbstverliebte Rhetorik hasste Schäfer es, in eigener mäßiger Weinseligkeit mit Betrunkenen zu telefonieren.

„Am Sonntag ist doch dieses Mädchen von so einem Turm gestürzt …"

„Woher wissen Sie das?"

„Aus der Zeitung."

„Klar, und weiter?"

„Nur mal angenommen, dieser ‚Unfall' hängt ebenfalls mit dieser Person zusammen, die Ihnen das Video geschickt hat … dann wäre sie ja bereits das zweite Opfer und … bei den Profilern heißt das doch *acceleration* oder?"

„Was?"

„Dass sich die Abstände zwischen den Verbrechen verkürzen und der in immer kürzeren Abständen killen muss."

„Sie reden von Serienmördern … wir haben allerdings keinen erwiesenen Mord und auch kein Geständnis eines Täters … da ist das erste Stadium wohl noch lange nicht vollendet, wie mir scheint."

„Aber … aber", Sanders wollte noch nicht aufgeben, „vielleicht ist das die österreichische Variante … der ist einfach ein bisschen gemütlicher, wartet was kommt und überstürzt die Dinge nicht."

„*Austrian acceleration* also", Schäfer stocherte im Feuer, „dass ich da selbst nicht draufgekommen bin."

„Macht ja nichts … jedenfalls sollten Sie jetzt zügig etwas unternehmen, bevor Ihr Kandidat sich das nächste Opfer vornimmt … außerdem sind Sie und Ihre Kollegen, mit denen der Täter Kontakt aufgenommen hat, ebenfalls in seinem Schussfeld und ... “

„Hören Sie ... ich weiß Ihre Fantasie wie auch Ihren Scharfsinn sehr wohl zu schätzen, allerdings sehe ich mich gezwungen, unter diese Form der ... Kooperation einen Schlussstrich zu ziehen.“

„Wieso denn? Was habe ich denn falsch gemacht?“

„Sie gar nichts, aber ich ... Sie sind eine Zivilperson und ich hätte Ihnen nichts über dieses Video erzählen dürfen, zumal Sie sich in einem Umfeld bewegen, aus dem die gesuchte Person kommen könnte“, Schäfer schnaufte tief durch, um seinen formellen Ton beibehalten zu können, „ich darf Sie in diese Ermittlungen nicht einbeziehen, das könnte mich meinen Job kosten oder, schlimmer noch, Sie in Gefahr bringen.“

„Mich? Wieso?“

„Weil ... Herr Sanders, nichts für ungut, aber belassen wir es vorerst einfach dabei ... ich habe einen anstrengenden Arbeitstag hinter mir, ich möchte jetzt noch ein paar Sternen dabei zusehen, wie sie vom Himmel fallen, und dann ins Bett gehen, ohne die Waffe unter den Polster legen zu müssen.“

„Oh ... ja ... entschuldigen Sie ... ich dachte nur, dass ...“

„Schon in Ordnung ... nur das nächste Mal bitte zur offiziellen Dienstzeit.“

Schäfer drückte den Störenfried weg und fuhr fort, der Katze den Nacken zu kraulen. Fauch! Was war los mit ihm? Zuerst gierte er nach der Gesellschaft dieses Mannes wie die Katze nach der Maus, weihte ihn sogar in seine Ermittlungen ein und dann – wollte er ihn loswerden wie eine Zecke. Ein Gespräch mit seinem früheren Therapeuten fiel ihm ein, bei dem es um das Ausloten von Nähe und Distanz gegangen war. Setzen Sie Grenzen, Herr Schäfer!

Ach Scheiße – hätte er zur Mutter von Yvonne Raab sagen sollen: Hören Sie auf mit der peinlichen Flennerei und sagen Sie mir, warum Ihre Kleine das getan hat? Hätte er zu Nadja Windreiter sagen sollen: Selber schuld, wenn du dich mit einem Minirock ins Auto von so einem Lüstling setzt? Sobald er darüber nachdachte, welche Grenzen er hätte ziehen sollen, stand doch schon der nächste Versehrte am Schlagbaum und begehrte Asyl zu seiner Aufmerksamkeit und Anteilnahme. Wen wunderte es, dass ihm die gesellschaftlich anerkannten Grenzen im vorigen Jahr völlig verloren gegangen waren. Dass er eine neue gezogen hatte, die nur mehr zwischen Lebenlassen und Töten trennte, zwischen Engeln und Dämonen.

Der Schaden, den seine Seele dabei genommen, die Verletzung, die sein Gehirn erlitten hatte, seine jetzige Verfassung, die fernab von einem Zustand namens Gesundheit war – ohne Korpsgeist, gute Beziehungen und eine Vertuschung seiner Fehlleistungen hätte man ihm nicht einmal einen Job als Schülerlotse anvertraut. Da oben kommen Sie zur Ruhe, hatte Oberst Kamp gemeint, in ein paar Jahren sind Sie wieder ganz der Alte. Der Alte? Gott bewahre! Wenn er daran dachte, was er sich seit diesem Mehrfachmörder-Fall in Kitzbühel geleistet hatte. Wie viele Male er die knöchernen Finger des Todes auf seiner Schulter gespürt, wie oft er diesen eingeladen hatte, ihn endlich mitzunehmen – nein, mit dem alten Schäfer wollte er nichts mehr zu tun haben. Und genau hier lag der Hund begraben: dass er sich nach Frieden sehnte, nach einem Schaukelstuhl auf einer Holzveranda, wo er dem struppigen Mischlingshund neben ihm den Kopf kraulte und sich nur zweimal am Tag erhob, um Bohnen mit Speck zu machen. Woran dieser überdrehte Autor, Inspektorin Auer und – nicht zu vergessen – seine Arbeit überhaupt kein Interesse zeigten. Die warfen ihm zwei tote Mädchen und ein weiteres im Koma auf die Veranda und brüllten ihm ihre Serienmörder-Theorien zu. „Profiler, *acceleration*“, murmelte Schäfer kopfschüttelnd, stemmte sich samt der Katze aus dem Liegestuhl und peilte die Matratze an.

Gegen halb zwei riss ihn das Telefon aus einer genüsslichen Tiefschlafphase. Der Posten.

„Chm ... Wer? ... Unsere Auer? ... Ist ihr was passiert? ... Mich? ... Kann das nicht bis ... Von mir aus, ich komme.“

Schäfer wälzte sich aus dem Bett, wankte mit ausgestreckten Armen und geschlossenen Augen zum Bad und stellte sich über die Klomuschel. „Ich will endlich Kindergärtner werden“, jammerte er, während er den Bereich um die Klomuschel, den er erst am Vortag gründlich gereinigt und desinfiziert hatte, erneut besprenkelte.

Dann saß er im Auto und drehte zigmal den Zündschlüssel, bis der Motor endlich ansprang. Mechaniker, morgen, schwor er sich. Aber davor noch diese Typen wegen der Küche anrufen, und irgendeinen Hilfsarbeiter, der mir den Rasen mäht ... mein Gott, was faselte er da vor sich hin? Um Auer sollte er sich sorgen, die mit ihrem Auto im Graben gelandet war und nun im Krankenhaus lag. Nichts Schlimmes, Schlüsselbein angeknackst und eine ordentliche Beule, hatte Iron Cop I gemeint. Dennoch wollte sie unbedingt und umgehend mit Schäfer sprechen.

„Soll ich Ihnen die Hand halten?“, fragte er, nachdem er ihrem Gesicht abgelesen hatte, dass sie nicht um ihr Leben bangte.

„Ich bin so bescheuert“, krächzte sie und drückte ihren Kopf in den Nacken.

„Ja ... wen wundert’s ... Sie sind jung, weiblich, und bei der Polizei.“

„Ha ha ... aber wirklich ...“

„Waren Sie betrunken?“ Schäfer setzte sich und griff nun tatsächlich nach ihrer Hand, die er gleich wieder losließ.

„Nein ... also, vielleicht ein bisschen, nie über null Komma fünf ... der hat mir was ins Glas gegeben.“

„Wer?“

„Dieser Simon ... ich bin so bescheuert.“

„Jetzt konzentrieren Sie sich bitte und reden Klartext, sonst setze ich Ihnen eine Spritze Adrenalin ins Herz.“

„Es tut mir leid ... können Sie bitte meine Geldtasche aus der Jacke holen ... die muss im Schrank sein ...“

Schäfer tat, worum sie ihn gebeten hatte und setzte sich wieder.

„Da“, sie reichte Schäfer einen zusammengefalteten Zettel, den sie aus der Geldtasche genommen hatte.

„Der, den Sie suchen, heißt Simon und arbeitet im Media Markt“, las er vor, „was ist das?“

„Bitte, bitte entlassen Sie mich nicht!“, jammerte sie und schaute ihn an wie ein sterbendes Reh.

„Was ist das?!“

„Das hat mir irgendwer am Abend unter den Scheibenwischer gesteckt.“

„Und warum haben Sie mich nicht darüber informiert?“

„Ich habe Sie eh angerufen, zwei Mal, aber da haben Sie nicht abgehoben ...“

„Dann hätten Sie’s ein drittes Mal probieren sollen“, erwiderte Schäfer und verfluchte Sanders, dessen Anruf wohl sein Handy blockiert hatte. Vielleicht hatte er es aber auch selbst nicht hören wollen – das kam vor. „Also, weiter.“

„Ich ... weil Sie ... da war doch dieses Kürzel im Tagebuch von Yvonne: SIB ... das heißt vielleicht Simon, Bussi oder so was, habe ich mir gedacht, nachdem ich den Zettel gelesen habe ... also habe ich ein bisschen nachgeforscht und seinen Nachnamen herausgefunden, Graber ... dann habe ich angerufen, am Festnetz, weil ich keine Handynummer gefunden habe und ...“

„Ich brauche einen Kaffee.“ Schäfer stand auf, verließ das Zimmer und nahm den Lift ins Erdgeschoss, wo er zuvor einen Kaffeeautomaten wahrgenommen hatte. Tief durchatmen, Münze einwerfen, tief durchatmen, warten, bis der Becher voll ist.

„Und was dann?“

„Ich habe nur seine Schwester erwischt. Die hat mir gesagt, dass er wahrscheinlich im Kamakura ist, in diesem Club ... da ist am Montag immer Dub-Abend und ...“

„Und dann?“

„Ich weiß, dass ich Scheiße gebaut habe!“ Auer wischte sich die Schmerz- oder Kummertränen aus den Augen.

„Ja ... aber damit wir uns nicht falsch verstehen: Es ist drei Uhr in der Früh ... Sie haben einen Autounfall gehabt, aber offensichtlich überleben Sie ... also: Was wollen Sie mir sagen? Was hat Ihnen wer ins Glas getan?“

„Ich bin dorthin und habe diesen Graber angesprochen ... so nebenbei ... wir haben ein bisschen geredet, dann ist er zu ein paar Freunden ... ich habe ihn dann auf ein Cola eingeladen ... also ich habe einen Spritzer getrunken und er ein Cola ... und dann bin ich plötzlich müde geworden und wollte heimfahren.“

„Wie viele Spritzer haben Sie getrunken?“

„Drei ... vier vielleicht, aber ich war über drei Stunden dort.“

„Klar ... und dieser Graber hat Ihnen was ins Glas gegeben ...“

„Wer denn sonst? ... Was soll diese Nachricht denn sonst heißen? ... *Der, den Sie suchen, heißt Simon* ... Ich habe doch im Gymnasium alle Klassen durchgefragt, ob irgendwer jemanden kennt, mit dem Yvonne Raab Kontakt gehabt hat ... Im Media Markt ist er der Einzige mit diesem Vornamen ... das ist er, bestimmt!"

„Und jetzt?", fragte Schäfer leise und kippte den letzten Rest des Becherkaffees hinunter. Auer schwieg. Zumindest so klar war sie noch, zu erkennen, dass Schäfer gar nichts machen konnte. *Haben Sie gesehen, wie die beschuldigte Person diese Tropfen – oder was auch immer den Unfall verursacht hat, wenn es nicht die vier Spritzer waren – in Ihr Glas gegeben hat? Ah, natürlich nicht, sonst hätten Sie es nicht getrunken. Und in welchem Verfahren ermitteln Sie gegen Herrn Graber? In gar keinem ... ach, interessant ... also haben Sie ihn ohne jeden Verdachtsmoment in dieser Diskothek angesprochen, auf ein Getränk eingeladen, und dann, nachdem Sie selbst zumindest vier Spritzer getrunken haben, sind Sie mit dem eigenen Pkw nach Hause, pardon, zumindest in diese Richtung gefahren. Bevor Sie die Kontrolle über Ihr Fahrzeug verloren haben und im Straßengraben gelandet sind. Bravo, Frau Inspektor Auer, solide Polizeiarbeit!*

Fast hätte er sich ein Taxi gerufen, so müde war er, als er über den Krankenhausparkplatz zu seinem Auto ging. Drinnen öffnete er das Handschuhfach, fand tatsächlich eine ausgetrocknete Zigarette und drückte den Anzünder nach unten.

„Irgendwann in so einer Nacht beutelt mich der Infarkt", sagte er und blies den Rauch gegen sein Gesicht im Rückspiegel. Diese saudumme Möchtegern-Detektivin, vertrottelte Provinzkachel, diese ... Für ein paar Minuten schloss er die Augen, versuchte, dem Chaos dahinter Herr zu werden. Als er sie wieder öffnete, griff er zum Telefon und rief am Posten an.

„Fahrt zum Hotel Sonnenhof und nehmt Gregor Sanders fest, den Drehbuchschreiber von diesem Filmteam ...

Ab in die Kammer mit ihm und lasst ihn drin, bis ich da bin ... Was? ... Ich scheiß auf den Haftrichter!“

25.

„Das ist ein Spiel, oder?“, Sanders stand von der Pritsche auf und sah Schäfer fassungslos an, „aber lustig finde ich was anderes!“

„Kommen Sie mit“, sagte Schäfer und führte den Drehbuchautor in sein Büro. „Auch einen Kaffee?“

„Erklären Sie mir jetzt bitte, was das soll?!“

„Setzen Sie sich.“ Schäfer stellte Sanders eine Tasse Kaffee auf den Tisch und nahm Platz. „Haben Sie gut geschlafen?“

„Nein! ... Ich habe so gut wie gar nicht geschlafen ... das ist ja wie bei der Gestapo hier!“

„Vom juristischen Standpunkt aus war Ihre Festnahme grenzlegal, das gebe ich zu ... aber im Fall des Falles berufe ich mich auf Gefahr im Verzug oder sonst einen schönen Begriff.“

„Was für eine Gefahr? Herr Schäfer ... was soll das?“

„Eine Kollegin hat heute Nacht einen Autounfall gehabt.“

„Oh ... ist sie ... geht es ihr gut?“

„Ja, hat Glück gehabt ... Wo waren Sie gestern Abend, so zwischen zehn und zwei?“

„Im Hotel ... bis Mitternacht draußen im Garten, schreiben, dafür gibt’s Zeugen ... dann auf meinem Zimmer ... und bevor ich jetzt noch irgendwas sage, will ich entweder einen Anwalt oder Sie hören mit diesen Stasimethoden auf.“

„Okay“, meinte Schäfer, der sich mittlerweile sicher war, einen Fehler gemacht zu haben. „Wahrscheinlich habe ich überzogen reagiert, tut mir leid … das hängt mit Ihrem gestrigen Anruf zusammen, wo Sie von der *acceleration* gesprochen haben … dass die Abstände zwischen den Taten kürzer werden und wir selbst im Schussfeld sind … außerdem war ich hundsmüde und …“

„Ja und?“ Sanders nahm einen Schluck Kaffee.

„Besagte Kollegin hat gestern ein Lokal aufgesucht, wo sie jemanden getroffen hat, der möglicherweise für ihren Unfall verantwortlich ist.“

„Er hat ihr was ins Glas getan!“

„Keine Ahnung … vielleicht waren es auch nur die Spritzer, die sie getrunken hat.“

„Spritzer?“

„Weißweinschorle.“

„Ah … aber … was hat das alles mit mir zu tun?“

„Ihr Anruf gestern …“

„Und …“, jetzt war auch der letzte Rest Übermüdung aus Sanders gewichen, „und nach dem Unfall Ihrer Kollegin haben Sie geglaubt, dass ich derjenige bin, der diese Mädchen … und dass ich jetzt direkt einen Polizisten angreife.“

„Sehr scharfsinnig … genau, da habe ich geglaubt, dass ich lieber den Falschen verhafte als etwas falsch mache.“

„Aber Sie glauben doch nicht ernsthaft … Ich? … Außerdem: Würde ich dann bei Ihnen anrufen und … na ja, das Video ist ja auch an die Polizei geschickt worden … wenn ich voll krass drauf bin …“, rekonstruierte Sanders die möglichen Beweggründe für seine Festnahme. „Aber … haben Sie das wirklich geglaubt?“

„Viel Zeit zum Überlegen hab ich nicht gehabt. Außerdem: Sie sind jung, alleinstehend, intelligent … Sie können Menschen sehr schnell für sich einnehmen, sogar Polizisten … ein paar Gramm Psychopathie in Ihrem Hirn und Sie sind ein Serienmörder fürs Lehrbuch.“

„Wahnsinn! … Wieso habe ich das noch nie probiert?“

„Ja, wer sagt mir, dass das so ist? Vielleicht haben Sie auch eine multiple Persönlichkeitsstörung. Einmal der liebenswerte Drehbuchautor, der sich bei diesen Mädchen einschmeichelt, sie mit einer Rolle im neuen Drehbuch lockt ... dann switchen Sie und werden zum kaltblütigen Verführer, der sie tot sehen will."

„Ach ja, warum nicht gleich ein Vampir!?", wohl nur der Respekt und die Umgebung hielten Sanders davon ab, Schäfer den Vogel zu zeigen, „nein, geht ja nicht wegen dem Tageslicht ... wie wär's mit einem Dämon aus dem Schattenreich?"

„Hatten wir schon", murmelte Schäfer und rieb sich die Nase, „Sie können gehen, und: Entschuldigung für die Unannehmlichkeiten."

„Gegessen ... aber, das mit dem Unfall ... wie ist denn das abgelaufen, dass Sie genau wissen, dass es keiner war, also ..."

„Lieber Autor", Schäfer stand auf und klopfte Sanders auf die Schulter, „bitte haben Sie Verständnis dafür, dass ich Ihnen keinen Einblick in laufende Ermittlungen geben darf."

„Ach, auf einmal ... dann schulden Sie mir aber mindestens eine Flasche Wein von diesem Reichsrat da."

„Ja, von mir aus."

Der, den Sie suchen, heißt Simon und arbeitet im Media Markt, las Schäfer nun erneut den Zettel, den Auer unter den Scheibenwischern ihres Wagens vorgefunden hatte. Computerausdruck. Warum keine Handschrift? Weil sie Rückschlüsse auf den Absender ermöglicht hätte? Nadja Windreiter? Die sich nicht getraut hatte, den Zettel Schäfer persönlich zu überreichen, zumal er sie bei ihrem letzten Aufeinandertreffen so schroff abgefertigt hatte? Und dieser Graber? Schäfer rief beim Media Markt an und gab sich als Kunde aus, der in der vergangenen Woche von einem Simon überaus kompetent beraten worden war. Und weil er jetzt ein anderes Gerät zu kaufen in Betracht zöge, wolle er wissen, wann dieser Verkäufer im Haus wäre.

So erfuhr er, dass es dort tatsächlich nur einen Mitarbeiter mit diesem Vornamen gab: Simon Graber, der zwanzig Stunden die Woche als Fachberater für Computer arbeitete. Leider nicht Vollzeit, meinte die Frau am Telefon, weil er nebenbei als freier IT-Techniker Aufträge annähme und auf diesem Gebiet wirklich ganz, ganz großartig wäre. Wenn Schäfer da was bräuchte, solle er auf Grabers Homepage schauen et cetera. Entweder kassierte die Frau Vermittlungsprovision oder sie war verliebt.

Gut, vor dem Besuch von Grabers Website befragte Schäfer seine eigenen Datenbanken: 24 Jahre, gemeldet in Freikirchen, vor drei Jahren wegen Weitergabe von geringen Mengen Marihuana angezeigt, Verfahren niedergelegt, ansonsten einwandfreier Leumund. Was nichts heißen musste, doch lieber wäre Schäfer ein Register mit ein paar Vorstrafen gewesen – Drogen, Körperverletzung, Nötigung, sexuelle Belästigung –, irgendein Pfad, auf dem sich dieser Bursche zu einer Persönlichkeit gewandelt hatte, die … die Schäfer jetzt konstruierte? Egal, was hatte Grabers Homepage zu berichten? IT-Service für KMU, Installation, Wartung, Sicherheit … zuverlässig und kompetent in allen Bereichen vom Großprojekt bis zum Wochenend-Troubleshooting et cetera.

Auf der Startseite das Porträt eines gepflegten jungen Mannes, schlankes Gesicht, schulterlanges dunkles Haar, ein angedeutetes Lächeln – ein unauffälliger Typus, den wohl allein der Bezugsrahmen mit Bedeutung erfüllen konnte. Im Jahresbericht einer Schule: Geografielehrer. Im Flugblatt der evangelischen Gemeinde: Pastoralassistent. Auf der FBI-Homepage: Der Babyface-Killer. Alles möglich. Was grüble ich hier herum, sagte sich Schäfer, stand auf und machte sich auf den Weg zum Gewerbepark.

Er streunte durch die drei Etagen des Elektrofachgeschäfts, drückte sich zwischen den Regalen herum und ging jedem hilfsbereit aussehenden Verkäufer aus dem Weg, bis er Simon Graber gefunden hatte. Durch das heraushängende rote Firmen-T-Shirt und ein paar Armbänder wirkte dieser etwas legerer als auf seiner Homepage – aber hier war wohl auch die Zielgruppe eine andere.

„Kann ich Ihnen helfen?"

„Ja ... ich suche so ein Teil, mit dem ich im Garten Internetempfang habe, also kabellos", sagte Schäfer mit umherschweifendem Blick.

„Mit welchem Betriebssystem arbeiten Sie denn?" Graber ging zwei Regale weiter und blieb vor einer Wand stehen, an der unzählige verpackte ... ja, eben Verpackte hingen.

„Apple."

„Dann ist das Airport eh das Gescheiteste." Graber klipste einen Schlüsselbund von der Gürtelschlaufe, sperrte einen Glaskasten auf und nahm eine Schachtel heraus.

„Ist das einfach zum Installieren?"

„Grundsätzlich schon ... wie gut kennen Sie sich denn aus?"

„Mit Computern? ... Im Vergleich zu Ihnen wahrscheinlich eher wenig ... übernehmen Sie so etwas?"

„Die Installation? ... Na ja, schon ... aber zuerst müssen Sie sowieso bei Ihrem Provider die IP-Adresse ändern lassen, von der Ihres Computers auf die des Airportgeräts ... dann lassen Sie den Netzwerkassistenten laufen ... das ist eigentlich ziemlich simpel."

„Und mit der Sicherheit?“ Schäfer sah den Verkäufer eindringlich an.

„Wie … Sicherheit?“

„Dass sich da wer Fremder einhackt … ich habe ziemlich sensible Daten.“

„Ah ja, weil Sie bei der Polizei sind,“ meinte Graber nun leiser, als ob es sich dabei um etwas Anrüchiges handelte.

„Sie kennen mich?“

„Na ja, Sie waren ja oft genug in der Bezirkszeitung … Herr Schäfer, oder?“

„Richtig … also ist das jetzt sicher?“

„Ganz ehrlich: Nein … wenn es wer darauf anlegt, ein privates WLAN zu knacken, dann schafft er es normalerweise auch … die beste Lösung ist da immer noch, auf zwei Computern zu arbeiten und den mit den Top-Secret-Dateien gar nicht ans Netz anzuschließen, kein Internet, kein Bluetooth, gar nichts.“

„Verstehe“, meinte Schäfer, nachdem er die Packung eine Weile in seinen Händen gedreht hatte, „haben Sie eigentlich Yvonne Raab gekannt?“

„Ja, warum?“

„Sie hat sich umgebracht.“

„Weiß ich, ja …“

„Waren Sie mit ihr befreundet?“

„Nicht wirklich.“

„Was soll das heißen? Haben Sie sie regelmäßig getroffen? Hatten Sie ein Verhältnis?“

„Nein“, Graber schüttelte grinsend den Kopf, „ich habe ihr ein paar Mal mit ihrem Computer geholfen. Warum fragen Sie das?“

„Ihr Tod … niemand scheint zu wissen, warum sie das getan hat.“

„Und woher soll ich das wissen?“

„Na ja, bei unseren Befragungen ist Ihr Name gefallen …“

„Verstehe ich nicht", Graber hängte ein paar falsch platzierte Artikel um, „wenn sie sich umgebracht hat, was müssen Sie dann noch fragen?"

„Wie gesagt: Wir haben kein Motiv gefunden ... und so was lässt mir keine Ruhe ..."

„Na ja ... was sollte ich denn mit ihrem Selbstmord zu tun haben?"

„Fragen gehört zu meinem Beruf", Schäfer lächelte Graber an, „ich nehme das Dings da, das Airport ... wenn ich mich nicht auskenne, komme ich einfach noch einmal vorbei."

„Gern, Herr Schäfer."

26.

Auf dem Weg zurück zur Arbeit wurde Schäfer immer zorniger. Egal, ob ihm dieser Graber eines Verbrechens fähig erschien oder auch nicht – er durfte sich keine Beurteilung erlauben. Dieser Zettel auf Auers Windschutzscheibe: Es konnte sich um eine jugendliche Vergeltungsaktion für irgendwelche Beziehungsstreitigkeiten handeln, um die ausufernde Fantasie einer Schülerin wie Nadja Windreiter ... und selbst wenn es sich um einen relevanten Hinweis handelte, hatte Auer ihn durch ihr Verhalten nutzlos gemacht. Hatte das Rindvieh geglaubt, in einer Kleinstadt undercover ermitteln zu können? Wo die Gesichter der Polizei so bekannt waren wie die der Briefträger! War Graber die gesuchte Person, dann konnte er jetzt gemächlich allfällige Spuren verwischen, von denen die Polizei noch nicht einmal eine Ahnung hatte. Und um nicht nur die anderen schlechtzumachen: Schäfers Besuch im Media Markt war wohl auch nicht die klügste Entscheidung gewesen. Sollte Auer bei Graber nämlich keinen Verdacht erweckt haben, dann war das Erscheinen des Majors inklusive Befragung zu Yvonne Raab die tatsächliche Fehlleistung des Tages.

Schäfer holte seinen Gummiball aus der Tasche und schleuderte ihn gegen ein Wahlplakat. Warum konnte er hier in der Provinz nicht das Leben eines Provinzpolizisten führen? Warum hämmerte hier ein Fall an seinen erschöpften Schädel und wollte partout den ehemals genialen Mordermittler aus der Versenkung holen? Sein Telefon, eine unbekannte Nummer am Display.

„Ja ... Ah, du bist es ... Stimmt ... Übermorgen? ... Na ja ... Verstehe ... Nein, passt schon ... Nein, nicht am Posten, komm direkt zur Ordination von Doktor Lind ... Das erkläre ich dir dann ... Danke, Sigi ... Ja, den bekommst du."

Der Forensiker, um den Schäfer Bergmann gebeten hatte, war tatsächlich bereit, die halbdienstlichen Machenschaften des ehemaligen Gruppenleiters zu unterstützen. Zwei, drei Stunden am Abend, als Lohn ein gutes Fläschchen. Bekommst du, hatte Schäfer geantwortet und sich gefragt, ob er vielleicht gar nicht so viel trank und sein Weinregal sich hauptsächlich für Tauschhandel und Schwarzarbeit leerte. Und schon hörte er die Stimme seines internen Wachtmeisters: Lüg dich nicht schon wieder selbst an.

Kurz nach Mittag rief er die Gruppe zur Besprechung zusammen. Da Hornig und Plank zehn Minuten später zu einem Verkehrsunfall gerufen wurden, blieb Schäfer mit Friedmann allein.

„Ich hab mit Johannes Eder gesprochen, dem Bruder von der Jasmin ..."

„Hat er was gesagt, das uns weiterbringt?"

„Vielleicht ... vor zwei Wochen hat er sie mit einem Mann im Café Beluga gesehen ... die Beschreibung ist allerdings eher dürftig, weil die Scheibe gespiegelt hat."

„Wenn sie bei dem Wetter drinnen waren, denke ich, dass sie nicht gesehen werden wollten, oder?"

„Na ja, nicht unbedingt", erwiderte Friedmann, „meine Jüngere sitzt mit ihren Freundinnen auch meistens drinnen, egal welches Wetter ist ... wahrscheinlich wollen sie so bleich sein wie die Vampire in diesen Filmen ..."

„Hm", machte Schäfer, der die Schnittmenge zwischen sich und Mädchen dieses Alters weiter gegen null gehen sah, „also, wie hat er ungefähr ausgesehen?"

„Zwischen zwanzig und dreißig, 1,75 bis 1,85, Baseballkappe, wahrscheinlich dunkle Haare ... dunkle Kleidung ..."

„Dürftig", meinte Schäfer und kam nicht umhin, die eben beschriebene Person mit Simon Graber zu vergleichen.

„Außerdem hat er seine Schwester einmal bei einem Videochat überrascht, wo sie oben ohne vor dem Bildschirm gesessen ist ..."

„Das hat er dir erzählt?"

„Ja, warum nicht? Von Mann zu Mann ..." Friedmann stand auf, weil das Telefon läutete. Sein Gesichtsausdruck, als er auflegte, verhieß keine guten Nachrichten.

„Sie ist gestorben", bestätigte Friedmann Schäfers Ahnungen.

„Jasmin Eder?" Schäfer bekam nur ein Nicken zur Antwort. „Scheiße."

Ein paar Minuten saßen sie sich schweigend gegenüber, jeder am eigenen Kloß im Hals und dem aufsteigenden Zorn würgend.

„Kommen Sie mit", sagte Schäfer schließlich und ging in sein Büro. Er machte zwei Espresso und stellte die Tassen ab.

„Wie viele Leute bringen wir bis morgen für einen Großeinsatz zusammen?"

„Wie groß?"

„Ganz groß: Blitzzugriff im Gymnasium, wir nehmen von jedem Abdrücke, beschlagnahmen die Handys und Laptops, lassen die Suchhunde durch ... Ich habe die Schnauze voll, wir alarmieren das LKA."

„Ich weiß nicht, ob die das freuen wird", meinte Friedmann, „am Freitag steht die Aktion an der Grenze an ..."

„Und? Was geht mich das an?"

„Na ja ... ein spontaner Aufmarsch mit Suchhunden in der Schule, drei Tage vor so einem lange geplanten Großeinsatz ... glaube nicht, dass das LKA begeistert ist über so eine Aufscheuchaktion."

„Kann sein", konnte Schäfer nicht anders, als seinem Kollegen zuzustimmen. „Also: Wie kriegen wir das Aas? Helfen Sie mir! Mir gehen die Ideen aus!"

„Wie es aussieht, hat er die Mädchen gekannt und eine Art Vertrauensverhältnis zu ihnen aufgebaut", Friedmann betrachtete die Papierbögen an der Wand, „wenn ich an meine Töchter denke: Alles, was über dreißig ist, tut sich da sehr schwer, mich und meine Frau inbegriffen ... Wir sollten die Mitschüler und Freundinnen noch einmal vernehmen."

„Fragt sich nur, wer und wie ... Wenn wir das jetzt mit Amtshilfe von außen durchziehen und die vom LKA kriegen mit, dass wir jeden Drogenschlucker im Teenageralter und damit ihre Dealer alarmieren ... das nehme ich nicht auf meine Kappe."

Schäfer stand auf und stellte sich mit dem Rücken zu Friedmann an die Scheibe.

„Zum Kotzen ... wir dürfen die Teenager nicht ins Kreuzverhör nehmen, weil dann die Dealer und Schmuggler alarmiert sein könnten. Und nach dem LKA-Einsatz an der Grenze hat sowieso jeder, den wir auf den Posten bitten, sein Strafrecht für Dummies oder gleich den Anwalt dabei ... so geht das nicht."

„Und dieser Simon Graber?" Friedmann zeigte auf die Papierbögen.

„Ein anonymer Hinweis ... um den kümmere ich mich." Schäfer lehnte seine Stirn an die Scheibe. „Gehen Sie noch einmal alle Anzeigen der letzten Monate durch, wo Drogen und junge Frauen im Spiel waren ... fragen Sie in den Krankenhäusern nach, ob es entsprechende Unfälle gegeben hat ... irgendwelche Fälle, wo sich ein Fremder an Mädchen herangemacht hat ... Gibt's schon irgendwas über diese Filmleute?"

„Nein ... ohne offizielles Amtshilfeansuchen wird's da auch nichts geben", Friedmann räusperte sich, „dieser Sanders, mit dem verstehen Sie sich doch recht gut, oder?"

„Warum?"

„Vielleicht lässt er sich einspannen ..."

„Na ja ... ist halt die Frage, wie weit man ihm trauen kann ..."

„Sie haben ihn verhaftet und wieder freigelassen ..."

„Ja ... vielleicht ist das eine Option ... wissen Sie, wo die heute drehen?"

„Am Friedhof habe ich im Vorbeifahren die Busse gesehen."

27.

Über die Friedhofsmauer hinweg sah Schäfer eine Trauergemeinschaft aus etwa zwanzig Leuten, die auf das Einsatzzeichen des Regisseurs wartete. Und ... Action! Der Pfarrer begann seine Rede, die Kamera fuhr an einem

Kranarm an den Gesichtern der Trauernden vorbei. Etwas abseits saß Sanders auf einer Grabplatte und schrieb in sein Notizbuch. Schäfer nahm einen Kieselstein und warf ihn in Richtung des Autors. Traf ihn genau auf den Kopf, worauf Sanders aufschrie, Regisseur Brandt wütend: Cut! schrie und seinen Drehbuchautor mit einem zornigen Blick bedachte, während dieser Schäfer erblickte und sich zum Friedhofstor aufmachte.

„'tschuldigung, ich wollte nicht rufen wegen der Dreharbeiten."

„Ist schon okay ... das ist sowieso immer tödlich langweilig ... Gibt's was Neues?"

„So wenig, dass es zum Verzweifeln ist."

„Das ist schlecht ... Kann ich Ihnen irgendwie helfen?"

„Wenn Sie den kennen, der uns diese Filme schickt ..."

„Filme? Mehrzahl?"

„Ja ... beim Mädchen, das von diesem Siloturm gestürzt ist, war auch einer dabei ... sie ist heute gestorben."

„O Gott ... und ich habe noch gescherzt wegen der *acceleration*."

„Hätte wenig geholfen, wenn ich auf Sie gehört hätte."

„Und was wollen Sie jetzt tun?"

„Ermitteln ... und wenn wir nicht bald was finden, den Fall ans LKA abgeben ... hier habe ich nicht die richtigen Leute für so was ... und ich bin ehrlich gesagt auch nicht ganz auf der Höhe."

„Sie? Aber Sie sind doch einer der besten Ermittler Österreichs."

„Ich war wohl nur der Gruppenleiter eines der besten Ermittlungsteams Österreichs."

„Na ja ... vielleicht übersehen Sie einfach irgendetwas ..."

„Sieht so aus ... wenn Sie mir jetzt noch sagen, was genau, leihe ich Ihnen eine Uniform."

„Also zuerst brauchen wir ein Täterprofil!“, meinte Sanders euphorisch.

„Wir, ja ... männlich, weiß, zwischen zwanzig und fünfunddreißig, weiß mit jungen Mädchen umzugehen, kennt sich mit Computern aus, wahrscheinlich kein Einheimischer oder zumindest wenig integriert ins Gemeinschaftsleben.“

„Womit wir wieder bei mir wären ...“

„Oder bei irgendwem anderen aus Ihrem Team.“ Schäfer deutete mit dem Kopf in Richtung des Drehorts.

„Glauben Sie?“, flüsterte der Autor.

„Wenn es zu wenig Verdächtige gibt, ist bald jeder verdächtig“, Schäfer stützte sich mit den Ellbogen auf die Friedhofsmauer, „also, als Gedankenexperiment für einen fantasiebegabten Krimiautor: Wem würden Sie so etwas zutrauen?“

„Jetzt ganz im Ernst?“, fragte Sanders perplex.

„Von mir aus sagen Sie Fiktion dazu ...“

„Na ja ... die beiden Beleuchter, Kurt und Uwe, die sind sicher nicht ganz sauber ... aber eher, dass sie manchmal was mitgehen lassen ... aber so etwas“, Sanders sah Schäfer mit offenem Mund an, „wollen Sie mich etwa als verdeckten Ermittler einsetzen?“

„Ermittler ... nein“, wiegelte Schäfer ab, „aber Sie kennen diese Leute eben besser ... ich will, dass endlich Bewegung in diesen Fall kommt.“

„Ganz meine Meinung ... völlig richtig, dass wir das jetzt aus verschiedenen Perspektiven betrachten“, jetzt ging es mit dem Autor wieder durch, „weil meistens übersieht ja einer etwas, obwohl es ganz nah ist ... so wie Ihre Kollegen in diesem Fall mit dem vermissten Jungen etwas übersehen haben. Gibt es denn da schon ...“

„Nein, das ist aber jetzt auch nicht das Thema ... ich wollte ja nur, dass Sie für mich bei Ihren Kollegen ...“

„Gregor!“, rief Brandt über den Friedhof, „kommst du bitte mal!“

„Wir hören uns später, ja?“, meinte Sanders verschwörerisch.

„Sicher ...“

Schäfer verließ den Friedhof und spielte mit dem Gedanken, seinen Spaziergang auszudehnen. Weit auszudehnen. Über die Wiesen. Durch die Wälder. Über die Berge ... als ihn im Versuch, sich gehen zu lassen, ein Gedanke innehalten ließ wie eine rote Ampel. Irgendwas übersehen wir, hatte Sanders gemeint, so nah und doch ungreifbar, wie bei Frau Materna. Er machte kehrt, im Laufschritt auf den Posten.

„Hornig!“, befahl er diesen in sein Büro.

„Ja?“, fragte Hornig verunsichert, als er in der offenen Bürotür stand. Was hatte er jetzt wieder verbockt?

„Nehmen Sie bitte Platz.“ Schäfer stand auf, zog die Jalousie zu, ging zum Schreibtisch zurück und zog die oberste Schublade auf. „Rauchen wir eine?“

„Hier? ... Na ja, wenn Sie meinen ...“

„Sicher“, Schäfer gab Hornig eine Zigarette und Feuer, „als ob Sie mit Chefinspektor Stark hier nie ab und zu eine geraucht hätten ...“

„Na ja, damals ... verboten war es ja damals noch nicht.“

„Sie sind gut mit ihm ausgekommen, oder?“

„Schon ... achtzehn Jahre ... das ist schon was.“

„Sicher, ich ...“, Schäfer drehte sich mit seinem Sessel zur Seite und blies den Rauch in Richtung Jalousie, „mit Chefinspektor Bergmann habe ich zwölf Jahre zusammengearbeitet ... da lernt man sich kennen ... entweder man rauft sich zusammen oder man schmeißt bald einmal das Handtuch ... diese Arbeit ... Frauen verstehen das oft nicht, können sie gar nicht und ich mache ihnen da auch gar keinen Vorwurf."

„Ja, wem sagen Sie das." Entspannt ließ Hornig seine Schultern sinken.

„Was glauben Sie, warum es bei der Mordkommission so wenig Frauen gibt?" Schäfer wandte sich wieder seinem Untergebenen zu.

„Weil ..."

„Weil es dort so viele Männer gibt!" Schäfer lachte jovial, stand auf und holte zwei Gläser vom Bord und eine Flasche Wein aus dem Kühlschrank. „Ist ja bald Feierabend, oder?"

„Ja", Hornig nahm das Glas entgegen und trank es gleich halb leer.

„Wenn Bergmann nicht immer hundertprozentig loyal zu mir gewesen wäre, würde ich jetzt ...", Schäfer kam aus dem Konzept, „würde ich wahrscheinlich ... jetzt irgendwas anderes machen müssen."

„Loyal war ich immer ... da hat's nichts gegeben!", erwiderte Hornig stolz.

„Das glaube ich ... und Loyalität verschwendet man nicht ... nicht an irgendwen." Schäfer schenkte Hornig nach. „Ich habe nie etwas Schlechtes über Chefinspektor Stark gehört."

„Zu Recht."

„Ja." Schäfer gab Hornig noch eine Zigarette. „Ich werde ihn vielleicht in den nächsten Tagen einmal anrufen ..."

„Wieso das?"

„Na ja ...", Schäfer wusste, dass er jetzt auf den Punkt kommen musste, „fragen, wie's ihm geht ... ob er mir weiterhelfen kann ..."

„Wobei sollte Ihnen der Stark denn weiterhelfen können?"

„Hat er Ihnen gesagt, dass er eine Affäre mit der Materna hat, oder haben Sie es erraten?“ Schäfer stellte sein Glas ab, stützte die Ellbogen auf den Tisch, sah Hornig in die Augen – und verzieh ihm sofort all den Ärger, den dessen Beschränktheit ihm bereitet hatte. Fünf Sekunden, um zu begreifen, was man gefragt worden ist, und fünf weitere, um sich zu verstellen zu versuchen: der Traumkandidat jedes halbwegs geistesgegenwärtigen Befragers.

„Hornig! Hat er es Ihnen gesagt oder haben Sie es so gewusst?“

„Er hat’s nicht gesagt, aber auch nie ... sie war ja oft genug hier.“

„Und Sie haben nie gemutmaßt, dass dieser Umstand eventuell die Ermittlungsarbeit negativ beeinflussen könnte?“

„Das ... der Stark hat nichts damit zu tun gehabt, dafür lege ich meine Hand ins Feuer ... außerdem: Dass Sie hier ...“

„Schon gut, Hornig ... ich werfe Ihnen nichts vor und ich werfe Chefinspektor Stark nichts vor ... ich mache meine Arbeit ... Polizeiarbeit ... das ist unsere Aufgabe, oder?“

„Sicher.“ Hornig trank sein Glas aus und sah sich um, als wäre er eben in einem Dinosaurierpark aufgewacht.

„Na dann“, Schäfer stand auf und räumte die Gläser ab, „wäre ja vorerst alles geklärt ...“

„Ja, sicher“, erwiderte Hornig, dem nun noch weniger klar war.

Auf dem Nachhauseweg fielen Schäfers Gedanken durcheinander wie die Wäsche in einer Waschmaschine. Einmal die Mädchen, bei denen sie nicht weiterkamen – wie denn auch mit dieser Truppe! Dann plötzlich wieder Frau Materna und ihr Sohn. Die Schlampereien und Ungereimtheiten in den Ermittlungen. Die sich doch nur damit erklären ließen, dass Schäfers Vorgänger in das Schicksal dieser

Frau und ihres Sohnes mehr als nur beruflich involviert war. Und dann noch Doktor Kettner, der mit Frau Materna ebenfalls eine Beziehung gehabt haben dürfte … Doktor Kettner, der in seinem Keller … ah, jetzt wechselte die Maschine in den Schleudergang, rasende Gedanken, die sich nur durch Taten einbremsen ließen.

Schäfer drückte das Gartentor auf, setzte sich auf die Terrasse und rief Doktor Lind an. Er bräuchte sein Einverständnis zu einer inoffiziellen Inspektion seines Kellers. Nach dessen sofortiger Zusage fügte Schäfer hinzu, dass er für eine zielführende Untersuchung auch die Fingerabdrücke und eventuell sogar DNS-Profile des Doktors sowie der Personen bräuchte, die ihm beim Abtransport der Medikamente behilflich gewesen waren. Zögern. Hier bedurfte es ein paar pathetischer Sätze zum Zusammenhang zwischen hippokratischem Eid und Wahrung der öffentlichen Sicherheit unter besonderer Berücksichtigung der Jugend, bis Lind zustimmte. Gut, und zu keinem ein Wort! Weniger, um keinen Verdächtigen zu warnen, als aus Sorge, dass Warstätter auf verschlungenen Wegen von dieser Aktion erfahren könnte. Denn bei allem Tatendrang, den Schäfer mit einem Mal in sich spürte: Mit den Maßnahmen, die er zu ergreifen gedachte – von Sanders als verdecktem Ermittler bis zur Untersuchung dieses Kellers –, stand er sogar als hochrangiger Polizeibeamter in Schaching mit einem Fuß in der Frühpension.

28.

Er öffnete die Augen, hörte eine Zeit lang auf die Geräusche von draußen – Vögel, nur Vögel – und richtete sich auf. Seltsam. Nach dem Erwachen war er für ein paar Sekunden überzeugt gewesen, in Wien zu sein, in seiner alten Wohnung, seinem alten Job.

„Das ist nicht gut", sprach er zum Fenster hin und warf die Decke zurück. Mit diesem Gefühl verband sich unweigerlich, dass ihm vor dem Schlafengehen und nach dem Aufstehen nie genug Zeit blieb für die Dinge, die ihm am Herzen lagen: die langen Spaziergänge in erster Linie, die in den letzten Tagen zu kurzen Fußmärschen im Ort geschrumpft waren. Schäfer ging ins Bad, duschte kalt, aß eine Banane, trank ein Glas Wasser und zog seine Turnschuhe an.

Zwanzig Minuten später setzte er sich am Waldrand auf eine morsche Bank. Neben ihm ein Marterl mit ausgebleichten Plastikblumen und längst verloschenen Kerzen. Immerhin schien die Sonne, und das würde sie noch ein paar Milliarden Jahre machen. „Wenn auch nicht für mich", murmelte Schäfer und zündete sich die erste seiner beiden Wegzehrungszigaretten an. Er spürte, dass er in einer Depression zu versinken drohte. Und anders als früher konnte er auch die Gründe dafür benennen: zu viel Einsamkeit, zu viel Arbeit, vor allem zu viel Arbeit, also zu viel Grausamkeit, zu wenig Zeit für sich. Dazu diese Mädchen, ihr Tod auf Video, und keine Spur, die zur Person führte, die diese Filme an die Polizei geschickt hatte. Keine Spuren? Natürlich gab es welche – doch entweder verliefen sie gleich im Sand oder zeigten nicht genug Profil, um zu einem eindeutigen Verdacht, geschweige denn zu einer Festnahme zu führen. Herr im Himmel, kann ich nicht einmal für ein paar Minuten an etwas anderes denken!

„Dich liebt, o Gott, mein ganzes Herz. Und dies ist mir der größte Schmerz ..." Diese Stimme kannte er, dieses Lied kannte er seit seiner Zeit als Ministrant auswendig.

„… dass ich erzürnt dich, höchstes Gut. Ach, wasch mich rein in Jesu Blut …“, brummte er mit geschlossenen Augen.

„Sind Sie bei uns im Chor?“ Schäfer schaute auf und sah Frau Materna vor sich stehen. Schade. Schade, dass sie nicht in einem innigen Duett dieses Stück zu Ende gesungen hatten. Ach, warum war das Leben immer nur dann voller Kitsch, wenn es ihm nicht behagte.

„Nein … aber das Lied kenne ich ganz gut.“ Er hielt sich die Hand an die Stirn, um sie besser sehen zu können. „Aber mit Ihrer Stimme kann ich natürlich nicht mithalten.“

„Der ganze Stolz der Oma war ich, wie ich bei der Christmette das Ave Maria gesungen habe … mit sechs! … Und auf der Empore oben, beim Organisten!“

„Gratulation“, Schäfer lächelte sie an, „wollen Sie sich setzen?“

„Na, Sie sind mir aber einer“, erwiderte sie und lächelte verschmitzt. „Aber nur kurz!“

„So lange Sie wollen.“

„Sie rauchen?“

„Ja … leider.“ Schäfer drückte die Zigarette am Boden aus.

„Darf ich eine haben?“

„Sicher“, erwiderte Schäfer verwundert und gab ihr seine letzte Wanderzigarette.

„Komisch schmeckt das“, sagte sie und hustete den Rauch aus. Dieses Mädchen-Blümchenkleid, ging es Schäfer durch den Kopf, das kann nur zu ihr passen, weil es so alt ist wie sie.

„Sie erinnern sich nicht an mich, Frau Materna, oder?“

„Haben wir … ein fescher Mann sind Sie schon, aber … nein, da müssen Sie sich täuschen.“ Sie schüttelte den Kopf und sog an der Zigarette, dass man den Luftstrom hörte.

„Schäfer … ich bin bei der Polizei … Sie waren vor ein paar Tagen auf dem Posten … wegen Ihrem Sascha.“

„Das waren Sie? ... Also dass ich das jetzt nicht mehr weiß ... Wissen Sie denn jetzt schon mehr?"

„Vielleicht, ich lasse jedenfalls nicht locker, bis ich ihn gefunden habe."

„Das ist sehr edel von Ihnen."

„Ja ... geben Sie mir den Zigarettenstummel, ich nehme ihn mit zum nächsten Mistkübel."

Die Begegnung mit Frau Materna: nur eine surreale Episode, die sich der Morgen erlaubt hatte, bevor er sich die Ärmel hochkrempeln und der Realität des Tages stellen musste? Sah ganz so aus. Am Vormittag konfrontierte Friedmann seinen Vorgesetzten mit einer schlechten und einer schlechten Nachricht:

„Der Vater von Jasmin Eder hat ihren Computer in den Müll geschmissen ..."

„Warum?!"

„Weil er sich sicher ist, dass sie diese Drogen nur über das Internet hat bekommen können, und dass sie sich selber nackt fotografiert und irgendwelche Perversen damit aufgeilt, wäre auch nur die Schuld von diesem Scheißdreck ..."

„Kann man die Festplatte rekonstruieren?"

„Aus der Müllverbrennung?"

„Wahnsinn, das Internet verfluchen, aber nichts davon kapieren ... Kriegen wir die Verbindungsdaten?"

„Demnächst." Friedmann räusperte sich. „Das LKA hat angerufen und noch einmal darauf hingewiesen, dass außer in Notfällen nichts unternommen werden darf, das ihren Einsatz gefährden könnte ..."

„Danke, registriert ... noch eine schlechte Nachricht, mit der Sie mir endgültig den Todesstoß versetzen?"

„Hm ... dass die Filmleute heute kommen, haben Sie eh nicht vergessen, oder?"

„Ich hab's geahnt, dass da noch was kommt." Schäfer überlegte ernsthaft, zum Kühlschrank zu gehen und sich ein Viertel deutschen Riesling einzuschenken.

Ja, er hatte es vergessen. Verdrängt. Vielleicht gehofft, dass es sich nur um einen Scherz handelte. Nein, ganz im Ernst stand eine Verhörszene für *Schrot & Korn* bevor. Lehnhart hatte ihn irgendwann in den letzten Tagen sogar telefonisch daran erinnert: Hammerszene, Schlag auf Schlag, Schrot in Maximalform, Columbo auf Koks!

Nicht wie ich, wie Inspektor Polt auf Valium, tat sich Schäfer selbst leid. Aber was brachte es, solche Vergleiche anzustellen. Wenn seine Fälle in einem Drehbuch von Sanders komprimiert wären, müsste er zumindest einen der Fälle, die ihn aktuell beschäftigten, bereits abgeschlossen haben. Tempo, Tempo, Tempo! Wo ihm doch viel eher danach war, für ein paar Wochen mit Frau Materna zu tauschen. Weltvergessen durch die Wälder zu wandern, begleitet vom Orchester der Vögel Kirchenlieder zu singen ... Mooo-ment. Der Stolz ihrer Oma? Das Ave Maria in der Christmette? Also hatte sie schon seit ihrer Kindheit gesungen. Und ihre Engelsstimme war nicht erst vom Pfarrer entdeckt worden. So so. Schäfer holte sich ins Büro zurück, den Computer aus dem Ruhezustand und suchte im Internet nach Siegern des Jeunesse-Musikpreises aus der Gegend. Schneller als erwartet wurde er fündig. 1972: Doktor Kettner gab es hier keinen. Aber eine Luise Hofmüller, die für ihre Darbietung des Liedes *Ego dormio, et cor meum vigilat* von Heinrich Schütz mit der Silbernen Stimmgabel ausgezeichnet worden war. Und wieso stand der Pokal dann in der Ordination ihres ehemaligen Freundes respektive Liebhabers? Geschenkt? Gestohlen? Ein paar Minuten vergingen. Dann stand Schäfer auf, als zögen ihn die ungelenken Bewegungen eines Marionettenspielers, und verließ sein Büro.

Zwanzig Minuten später saß er in seinem Lieblingsgastgarten. Vor sich eine kalte Gurkensuppe, auf dem Sessel neben ihm ein Karton, in dem sich der Stimmgabel-Pokal aus Linds Praxis befand. In Gedanken verloren, strich er mit der Hand darüber. Wohl einige Minuten lang, zumal sich plötzlich eine Stimme meldete:

„Wenn das Viecherl überleben soll, müssen's aber Luftlöcher reinmachen, Herr Schäfer."

„Was?", wandte sich Schäfer verwirrt dem Mann am Nebentisch zu. Oje, der alte Schrödinger. Der hatte ihn schon des Öfteren auf der Straße oder über den Gartenzaun hinweg in Beschlag genommen.

„Da ist Ihr Katzerl drin, oder?", setzte Schrödinger fort.

„Nein ... sehr unlebendiges Beweismaterial", erwiderte Schäfer lächelnd, „wollen Sie hineinschauen?"

„Nein, nein, Herr Major, Ihnen glaube ich das auch so." Schrödinger stand auf und verabschiedete sich zu Schäfers Erstaunen und Erleichterung.

Katze, setzte Schäfer seinen inneren Monolog fort. Die Miss Rost ist gleichzeitig mit Alexander Materna verschwunden. Fast elf Jahre später taucht sie wieder auf und quartiert sich in Schäfers Revier ein. Das zuvor von Chefinspektor Stark besetzt gewesen war. Der mit Frau Materna eine Liaison unterhalten hatte. Demnach auch von der Beziehung zwischen Materna und Doktor Kettner wusste. Und wie passte die Stimmgabel hinein?

Als Schäfer bei seinem dritten Pfefferminztee auf die Uhr sah, war es halb vier. Er rief nach der Rechnung und legte den Weg zum Posten im Laufschritt zurück. Auf dem Parkplatz: zwei Klein-Lkw, aus denen junge Männer in schwarzer Freizeitkleidung Film-Equipment räumten. Zudem: der Produzent.

„Herr Major, unser Hüter der Lebensqualität … freut mich, dass Sie hier sind“, grölte Lehnhart und riss Schäfer an der Hand.

„Wie lange wird das dauern?“ Schäfer wehrte die dargebotene Schachtel mit Mentholzigaretten ab.

„As long as it takes … Juri, pass mal mit den Scheinwerfern auf, die kosten mehr, als du im Monat verdienst … na, bis 2200 werden wir das schon im Kasten haben.“

„Was 2200?“, erwiderte Schäfer und fragte sich, wie diese ganze technische Ausrüstung je in seinem – seinem! – Posten Platz haben konnte.

„Das sagt ihr doch so bei Bund und Bullerei … 2200 für 22:00 Uhr … ach Mann, du, so wie du die Kabel ranschleifst, das kannste vielleicht beim Karpfenfischen machen, aber nicht hier bei mir, Junge … blas mal Nitro in die Zündung, der Chef hier will pünktlich zu Hause sein!“

„Sie geben Bescheid, wenn Sie was brauchen“, sagte Schäfer und wandte dem Wahnsinn den Rücken zu.

Für einen Augenblick betrachtete er fassungslos das Gewimmel, das im Posten herrschte. Hightech-Material. Ein zehnköpfiges Team, das offensichtlich mit jedem Handgriff vertraut war. Wären das Polizisten, hätte er … vergiss es Schäfer, nimm mit Plank vorlieb.

„Kümmern Sie sich bitte um diese Anfrage vom LKA: Die wollen am Wochenende an der Grenze oben einen Bus hochnehmen … zwei Drogenschmuggler aus dem hiesigen Eishockeyverein … wie viele die von uns brauchen und wann genau das abgeht.“

„Mach ich“, Plank grinste und drehte sich auf seinem Stuhl, „ganz schön aufregend so was, oder?“

„Warten Sie ab, bis Sie das Ergebnis sehen.“

„Die haben gemeint, dass ich im Hintergrund zu sehen bin ...“

„Ja ... grüßen Sie Ihre Oma in die Kamera“, meinte Schäfer im Weggehen.

Eine gute Stunde später bat ihn der Regisseur, bei der Vernehmung dabei zu sein – für den Fall, dass er irgendwelche Verbesserungsvorschläge einzubringen hätte. Schäfer seufzte, wo er sich wahrscheinlich geehrt hätte fühlen sollen. Er hatte sich hier auf echte Delikte zu konzentrieren. Nicht auf solch realitätsfremden Mumpitz. Wobei das Verhör, dem er nun beiwohnte, tatsächlich als Verbrechen an der Realität zu werten war.

„Herr Milovic!“, fuhr die Kommissarin einen goldkettchenbewehrten Bierbauchträger im violetten Hemd an. „Hier geht es um Mord. Und Sie sind unser Hauptverdächtiger!“

„Völliger Schwachsinn“, meinte Schäfer aus dem Off, „natürlich geht es um Mord in einem Mordfall, das muss ich ja nicht dazusagen.“

„Cut, cut, cut“, rief Brandt, „okay, Gregor!, kommst du mal zum Mitschreiben ... bitte, Herr Major: Wie geht's besser?“

„Also, du Fetzenschädel“, knurrte Schäfer, nachdem er sich in den Rücken des Mannes gestellt hatte und auf dessen fettige Haare starrte, „eine halbe Stunde sind nur erlogene Geschichten und Zwiebelgestank aus deinem serbischen Mulimaul gekommen ... jetzt will ich was hören, sonst stopf ich dir dein Goldketterl in die Fresse, dresch es nach unten und zieh's beim Arsch heraus !“ (Ah, endlich konnte er einmal herauslassen, was ihm in der realen Polizeiwelt schon lange nicht mehr gestattet war!)

„Beim Arsch heraus", murmelte Sanders und ließ den Bleistift über sein Notizbuch zittern, „genial."

„Ja, ganz große Klasse!", bellte Lehnhart und klatschte in die Hände, „was sagst du, Saskia?"

„Na ja", meinte die Schauspielerin, „ist vielleicht 'ne Spur too much ..."

Eine halbe Stunde später zog sich Schäfer entnervt zurück, ging in sein Büro und zog sich um.

„Haben wir eigentlich so ein Schnelltestset hier?", wandte er sich beim Hinausgehen an Plank, „du weißt schon: dieses Luminolzeugs ..."

„Sicher." Plank kletterte über Kabel und Beine zu einem der uniformen grauen Wandschränke und holte einen Koffer heraus. „Wie's funktioniert, wissen Sie?"

„Weiß ich, ja." Schäfer hob die Augenbrauen. Hallo, wer war hier seit über zehn Jahren der Mann an der Leiche?

„Zwei Minuten!", brüllte der Regisseur durch den Raum. Zeit zu verschwinden.

Als Schäfer das Kommissariat verließ, standen auf dem Parkplatz gut dreißig Menschen, die aufgeregt in Richtung Posten blickten.

„Was ist da los?", fuhr er die verdächtige Zusammenrottung an.

„Die drehen da drin einen Film", erklärte ihm eine junge Frau, „mit der Saskia Weibezahl!"

„Und?"

„Kennen Sie die nicht?", die Frau klimperte kokett mit den Wimpern, „die ist echt super!"

„Ja?" Schäfer grinste, zumal ihm eine schelmische Vergeltungsaktion in den Sinn kam. „Na, von mir aus können

Sie einen Sprung hineinschauen ... das sind ganz nette Leute, die haben sicher nichts dagegen."

„Wirklich?"

„Sicher, sicher ... die Polizei ist schließlich eine bürgernahe Institution." Schäfer winkte, schon mit dem Rücken zur Fangemeinde, die für diesen Moment auch seine war.

29.

Dann stand er in der Küche, auf dem Tisch der Jeunesse-Pokal aus Linds Praxis. Er drückte den Oberkörper nach hinten und sprühte die eben angefertigte Luminolmixtur auf den Steinsockel. Er drehte das Licht ab und nahm die Spezial-Lampe zur Hand. Chemolumineszenz positiv. Ließ man ein paar Faktoren außer Acht, von denen Schäfer die Namen vergessen hatte, befanden sich an diesem Gegenstand Blutspuren. Vom Schnitzelklopfen? Eher nicht.

Mit weichen Knien ging Schäfer in den Garten. „Miss, Miss", rief er. Ein paar Sekunden später hoppelte die Katze an und folgte ihm ohne Zögern ins Haus. Weiter zur Kellertür, weiter die Stufen hinab, weiter in den hintersten Raum. Wo sich die Katze friedvoll auf den Betonboden legte. Schäfer stellten sich die Nackenhaare auf. Er ließ sich in das Sperrmüllsofa fallen, das Stark ihm hinterlassen hatte. Barbados. Da war es jetzt wohl früher Abend. Schäfer nahm sein Telefon zur Hand, ging das Adressbuch durch, zögerte eine ewige Minute und drückte schließlich die Wähltaste.

„Hello Austria!", schallte eine euphorische Stimme aus der Karibik.

„Chefinspektor Stark?", dann eine Stille, in der Schäfer sich einbildete, die Brandung des karibischen Meers zu hören.

„Ja, mit wem habe ich die heimatliche Ehre?"

„Major Schäfer, Ihr Nachfolger ..."

„Oh, Herr Major ... wie kann ich Ihnen helfen?"

„Wissen Sie das nicht?"

„Geht es ...", ein ewig scheinendes Schweigen, „geht es um die Luise?"

„Ja, es geht um Frau Materna ... und ihren Sohn ... und um Doktor Kettner und Sie."

„Dann ist es jetzt also so weit", meinte Stark nach einer abermaligen Pause.

„Ja, schaut so aus."

„Wollen Sie, dass ich zurückkomme?"

„Nein", erwiderte Schäfer „mehr als Behinderung der Ermittlungen, Verschleierung einer Straftat et cetera steht nicht gegen Sie und das ist inzwischen verjährt ... da liege ich richtig, oder?"

„Ja."

„Sie war es", fuhr Schäfer fort, nachdem Stark offenbar die Stimme verloren hatte.

„Ja."

„Und warum?" Schäfer hörte ein Seufzen und dann tatsächlich ein Geräusch, das nur vom Meer kommen konnte. „Sind Sie am Strand?"

„Ja ... und Sie? Im Garten oder im Keller?"

„Keller ... also, warum?"

„Die Luise und der Sascha, die ...", jetzt kam Regung in Starks Stimme, „er wollte weg von ihr, ganz natürlich ... die Luise ... die beiden haben immer schon ein viel zu enges Verhältnis gehabt, nach der Scheidung ist es noch viel ärger geworden, das war eine Hassliebe und eine Abhängigkeit … früher oder später hat das …“

„Herr Stark?“

„Ja, ich bin noch dran … es war ja nicht das erste Mal, dass sie sich so gestritten haben … ich weiß gar nicht mehr, wie oft der Kettner oder ich da hingefahren und dazwischengegangen sind … wir hätten, ich hätte es kommen sehen müssen und was machen … aber wenn man selber involviert ist …“

„Involviert …“

„Ja, verknallt war ich halt …“

„Sagen wir Du?“, räumte Schäfer ein, der auf Starks Sofa klebte, als hielten ihn zehn Männer nieder.

„Sicher.“

„Gut, Kurt … gib mir erst einmal die Kurzfassung.“

„Ich hab die Nachtschicht gehabt … gegen zehn ruft der Kettner an und bettelt mich an, dass ich zur Luise kommen soll, weil was Schlimmes passiert ist … also fahre ich hin, mach die Haustür auf und …“

„… und da liegt der tote Sohn.“

„Ja … Schäfer … Johannes … keine Ahnung, was da in mich gefahren ist … doch, natürlich weiß ich es … ich hab Scheiße gebaut und dafür gibt’s keine Entschuldigung.“

„Ich kann’s mir vorstellen … wir sind nicht fehlerfrei“, meinte Schäfer, der keine Lust hatte, seinen Vorgänger in Tränen ausbrechen zu hören.

„Nein, sicher nicht, aber so etwas hätte ich nicht machen dürfen.“

„Also liegt der Sascha jetzt quasi unter mir.“

„Woher … der neue Estrich, oder?

„Und die Katze …“

„Was für eine Katze?“

„Die vom Sascha, die verschwunden war.“

„Die ist wieder da?“

„Ja, wohnt bei mir im Garten.“

„Unglaublich ... Wahnsinn, ich war so ein Dreckskerl ...“

„Das will ich nicht beurteilen ... Warum hat der Kettner die Tatwaffe behalten?“

„Den Pokal? Wo hast du den noch gefunden?“

„Stand bis heute bei seinem Nachfolger in der Praxis ... ohne den wäre ich eh nicht so schnell draufgekommen.“

„Weil er von der Luise ist ... von ihrem Jeunesse-Preis.“

„Genau ... und Blut ist auch noch drauf.“

„Versteh ich nicht, wieso er den nicht entsorgt hat.“

„Schlechtes Gewissen, der Wunsch, erwischt zu werden ...“

„Wahrscheinlich ... geht mir auch nicht viel anders ... seit du übernommen hast, habe ich eigentlich eh nur mehr auf den Anruf gewartet.“

„Ja, der Superdetektiv ... deswegen bin ich jetzt hier ... weil mir der Wald so taugt ...“

„Dir hat's letztes Jahr ordentlich die Schlapfen ausgezogen, was ich so gehört habe.“

„Kann man so sagen, ja.“

„Danke, dass du mich nicht zurückholen willst“, meinte Stark nach einer weiteren Brandungspause.

„Ich darf dich anrufen, wenn ich was brauche?“ Schäfer lag nun ausgestreckt auf dem muffigen Sofa seines Vorgängers.

„Du hast ein Bett auf Barbados, wenn du es nicht mehr aushältst.“

„Eigentlich passt es mir ganz gut hier.“

„Ja ... der Meinung war ich auch lange Zeit ...“

Nachdem er das Telefonat beendet hatte, stand Schäfer auf, nahm eine Spitzhacke und schlug in den Boden. Ein

Betonsplitter traf ihn an der Schläfe. Die Katze flüchtete verängstigt unter die Couch. Selbst gegossen hin oder her – ohne Pressluft war da nichts zu machen. Schäfer hatte jedoch ohnehin nicht vor, die Überreste von Alexander Materna auf der Stelle freizulegen. Der Hieb mit der Hacke war mehr ein symbolischer Akt der Befreiung gewesen. Fall geklärt: Luise Materna hatte ihren Sohn in einem Anfall von Eifersucht, Verlustangst oder sonstigem mütterlichen Wahnsinn erschlagen. Dann hatte sie Doktor Kettner angerufen, der wiederum Chefinspektor Stark verständigt hatte. Und die beiden Männer, zumindest halbblind vor Liebe, brachten es nicht übers Herz, die Totschlägerin der Polizei zu übergeben. Kein Wunder, dass Stark das LKA so spät verständigt hatte. Die Leiche aus Maternas Haus schaffen, alle Spuren so professionell wie möglich beseitigen, die Aussagen absprechen, die Leiche vergraben und zubetonieren – in Gedanken daran, wie es an diesem Wochenende zugegangen war, gruselte Schäfer. Er lockte die Katze unter der Couch hervor, trug sie über die Treppe hinauf und drehte das Kellerlicht ab.

30.

Was mache ich jetzt?, fragte sich Schäfer, während er träge sein Müsli aß. Wenn er den Auftrag gab, den Kellerboden aufzustemmen, käme mit dem Skelett unweigerlich auch die Wahrheit ans Licht. Natürlich könnte er die Geschichte so drehen, dass der mittlerweile verstorbene Doktor Kettner den Jungen erschlagen hatte – die Mordwaffe in seiner Praxis war das beste Indiz dafür. Und nach der Tat? Da hatte der auch damals nicht mehr so fitte Arzt die Leiche ins Haus des Postenkommandanten geschleppt und ohne dessen Wissen im Keller einbetoniert? Ganz gewiss. Sieh's ein, Herr Major: Die Erde dort unten aufzugraben heißt, deinen Vorgänger mit Dreck zu bewerfen. Ja, aber das ist sein Problem und nicht meins! Wer hat denn diesen Hokuspokus veranstaltet, das ganze Bundesland in Aufregung versetzt, der Republik Unsummen an Ermittlungskosten verursacht? Verdammt, worum ging es denn hier? Um Gerechtigkeit? Um Korpsgeist? Darum, dass niemandem geholfen war, wenn Schäfer plötzlich die Umstände von Alexander Maternas Verschwinden aufdeckte. Niemandem? Was war denn mit dem Vater, der Schwester – hatten die nicht ein Recht darauf zu erfahren, was mit Alexander passiert war? Ein Recht, ihn würdevoll zu verabschieden? Andererseits: Hatte er im Augenblick nicht andere Prioritäten? Am Abend würde der Forensiker auftauchen, um Linds Keller zu untersuchen. Da war es längst an der Zeit, sich um Vergleichsproben zu kümmern. Zumindest von Graber. Eben. Kümmerte doch niemanden, wenn über die andere Sache ein paar Millimeter mehr Gras wuchsen.

Kurz nach acht stürmte Plank in Schäfers Büro in der Annahme, sein Vorgesetzter wäre Opfer eines Angriffs geworden.

„Was …", verpuffte seine Bestürzung angesichts Schäfers Veitstanz, bei dem dieser die Papierbögen von der Wand riss und fluchte, als wollte er sich schon vorab einen Logenplatz in der Hölle sichern.

„Himmelherrgottarschfutsau … die haben die Charts gesehen! … ich Vollwichssauschädelarschkoffer … ich …"

„Jetzt beruhigen Sie sich doch", meinte Plank besorgt, füllte ein Glas mit Leitungswasser und hielt es Schäfer hin.

„Ich will einen Schnaps! Kein Wasser, Schnaps! ... Diese ... das ist doch eine ... o Herr, warum prüfst du mich so?" Schäfer hob den Gummiball auf und schleuderte ihn gegen die Scheibe, die bebte und: tatsächlich einen Riss in der rechten oberen Ecke bekam.

„Ach du Scheiße", rutschte es Plank heraus.

„Ha! Hab ich dich!" Schäfer schlug sich mit der Faust in die linke Hand, hob den Ball auf, küsste ihn und ließ sich dann erschöpft in seinen Sessel fallen.

„Kann ich Ihnen ... irgendwie helfen?" Plank schwankte unsicher zwischen Anteilnahme und Angst.

„Ich gehe einmal davon aus, dass niemand von euch das da gezeichnet hat, oder?" Schäfer war aufgestanden, hatte eins der Charts aufgehoben und klopfte mit dem Zeigefinger auf den Smiley am unteren Rand des Papierbogens. „Hat niemand von euch gesehen, wie jemand so mir nichts, dir nichts in mein Büro spaziert?"

„Sie wissen ja selbst, wie es gestern zugegangen ist, die Filmleute und die ganzen anderen ... denen haben Sie selbst die Erlaubnis erteilt ..."

„Weiß ich, weiß ich ... und ich lasse auch noch die Charts da hängen ... so was ist mir überhaupt noch nie passiert ... dass der, den ich suche, seelenruhig in mein Büro spaziert, sich anschaut, was ich mir über ihn so zusammengereimt habe und dann, ohne gesehen zu werden, wieder abhaut ..."

„Tja, blöd."

„Wie wahr ... Moment." Schäfer griff zum Telefon. „Sanders! War gestern jemand von euch in meinem Büro?! ... Sicher nicht? ... Das kann ich Ihnen nicht sagen, aber wenn sich da einer von euch einen Scherz erlaubt hat, dann zerlege ich euer gesamtes Equipment und euch hinterher ... Ja, fragen Sie, aber tun Sie so, als ob ich nur sauer wäre, weil jemand Kaffee verschüttet hat oder was in der Richtung ... Das darf ich Ihnen nicht sagen, aber noch einmal: Wenn irgendeiner in welcher Weise auch immer da mit drinsteckt ... Bla bla bla, seit ihr mit eurer Fifi hier seid, vergeht kaum ein Tag ohne irgendwelche Scherereien ... Ja, ich melde mich."

„Sollten wir jetzt nicht doch das LKA ...", meinte Plank vorsichtig.

„Und was sage ich denen!? Dass wir ein Haufen Deppen sind, die unbekannte Zivilisten in ihre Amtsräume lassen?"

„Ja, von mir aus", meinte Schäfer, als sein Kollege nichts erwiderte, „ich allein habe die Leute hier hereingelassen, ich habe vertrauliches Ermittlungsmaterial zur freien Ansicht an die Wand gehängt und mein Büro nicht zugesperrt ... wenn Sie das dem LKA melden wollen, nur zu ... ich habe sowieso langsam die Schnauze voll von diesem Kaff."

„Das können Sie aber nicht uns in die Schuhe schieben."

„Entschuldigung ... das war nicht gegen euch ... aber seit ein paar Wochen läuft hier alles aus dem Ruder ... Da führt irgendwer ein Theater mit uns auf und wir stehen da und tanzen nach seiner Pfeife ... und egal, was passiert, wir sind immer einen Schritt hinterher, oder?"

„Schaut so aus, ja ..." Plank hatte sichtlich Lust, aus diesem Büro zu verschwinden und Strafzettel zu sortieren. „Unser Jungspatz ist wieder da!", sagte er erleichtert, als Auer plötzlich in der Tür stand.

„Kann ich Sie kurz sprechen?", wandte sie sich kleinlaut an ihren Vorgesetzten.

„Sicher", erwiderte Schäfer, worauf Plank sich rasch entfernte.

„Darf ich Ihnen was zeigen?" Auer deutete auf den Computer. Schäfer rückte zur Seite, worauf sie sich über die Tastatur beugte und einen Augenblick später zurücktrat. „Da."

Da: ein verwackeltes Video auf einer englischsprachigen Homepage, hochgeladen vier Wochen zuvor von bridgewatcher, aufgenommen auf einer ... Autobahnbrücke, im Hintergrund sanfte Berge, Wald. Ein Mädchen schaut in Richtung Kamera, spricht zu einem unsichtbaren Gegenüber, schaut nach links, nach rechts, dreht sich um und klettert auf die Absperrung. Streckt die Arme aus, bleibt ein paar Sekunden so, springt.

„Ist sie das?", fragte Schäfer leise und drehte sich zur Seite.

„Corina Vogtenhuber, ja", ergänzte Auer. Und nach einem Augenblick des Schweigens: „Die Seite ist aus Amerika, der Server steht in Weißrussland ... und dieser bridgewatcher ist ziemlich sicher nicht die Person hinter der Kamera ... es schaut eher so aus, als ob er solche Videos sammelt und dann auf dieser Seite veröffentlicht ... macht er schon seit sieben Jahren ... 42 Filme von Selbstmorden ... das ist so krank."

„Ja." Mehr fiel Schäfer dazu im Moment nicht ein.

„Bin ich jetzt wieder dabei?"

„Ja ... bis der Gips herunten ist, bleiben Sie aber im Innendienst ... lassen Sie sich von Friedmann auf den letzten Stand bringen."

Wo zu erwarten gewesen wäre, dass Schäfer nach Auers Fund völlig ausrastete, setzte paradoxerweise das Gegenteil ein: Er wurde ruhig, fühlte, wie die Anspannung sich löste. Er war traurig, das schon, aber ohne die verzweifelte und destruktive Wut, die Dinge wie dieses Video üblicherweise in ihm auslösten. Vielleicht war es einfach zu viel des Bösen. Die Normalität war zum Wahnsinn geworden und der Wahnsinn zur Normalität. Verzweifelte springen von Häusern, Türmen, Brücken. Und daneben wartet jemand auf diesen Moment wie ein Ornithologe auf den Balztanz zweier Vögel. Wie dieser bridgewatcher. Sah sich so einer als Künstler, als Dokumentarfilmer? Oder als das, was er war: ein Arschloch. Ein weiterer Freak, der sich in diesem Hochgeschwindigkeitskarussell an grausamen Eitelkeiten inszenierte, der um Aufmerksamkeit buhlte und aufgrund mangelnder eigener Fähigkeiten dazu das Leid anderer verwandte? Einer mehr im Todesreigen. Der sich irgendwann der Polizei oder selbst aufs Gleis stellen würde. Oder?

Oder auch nicht. Wer diese Mädchen zum Freitod verführte, war offensichtlich so überzeugend wie kaltherzig. Charme und Intelligenz gepaart mit fehlender Empathie: die Formel für einen Psychopathen. Und wenn so einer Gefallen am Tod gefunden hatte, gelangte er in der Regel schnell zum Töten, vom Selbstmord zum Mord zum Serienmord. Die klassische *acceleration.* Ja, der Autor hatte diesen Teufel an die Wand gemalt und jetzt schien es, als ob er tatsächlich heruntergestiegen wäre und in Schaching sein Unwesen triebe. Nein, wie sie jetzt wussten, hatte diese Geschichte schon früher angefangen. Mit Corina Vogtenhuber als erstem Opfer der Serie.

Der Raum wurde Schäfer zu eng. Die Luft schien keinen Sauerstoff mehr freizugeben. Sollte er der Scheibe den Rest geben? Nein. Raus aus dem Büro. Weitermachen.

„Kann ich mir die für eine Stunde ausleihen?“ Schäfer war an Planks Schreibtisch getreten und zeigte auf den wuchtigen Chronometer an dessen Handgelenk.

„Meine Uhr? ... Na ja, die ist ...“

„Ich passe drauf auf, versprochen“, sagte Schäfer und hielt die Hand auf.

Szenenwechsel. Im Gewerbepark.

„Herr Schäfer ... irgendwas nicht in Ordnung mit dem Gerät?

„Ich habe noch keine Zeit gehabt zum Installieren ... eigentlich suche ich“, Schäfer sah sich um, „so ein Kabel, mit dem ich meine Lautsprecher an den Computer anschließen kann.“

„Haben Sie Aktivboxen?“ Graber machte ein paar Schritte und ging vor einem Regal in die Knie, in dem unzählige Kabel und Adapter lagen.

„Nein ... ganz normale.“ Schäfer trat hinter Graber, so dass er mit seinem Handgelenk fast an dessen Hinterkopf ankam.

„Dann brauchen Sie ... au!“, schrie Graber, der beim Aufstehen mit den Haaren im Metallarmband von Schäfers, eigentlich Planks Uhr hängen geblieben war.

„Oh ... ’tschuldigung ... das wollte ich nicht.“

„Schon okay ... hab eh noch genug.“ Graber grinste Schäfer an, strich sich über seinen Hinterkopf und ging zum nächsten Regal. „Mit dem da können Sie Ihren Computer an den Verstärker anschließen.“

„Brauchen Sie meine Uhr noch?“, fragte Plank nervös, als Schäfer am Posten auftauchte.

„Zehn Minuten.“ Schäfer ging in sein Büro und schloss die Jalousie. Er legte die Beweismitteltasche auf den Schreibtisch, stülpte sich Gummihandschuhe über und zog mit einer Pinzette vorsichtig die Haare aus dem Uhrband. Grabers DNS. Zusammen mit den Fingerabdrücken am Adapterkabel die ersten Vergleichsproben für den Forensiker. Mein letzter eigenmächtiger Schritt, schwor sich Schäfer. Wenn das nichts wird, rufe ich das LKA. Lasse mich als dümmste Polizistensau durchs Dorf treiben. Und danach werde ich Kaufhausdetektiv in Düsseldorf, gründe eine WG mit Sanders und schreibe mit ihm Kriminalromane. Unter einem Pseudonym.

31.

Punkt sieben stand er vor Doktor Linds Praxis und wartete auf seinen Kollegen Staud von der Spurensicherung. Wenig später zwängte sich der beleibte Forensiker schimpfend die schmale Kellertreppe hinunter, öffnete die Tür, blieb ein paar Sekunden fassungslos an der Schwelle stehen und drehte sich um.

„Das ist nicht dein Ernst, oder?“

„Was denn?“ Schäfer zuckte mit den Schultern.

„Mäusescheiße aus zweihundert Generationen, Spinnweben, Durchzug ... und wann soll da wer eingestiegen sein? Vor drei Monaten? Schäfer, dir ist wirklich fad im Schädel, oder?“

„Ich hab’s dir ja erklärt ... da treibt sich ein Arschloch herum, das jungen Mädels Drogen und Medikamente zuschiebt und sie dazu bringt, sich vor den Zug zu legen oder von einem Siloturm herunterzuspringen ... aber ohne Zeugenaussagen oder beweiskräftige Spuren ...“

„Ach ja, und wenn ich dir hier einen Abdruck oder eine DNS finde, soll das als Beweismittel durchgehen, oder? Wie lange hast du denn jetzt schon mit keinem Staatsanwalt mehr gesprochen?“

„Ich verlasse mich natürlich nicht auf ein einziges Beweismittel ... das soll vielmehr in einer Vielzahl von Indizien die Kette stärken, die ...“

„Hör auf mit der Bürokratennummer.“ Der Forensiker stellte seinen Koffer ab und wischte sich mit einem Feuchttuch übers Gesicht. „Ich schau mir die Tür an und die

Stelle, wo die Säcke gewesen sind … aber für die Tests suchst du dir wen anderen."

„Deal", sagte Schäfer und trat den Rückzug an, als Staud sich bis auf die Unterhose auszog und in den weißen Overall schlüpfte.

„Zwei Flaschen sind das Mindeste!", hörte er es noch aus dem Keller rufen. Ja, es war eindeutig an der Zeit, sich um einen Weinbauern zu kümmern, bei dem er Strafmandate gegen Naturalien tauschen konnte.

Im Schneidersitz saß Schäfer schließlich im Garten, neben sich eine Tasse Wolkinger *Erde & Feuer*, und strich der Katze über den Rücken. Nach zehn Minuten vergeblichen Versuchs, sein Gedankenkarussell zum Anhalten zu bewegen, griff er zum Telefon und rief Bergmann an. Der nicht antwortete. Er versuchte es bei Kamp. Der ihn abwürgte, weil er Gäste hatte. Er versuchte es bei seinem Bruder. Der Dienst hatte und auf dem Weg in den OP war. Blieb zuletzt: der Autor.

„Entschuldigung, dass ich am Vormittag so ungehalten war."

„Geht schon okay, das ist ja wirklich eine Kacke … ich habe mich umgehört …"

„Und?"

„Nichts … aber ich hab das auch nur so nebenbei erwähnt. Es darf ja niemand mitbekommen, dass ich ein VE bin, oder?"

„Richtig." Schäfer musste schmunzeln. „Wissen Sie eigentlich, ob jemand von Ihren Kollegen vorbestraft ist? Oder zumindest Schwierigkeiten mit der Polizei gehabt hat?"

„Pf, na ja", Sanders räusperte sich, „ich habe einmal vor zehn Jahren ein wenig randaliert … da hatte ich eine Flasche Meskal intus und durfte eine Nacht in der Ausnüchterungszelle verbringen ... kann ich mich aber nicht mehr erinnern daran ...“

„Was ist mit den Schauspielern?“

„Keine Ahnung ... so intim bin ich mit denen nicht. Soll ich da nachfühlen?“

„Nein ... nur, wenn es sich im Gespräch ergibt ... Ist der Brandt sauber?“

„Erik? ... Wegen so einer Steuersache war er einmal vor Gericht, aber da dürfte er einen recht guten Anwalt gehabt haben ... und dass er ab und zu kokst, weiß ich, aber sonst ...“

„Wart ihr eigentlich, bevor ihr nach Schaching gekommen seid, auch schon woanders in der Gegend? Zum Sondieren oder was weiß ich ...“

„Bin ich überfragt ... das macht ein Locationscout ... aber den kann ich sicher fragen ... warum?“

„Nur so“, meinte Schäfer, der Sanders noch nicht in die Geschichte mit Corina Vogtenhuber einweihen wollte.

„Nur so, aha ... mehr dürfen Sie darüber nicht sagen, oder?“, erwiderte der Autor verschwörerisch.

„Kann sein, ja ...“

„Na dann mache ich mich mal schlau ...“

„Keine Aktionen, ohne sie mit mir abzustimmen, klar?“

„Klar, Herr Major!“

Kurz nach drei Uhr morgens trommelte jemand gegen Schäfers Schlafzimmerfenster. Er rollte sich aus dem Bett und ging in Deckung.

„Wach auf, du Tiroler Murmeltier!“, rief der Forensiker.

„Verschwinde oder ich erschieße dich!“

„Ich hab was gefunden! Das musst du dir unbedingt ansehen!“

„Terrassentür“, grollte Schäfer, zog eine Jeans an und ging ins Wohnzimmer.

„Das da!“ Staud stand im Halbdunkel und hielt ein leeres Weinglas in die Höhe.

„Woher ist das?“

„Ist neben deiner gepflegten Feuerstelle gestanden ... ich bitte um Füllung.“ Der Forensiker drängte sich an Schäfer vorbei ins Haus.

„Seit ich weg bin, seid ihr anscheinend alle komplett wahnsinnig geworden ...“

„Hättest ihn halt mitgenommen, deinen Wahnsinn.“ Staud stellte seinen Koffer neben den Küchentisch und setzte sich.

„Den Wahnsinn sehe ich jeden Tag in meinem Garten.“

„Dein Vogel und die Katze, hat mir Bergmann berichtet.“

„Ja ... rot oder weiß?“

„Den Besseren ...“

Schäfer öffnete den Kühlschrank und nahm den Blaufränkischen heraus, von dem Auer noch ein Viertel übrig gelassen hatte.

„Im Sommer trinkt man ihn kühler.“ Er stellte seinem Gast das Glas auf den Tisch.

„Dank dir.“ Staud trank das halbe Glas in einem Zug und streckte die Hände Richtung Decke. „Lange macht mein Kreuz das nicht mehr mit, diese Herumkriecherei.“

„Ich mach dir zur Entspannung noch eine Flasche auf.“ Schäfer wusste, dass es noch mindestens zehn Minuten brauchte, bis er Staud nach allfälligen Funden fragen durfte. „Erst die Arbeit, dann das Vergnügen, dann die Arbeit, dann das Burnout“, murmelte er, während er die Kellerstufen hinabstieg.

Zurück in der Küche, hielt ihm Staud zwei Beweismitteltaschen entgegen. In der einen zwei Zigaretten, in der anderen ein leerer Blisterstreifen für Tabletten.

„Aus dem Keller?"

„Nein, aus meinem Privatarchiv ... schenk ein."

„Ihr sauft mich arm." Schäfer goss das Glas voll und setzte den Wasserkocher auf.

„Ja, mein Beileid ... sag: Warum holst du dir eigentlich niemanden vom LKA dazu? Einem Major Schäfer geht man doch gerne zur Hand, oder? ... Was machst du da? Kräutertee?"

„*Cool & Kühn* von Wolkinger 7."

„*Der* Wolkinger?"

„Ja, Wolkinger Wolkinger ... Hab ich eh schon überlegt ..."

„Aber du willst dir die Blöße nicht geben ..."

„Ich habe einfach nicht genug, um das LKA antanzen zu lassen ... drei Mädels, die sich umgebracht haben ... das mit den Medikamenten ist natürlich strafbar, aber ..."

„Aber Ahab muss den weißen Wal natürlich selbst erledigen, eh klar."

„Ah, lass mich zufrieden." Schäfer stand auf, ging ins Wohnzimmer, kam mit den Vergleichsproben zurück. „Fingerabdrücke und Haare ... aber für den DNS-Abgleich muss ich jetzt eh die Salzburger anbetteln, oder, lieber Freund?"

„Zwei Flaschen von dem da", Staud zeigte auf sein Glas, „dann überleg ich es mir."

„Bis Ende der Woche."

„Träum weiter."

„Also ja."

32.

„Würden Sie sich vor einer Webcam nackt ausziehen?" Schäfer an Auer, die er am Vormittag in sein Büro hatte kommen lassen.

„Ähm ... wie viel zahlen Sie denn?"

„Was? ... Reden Sie keinen Stuss. Wegen dieser Mädchen frage ich ... weil Corina Vogtenhuber und Jasmin Eder Nacktfotos und Filme von sich gemacht haben, die sie ins Internet gestellt haben ..."

„Gibt's, ja, ISM nennt sich das", Auer sah ihren Vorgesetzten kokett an, „I shoot myself ..."

„Und das ist ...", Schäfer verkniff sich das Wort *heutzutage*, „da finden die nichts, überhaupt nichts dabei, wenn sich dann da wer ..."

„Darum geht's ja irgendwie, sich zu präsentieren, andere aufmerksam zu machen ... schauen Sie nach im Internet."

„Sicher", Schäfer hob die Hände, „und zur Suche gebe ich ein *Pädophiler Polizist sucht Nackte-Mädchenfotos* oder wie ..."

„Da reicht es, wenn Sie sich auf Facebook irgendwelche Maturareise-Galerien anschauen."

„Dann komme ich da auch nicht weiter", murmelte Schäfer sich selbst zu.

„Wo weiter?"

„Wie der sich an die Mädchen herangemacht hat ... dass er sie vielleicht im Internet gesehen hat und sich gedacht hat: Aha, da ist wieder so eine kleine Geile, die gerne was ausprobiert ..."

„Typische Männersicht", meinte Auer abschätzig.

„Wirklich?!", erwiderte Schäfer forsch, „na vielleicht haben wir es hier ja mit einem Mann zu tun."

„Sorry, so war das nicht gemeint ... natürlich kann jemand so was denken, aber das mit dem Brüsteherzeigen ist halt keine wirkliche Ausnahmeerscheinung mehr, wonach man lange suchen muss ...“

„Aber diese Mädchen haben sich auch von jemand anderem filmen lassen ...“

„Haben Sie über diesen Graber schon mehr herausgefunden?“, wollte Auer wissen, als das Telefon läutete.

„Schäfer. Schon auf?“

„Staud ... was gibt’s?“

„Lieber Kollege Staud, ich habe nicht so früh mit Ihrem Anruf gerechnet, bin wahrlich überrascht, wie schnell Sie arbeiten, wenngleich Sie immer schon zu den Besten Ihres Fachs gezählt haben ... wie wäre es einmal mit einer freundlichen Begrüßung, die mir und meinem Engagement gerecht wird, hä, du Prolet?!“

„Übertreib’s nicht, du kriegst eh den Wein.“ Schäfer nahm eine Zigarette und ging auf den Parkplatz hinaus. „Also, zu welch erstaunlichen Ergebnissen hat dein überdurchschnittliches Engagement in Verbindung mit deiner herausragenden Kompetenz geführt?“

„Zwei Proben, ein Mensch.“

„Nicht wahr.“

„Bis jetzt habe ich nur die Fingerabdrücke, aber die stimmen überein ... für den DNS-Abgleich musst du dich noch gedulden.“

„Also ist es tatsächlich der Graber ...“

„Ja, was aber nicht heißen muss, dass ...“

„Später, lieber Staud, meine Hochachtung, ich muss jetzt die Pferde satteln.“

„Ein Esel würde besser zu dir passen ... servus, Schäfer ... und pass auf dich auf.“

Zurück im Büro, warf er sich auf den Boden und drückte dreißig Liegestütze. Kraft! Mit einem Mal fühlte er sich wie ein Kampfroboter, eine unbezwingbare Maschine auf dem Kriegspfad gegen ihren widerlichen Widersacher. Jetzt hatte er nicht nur eine Spur, jetzt hatte er einen Beweis! Graber. Du Schlaumeier. Willst mich mit deiner lächerlichen Technik ausspielen. Da hast du nicht mit meinen übernatürlichen Fähigkeiten gerechnet! Ja, du Wurm, jetzt ist's vorbei – mit der Übeltäterei!

Obgleich es ihn reizte, die Verhaftung alleine vorzunehmen, nahm er Inspektor Plank zum Media Markt mit. Nur keine Formalfehler, nur in keine juristische Falle laufen, die solche Psychogangster gerne stellten.

„Und das ist der, von dem die Videos kommen?", wollte Plank wissen.

„Er oder eine weitere Person ... aber er steckt in der Sache mit drin, das ist sicher."

„Okay, und ... warum?"

„Ausreichend Indizien ... Parken Sie da hinten, ich will ihn mindestens hundert Meter über den Parkplatz führen."

„Sehr wohl, Herr Major."

Schon als er in den Streifenwagen gestiegen war, hatten Schäfers Nerven geflattert. Heftig oszilliert zwischen der Gewissheit, endlich denjenigen verhaften zu können, der mitverantwortlich für den Tod dreier Mädchen war, und der fragwürdigen Aussagekraft seiner Beweise, die noch dazu auf nicht ganz ordnungsgemäßem Weg in seinen Besitz gelangt waren. Vielleicht ging es aber auch ganz einfach. Schäfer sah Graber im Rückspiegel in die starren Augen. Wenn er ein Geständnis bekam.

„Was werfen Sie mir überhaupt vor?", wollte Graber wissen, nachdem Schäfer sich bei der Aufnahme der Personalien viel mehr Zeit als nötig genommen hatte. Zeit, die er dringend brauchte, um einen Durchsuchungsbescheid für dessen Wohnung zu bekommen.

„Einiges ... wobei ich der Meinung bin, dass wir noch längst nicht alles wissen ... aber gut, wir haben Zeit ... Ihrem Chef erkläre ich das schon, keine Sorge."

„Wieso meinem Chef?"

„Dass er Ihnen unter Umständen morgen freigeben muss ..."

„Morgen habe ich sowieso frei."

„Schön, dann brauchen wir uns ohnehin nicht zu stressen ... also: Yvonne Raab ... Sie haben sie gekannt ..."

„Ja, aber das habe ich Ihnen schon gesagt ..."

„Corina Vogtenhuber?"

„Die, die von der Brücke gesprungen ist?"

„Ja."

„Vielleicht habe ich sie beim Ausgehen getroffen ... die ist ja viel jünger als ich ..."

„Jasmin Eder?"

„Ich habe ihr mit ihrem Blog geholfen ..."

„Blog ..."

„Ja, eine Seite, wo man so Sachen von sich hineinstellt ..."

„Sachen", wiederholte Schäfer. Die Nacktfotos? Zum Teufel! Warum wusste er nichts von diesem Blog? Was machten diese Tödel da draußen überhaupt?

„... was sie eben so machen wollte", hörte Schäfer Graber einen Satz fertig sprechen.

„Gut ... 6. Juni zwischen fünf und sieben ... wo waren Sie?"

„Im Bett wahrscheinlich, was war das denn für ein Wochentag?"

„Ein Mittwoch ..."

„Ja, habe ich sicher geschlafen ... war ich um neun bei der Arbeit ..."

„Zeugen?"

„Ich bin alleinstehend“, erwiderte Graber.
„Alleinstehend, aha ... also keine Freundin, oder Freund ...“
„Nein.“
„Und warum?“
„Was heißt warum? Sie leben doch auch allein, oder?“
„Vorübergehend, ja ...“
„Eben.“ Graber sah Schäfer herausfordernd an.
„Sie sind vor ein paar Jahren wegen Weitergabe von Drogen angezeigt worden ...“
„Ja, und freigesprochen worden.“
„Und zurzeit ... nehmen Sie irgendwas?“
„Nein ... ich habe auch damals nur ein-, zweimal gekifft, weil ...“
„Weil was?“
„Weil ich es probieren wollte.“
„Und da haben Sie gleich genug gekauft, dass Sie es verschenken haben können ... an zwei junge Frauen ...“
„Ja, aber ich habe nichts dafür verlangt ... mir hat das sowieso nicht getaugt.“
„LSD, Mushrooms, Amphetamine ... irgendetwas davon schon einmal probiert?“
„Nein, wieso sollte ich?“

Nachdem sich die Vernehmung fast eine Stunde im Kreis gedreht hatte, ohne Ergebnisse zu liefern, machte Schäfer eine Pause und ließ Graber etwas zu essen bringen.
„Wir haben ein Problem“, trat Friedmann auf ihn zu.
„Eins mehr ... worum geht's?“
„Der Staatsanwalt will wissen, worauf sich Ihr Erstverdacht stützt und wie Sie zu dieser Vergleichsprobe gekommen sind.“
„Mist ... da will sich wieder einer profilieren.“ Schäfer ging auf den Parkplatz und zündete sich eine Zigarette an. Stellte sich an die Seitenfront des Gebäudes, wo ihn nie-

mand sehen und stören konnte. Wo niemand hämisch mit dem Finger auf ihn zeigen und *Hä hä!* rufen konnte. Ein rauchendes Seufzen. Selten war ihm so bewusst geworden wie jetzt, was er an Bergmann gehabt hatte. Mit ihm an seiner Seite wäre diese Aktion bestimmt anders abgelaufen.

Schäfer: „Auf, auf, mein Knappe, kassieren wir ihn ein!"

Bergmann: „Vielleicht sollten wir das gelassener angehen, sonst rennen wir noch in ein offenes Messer ... sagen wir ihm doch, dass gegen ihn ein anonymer Hinweis vorliegt, der nicht sehr glaubwürdig ist, dem wir aber doch gern nachgehen würden, nur um das aus der Welt zu schaffen ... bei einer freiwilligen Nachschau in seiner Wohnung zum Beispiel."

Schäfer: „Keine schlechte Idee, Bergmann ... Ich habe Ihnen tatsächlich etwas beigebracht ... und wenn er sich weigert: die übliche Nummer ..."

Bergmann: „Was er denn zu verbergen hätte et cetera."

Schäfer: „Einverstanden."

Ja, so wären sie vermutlich eher zu einem Ergebnis gekommen als mit dieser Festnahme. Irgendwann im Laufe des Nachmittags würde Graber gewiss einen Anwalt verlangen. Und bei dem Belastungsmaterial, mit dem Schäfer aufwarten konnte, konnte jener sein juristisches Examen beim Pokern gewonnen haben und würde seinen Mandanten trotzdem freibekommen. Mein Fehler, gestand Schäfer sich ein. Und natürlich auch der nicht existierender Kollegen, die parallel zu seinen Ermittlungsarbeiten die nötige Laufarbeit erledigten: Grabers Familie, seine Arbeitskollegen, frühere Bekanntschaften ... das wäre in Wien auf seinem Schreibtisch gelegen, lange bevor er mit den Handschellen geklimpert hätte. Er schnippte die Zigarette ins nächste Kanalgitter. Wie auch immer. Eine Stunde noch. Dann würden sie weitersehen.

Weiter hieß: Graber rief tatsächlich einen Anwalt an. Der ließ sich am Telefon kurz über die Sachlage informieren und tauchte um halb vier am Posten auf. In Gesellschaft seines Golfpartners Oberst Warstätter. Wenig später war Graber draußen und Schäfer zehn Zentimeter kleiner. Wo sind wir denn, dass wir jemanden von seinem Arbeitsplatz wegholen wie einen Schwerverbrecher, vor den Augen der Kunden und Kollegen! Ohne dass irgendein rechtskräftiger Beweis vorliegt, Major Schäfer! Vage Vermutungen, gewagte Spekulationen ... und mit diesen Fingerabdrücken brauchen Sie mir gar nicht erst zu kommen. Sind wir in Moldawien, dass wir so arbeiten müssen, Herr Major?!

Ja, und abgesehen davon, dass Schäfer den Oberst am liebsten auf der Stelle hingerichtet hätte, konnte er ihm nicht einmal böse sein. Warstätter hatte recht. Und Schäfer – der nun so zornig wie frustriert in seinem angesägten Chefsessel hing – hatte einen weiteren Grund, sich am Abend maßlos zu besaufen. Nein. Alkohol ist keine Lösung, sagte er sich, höchstens der Weg dorthin. Er goss sich eine Kanne *Mut & Maß* auf und griff zum Telefon.

„Was heißt das, Bergmann, keine Zeit! ... Lassen Sie sich wieder von so einem ...“

„Ja“, unterbrach Bergmann gelassen, „vielleicht lasse ich mich heute von einer flüchtigen Männerbekanntschaft ordentlich durchficken. Das ist es, was Sie sagen wollten, oder?“

„Bergmann, ich ... ja, tut mir leid, aber ...“

„Das ist mir völlig wurscht, was Ihnen leidtut ... ich bin nicht mehr Ihr Befehlsempfänger und auf Freundschaft legen Sie offensichtlich noch immer keinen großen Wert."

„Doch, doch, aber jetzt gerade hat ..."

„Ach, jetzt gerade haben Sie wieder etwas verbockt, stecken in der Scheiße, leiden unter Ihrer Schwermut, vermissen Isabelle, bla bla bla ... Na, dann gehen Sie übers Wochenende in sich und denken darüber nach, wie das normalerweise funktioniert, unter Freunden ..."

„Ach rutschen Sie ... Bergmann, Sie ..."

„Lassen Sie mich in Frieden, Sie emotionaler Krüppel ... gehen Sie ins Puff, dort bauen Menschen wie Sie Ihren Triebstau ab!"

„Bergmann! ... Bergmann?" Schäfer sah aufs Display. Der hatte aufgelegt! Er versuchte es noch einmal und wurde nach einem einmaligen Läuten auf die Mailbox umgeleitet. Was sollte er dazu sagen? Das war eindeutig ein weiterer Tiefpunkt in seinem Leben. Wenn es so weiterging, würde er bald dem Marianengraben Konkurrenz machen.

33.

Am folgenden Vormittag schien niemand darauf erpicht, das Chefbüro zu betreten. In der Höhle des Löwen saß der Schäfer mit einem fürchterlichen Kater – dies ein Wortspiel, das seine einzige geistige Aktivität bis zehn Uhr darstellte. Abgesehen von ein paar Erinnerungsblitzen an den Vorabend. Wie er zwei Weinflaschen auf den Gartentisch gestellt, sie geöffnet und die Korken über den Gartenzaun geworfen hatte. Wie er später auf der Suche nach einer CD von Steppenwolf das Regal zum Einsturz gebracht hatte.

Wie sein Hemdärmel beim Tanz ums Feuer zu brennen angefangen hatte. Jetzt ein Anruf von Plank.

„Da will Sie jemand sprechen ... eine Frau Doktor Graber."

„Eine Ärztin?"

„Anwältin."

„Das habe ich noch gebraucht."

Gleich darauf stand eine junge Frau in Schäfers Büro. Wie eine Dr. jur. sah sie allerdings nicht aus. Ende zwanzig, Jeans, Leinenbluse, durch die man einen schwarzen BH wahrnahm. Das Gesicht kannte er, oder?

„Wie kann ich Ihnen helfen?", Schäfer ganz höflich, bemüht, seinen Atem nicht über den Schreibtisch wehen zu lassen.

„Ich bin Laura Graber ... die Schwester von Simon Graber." Sie gab Schäfer einen Blick, so vernichtend, dass er aufstehen und zur Kaffeemaschine fliehen musste. „Tee, Kaffee?"

„Tee ... gern."

„Ich hatte einen begründeten Verdacht gegen ihn", meinte er, nachdem er ihr eine Tasse hingestellt hatte, „sonst wäre ich nie so vorgegangen."

„Das glaube ich Ihnen auch ... Sie sind ja nicht erst seit gestern Polizist."

„Nein", sagte Schäfer erleichtert. Vielleicht wollte sie ihn doch nicht mit einer Klage wegen Amtsmissbrauch, psychischer Grausamkeit et cetera ruinieren.

„Ich habe die Ermittlungsakte gelesen, die Sie dem Staatsanwalt übergeben haben."

„Also vertreten Sie jetzt Ihren Bruder ..."

„Wenn es zu einer Anklage kommt, vielleicht ..."

„Die Akte ist noch nicht komplett", meinte Schäfer, der besagten Bericht so schnell wie schlampig zusammengestellt hatte, um wenigstens irgendetwas schwarz auf weiß zu haben.

„Das ist mir schon klar ... aber das, was Sie an sogenannten Indizien zusammengetragen haben, hätte Ihnen doch selbst zu denken geben müssen."

„Vielleicht." Schäfer nahm einen Schluck Tee. Nur nicht die auch noch schwach anreden! Egal, was sie dir vorhält, bleib gelassen und devot. „Worauf genau spielen Sie denn an?"

„Darf ich rauchen?" Sie hatte die Zigarettenschachtel schon aus der Handtasche genommen.

„Sicher." Schäfer stellte ihr einen Aschenbecher hin.

„Dieser Zettel auf der Windschutzscheibe ... wenn mein Bruder ein so kriminelles Mastermind wäre, wie Sie behaupten, hätte er so etwas wohl kaum gemacht, oder?"

„Ich bin davon ausgegangen, dass er gerade darauf abzielt, mich wissen zu lassen, wer er ist."

„Das müssen Sie mir jetzt aber schon genauer erklären."

„Die Person, die in diese Todesfälle zumindest als Beobachter involviert war, hat aktiv auf sich aufmerksam gemacht", sagte Schäfer und wunderte sich, wieso er so gestelzt redete. „Das Täterprofil, das ich auf Grundlage dieser Tatsachen erstellt habe ..."

„Von einem Täterprofil ist in Ihrem Bericht aber nichts zu finden."

„Ja ... ich war noch nie ein großer Berichterstatter, das hat immer ... wer anderer gemacht."

„Also ist dieses Profil nur in Ihrem Kopf gespeichert." Wenigstens lächelte sie jetzt, sonst hätte er sie trotz aller Selbstbeherrschung hinausgeworfen. Natürlich in seinem Kopf! Hatte diese Ich-will-in-spätestens-zehn-Jahren-Staatsanwältin-sein-Tussi überhaupt eine Ahnung, was dort alles Platz hatte? Dafür reichten die Kuhhäute von ganz Tirol nicht aus!

„Wie auch immer ... es gibt stichhaltige Beweise, dass Ihr Bruder zumindest in die Weitergabe illegaler Medikamente involviert war."

„Sie meinen die Tablettenpackungen im Keller von Doktor Kettner ..."

„Zum Beispiel, ja."

„Dass beweist aber noch lange nicht, dass er diese Medikamente entwendet hat."

„Aber es legt es nahe ... das muss für ein Verhör manchmal reichen, sonst könnten wir gleich zusammenpacken."

„Und wenn die Sachen jemand dort platziert hat?"

„Na ja ... darf ich?" Schäfer deutete auf die Zigarettenschachtel. Staud, du Scheißer, warum ist dir das nicht eingefallen? Hatte er ihn darauf aufmerksam machen wollen? Als Schäfer ihn am Telefon unterbrochen hatte, weil er so scharf darauf gewesen war, Simon Graber zu verhaften?

„Gut ... offensichtlich habe ich einen Fehler gemacht, tut mir leid, war nicht das erste Mal, wird wahrscheinlich auch nicht das letzte Mal sein ... also: Was genau wollen Sie jetzt von mir?" Langsam verlor Schäfer die Geduld. Ein Erschießungskommando war nicht dazu da, dem Hinzurichtenden im Plauderton seine Verfehlungen vorzuhalten.

„Dass Sie mir helfen."

„Ich? Ganz schön viel Vertrauen in jemanden, der Ihren Bruder ins Gefängnis stecken wollte."

„Ja, aber es bleibt mir auch nicht viel übrig ..."

„Versteh ich nicht."

„Ich weiß, wer Sie waren ... also wer Sie sind und ..."

„Wer ich in Wien war und jetzt nicht mehr bin", kürzte Schäfer das ständig wiederkehrende Gerede um seine Lebensgeschichte ab.

„Ja ... wir haben während meines Studiums einige Ihrer Fälle behandelt."

„Freut mich ... und weiter?"

„Ich habe einen Interessenkonflikt." Sie zündete sich eine weitere Zigarette an. „Eigentlich bin ich hier, um Simon zu helfen, aber ..."

„Entschuldigung", sagte Schäfer, dessen Handy das Eintreffen einer SMS verkündet hatte. Sanders: *Möchten Sie Ihre Statistenrolle noch? Ich spiele immer die Hauptrolle,* tippte Schäfer ein und widmete sich wieder seinem Besuch.

„Gut ... also: Worum geht's?"

„Ich habe Simon wirklich gern, aber ... ich bin mir nicht sicher, ob er wirklich unschuldig ist."

„Da sind wir schon zwei."

„Ja ... deswegen bin ich froh, dass gerade Sie hier sind ..."

„Danke für die Blumen." War dieser Knopf an ihrer Bluse schon bei ihrer Ankunft offen gewesen? „Also, ich höre."

Simon war Laura Grabers Adoptivbruder. Ihre Eltern hatten ihn im Alter von drei Jahren adoptiert, nachdem eine andere Familie mit ihm überfordert gewesen war. (Nicht nur mit ihm, sondern auch mit vier weiteren Pflegekindern, aber das war eine andere Geschichte und vor allem eine fürs Jugendamt.) Simon war ein Klappenbaby gewesen, wie Laura Graber bitter lächelnd schilderte, als ob dieser Umstand schon alles erklären würde, was dann folgte. „Ein Klappenbaby?", fragte Schäfer nach. Ja, eins der ersten Neugeborenen, die eine Mutter in die gerade installierte Babyklappe an einem Krankenhaus in Linz gegeben hatte. Er war eine Frühgeburt gewesen, vielleicht auch eine absichtlich herbeigeführte mit dem Zweck, ihn ins Klo hinabzuspülen, so genau konnte das nicht mehr eruiert werden. Er hatte 1800 Gramm gewogen und war 32 Zentimeter groß gewesen. Er hatte überlebt, obwohl nach seiner Auffindung alles dagegen gesprochen hatte.

Den Namen Simon hatte ihm eine der Nachtschwestern gegeben. Was es mit der ersten Pflegefamilie auf sich gehabt hatte, wusste Laura Graber nicht genau. Vielleicht wollten sie so vielen Kindern wie möglich ein liebevolles Zuhause bieten und hatten sich dabei übernommen. Vielleicht waren es faule Säcke, die vom Staat das Pflegegeld kassierten und damit billigen Wein kauften, während ihre Kinder in Sachen herumliefen, die sie nachts aus dem Altkleidercontainer der Caritas stehlen mussten. Wie auch immer, 1991, im Alter von drei Jahren, wurde Simon in die Obhut der Familie Graber gegeben.

„Meine Mutter“, so Laura Graber, „ist bei meiner Geburt fast verblutet. Danach haben sie sich nicht mehr getraut, obwohl sie unbedingt mindestens zwei Kinder haben wollten. Da haben sie eben Simon genommen. Er war von Anfang an auf meine Mutter fixiert. Mama, Mama, Mama. Er hat sich lieb Kind gemacht, wie man so sagt, er war so brav, dass es unheimlich war ... dann hat er angefangen, uns gegeneinander auszuspielen.“

„Wie denn?“, wollte Schäfer wissen, der nicht verstand, wie und wieso ein Kind die eigene Familie zerstören sollte. Was hatte es denn davon, was blieb ihm dann noch?

„Einmal“, erzählte sie, „hat Mama ihre Halskette nicht mehr gefunden ... die war eins von ihren Lieblingsschmuckstücken, weil Papa sie im Urlaub gekauft hatte ... und wir haben sie alle zusammen gesucht und nicht gefunden ... und ein paar Tage später hat sie die Wäsche eingeräumt und die Kette bei mir im Kasten gefunden ... Ich habe ihr immer wieder gesagt, dass ich sie nicht genommen habe, und sie hat gesagt, dass sie mir glaubt, aber ich habe gemerkt, dass das nicht stimmt.“

„Ihr Adoptivbruder hat sie in den Kasten gelegt ...“

„Wer sonst ... nur habe ich das damals nicht so sehen können ... ich war zehn und er fünf, wieso hätte er so was tun sollen?“

„Ich bin kein Psychologe“, erwiderte Schäfer und hörte mit wachsendem Erstaunen, was Laura Graber ihm berichtete. Über Tagebücher, die offensichtlich gelesen worden waren, was sie ihrer Mutter angelastet hatte. Über den Zigarettenrauch im Keller, für den sie beschuldigt worden war, obwohl sie damals noch gar nicht rauchte. Über das Parfüm, das bestimmt Simon auf den Anzug seines Vaters gesprüht hatte, damit die Mutter glaubte, er hätte eine Affäre. Über die vergiftete Atmosphäre, auf die sie alle zunehmend mit Schweigen reagiert hatten, anstatt sie anzusprechen. Darüber, dass sie damals zudem gerade in die Pubertät gekommen war und ihre Eltern noch mehr verachtete, als es naturgemäß ohnehin der Fall gewesen wäre.

„Hm“, meinte Schäfer benommen von ihrem Vortrag, „wo kann ich denn Ihre Eltern erreichen?“

„Mein Vater ist tot ... er hat einen Unfall gehabt, nur zwei Monate, nachdem Simon aufs Internat nach Steyr ist ... und meine Mutter lebt inzwischen mit ihrem neuen Lebensgefährten in Südafrika.“

„Was für ein Unfall?“

„Mit seinem Motorrad ... aber damit hat Simon sicher nichts zu tun gehabt“, ergänzte sie, als sie Schäfers gesteigertes Interesse wahrnahm.

„Wie kann ich Ihre Mutter erreichen?“

„Ich schreibe Ihnen die Nummer auf.“ Sie holte eine Visitenkarte aus der Handtasche, las eine Nummer vom Handy ab und notierte sie.

„Danke ... und Ihr Bruder: Wann haben Sie wieder Kontakt zu ihm aufgenommen? Oder hat er sich jetzt nur gemeldet, weil er Ihre Hilfe braucht?“

„Nein, wir teilen uns ja das Haus meiner Eltern, in Freikirchen ... ich bin zwar viel unterwegs und habe eine Wohnung in Salzburg, aber zwischendurch bin ich immer wieder hier ... wir sind halt doch Geschwister."

„Verstehe ... und wieso kommen Sie darauf, dass er etwas mit diesen Todesfällen zu tun haben könnte?"

„Ich weiß es nicht ... es ist nur so ein Gefühl ..."

„Haben Sie eins der Mädchen jemals in Ihrem Haus gesehen?"

„Nein, aber ich bin auch selten da ..."

„Macht er Ihnen Angst?"

„Angst ist übertrieben, unheimlich ist er mir eben manchmal ... aber ich will auch nicht, dass er ... vielleicht hat er auch wirklich nichts damit zu tun ... aber Sie haben in solchen Dingen eben viel Erfahrung ..."

„Richtig, ja ..."

„Können Sie sich darum kümmern?", fragte sie, nachdem Schäfer für ein, zwei Minuten in eine ihr unzugängliche Gedankenwelt abgetrieben war, die auch mit den schwarzen Spitzen an ihrem BH zu tun hatte.

„Hm? ... Ja, natürlich ... wenn Sie Verständnis dafür haben, dass ich diesmal besonnener vorgehe ..."

„Was anderes möchte ich gar nicht." Sie stand auf und reichte ihm die Hand.

„Frau Graber", sie war schon halb aus der Tür, „sagen Sie bitte Ihrem Bruder, dass es mir leidtut."

„Im Ernst?"

„Ja, ganz im Ernst."

34.

Für einen Augenblick ärgerte sich Schäfer, dass er vergessen hatte, die digitale Stimmaufzeichnung zu aktivieren. Laura Grabers Erzählung war ihm noch gegenwärtig – doch er wusste, wie schnell Details verloren gingen, wie ein falsch erinnerter Satz die Einschätzung alles Folgenden beeinflussen konnte, wie schwer in der Rekonstruktion eine Lüge zu entlarven war, wo sich der Geist eben nach Kongruenz sehnte und nicht nach Widersprüchen.

Egal, er konnte Laura Graber jederzeit ein weiteres Mal befragen. Er würde sie bestimmt noch einmal befragen, zumal sie ihm genau das lieferte, was ihm bislang gefehlt hatte: Zusammenhänge, Hintergründe, Einblicke. Zuvor ein konturloses Subjekt, das nur aufgrund von Indizien existierte, war Simon Graber mit dem Erscheinen seiner Schwester quasi zum Leben erwacht. Was diese Schäfer eben erzählt hatte, begann er nun, in einen Kollegblock zu schreiben – den er auf keinen Fall im Büro lassen würde.

Ein, zwei Stunden später hörte er die beiden Iron Cops eintreffen. Schichtwechsel. Feierabend.

„Was machst du hier?“, fuhr er Carola Windreiter an, die vor seinem Gartentor saß und in einem gelben Reclamheft las.

„Ich muss mit Ihnen reden ...“

„Worüber?“

„Können wir hineingehen?“ Sie stand auf, klopfte sich den staubigen Hintern ab und griff zum Gartentor.

„Sicher nicht.“ Schäfer baute sich vor ihr auf. „Es sei denn, du hast eine Straftat begangen oder eine beobachtet.“

„Ich glaube, dass meine Schwester mich angelogen hat ...“

„Das musst du bitte mit ihr oder deiner Mutter ausreden ...“

„Aber ich ...“

„Carola, es ist Freitagabend ... die Geschichten zwischen dir und deiner Schwester sind mir inzwischen egal und ...“

Sie schwieg, schluckte hörbar.

„Was ist? ... Carola! Wenn du jetzt hier zu heulen anfängst ... Ich halt's nicht aus ... mein Gott, die Großstadt ist eine Wellnessoase gegen das hier“, jammerte Schäfer und schob das Mädchen in den Garten.

„Wissen deine Eltern, wo du bist?“, fragte Schäfer, nachdem er sie in einen Liegestuhl verfrachtet und ihr einen *Raus-&-Ruhe*-Tee gebracht hatte.

„Die sind bei einem Konzert“, erwiderte sie leise und klammerte sich an die Teetasse, als wäre der Hochsommer vorübergehend in Urlaub gegangen.

„Konzert ... also: Was ist das mit deiner Schwester?“

„Was macht denn die Katze mit dem Raben da?“

„Die haben sich gern ... also, sprich.“

„Also, die Nadja: Am Sonntag war der Haidegger bei uns zum Grillen ...“

„Die Drecksau.“ Schäfer schloss die Augen.

„Ja ... und so gegen elf, da waren nur mehr mein Papa und er im Garten ... und wie der Papa ins Haus geht, um irgendwas zu holen, da rennt die Nadja hinaus ... das habe ich von meinem Zimmer gesehen, weil ich ...“

„Weil du hören wolltest, was erwachsene Männer sich für Schweinekram erzählen ...“

„Ja, vielleicht ... und die rennt hinaus, wirft sich dem Haidegger an den Hals und schmust ihn ab, voll ... sicher eine halbe Minute haben die geknutscht, wäh! ... und dann ist sie wieder ins Haus gelaufen ... das ist doch voll pervers, oder?“

„Wie man's nimmt ... wenn er sie im Auto dazu drängt, ihm einen zu blasen, ist das für mich eher pervers, als wenn sie ihn abknutscht.“

„Ja schon, aber ... das passt doch nicht, die Nadja und diese Drecksau."

„Wo die Liebe hinfällt, und wenn's der Misthaufen ist", fiel Schäfer ein viel zitierter Satz seiner Großmutter ein. „Sie ist siebzehn, macht das offensichtlich auf freiwilliger Basis ... ich kann da nichts machen."

„Aber warum hat sie mich angelogen?"

„Weil es ihr Spaß macht, ihre Mitmenschen zu verarschen? Vielleicht ist ihrem Liebhaber aber auch eingefallen, dass er Frau und Kinder hat, und er wollte nichts mehr von ihr wissen, was sie nicht akzeptieren wollte, weshalb sie ihn mit meiner Hilfe unter Druck gesetzt hat et cetera."

„So eine verlogene Schlampe!" Das Mädchen nestelte in ihrem Rucksack herum und holte eine Zigarette heraus.

„Nicht in meinem Garten!"

„Ich bin siebzehn ... ich darf rauchen."

„Na, von mir aus ... gib mir eine", meinte Schäfer resignierend und ließ sich Feuer geben.

„Und was mache ich jetzt mit Nadja?", wollte Carola wissen, nachdem sie schweigend zu Ende geraucht hatten.

„Pf ... glaub ihr nichts mehr ... und wenn sie dich noch einmal wegen so einer Geschichte zu mir schicken will, dann zieh ich sie an den Ohren über den Hauptplatz."

Als er im Bad stand und mit der Zahnbürste im Mund gedankenverloren in den Spiegel sah, hörte er aus der Küche das Piepen einer SMS. Wahrscheinlich Nadja, die sich bedanken und ihm aus sicherer Distanz mitteilen wollte, dass er sehr okay wäre. Nicht nur als Polizist, sondern auch privat, so einen wie ihn müsste man halt als Vater haben, jemanden, der einen versteht und einem gleichzeitig das Gefühl gibt, bei ihm in Sicherheit zu sein, fantasierte Schäfer hinzu. Er spülte sich den Mund aus und ging in die Küche. Die SMS war von Sanders. *Was ist, wenn die zu zweit sind?* Schäfer machte sich nicht die Mühe, zurückzuschreiben. Er konnte längst schon im Bett sein. Oder Damenbesuch haben. (Ha! Was für ein Wort!) Oder einfach keine Lust auf einen SMS-Austausch, der unweigerlich zu einem Telefonat führen würde, zu neuen Spekulationen, über denen es ihm nicht gelingen würde einzuschlafen et cetera.

Wenig später, im Bett: Ja, die Idee mit den zwei Tätern war ihm auch schon gekommen. In der Nacht, als er Sanders hatte verhaften lassen.

Die einfachste Möglichkeit, sich als Verdächtiger ein Alibi zu verschaffen, war immer noch, den Komplizen eine weitere Tat in eigener Abwesenheit begehen zu lassen. So konnte Sanders im Hotelgarten gesessen sein – den Major am Telefon, andere Gäste als Zeugen –, während der Spießgeselle seinem schändlichen Werk nachging. Doch welch dämonisches Gespann wurde hier vom Fürst der Finsternis durchs Dorf gehetzt? Und wie konnte er diesem höllischen Treiben Einhalt gebieten? Schäfers letztes Memorandum vor dem Einschlafen: Muss aufhören, im Bett Heldensagen zu lesen. Gedanken nehmen seltsame Sprache an, die vom Fall ablenkt.

35.

Ein einsamer Sonntagmorgen. So einer konnte Fluch und Segen sein. Das Frühstück im Garten, die Katze und der Rabe, die *Brandenburgischen Konzerte* (Berliner Philharmoniker unter Karajan); nicht zu vergessen saftiges Roggenbrot, Walderdbeeren, Krenschinken und Eier vom regionalen Biobauern. Ein kleines Fest bewusster Sinnlichkeit. Oder auch: die zelebrierte Verspießerung gehobenen Beamtentums. Ach, wie auch immer Schäfer diese Stunde einordnen wollte, immer blieb der bittere Beigeschmack, dass er dieses Vergnügen nicht teilen konnte. In ferner Zukunft vielleicht, wenn er sich an seine Memoiren machte. Doch dass er diese dereinst verfassen würde, war noch unwahrscheinlicher, als dass sie irgendwer lesen wollte. „Tanzt, meine Kinder, tanzt!“, rief er den eher lahm wirkenden Tieren zu, die ihn verständnislos anschauten. Er nahm sein Telefon und rief seinen Bruder an.

„Ich bin’s ... vielleicht komme ich heute nach Salzburg.“

„Wann denn?“

„Weiß ich noch nicht genau.“

„Ja, ungefähr ...“

„Mittag, früher Nachmittag ...“

„Gut, dann bleibe ich daheim.“

„Wieso? Hast du schon was vor?“

„Schwimmen wollten wir gehen ... willst du mitkommen?“

„Hm, nein, da ist heute sicher die Hölle los.“

„Ja, Herr Menschenfeind, deswegen sage ich ja, dass ich daheim bleibe ...“

„Eh, aber ich weiß noch nicht genau, wann und ob ich dann ...“

„Kannst du dich ein bisschen klarer ausdrücken? Kommst du jetzt oder nicht?“

„Ja, wahrscheinlich schon.“

„Und kommst du uns besuchen?“

„Ja, hatte ich schon vor ...“

„Aah! Johannes, ich zwinge dich ja nicht ... hast du irgendetwas anderes hier zu erledigen?“

„Möglich, ja ...“

„Und was ist mit Abendessen?“

„Wann denn?“

„Okay, lieber Bruder, tun wir einfach so, als hättest du nicht angerufen. Wenn du in Salzburg bist und vorbeischauen willst, rufst du an ... ich leg dir den Schlüssel auf, dann kannst du im Garten auf uns warten ... aber betrink dich nicht, bitte.“

„Gut, danke, ich melde mich.“

„Ja, ich verlasse mich drauf“, ein Seufzen als Verabschiedung.

Schäfer murrte ein wenig über den Verbindlichkeitszwang seines Bruders und räumte den Tisch ab. Auf dem Weg in die Küche dachte er daran, seine Kollegen anzurufen, um zu erfahren, wie der Drogen-Einsatz am Vorabend gelaufen war. Nein, wozu? Konnte er auch im Internet nachschauen. Nein, wozu? Er holte den Staubsauger aus der Abstellkammer. Stellte sich den Lärm vor, mit dem dieser den morgendlichen Frieden zerstören würde. Und räumte ihn wieder weg. Er setzte sich auf die Couch und blätterte in einem Wissenschaftsmagazin. Las eine Reportage über wasserfreie Toiletten. Nahm sein Telefon und ging das Adressbuch durch. Schließlich packte er seine Badesachen, fütterte die Katze und stieg ins Auto.

Am Mondsee wäre er fast ertrunken. Einen solch dramatischen Erzählbeginn hätte er vermutlich gewählt, wenn seinem dortigen Erlebnis etwas Heroisches angehaftet hätte. So aber würde es unerwähnt bleiben. Dass er schlichtweg seine Kräfte überschätzt hatte. Den See an einer Stelle queren wollte, die ... Männern wie den Iron Cops vorbehalten war. Dass er Todesangst bekam. Und schließlich ein älteres Ehepaar in einem Ruderboot zu Hilfe rief.

In der Altstadt von Salzburg schloss er sich spontan einer spanischen Reisegruppe an. Wandte seinen Blick dorthin, wo die Objektive der Touristen hinzielten, und fand nichts von Interesse. Also folgte er eigenen Spuren. Spazierte zu jener Pension, in der er drei Jahre zuvor ein paar Nächte verbracht hatte. Er sah zum offen stehenden Fenster seines damaligen Zimmers hinauf. Kein Luftzug bewegte den dünnen gelblichen Vorhang, der irgendwann als weißer gekauft worden war. Dahinter stand bestimmt noch das morbide Einzelbett, das sich über jede Bewegung mit einem möwenhaften Kreischen beschwert hatte. Und die steile, enge Holztreppe, über die man in die Gaststube gelangte. Die am Morgen den ganzen Gestank der Raucher und Trinker vom Vorabend ausschwitzte, so dass Schäfer das Zwei-Sterne-Frühstück gerne ausgelassen und sich auf die Terrasse des Café Glockenspiel gesetzt hatte.

Dort stand Schäfer jetzt und versuchte, den Mann zu sehen, der er damals gewesen war. Gemischte Gefühle. Scham beim Gedanken an die Umstände, die zu seiner Versetzung nach Salzburg geführt hatten. Ein komplizenhaftes Grinsen in der Erinnerung an die Farce, die er in der Reha-Klinik veranstaltet hatte. (Hektor Maria Müller als Deckname!) Er flanierte über die Salzach, betrat den Mirabellgarten und suchte den Zwergerlgarten auf. Setzte sich wie damals auf eine der Steinbänke, fotografierte wie damals mit seinem Handy die Steintafel, die Inschrift: *Auf fast allen europäischen Fürstenhöfen wurden in der Barockzeit bedauernswerte, verwachsene Menschen zur Belustigung gehalten, die jedoch ob ihrer Treue und Loyalität hoch geschätzt wurden.* Sandte das Bild wie damals an Bergmann. Der diesmal nicht umgehend mit einem Anruf antwortete. Worauf Schäfer den Mirabellgarten verließ; wehmütig wie ein Fürst, dem sein Hofstaat abhandengekommen war.

Wie ferngesteuert ging er in die Altstadt zurück, querte den Waagplatz – erinnerte sich an die Traklausstellung, die er vor ungezählten Jahren mit seiner damaligen Freundin Ulli besucht hatte – querte den Mozartplatz, betrat die ruhige Pfeiffergasse und stand wenig später vor einem stilvoll vernachlässigten Jahrhundertwendebau. Schäfer blickte auf die Namensschilder neben der Eingangstür. Er wohnte immer noch hier, Doktor Hofer, einer von Europas größten Neurologen. Mittlerweile Neurologe ohne Zulassung und im unfreiwilligen Ruhestand. „Dank meiner glorreichen Arbeit", murmelte Schäfer und trieb abermals in die Vergangenheit ab. Sah ihr erstes Zusammentreffen, den Besuch bei Frau Bienenfeld, die Anstalt, die Hütte am Predigtstuhl, Frau Gerngross als Frankensteins Lehrling, Kastor ... letztlich wieder Hofer, der ihm damals das Leben gerettet hatte und auch im Jahr darauf für ihn da gewesen war. Eigentlich ein guter Mensch, dieser Hofer – doch was war Schäfer denn übriggeblieben, als ihn zu überführen und zu verhaften? Nach diesen Versuchen, diesen außer Kontrolle geratenen Experimenten, die einen Mörder zu einem besseren Menschen hätten machen sollen.

„Herr Schäfer!" Hofer blickte seinen Besucher kurz überrascht an, wischte seine Verwunderung jedoch ohne weiteren Kommentar weg wie Kondenswasser von einer Scheibe und bat ihn einzutreten.

„Was führt sie nach Salzburg?", fragte Hofer, nachdem er Schäfer in der Küche einen Stuhl angeboten und einen Aschenbecher auf den Tisch gestellt hatte.

„Das Leben."

„Sehr gut“, erwiderte Hofer, wobei nicht zu erkennen war, ob er die Replik an sich oder deren philosophischen Inhalt meinte. „Sie sind jetzt in …“

„Schaching.“

„Ja, ich habe davon gelesen … interessant … die Umstände, nicht den Ort meine ich.“

„Waren Sie schon einmal dort?“

„Nein … aber ich kann es mir vorstellen.“ Hofer prüfte das Wasser, das seit geraumer Zeit aus dem Hahn floss, mit der rechten Hand auf seine Temperatur und füllte zwei Gläser.

„Danke.“ Schäfer zündete sich eine Zigarette an und blies den Rauch zum offenen Küchenfenster. „Angenehm kühl haben Sie's hier drinnen …“

„Ja. Zu den Menschen, die sich von so einem Wochenende ins Freie zwingen lassen, habe ich glücklicherweise nie gehört.“

„Wie geht es Ihnen?“, fragte Schäfer nach einer Pause.

„Gut“, erwiderte Hofer nach einer abermaligen Pause. „Ja, gut … ich habe mich gefunden, wiedergefunden … oder endlich gefunden … wie auch immer, es geht mir gut.“

„Das freut mich zu hören …“

„Sie sehen ebenfalls … besser aus als letztes Mal.“

„Das ist nicht schwer“, Schäfer lächelte, „danke nochmals, für damals …“

„Und heute?“

„Wie, heute?“

„Soll ich denn annehmen, dass dies ein spontaner Besuch ist?“

„Andernfalls hätte ich wohl angerufen, oder?“

„Wohl wohl“, Hofer lächelte versonnen, „früher habe ich mich verstecken müssen, um ein paar Stunden ganz für mich zu haben … und heute …“

„Aber Ihr fachliches Wissen wird doch bestimmt begehrter sein als je zuvor, oder?"

„Begehrt ... natürlich sind sie Schlange gestanden, die Institute, die Pharmaindustrie, die Wissenschaftler ... damit will ich nichts mehr zu tun haben."

„Tut mir leid", meinte Schäfer verlegen.

„Dafür gibt es nun wirklich keinen Grund." Hofer wischte mit dem Handrücken ein paar nur für ihn sichtbare Krümel vom Tisch. „Sie haben Ihr Leben aufs Spiel gesetzt, um diesen Wahnsinn zu beenden ... spielen Sie Schach?"

„Nein, leider."

„Hm", machte Hofer, worauf sie in ein mehrminütiges Schweigen verfielen.

„Ich habe da einen Klienten", nahm Schäfer das Gespräch wieder auf.

„Einen Klienten? Das ist gut." Hofer stand auf und füllte die Gläser.

„Wieso?"

„Nun ... ich verwende für gewöhnlich den Begriff Patient und bei Ihnen ist es wohl der Delinquent. Jetzt gehen Sie einen Schritt auf mich zu und sagen Klient."

„Ja", Schäfer nahm einen Schluck Wasser, „vielleicht machen wir irgendwann gemeinsam eine Praxis auf ... Neurologisch investigative Verbrechensforschung oder so ..."

„Haben Sie vergessen, dass ich keine Zulassung mehr besitze?" Hofer lächelte und tätschelte Schäfers Handrücken; wohl um zu verhindern, dass dieser sich abermals entschuldigte.

„Dann nennen wir es eben Coaching ... da kann man inzwischen so gut wie alles damit machen."

„Sehr gut“, Hofer drehte Schäfers Zigarettenschachtel einige Male um deren Querachse, „nun, was hat es auf sich, mit Ihrem Klienten?“

Als Schäfer zu erzählen begann, legte Doktor Hofer seine Handflächen auf den Tisch und schloss die Augen – wie ein kauziger Geisterbeschwörer wirkte er plötzlich. Zuerst irritierte Schäfer diese Haltung; dann ermutigte sie ihn, in seinen Bericht alle Details aufzunehmen, die sein Gedächtnis bereithielt. Hofer nickt einige Male fast unmerklich, seine Finger krümmten sich immer wieder, ein paar Mal atmete er tief ein und aus – es schien, als verwandelte er die Geschichte von den toten Mädchen und den Videos, von den Medikamenten und Kettners Keller, von Simon Graber und seiner Adoptivschwester Laura, als transkribierte er all das in eine neue Ordnung, eine neurologische Symphonie vielleicht, deren Schlussakkord den Fall lösen würde. Nicht ganz, lieber Schäfer.

„Aus diesen vagen Informationen kann ich Ihnen nichts erstellen, das einem gerichtlichen Gutachten gleichkommt“, meinte Hofer, als Schäfer von der Toilette zurückkam.

„Das will ich auch gar nicht“, wiegelte Schäfer ab, bemüht, nicht enttäuscht zu wirken, „ich will erst einmal verstehen, was in diesem Menschen vorgeht ... sofern er überhaupt der Täter ist ...“

„Nun ... wenn ich die kriminelle Komponente für einen Moment außer Acht lassen darf, könnte sein Bestreben als Suche nach Anerkennung und Zuneigung verstanden werden. Dass er dafür einen ... pervertierten Weg wählt, hängt möglicherweise mit dieser frühestmöglichen Zurückweisung zusammen, die er erfahren hat ... eine grausame Geburt, das Weglegen, die Zeit im Krankenhaus ohne konstante Bezugsperson, allein das stellt schon eine massive Traumatisierung dar ...“

„Ist Ihnen etwas in der Richtung schon einmal untergekommen?“

„Etwas untergekommen ... ts.“ Hofer sah Schäfer an, als hätte dieser ihm lautstark ins Gesicht gerülpst.

„Entschuldigung, ich wollte sagen ...“

„Ja, wollten Sie.“ Hofer stand auf, nahm eine Flasche Weißwein aus dem Kühlschrank, zeigte sie Schäfer, der mit einer Geste verneinte, und stellte sie wieder zurück. „Nun gut ... ich hatte in der Tat schon einige Patienten, deren Leben von frühkindlichen Beziehungsverlusten und emotionalen Traumata gekennzeichnet war ... die Borderline-Störung ist eine klassische Reaktion auf solche, ja ... sehr schwierig zu therapieren ...“

„Verstehe“, gab Schäfer klein bei, zumal er Hofer nicht noch einmal brüskieren wollte.

„Wobei das Teuflische an solchen Störungen ja meist erst zutage tritt, wenn die Betroffenen in Beziehungen eintreten ... Wenn sie tiefe Emotionen für einen anderen empfinden, kollidiert ihr extremes Bedürfnis nach Geborgenheit oft mit der Angst, verlassen zu werden ...“

„Wenn sie sich zum Beispiel verlieben“, folgerte Schäfer und dachte an den Eintrag in Yvonne Raabs Tagebuch: Schmetterlinge im Bauch.

„Ja ... dann können sie sich in Horrorszenarien hineinsteigern, was ihrem Partner alles zustoßen könnte ... mit der Folge, dass sie in ständigem Kontakt bleiben wollen, obsessiv werden ... und sobald die Angst vor dem Verlust zu stark wird, stoßen sie den anderen ab, um sich das Ende der Beziehung zumindest als eigene Entscheidung einreden zu können ...“

„Abstoßen wie töten?“

„Das ist eine Spekulation, auf die ich mich nicht einlassen will … schon gar nicht, wenn es um einen psychisch Kranken geht, den Sie einer Straftat verdächtigen."

„Aber möglich ist es, oder?"

„Möglich ist sehr vieles", meinte Hofer nach einer Weile. „Wobei das Vorgehen, das Sie mir geschildert haben, mit dem von mir gestellten, hm … Diagnosekonstrukt wenig konform geht … Diese akribische Planung sowie das Festhalten mithilfe einer Kamera, das ist für einen Borderliner sehr unaffektiv, zu durchdacht …"

„Was ist, wenn es sich um eine multiple Persönlichkeitsstörung handelt?", fragte Schäfer, „eine gespaltene Persönlichkeit, wo der …"

„Hoho!", lachte Hofer auf, „jetzt gehen mit Ihnen die Pferde durch … fehlt Ihnen vielleicht noch ein Jekyll-Hyde-Fall in Ihrem Lebenslauf?"

„Nein, war ja nur theoretisch …"

„Solche Spekulationen anzustellen über jemanden, der vermutlich psychisch krank ist, darauf lasse ich mich sicher nicht ein."

„Aber wie halte ich den auf …", murmelte Schäfer mehr zu sich selbst.

„Herr Schäfer, ich bin Arzt und kein Polizist … wenn dieser junge Mann krank ist, würde ich in jedem Fall versuchen, ihm zu helfen, anstatt Ihnen Ratschläge zu geben, wie Sie ihn überführen könnten …"

„Das ist mir völlig klar, Doktor Hofer", Schäfer hob beschwichtigend die Hände, „aber Sie verstehen auch, dass hier Menschenleben auf dem Spiel stehen, oder?"

„Natürlich." Hofer stand auf und stellte sich ans Fenster. „Wenn dieser Mann tatsächlich zu solchen Taten fähig ist, begeben Sie sich selbst in Gefahr, das ist Ihnen hoffentlich klar."

„Ich bin kein junges Mädchen, ich nehme keine Drogen, und ich bin ihm physisch überlegen ...“

„Und genau diese Überheblichkeit ist es, mit der man solchen Menschen in die Falle geht!“ Hofer wandte sich um und richtete seinen Zeigefinger auf Schäfer. „Mimen Sie den Stärkeren, wird er gezielt die Rolle des Schwächeren einnehmen. Schlagen Sie ihn, wird er es ohne Gegenwehr geschehen lassen ... aber Sie sind es, der sich damit in eine Abhängigkeit begibt!“

„Ja“, erwiderte Schäfer wie ein schüchterner Schuljunge, „aber irgendwie muss doch so jemand ...“ Schäfer versuchte einen korrekten Terminus zu finden.

„Zum Glück haben Sie jetzt nicht gesagt *zur Vernunft gebracht werden* ... Solche Störungen sind ja oft komorbid ... da kommen dann Depressionen, Angstzustände, Suchtprobleme hinzu ... Zu solchen Menschen eine Vertrauensbasis aufzubauen ist allein schon eine Aufgabe für sich ... die Aufarbeitung eines frühkindlichen Traumas ...“

„Was ist mit der Mutter?“, warf Schäfer ein, nur um zu verhindern, dass Hofer jetzt einen gesamten Therapieplan entwickelte.

„Was soll mit ihr sein?“

„Wenn er sie kennenlernen könnte, zum Beispiel ...“

„Ich kann Sie nur ersuchen, hier keine unüberlegten Schritte zu unternehmen, Herr Schäfer.“ Hofer schüttelte den Kopf und setzte sich. Erschöpft wirkte er nun. „So eine Begegnung ... da können Emotionen frei werden ...“

„War ja nur eine Idee.“ Schäfer zündete sich eine Zigarette an.

„Ach ja, Ideen hatte ich auch immer viele ... aber davon muss ich Ihnen ja nichts erzählen.“

Schäfer war hundert Meter vor dem Haus seines Bruders, als er stehen blieb, einen Augenblick überlegte und im Rückwärtsgang aus der Einbahnstraße schob. Gewiss wäre ein Wiedersehen nett gewesen; doch nicht nach dem Gespräch mit Hofer, das in seinen Geist zu integrieren ein Alleinsein verlangte. *All-eins-sein,* darin hatte der Doktor in einer seiner Abschweifungen den Wunsch mancher Menschen nach häufiger Einsamkeit begründet. *Sehr gut,* hatte Schäfer mit einem beliebten Kommentar des Doktors geantwortet. Ja, die Gesellschaft seines Bruders und seiner Nichte Lisa hätte er bestimmt eine Zeit lang genießen können; doch mit Jakobs Frau, Monika, hatte Schäfer nie ein gutes Verhältnis aufbauen können – gegenseitiges Dulden in Hinblick auf die Verhältnisse war wohl die stille Vereinbarung zwischen ihnen. Solch ein bemühtes Übersehen von Spannungen ließ sich bei Familienfesten gut bewerkstelligen; doch an diesem Abend fürchtete er die Erschöpfung, die daraus resultieren könnte. Irgendeine Ausrede würde ihm schon einfallen. Vielleicht war er auch gar nicht nach Salzburg gefahren, weil das Auto gestreikt hatte.

Zu Hause erwartete ihn das vorwurfsvolle Klagen der Katze, die vor der Terrassentür auf und ab ging wie Rilkes Panther. Schäfer ließ sie ins Haus und schnitt ihr ein Viertelkilo Lungenbraten auf. Er goss sich einen Tee auf (Wolkinger *Kraft & Konzentration*) und setzte sich auf die Terrasse. Piep, piep, zwitscherte das Handy. SMS von Bergmann: *Ich erinnere mich, Sie Zwerg!* Schäfer fiel ein Stein vom Herzen. Er stand auf, rollte den Gartenschlauch aus und spritzte die Aschenreste von den Steinplatten und den Gartenmöbeln. Heftig schimpfte dann der zu neugierige Rabe, der Schäfer beim Wässern des Wildwuchses am

Gartenzaun beobachtet und einen gut gezielten Schuss Wasser abbekommen hatte. Der Rasen gehörte auch wieder einmal gemäht. Doch er und so ein lärmendes Spießergerät? Vielleicht sollte er ein Schaf kaufen. Schaf, Katze, Rabe ... obendrauf noch ein Schmetterling und fertig wären die Schäfer Dorfmusikanten.

36.

„Die war doch vorgestern hier, oder?“ Friedmann reichte Schäfer einen Computerausdruck.

„Wer?“

„Laura Graber.“ Friedmann deutete mit dem Zeigefinger auf den Bericht, den Schäfer offensichtlich nicht zu erfassen vermochte. Ja, immer diese Träume, die das Hirn bis weit in den Vormittag hinein in ihrem Bann hielten. Ein Nachtmahr nach dem anderen hatte ihn heimgesucht, eine Walpurgisnacht boshafter Traumgeister war daraus entstanden, ein Dämonentanz um Schäfers Seelenfeuer, in dem Sascha Materna, Simon Graber, Doktor Hofer, ein feuchter Keller, eine nackte Nadja Windreiter, die dort mit einer nackten Laura Graber tanzte ... aber das gehörte jetzt nicht hierher.

„Was ist mit ihr?“, fragte Schäfer verstört, worauf Friedmann einen Seufzer ausstieß und den Ausdruck wieder an sich nahm.

„Sie hat gestern in der Nacht einen Unfall gehabt. War auf dem Weg nach Salzburg, als ihren Angaben nach das Fahrzeug plötzlich beschleunigt hat, ohne dass sie bremsen hätte können und ...“

„Hat sie überlebt?!“

„Was ist denn mit Ihnen?“, fragte Friedmann genervt, „wenn sie tot wäre, hätte sie wohl keine Aussage machen können, oder?“

„Richtig, ’tschuldigung, ich hatte ganz entsetzliche Albträume ... Kennen Sie das, wenn Sie danach bis Mittag völlig durch den Wind sind?“

„Nein ... Sie hat den Wagen in ein Feld gefahren, der Airbag ist raus, Prellungen an der Schulter, leichte Gehirnerschütterung ...“

„Plötzlich beschleunigt ... Was ist das für ein Auto?“

„X5, 2011er ... Wenn sie sich nicht mit dem Absatz am Gaspedal verkeilt hat ...“

„... hat vielleicht wer an der Elektronik herumgepfuscht.“ Schäfer riss sich aus seinem Wachkoma und nahm den Bericht an sich.

„Gut möglich, ja ...“

„Jetzt reicht es dann aber“, bellte Schäfer, stand auf und versetzte der Scheibe einen leichten Hieb mit dem Faustballen. Gegen sein Erwarten zerbarst sie und ging in unzähligen winzigen Splittern zu seinen Füßen nieder.

„Oha“, meinte er gelassen und stieg nach draußen, wo ihm ein in Schreckstarre gefangener Hornig entgegenblickte.

„Wo sind diese Penner vom LKA!?“, rief er ohne bestimmten Ansprechpartner seinen Kollegen zu, „eine Frau, die bei uns eine Zeugenaussage macht und kurz darauf einen seltsamen Unfall hat ... Haben die urlaubsbedingte Ermittlungssperre?“

Als keiner der Beamten antwortete, kehrte Schäfer – durch die Tür – in sein Büro zurück und rief beim LKA an. Danach probierte er es bei Laura Graber, erreichte jedoch nur ihre Mailbox.

Zum Glück lebt sie noch, sagte er sich, während er mit Besen und Kehrschaufel die Splitter in seinem Büro beseitigte. Nicht einmal ein halbes Jahr als Postenkommandant und schon wäre beinahe die dritte Frau aus seinem Rayon in der Gerichtsmedizin und auf seinem Schreibtisch gelandet! War das vielleicht bei *Was erwartet Sie in Ihrem neuen Job?* gestanden? Er hielt einen der Glaskrümel ins Licht. Kein Regenbogen. Ach, so ein Tag. An dem er am liebsten stundenlang mit einem Putzeimer durch den Posten ginge, jeden Staubkrümel und jeden Fleck entfernte. Ach, wie er zeitweise die Menschen beneidete, die einem routinierten Handwerk ohne allzu große Herausforderungen nachgehen konnten.

Am späten Nachmittag trafen zwei Beamte des Landeskriminalamts ein. Schäfer setzte sich mit ihnen in den Besprechungsraum und gab ihnen eine Zusammenfassung des Falls. Nicht so ausführlich wie am Vortag, zumal die beiden Polizisten bei weitem nicht die Geduld und das Interesse ausstrahlten, das Doktor Hofer gezeigt hatte. Nun, die Details konnten sie ohnehin aus dem Ermittlungsbericht erfahren, den Schäfer im Laufe des Tages erstellt hatte.

„Ist ganz schön was zusammengekommen“, bemerkte einer der Beamten, während er die Seiten über seinen Daumen fliegen ließ.

„Ja.“ Schäfer hatte den leicht vorwurfsvollen Ton nicht überhört. „Deswegen habe ich euch ja ins Boot geholt.“ Ob rechtzeitig oder nicht, darüber würde er sich bestimmt auf keine Diskussion einlassen. Wer war denn hier der Ranghöchste?

„Okay ... wir gehen’s durch und schauen, dass wir sobald wie möglich diesen ...“

„Simon Graber …"
„Ja, dass wir den vernehmen können."
„Sehr gut", Schäfer stand auf, „ich geh mit euch hinaus."

Er mochte das Wort nicht, wusste aber, dass es seinen Zustand annähernd beschrieb: urlaubsreif. Gerade einmal eine halbe Stunde war er gegangen, als er sich erschöpft auf die Bank sinken ließ, wo er vor … er wusste nicht, vor wie vielen Tagen … mit Frau Materna gesprochen hatte. Deren Sohn in Schäfers Keller vergraben lag. Was ihn angesichts der aktuellen Geschehnisse jedoch kaum mehr berührte, geschweige denn ängstigte. Weder Sascha noch seine Mutter würden davonlaufen, und Stark war ohnehin in einem karibischen Paralleluniversum, aus dem Schäfer ihn allein schon aus Solidarität nicht herausreißen wollte. Das Telefon. Sanders.

„Ich habe den Fall ans LKA abgegeben", begrüßte er den Autor.
„Nein!"
„Doch."
„Oohh!"
„Was bleibt mir denn übrig", Schäfer zündete sich eine Zigarette an, „eine wichtige Zeugin hat gestern einen Autounfall gehabt, der schwer nach Manipulation am Fahrzeug aussieht …"
„Nein!"
„Doch."
„Oohh!"
„Stehen Sie unter Drogen oder was ist los mit Ihnen?"
„Ich? Nein … das ist aus diesem Film mit Louis de Funès und Bernard Blier, wo …"
„Ja, kenne ich, sehr lustig … gibt's sonst etwas Interessantes?"

„Leider nicht … ah, wir essen morgen Abend im Antinori und Sie sind herzlich eingeladen. Kommen Sie vorbei?"
„Wozu?"
„Na, essen?"
„Vielleicht."

Nachdem Schäfer das etwas überflüssige Telefonat mit dem Autor beendet hatte, rief er seinen Bruder an. Da er selbst kaum ein Wort herausbrachte, stellte er Jakob die bewährten Fragen, auf die dieser wie erwünscht mit einem langen Monolog reagierte. (Was macht die Tochter? Wie geht's denn bei euch im Krankenhaus zu nach der Ärztereform? Hat sich Monika endlich mit ihrem Chef versöhnt?) Es ging nicht um eine Unterhaltung. Vielmehr um die Stimme einer geliebten Person, um Familie, um eine andere Welt. (Die zu betreten Schäfer am Vortag verweigert hatte.) Nach etwa einer Viertelstunde beendete Jakob das Telefonat, weil er in den OP musste.

Schäfer steckte das Handy weg und wollte ebenfalls aufbrechen. Er schaffte es nicht. Als ob er plötzlich mit der Bank verwachsen wäre, als ob seine Füße Wurzeln geschlagen hätten. Auch das eine Möglichkeit: dass ihn die Natur zu sich nahm. Dass er eine Borke ansetzte, bald der Sonne folgende Äste anstatt sehnender Hände in den Himmel streckte, den Jahreszeiten gemäß austrieb, blühte, sich zurückzog und seine Kräfte im Innersten sammelte, während die Krähen ihn bewachten, bis erneut der Frühling kam. Und immer blieb diesem Baum etwas von einer Menschengestalt, vor allem im Dämmerlicht, wenn er wie ein Scherenschnitt in der graublauen Himmelsfläche zu stehen schien. Und so entstünde dann die Sage, die in hundert Jahren die ersten Alten ihren Enkeln erzählen würden. Vom traurigen Schäfer, der in seiner Verzweiflung die Geister des Waldes angerufen, gebeten hatte, ihm beizustehen. Erbarmungsvoll waren sie seinem Flehen nachgekommen, hatten ihn aufgenommen in ihren Stamm. Und kein Fluch war es, den sie dabei ausgesprochen hatten, der sich durch die Liebe einer Nymphe brechen ließe. Vielmehr ein Segen, eine Erlösung, eine Einkehr in den Schoß der größten Familie. „Familie", murmelte Schäfer und hob schwer seine Lider, eine schmerzende Sehnsucht fühlte er; wonach? Nach dem verlorenen Paradies?

Er erhob sich und stöhnte wie ein alter Mann mit Gicht in allen Gliedern. Was für ein Paradies denn? Der Sehnsuchtsort, der erst im Rückblick aus der Hölle entstanden ist. Aber immer noch besser, sich zu sehnen und danach zu trachten, als höhnisch zu verachten. Denn das ist doch das wahre Böse, sagte sich Schäfer auf dem Nachhauseweg. Die Hand zu verweigern, die einem das Gute immer wieder hinhält, sich besser zu fühlen in der Verdammnis als im Bemühen, es besser zu machen. Das Böse: Wer war es denn diesmal?

37.

Mürrisch trat er zur Arbeit an. Ganz anders seine Kollegen, unter denen die Stimmung gelöst, fast fröhlich war. Dass er den Fall ans LKA abgegeben hatte, schien sie nicht im Geringsten zu kränken. Warum auch. Auer war offensichtlich die Einzige, die mit dieser verzwickten Psychogeschichte etwas zu tun haben wollte. Selbstmörder, ja. Aber Selbstmörderinnen im Teenageralter, deren fragwürdiges Ableben per Video an die Polizei geschickt wird? Brz brz, da surrten die Schaltkreise in ihren Köpfen wie vormals in den ländlichen Haushalten, als plötzlich

Geschirrspüler, Waschmaschine und Trockner parallel gelaufen waren.

Zu Mittag bekam er ein Mail vom LKA. An Laura Grabers Fahrzeug war höchstwahrscheinlich manipuliert worden. Und der Unfall damit möglicherweise versuchter Mord – Konjunktiv. Sie hatten Simon Graber vernommen. Ohne Erfolg. Beweise hatten sie keine, die Indizien waren zu dürftig, um ihn festhalten zu können. Es gab keine vorhergehenden Konflikte, keine Gewalttätigkeiten, nicht einmal verbale Auseinandersetzungen – das hatte sogar Laura Graber bestätigt. Obendrein fehlte ein plausibles Motiv. Die Geschichte mit den Selbstmorden und Grabers nicht belegte Verstrickung darin war schon einmal abgeschmettert worden. Der einzige Vorteil, den Simon Graber aus dem Tod seiner Schwester ziehen konnte, war das Haus in Freikirchen. Das LKA hatte den zuständigen Notar kontaktiert und bestätigt bekommen, dass die Mutter beide Kinder zu gleichberechtigten Erben eingesetzt hatte. Doch das war zu wenig. Als Nächstes würden die Kriminalisten sich in der Anwaltskanzlei umhören, bei der Laura Graber arbeitete. Vielleicht fände sich dort eine Spur, ein verlorener Prozess, Klienten mit Verbindungen zum organisierten Verbrechen, sie würden sich melden, sobald sie mehr wüssten.

Halb verärgert, halb sich bestätigt fühlend legte Schäfer den Bericht beiseite. Ohne die beiden Kripo-Beamten unterschätzen zu wollen, traute er sich eine Prognose für die weitere Entwicklung zu: Gewiss würden sie noch das nähere Umfeld von Simon Graber durchleuchten – Adoptivmutter, Arbeitskollegen und vielleicht sogar ehemalige Mitschüler. Doch wenn sich den bisherigen Todesfällen kein neuer hinzufügte, der ihn verdächtig machte: dann brauchte es nur einen einzigen Fall mit mehr Medienaufmerksamkeit und das LKA würde sich schulterzuckend von ihm verabschieden.

Und in einem seiner seltenen Momente der Selbsterkenntnis wurde Schäfer bewusst, dass er sich genau das wünschte: dass die Kollegen von der Kripo versagten und ihm die Sache überließen. Unprofessionell, eitel, machohaft war das, natürlich. Doch wie schon Staud angedeutet hatte: Würde Kapitän Ahab freien Willens einbeinig in die Rente hoppeln und sich die finale Schlacht gegen den weißen Wal nehmen lassen? Never ever, Starbuck! Und Warnungen wie die des alten Elija, dass dieser Kampf den Untergang bedeuten konnte, hatte Schäfer immer schon in den Wind zu schlagen gewusst wie die Bedenken Bergmanns.

Pünktlich zu Dienstschluss verließ Schäfer den Posten. Fünfzehn Minuten später spuckte er in seine Schwimmbrille, wusch sie aus und glitt ins Sportbecken des Freibads. Zwanzig Längen. Dann eine Verschnaufpause am Beckenrand. Das Gummiband der Schwimmbrille saß zu eng. Er nahm sie ab. Und sah Simon Graber vor sich.

„Herr Schäfer, grüß Gott."

„Was machen Sie hier?"

„Ähm, schwimmen ... wie Sie auch, für unseren Teich ist es ja leider zu spät ..."

„Sie kennen meinen Teich?"

„Ja, ich habe Sie gesehen ..."

„Wann?"

„Sonntag vor einer Woche."

„Verstehe", erwiderte Schäfer, „war ein anstrengender Tag heute, oder?"

„Sie meinen Ihre Kollegen?"

„Ja, auch ..."

„War nicht so schlimm“, Graber sah sich um, „die machen ja nur ihre Arbeit.“

„Richtig ... Ihrer Schwester geht’s so weit gut?“

„Na ja, geschockt ist sie schon ... ist ja kein Wunder ...“

„Nein, versucht ja nicht jeden Tag jemand, einen umzubringen.“

„Vielleicht war es ja auch nur ein Fehler an der Technik?“

„Kennen Sie sich damit aus?“

„Glauben Sie mir, wenn ich Nein sage?“

„Ich“, Schäfer setzte sein Brille auf, „ich habe noch zehn Längen vor mir.“

Auf dem Weg nach draußen ging Schäfer den Bademeister an. Das Wasser wäre schon so trüb, dass man kaum zwei Meter sähe. Außerdem hätte er keine Lust, bei jedem Zug ein langes Haar oder ein Pflaster in den Mund zu bekommen. „Tauscht das Wasser oder ich nehme morgen eine Probe fürs Labor mit“, raunte er dem Mann zu, während er sich die Haare trocken rubbelte. Gut, irgendwo musste er ja sein Plansoll als Hüter der Lebensqualität erfüllen.

Als Schäfer in seine Straße einbog, fiel ihm ein, dass Sanders ihn zum Abendessen ins Antinori eingeladen hatte. Lust auf Menschen hatte er wenig, Hunger viel. Im Geiste öffnete er seinen Kühlschrank. Dann den Vorratsschrank. Er machte kehrt.

„Major Schäfer!“, rief eine Stimme, als er das Restaurant betrat. Sanders, der mit dem Produzenten und dem Regisseur an einem Ecktisch saß.

„Ah, sieh an!“, meinte Schäfer euphorisch, als wäre er zufällig hier, „die Schöpfer von *Schorf & Kot*, nein, *Schrot & Korn*“, worauf der Drehbuchautor in ein verhaltenes

Kichern verfiel. Diese Deutschen waren wirklich mit der seichtesten Pointe zu erheitern.

„Gregor, rück mal rüber", tönte der Produzent und rief gleich darauf dem Kellner zu: „Der Herr geht auf uns!"

„Danke, aber das darf ich nicht annehmen ... in Österreich gibt es mittlerweile sehr strenge Korruptionsbestimmungen."

„Ja, habe ich gehört von ... geht euer ehemaliger Innenminister jetzt wirklich in den Bunker? Das wär' ja mal 'n Ding!"

„Wenn, dann nur in ein Gefängnis, das er sich von der Firma seines Cousins hat bauen lassen ... danke." Schäfer nahm die Speisekarte entgegen. „Und, was steht morgen am Drehplan?"

„Hammerszene!", antwortete der Produzent, bevor der Regisseur einen Laut herausbrachte. „Saskia rastet voll aus, weil ein Verdächtiger Beweismittel gestohlen hat ... fährt sie also hin zu dem Verdächtigen und gibt ihm erst mal mächtig eins auf den Rüssel ..."

„Dann wird sie suspendiert und ermittelt auf eigene Faust weiter, wobei ihr der heimlich in sie verliebte Mister Korn gerne weiterhilft, obwohl er damit seine Karriere aufs Spiel setzt."

„Auf 'n Punkt! ... is' er nicht 'ne Wucht!?", bellte der Produzent und schlug dem Regisseur auf die Schulter.

„Ich hab ja auch das Drehbuch gelesen", log Schäfer. „Das Thunfischcarpaccio und danach die Gnocchi von der Tageskarte."

„Ja ... und dann geht ja erst richtig die Post ab, das wird dann richtig thrillermäßig ... 'n touch von Seven ... ist 'n Knaller, oder?"

„Sicher ... hat ja auch Herr Sanders geschaffen." Schäfer schaute zum Autor, der es vorzog, sich seinem Oktopussalat zu widmen.

„Kommen Sie vorbei", brachte der Regisseur ein, „Gregor hat mir gesagt, dass Sie vielleicht sogar an einer Rolle interessiert wären, was dem Ganzen mehr ..."

„Würde ich gern ... aber zurzeit sind wir mit Arbeit eingedeckt."

„Ja, hab ich in der Lokalzeitung gelesen ... schlimme Sache, das mit diesen Mädchen ... haben Sie schon Spuren?", wollte Lehnhart wissen.

„Darf ich nicht sagen."

„Klar ... laufende Ermittlungen, ich weiß Bescheid", mischte sich Brandt wieder ein. „Ist ja auch ganz nett was los hier für so 'n Dorf ... Ein Mädel legt sich vorn Zuch, 'ne andere fällt von so 'nem Silo ... euer Lokalblatt muss wahrscheinlich demnächst die Redaktion aufstocken."

„Ihnen ist aber schon klar, dass das wirklich passiert ist, oder?", fuhr Schäfer den Regisseur an, „zwei tote Mädchen und Sie grinsen, als ob Ihrem Drehbuchautor eine gute Geschichte eingefallen wäre."

„Okay, sorry ..."

„Außerdem sind diese Vorfälle allesamt nach eurer Ankunft passiert ... Soll ich das LKA darauf hinweisen?"

„Herr Major, entschuldigen Sie bitte diese Taktlosigkeit", meinte Sanders, „Erik verschwimmen während der Dreharbeiten oft ein wenig die Grenzen zwischen Film und Realität ..."

„Ja, ist leider so", pflichtete Brandt bei, „sorry noch mal ... wird nicht wieder vorkommen."

Kurz nach Sonnenuntergang saß Schäfer auf seiner Couch, hatte den Fernseher ohne Ton laufen und telefonierte mit Bergmann. Warum er an so einem wunderbaren Sommerabend nicht im Garten saß, wollte dieser wissen. Schäfer druckste herum, die Gelsen, zu müde, um den ganzen Kram hinauszutragen, außerdem wollte er sich noch einen

Film ansehen, weshalb es sich gar nicht auszahlte et cetera. In Wahrheit – und das wurde ihm erst während des Telefonats bewusst – fühlte er sich beobachtet. Die Mails, das Eindringen in sein Büro, heute Graber im Freibad ... außerdem verlöre der Garten seinen Reiz, wenn man ihn in jeder freien Minute beanspruchte.

„Danke, genau das wollte ich hören", raunte Bergmann.

„'tschuldigung ... wie geht's denn bei euch zu?"

„Gut ... bis auf den Umstand, dass Kamp jetzt fischt."

„Na ja, wunderlich, aber harmlos, oder?"

„Nicht, wenn er uns mit einem selbst gefangenen Sechs-Kilo-Karpfen beglückt... die ganze Bude stinkt ... morgen stehen sicher alle wilden Katzen von Wien vor der Tür."

„Dann schicken Sie am besten heute noch ein Rundmail raus: Morgen freies Schießtraining auf lebende Ziele."

„Jaja ... möchte nicht wissen, wie Sie reagieren, wenn jemand auf Ihre Katze schießt."

„Ich schieße zurück."

„Das glaube ich Ihnen sogar."

Schäfer hörte ein eindeutiges Geräusch. „Bergmann, war das ein Feuerzeug? Rauchen Sie?"

„Ja, ein, zwei am Abend ... habe ich mir angewöhnt, als Sie abwesend waren ... stört es Sie?"

„Wieso stören, das passt einfach nicht ... außerdem sehen Sie mit einer Zigarette in der Hand sicher lächerlich aus."

„Sieht mich ja niemand ... und Sie wirken auch nicht gerade superstarmäßig, wenn Sie im Garten herumtorkeln und sich die eigenen Schuhe anpinkeln."

„Jaja", grummelte Schäfer und suchte nach einer Zigarette, „übrigens hat das LKA jetzt den Fall Graber übernommen ..."

„Man hat Ihnen den Fall weggenommen?"

„Nein ... ich habe ihn abgegeben."

„Wer's glaubt ... und was ist wirklich passiert?"

Also erzählte Schäfer seinem ehemaligen Assistenten von Laura Graber und ihrer Aussage, von seinem Treffen mit Doktor Hofer, von Laura Grabers Unfall, von seinem Treffen mit ihrem Adoptivbruder, von seiner Wut und seiner Ohnmacht; davon, wie er sich fühlte.

„Sie sind urlaubsreif", meinte Bergmann, „und das ist der Ausdruck für Normalbürger, die nicht ein halbes Jahr zuvor noch auf der Baumgartner Höhe waren."

„Es ist schon länger her."

„Das ist egal ... ich habe doch miterlebt, wie es zu all dem gekommen ist ... Sie sind ihm von der Schaufel gesprungen, aber das macht Sie nicht unverwundbar."

„Ach, danke für den Hinweis. Und warum glauben Sie, dass ich das LKA bestellt habe?"

„Bei jedem anderen würde ich sagen: vernünftige Entscheidung ..."

„Genau das war es auch ... oder halten Sie es für gescheiter, wenn ich bei diesem Graber anklopfe und ihm die Nase breche?"

„Na ja ... ich gebe es ungern zu, aber: So verrückt Ihre Handlungen oft waren, am Ende haben wir dann doch meistens einen in die Zelle stecken können."

„Wollen Sie mich zu grenzlegalen Handlungen anstiften?"

„Nein ... ich frage mich nur, jetzt, mit der Stimme der langjährigen Erfahrung und wo ich Ihr Wesen und Ihre Arbeitsweise nicht mehr am eigenen Leib erfahren muss ... ohne Ihnen in den Arsch kriechen zu wollen, glaube ich einfach, dass das LKA nichts weiterbringen kann, wo Sie gescheitert sind."

„Danke, Bergmann ... habe ich Ihnen eigentlich schon erzählt, dass in meinem Keller eine Leiche vergraben liegt?"

„Was?! Nein! ... warten Sie, ich muss mir noch eine Zigarette holen."

38.

„Was ist los mit dir?“, fragte Schäfer, da die Katze dem ihr zugeworfenen Stück Schinken nicht einmal einen Augenaufschlag gönnte. Was war los mit dem Tier? Überanstrengung, Wetterumschwung, Menstruationsbeschwerden? Schäfer stand auf und nahm die Katze in den Arm. Sie seufzte auf. Ihm wurde schwer ums Herz. Was sollte er tun? Sie so schnell wie möglich zu Frau Materna zurückbringen, damit sie in ihrem ursprünglichen Habitat sanft entschlafen konnte?

„Wenn Sie wollen, kann ich sie zur Beobachtung hierbehalten“, meinte die Ärztin, nachdem sie die Katze untersucht hatte.

„Reden Sie Klartext“, erwiderte Schäfer und wünschte sich umgehend, er hätte diesen Satz zuvor einer Spülung im sanften Bach der Behübschung unterzogen. Doch wozu; er war lange genug auf dieser Welt, um zu wissen, was *zur Beobachtung hierbehalten* hieß: Keine Ahnung, was los ist, aber vielleicht weiß ich's nach der Obduktion. „Entschuldigung ... das war nicht ... ich mach mir Sorgen um sie.“

„So ein Tier kann einem schnell ans Herz wachsen“, erwiderte sie ohne Anzeichen von Verärgerung.

„Also macht sie es nicht mehr lange, oder?“

„Sie ist eine alte Dame ... organisch fehlt ihr nichts, soweit ich das auf die Schnelle beurteilen kann, aber sie ist eben schon sehr alt ...“

„Was ... wie merke ich denn, wenn es ihr schlecht geht und ich ...“

„Sie haben es eh gemerkt“, sie sah Schäfer tief – war das tief? – in die Augen, „richten Sie ihr einen Platz im Haus ein, geben Sie ihr zu fressen und ...“

„Und was mache ich mit dem Raben?“, eben noch schaffte es Schäfer, diesen Satz hinunterzuschlucken, stattdessen: „Und wenn sie stirbt, dann stirbt sie.“

„Ja ... das ist die Natur ... die lässt sich von keinem Gesetz beeindrucken.“

Nach dem Besuch bei der Tierärztin verbrachten Schäfer und die Katze eine wunderliche halbe Stunde auf dem kleinen Parkplatz vor der Praxis. Immer wieder griff er zum Zündschlüssel, immer wieder ließ er die Hand sinken. Er sehnte sich. Nach irgendetwas anderem. Nach etwas Unvorhergesehenem. So lange die Landstraße entlangzufahren, bis er eine Autostopperin mitnehmen konnte, die etwas sagte wie: Richtung Süden. Und er würde antworten: Liegt nicht in meiner Richtung, aber ich hab das Meer ohnehin schon lange nicht mehr gesehen. Das Handy riss ihn aus seinen Tagträumereien. Sanders, der sich für Brandt entschuldigte und wortreich zu erklären begann, wie das andauernde Switchen zwischen Realität und Fiktion ihn selbst auch schon in unangenehme Situationen gebracht hatte, zum Beispiel, als er sich in einer Kölner Kneipe für ... „Erzählen Sie mir das bitte ein anderes Mal“, würgte Schäfer den Drehbuchautor ab, „ich bin bei der Arbeit“.

„Das Leben ist so kurz“, wandte er sich nach ein paar Minuten der Innenschau seiner Katze zu, die friedlich auf dem Beifahrersitz schnurrte. Fünfzehn Minuten später war er in Freikirchen. Die Größe des Graber'schen Grundstücks gab dem Motiv *Alleinerbe* nun doch etwas Nahrung. Das Haus stand auf einer leichten Anhöhe – unverbaubarer Blick –, mitsamt der zugehörigen Grünfläche könnte ein Immobilienmakler ohne Übertreibung *Anwesen* in eine Verkaufsanzeige schreiben. Im Hintergrund ragte wie beschützend ein freundlicher Mischwald in die Höhe, Vogelgezwitscher, fehlte nur noch eine zahme Rehfamilie.

„Major Schäfer“, sagte Simon Graber überrascht und lächelte, „ich hätte nicht geglaubt, dass ich Sie so schnell wiedersehe.“

„Ich war in der Gegend ...“

„Und da haben Sie gedacht, Sie schauen einfach mal einen Sprung vorbei ...“

„Ja“, erwiderte Schäfer. Verdammt, wie war er auf so eine stereotype Erklärung verfallen.

„Na dann, kommen Sie herein“, meinte Graber freundlich.

„Gerne.“ Schäfer folgte Graber ins Haus und blieb im Eingangsbereich stehen. Aufgeräumt. Keine hängen gelassene Winterkleidung an der Garderobe, nur zwei Paar Schuhe, ein mannshoher Spiegel mit Goldrahmen zeigte keinen einzigen Fleck.

„Der ist schön, oder?“, sprach Graber in ihr beider Spiegelbild hinein.

„Von Ihren Eltern?“

„Nein, habe ich gekauft“, Graber drehte sich ab, „die Schuhe können Sie ruhig anlassen.“

„Danke.“ Schäfer gelang es nicht, seinem Gastgeber zu folgen. War hier zu wenig Sauerstoff? Oder war es diese schon aufdringliche Stille, die ihn so beklommen machte?

„Fühlen Sie sich nicht gut?“ Graber, der bereits ins Wohnzimmer vorausgegangen war, kehrte zurück und legte Schäfer die Hand auf den Unterarm.

„Doch, doch ... kann ich ein Glas Wasser haben?“ Schäfer schlüpfte zügig aus seiner Jacke, packte sie in die linke Hand und drängte sich an Graber vorbei.

„Natürlich ... möchten Sie vielleicht einen Kaffee, oder einen Tee?", fragte Graber über die Anrichte hinweg, die den Küchenbereich vom Wohnzimmer trennte.

„Gerne." Schäfer setzte sich auf die beige Couch, stand wieder auf und nahm am Esstisch Platz.

„Gerne Kaffee oder gerne Tee?"

„Wie? Ach so, Tee."

„Schwarz, grün, Kräuter ..."

„Überlasse ich Ihnen."

Auf einem Tablett brachte Graber eine schwarze gusseiserne Kanne, zwei henkellose Teeschalen aus feinem Porzellan und drei Untersetzer, die mit japanischen Tuschzeichnungen versehen waren.

„Sehr geschmackvoll", meinte Schäfer und legte die Hände auf die Oberschenkel, während Graber den Tisch deckte.

„Ja, meine Mutter ... also Sieglinde, die war so eine Teebegeisterte ... und ich ..."

„Wann haben Sie sie zum letzten Mal gesehen?"

„Vor ... vor zwei Jahren war sie hier ... mit ihrem Mann."

„Und Sie kümmern sich um das ganze Haus?" Schäfer nippte an seinem Tee. Er hatte Lust zu rauchen. „Ist ziemlich viel Arbeit, mit dem Garten ..."

„Ja, aber das mache ich gern", Graber stand auf und kam mit einem Aschenbecher wieder, „ist ein guter Ausgleich zum Bildschirm."

„Stört es Sie nicht?" Schäfer hielt seine Zigarettenpackung hoch.

„Nein, überhaupt nicht, Laura raucht ja auch ..."

„Sie nicht?"

„Gelegentlich ... darf ich?"

„Sicher." Schäfer gab Graber Feuer, dann rauchten sie schweigend ein paar Züge.

„Schon seltsam, in was ich da hineingeraten bin, oder?“, meinte Graber dann lächelnd.

„Na ja ... Sie nehmen es eh sehr gelassen ...“

„Finden Sie?“

„Sicher ... ich verhafte Sie bei der Arbeit, verhöre Sie stundenlang, dann kommen meine Kollegen vom LKA ... da habe ich schon Leute wegen weniger ausrasten sehen.“

„Ja? ... Ich weiß nicht.“ Graber schenkte Schäfer Tee nach. Hatte er denn schon getrunken? „Irgendwie ist es ja auch aufregend, oder?“

„Ganz schön kühn, diese Todesfälle als aufregend zu bezeichnen“, Schäfer hob die Tasse zum Mund und schnupperte so unauffällig wie möglich hinein, „und Ihre Schwester? Die hätte tot sein können ...“

„So habe ich das nicht gemeint.“

„Sie sind mir unheimlich.“ Schäfer stand auf, öffnete die Terrassentür, zündete sich eine Zigarette an und blies den Rauch hinaus.

„Wieso?“ Graber stand ebenfalls auf und räumte den Tisch ab. Bevor er sich zu Schäfer gesellte, drückte er auf eine Fernbedienung am Couchtisch.

„Die *Goldberg-Variationen*.“ Schäfer lächelte und schüttelte leicht den Kopf.

„Mögen Sie keine klassische Musik?“

„Doch, sicher, Bach kann ich immer hören ...“

„Wieso bin ich Ihnen unheimlich?“ Graber setzte sich auf die Steinfliesen an der Hauswand und begann, das Muster auf den Platten mit dem Daumennagel nachzufahren.

„Wegen dieser Kalt-Warm-Mischung.“ Schäfer stellte sich nun ebenfalls ins Freie. „Sehr herzlich auf der einen Seite, irgendwie völlig teilnahmslos auf der anderen ... finden Sie nicht?“

„Weiß nicht ... ist vielleicht meine Art ...“

„Waren Sie schon einmal in therapeutischer Behandlung?"

„Wegen meiner Mutter meinen Sie?"

„Zum Beispiel, ja, wegen dem, was Sie mit Ihnen gemacht hat ..."

„Sie hätte mich auch in einer Bahnhofstoilette liegen lassen können, oder?"

„Ja", Schäfer zuckte mit den Schultern, „also fragen Sie sich nie, wer sie ist, was sie jetzt macht, warum sie nie Kontakt aufgenommen hat ..."

„Und wenn? Was würde das ändern?" Grabers Stimme klang nun brüchig.

„Keine Ahnung ... aber mit Ihren Fähigkeiten am Computer, da wäre so eine Suche doch sicher nicht so ein Aufwand, oder?"

„Warum reden wir jetzt über meine Mutter?" Graber stand auf und ging ins Haus, Schäfer folgte ihm. „Sie wird schon ihre Gründe gehabt haben ... außerdem: Zeigen Sie mir einmal Eltern, die so gut zu ihren leiblichen Kindern sind wie Mama und Papa zu mir waren!"

„Entschuldigung", meinte Schäfer sanft, insgeheim zufrieden, bei Graber doch noch Emotionen zu sehen.

„Schon gut." Graber ging in die Küche und begann den Geschirrspüler auszuräumen. „Ich muss jetzt gleich ein paar Sachen erledigen, Arbeit ..."

„Ich finde allein hinaus." Schäfer nahm seine Jacke und wartete, dass Graber sich umdrehte. Was nicht passierte. „Danke für den Tee."

„Gerne."

Schäfer ging zum Auto, sah durch die Seitenscheibe die schlafende Katze, beobachtete eine Weile ihren rasch sich hebenden und senkenden Bauch – war das ein gutes oder ein schlechtes Zeichen? Er drückte seine Stirn an die Scheibe, dachte an Bergmann: *So verrückt Ihre Handlungen oft waren, am Ende haben wir dann doch meistens einen in die Zelle stecken können ...* Er drehte den Autoschlüssel in der Hand, steckte ihn in die Hosentasche und machte kehrt.

39.

„Braucht die Polizeischutz?“, fragte Hornig grinsend, als Schäfer mit der Katze im Arm den Posten betrat.

„Sie hat gerade einen Briefträger angegriffen und lebensgefährlich verletzt ... offenbar hasst sie Uniformen“, erwiderte Schäfer, was seinem Kollegen einen fast bedrohlichen Lachanfall verursachte.

Die Stunden bis zum Abend ließ er gewähren, wie er es in Wien so oft gemacht hatte, wenn er selbst verschuldet mit dem Rücken zur Wand stand: Ach, Tag, grins mich an und spuck mir ins Gesicht, dreh mir den Arm auf den Rücken, Hauptsache, du gehst vorbei.

Kurz vor sechs bestellte er Plank in sein Büro und teilte ihm mit, dass er Selbstanzeige erstatten wolle.

„Gegen wen?“

„Selbst. Anzeige ... Ich. Mich. Selbst.“

„Aber wegen was?“ Plank fühlte sich sichtlich unwohl in seiner Haut.

„Nötigung, Einschüchterung, schwere Drohung, leichte Körperverletzung ...“

„Gegen wen?“

„Simon Graber.“

„Den das LKA vernommen hat?“

„Richtig."

„Was hat er Ihnen getan?"

„Nichts."

„Aber irgendwas muss ..."

„Ich habe ihn aufgesucht ... ich hatte ein Blackout ... keine Ahnung, was in mich gefahren ist."

„Vielleicht hat er irgendwo hingelangt und Sie haben geglaubt, er greift zu einer Waffe ..."

„Was für eine Waffe? ... Plank, ich habe mit ihm geredet, bin gegangen, noch einmal zurück, habe ihn an die Wand geknallt und versucht, ein Geständnis herauszupressen."

„Aber ...", Plank sah Schäfer verständnislos an, „das kann ernste Folgen für Sie haben ..."

„Weiß ich ... nicht das erste Mal."

„Wie Sie meinen, Herr Major ..."

Schäfer glaubte fast an eine Vision, als Bergmann kurz vor acht in den Garten kam, an den Tisch trat und eine prall gefüllte Leinentasche abstellte.

„Was ist? Kein Jubelschrei, kein Begrüßungskuss, gar nichts?"

„Bergmann, mit Ihnen habe ich heute nicht gerechnet ..."

„Lassen Sie mich halt auch einmal spontan sein ... Was ist? Soll ich wieder gehen?"

„Nein!" Schäfer stand auf und sah sich suchend um.

„Ich hab was zum Essen mitgebracht." Bergmann warf Schäfer einen Blick zu, wie Eltern ihn für ihre Kinder haben, wenn sie glauben, diese stünden unter Drogen. „Thailändisch."

„Sehr gut, ich bin eh hungrig wie ein Wolf."

„Soll ich es vielleicht aufwärmen auch noch?"

„Ich geh ja schon ..."

„Ihnen ist wirklich nicht zu helfen", befand Bergmann, nachdem Schäfer ihm von seinem Besuch bei Simon Graber erzählt hatte.

„Ich weiß ... aber wer hat gestern noch von der Bedeutung verrückter Handlungen geschwärmt, hä?"

„Geschwärmt habe ich sicher nicht ... das war mehr wie ein helfendes Seil in den tiefen Brunnen Ihrer Verzweiflung als ..."

„Was?", Schäfer lachte auf, „Seil in den Brunnen meiner Verzweiflung? ... Haben Sie jetzt Rainer Maria Rilke als Assistenten?"

„Sagt ausgerechnet der König des selbstmitleidigen Pathos", murmelte Bergmann, „egal ... aber Sie wissen selbst, dass diese Aktion inhuman und völlig idiotisch war ... von Ihrer Verantwortung als Polizist will ich erst ..."

„Jaja", unterbrach Schäfer seinen ehemaligen Assistenten, stand auf und ging zum Holunderstrauch, „ich hatte eben ein Blackout. Ich schwöre Ihnen, dass ich nicht in der Absicht hingefahren bin, ihn einzuschüchtern."

„Und warum ist es dann so weit gekommen? Hat die Katze Tollwut und Sie gebissen?"

„Ist das möglich?" Schäfer sah Bergmann erschrocken an.

„Eher umgekehrt", Bergmann schüttelte den Kopf, „ich nehme an, dass Sie ganz einfach die Beherrschung verloren haben, nachdem er sie hat auflaufen lassen ..."

„Nein, es war anders", Schäfer zündete sich eine Zigarette an und blies den Rauch zu den Sternen, „ehrlich gesagt hat er mir Angst gemacht ... kurzzeitig habe ich sogar geglaubt, dass er meinen Tee vergiftet hat ... und dann hat er auch noch Bachs *Goldberg-Variationen* gespielt!"

„Er hat Klavier gespielt?"

„Blödsinn ... über die Anlage halt."

„Und was ist daran so verwerflich?"

„Erinnern Sie sich nicht an *Schweigen der Lämmer*? Lecter in diesem Riesenkäfig im Hotel, wo ihm die beiden Wachmänner das Essen bringen? Bereit, wenn Sie es sind, Sergeant Henry? Da spielt Lecter auf seinem Kassettenrekorder die *Goldberg-Variationen*!"

„Ich bitte Sie ... lassen Sie einen Zufall einfach einmal einen Zufall sein ... Sie haben im Büro oft genug Bach gehört, ohne dass ich Angst gehabt hätte, dass Sie mich demnächst abschlachten."

„Es geht ja mehr ums Prinzip, egal ... aber wenn Sie das Haus gesehen hätten, diese Einrichtung, dann dieses Teeritual mit den japanischen Tassen ..."

„Vielleicht ist er schwul."

„Nein, das hätte ich sofort erkannt."

„Genau ... wie lange haben Sie denn bei mir gebraucht?"

„Das beweist nur, dass ich einen neuen Kollegen unvoreingenommen empfange."

„Unbedingt ... was hat denn Doktor Hofer gemeint?"

„Woher wissen Sie, dass ich bei ihm war?"

„Sie waren in Salzburg, haben mir ein Bild vom Zwergerlgarten geschickt, genau wie damals ... so weit kenne ich Sie schon, dass Sie nicht spontan nach Salzburg fahren, um Japaner zu besichtigen ..."

„Hmch ... ja, ich war bei ihm", murrte Schäfer.

„Und? Hat er Ihnen geraten, Ihre Medikamente wieder zu nehmen? ... 'tschuldigung, das war taktlos."

„Nein, zusammengefasst hat er gemeint, dass es sehr wahrscheinlich ist, dass Graber einen ordentlichen Dachschaden hat, Borderline vielleicht und ..."

„Vielleicht", unterbrach Bergmann.

„Ja was! Darf ich ihn zwangseinweisen und untersuchen lassen? Es gibt einen anonymen Hinweis auf ihn, er hat alle drei Mädchen gekannt, er kennt sich mit Computern aus, er ist schon einmal wegen Weitergabe angezeigt worden, er war im Keller von Doktor Kettner ... außerdem: Sie hätten ihn sehen sollen, wie er auf das alles reagiert! Völlig ungerührt! Dass es irgendwie aufregend ist ...“

„Was ist denn mit diesen Filmleuten?“, wollte Bergmann wissen, nachdem Schäfer mit einer Kanne Tee zurückgekommen war. „Vielleicht steckt Graber ja mit Sanders unter einer Decke ...“

„Sanders?“, Schäfer hielt für ein paar Sekunden wie erstarrt die Teekanne in der Luft, ohne einzuschenken, „nein, dem vertraue ich ... der ist nicht der Typ für so was.“

„Aha ...“

„Nichts aha ... der ist sauber“, erwiderte Schäfer bestimmt, bückte sich und nahm die Katze auf den Schoß, die um seine Beine gestrichen war. „Also gut, rücken Sie heraus mit Ihren Vorbehalten.“

„Das sind keine Vorbehalte, sondern eine Außenperspektive ... Sie kennen diesen Mann erst seit ein paar Wochen und schon sitzt er in Ihrem Garten, Sie geben ihm Details aus laufenden Ermittlungen ...“

„Er hat mir geholfen, den Fall Materna aufzuklären, schon vergessen? Außerdem haben Sie ihn selbst erlebt, als Sie mit Kovacs hier waren ... hat der wie ein Psychopath auf Sie gewirkt?“

„Nein ... aber das ist auch der Trick von Psychopathen“, murrte Bergmann.

„Geben Sie’s zu“, Schäfer klopfte Bergmann auf die Schulter, „Sie sind eifersüchtig! Deswegen auch der *spontane* Besuch. Sie wollten kontrollieren, ob ich mit Sanders hier Händchen haltend im Garten sitze ...“

„Sie sind geistig schwer derangiert“, erwiderte Bergmann und war froh, dass es zu dunkel war, um die plötzliche Röte in seinem Gesicht erkennen zu können.

40.

Als er morgens auf dem Weg zur Arbeit in die nächstgelegene Bäckerei ging, um seinen Untergebenen zur Abwechslung einmal Zuckerbrot statt Peitsche zu geben, traf er auf Günther Haidegger. Sie sahen sich feindselig an, murmelten ein verhaltenes *Morgen* und warteten, bis sie an der Reihe waren. Schäfer bestellte, wechselte ein paar Sätze mit der Angestellten, die ja so froh war, wie sicher es hier noch wäre, wenn man lese, was gestern in Linz wieder passiert wäre, da könne man nur hoffen, dass es bei ihnen so bliebe et cetera. „Ich werde mein Bestes tun", erwiderte Schäfer freundlich und verließ den Laden. Querte die Straße und stolperte über einen Gedanken, den er sogleich anherrschte, warum er nicht längst schon seinen Weg gekreuzt hatte.

„Bei diesem Zugriff am Wochenende", fragte er in die Runde, die sich über die Schokoladecroissants hermachte, „war da ein Günther Haidegger dabei?"

„Wie dabei?", wollte Hornig wissen.

„Ihr habt den Mannschaftsbus des Eishockeyvereins zerlegt, oder? ... Und der Haidegger ist beim Eishockeyverein ..."

„Ja", meinte Friedmann, „aber gegen ihn liegt nichts vor ... der Tormann und der Busfahrer haben die Geschäfte eingefädelt und die Drogen über Kleindealer weitergegeben... die Tschechen haben inzwischen drei von den Hintermännern geschnappt."

„Bestellen Sie ihn trotzdem noch einmal her ... ein paar Details, die es noch zu klären gibt et cetera."

„Aber der Fall liegt gar nicht bei uns."

„Das weiß doch der Haidegger nicht ... für den ist Polizei Polizei ... ich will ihn heute noch sehen."

„Dieser Graber hat übrigens bisher keine Anzeige gemacht“, brachte Plank ein.

„Ach ... dann hätte ich mir die Selbstanzeige auch sparen können.“

„Haben Sie sich auch.“ Plank grinste verschmitzt. „Ich bin gestern einfach nicht mehr dazu gekommen ...“

„Danke“, sagte Schäfer und ging in sein Büro.

Dort saß er anschließend wie versteinert, nur die rechte Hand bewegte sich, ließ den Gummiball zu Boden fallen und fing ihn wieder auf. Graber verzichtete also auf eine Anzeige. Gut. Ersparte ihm viel Ärger. Mehr als Ärger: eine Suspendierung. Und warum? Schäfer dachte an sein Gespräch mit Doktor Hofer. Wenn Sie den Starken geben, wird er sofort die Rolle des Schwächeren einnehmen und Sie so in seine Abhängigkeit bringen. Ja, und plumps war Schäfer in diese Grube gefallen, als hätte Hofer sie ausgehoben. Er rannte gegen Graber an wie der Hase gegen den Igel. War er ihm vermeintlich voraus, stand dieser schon am Ziel. Oder eben ein Komplize. Vielleicht hatte das LKA inzwischen mehr herausgefunden.

Wie erwartet hatten sie allerlei Aussagen zusammengetragen, die zwar ein genaueres Bild von Grabers Leben zeigten, aber keinerlei eindeutige Beweise erbrachten, dass er mit dem Tod dieser Mädchen oder dem Unfall seiner Adoptivschwester etwas zu tun hatte.

„Was heißt nicht eindeutig?“, wollte Schäfer wissen.

„Möglich ist es ... Yvonne Raab hat er ein paar Mal getroffen, Jasmin Eder hat er bei der Erstellung eines Blogs geholfen.“

„Habt ihr den angeschaut?“, fragte Schäfer, der sich, warum auch immer, um dieses Detail nicht gekümmert hatte.

„Ja, das übliche Teenagerzeugs: Sex, Akne, Musik, Filmstars, hunderte Fotos von ihr selbst …“

„Kein Hinweis auf den geheimnisvollen Unbekannten?“

„Nein, es sei denn, Robert Pattinson hat sich an sie herangemacht.“

„Wer?“

„Ein gefährlicher Verführer“, Schäfer hörte ein verhaltenes Lachen am anderen Ende der Leitung, „ein bekannter Schauspieler, der in Vampirfilmen mitspielt.“

„Danke für den Unterricht … Was ist mit Telefonaten, Mails, SMS …?“

„Die Handys aller drei Mädchen sind verschwunden … hat er wahrscheinlich mitgenommen … Bei den Rufdaten gibt's vier Nummern, die wir keinem Besitzer zuordnen können, wahrscheinlich Wertkartenhandys … eine aus dem Ausland …“

„Bei allen drei Mädchen die gleichen?“

„Nein … bei Yvonne Raab und Jasmin Eder überschneidet sich eine der Nummern … ein paar Anrufe und SMS … kann sich auch um einen Dealer handeln, die machen das meistens so.“

„Was ist mit dem Wagen?“

„Sind wir dran, sieht aber ganz nach Manipulation aus …“

„Habt ihr eigentlich mit der Mutter von den beiden schon gesprochen?“

„Ja, kurz … die ist irgendwo im Busch unterwegs, kann uns nicht viel weiterhelfen.“

„Verstehe … Scheiße“, sagte Schäfer mehr zu sich selbst, „so kriegen wir ihn nicht.“

„Noch nicht …“

Bevor er sich abermals über den Nicht-Fortschritt der Ermittlungen ärgerte, bevor er seinen Gummiball versehentlich gegen die nicht mehr vorhandene Scheibe und damit auf Hornig schleuderte, heftete er zwei Papierbögen an die Wand und beschrieb sie mit Namen, Zahlen und Abkürzungen – ohne jeden Sinn, ohne jede Ordnung, nur in der Absicht, jemanden zu verunsichern, der darauf seinen eigenen Namen fand. Um zehn nach sechs klopfte Haidegger an die Bürotür.

„Bitte ... nehmen Sie Platz ...“

„Wäre mir recht, wenn's schnell ginge ... ich muss heute auf die Kleine aufpassen ...“

„Kein Problem ... soll mir nur recht sein, wenn wir alles aus der Welt räumen, was unsere ... ja, Bekanntschaft belastet ...“

„Was soll das heißen?“ Haidegger zeigte einen Gesichtsausdruck, als käme er gerade vom Planeten der Affen.

„Sie sind kein Drogenschmuggler oder Dealer, nehme ich an ... fester Arbeitsplatz, Familie, abgezahltes Haus, gesellschaftlich integriert ... Wieso sollten Sie das alles riskieren für ... ja, wofür?“

„Ich bin kein Dealer! ... Das waren der Luggi und der Mirko, damit habe ich nichts zu tun ...“

„Sage ich ja: Mit denen haben Sie nichts zu tun ... also: Wofür so viel Risiko? Für eine kleine Amour fou mit der Tochter Ihres Freundes?“

Haideggers Gesicht wurde in kurzer Abfolge knallrot, fast violett, dann weiß, dann gräulichblau.

„Was zu trinken?“, fragte Schäfer, worauf sein Gegenüber schweigend mit dem Kopf nickte. Treffer, sagte sich Schäfer, ging zum Kühlschrank und nahm die letzte Flasche Wein heraus. Hm, man sollte nach Gebrauch immer gleich nachfüllen.

„Irgendwie bin ich eh froh, dass es jetzt heraußen ist“, meinte Haidegger, nachdem er sein Glas in einem Zug geleert und dann Schäfer hingehalten hatte.

„Kann ich mir denken ... auf Dauer geht so was nie gut ... und jetzt kann man noch Schadensbegrenzung betreiben ...“

„Wie soll das gehen?“ Ein Funken Zuversicht, ein flehendes Licht glänzte in Haideggers Augen.

„Na ja ... ich gehe davon aus, dass weder Ihre Frau noch der Vater von Nadja davon erfahren sollen. Und auf eine Anzeige können Sie sicher auch verzichten“, meinte Schäfer gnädig. Dabei dachte er sich: Verdammt, du Hund, sag mir endlich, was ich brauche.

„Wenn Sie mich nicht anzeigen wollen, was wollen Sie dann?“ Obacht, Aufbegehren.

„Schauen Sie“, Schäfer rückte näher an den Schreibtisch und stützte das Kinn auf seine Fäuste, „ich bin schon so lange Polizist, dass ich keine Lust mehr habe, jedes Furzdelikt vor Gericht zu bringen ... Die Menschen bauen Scheiße, das war schon immer so ... aber wenn ich entscheiden kann zwischen einem jungen Mann, der seine Fehler bereut und in Zukunft Abstand davon nimmt, und einer Familie, die ich zerstöre, indem ich ihn einloche, dann bevorzuge ich Ersteres ...“

„Das mit den Drogen, das war Scheiße ... das hätte ich von mir aus nie gemacht, so einen Dreck ... Ich wollte halt auch nicht, dass sie sich mit so Medikamenten zudröhnt, wo man nicht weiß ... Ein Idiot war ich ...“

„Wenn eine Frau im Spiel ist, vergisst man sehr oft seine Prinzipien ... wem sagen Sie das“, ergänzte Schäfer gelassen und schenkte nach.

„Ja, wahrscheinlich ...“, meinte Haidegger erschöpft und schaute auf Schäfers Papierbögen, wo der Name Nadja Windreiter und Günther Haidegger dicht nebeneinander standen, „warum fragen Sie mich das eigentlich, wenn Sie es eh schon wissen?“

„Das habe ich eben gesagt: Ein reuiger Sünder ist mir lieber als hundert scheinheilige Gerechte ... also: Wann hat die Affäre zwischen Ihnen und Nadja begonnen?“

Auf dem Nachhauseweg verhielt sich Schäfers Gefühlszustand wie Kinder beim Tempelhüpfen – nur dass ihm statt der Zahlen am Schulhof ein Feld widersprüchlicher Emotionen zur Auswahl stand: Ärger, weil weder ihm noch dem LKA ein Durchbruch gelungen war. Stolz, weil er die wahre Beziehung zwischen Günther Haidegger und Nadja Windreiter aufgedeckt hatte. Schnell verdrängt vom Zorn auf dieses Miststück, das seine Gutgläubigkeit, seinen Beschützerinstinkt – und seine Eitelkeit? – ausgenützt hatte, um ihren älteren Liebhaber unter Druck zu setzen. Bist du nicht willig und beschaffst mir meine Pillen, so gebrauch ich die staatliche Gewalt: diesen wirren Ex-Superbullen aus Wien mit der Kugel im Kopf, der sicher nicht fähig ist, eine Lüge zu erkennen, aber ritterlich genug, um ein junges, unschuldiges Mädchen aus den Klauen eines Perverslings zu befreien. Ja, er hatte sich verarschen lassen von dieser Nadja Windreiter.

Und an diesem Punkt seines Gedankenhüpfens zeichnete sich ein neues Feld ab, auf dem Schäfer sehr gern landete: der Verdacht.

Eine Person, die ihre sexuellen Reize gewinnbringend und rücksichtslos einsetzt ... die Zugang zu Drogen hat ... der ohne weiteres zuzutrauen ist, dass sie in den Keller eines verstorbenen Arztes einbricht ... die täuscht und lügt, ohne dass ihr jemand auf die Schliche kommt ... die als selbstbewusste und verwegene Teenagerin genau das mitbringt, was vielen anderen in diesem Alter fehlt ... die damit Vertrauen gewinnt ... die mit Simon Grabers Handy spazieren geht und ihm damit ein Alibi liefert?

„Und wie soll ich das beweisen?“, raunte er der Katze zu, die zwischen Gartentor und Küche wie eine Klette an seinem Hosenbein hing.

Nachdem sich Mensch und Tier den Magen vollgeschlagen hatten, lag Schäfer im Liegestuhl, die Katze auf seinem Kopf wie eine lebendige Pelzhaube. Eine Angewohnheit, die sie seit ein paar Tagen pflegte. Die Schäfer zwar etwas absonderlich vorkam, aber dennoch behagte. Zumal die Wärme und das gleichmäßige Brummen wie eine sanfte Massage wirkten, die seine Kopfhaut und alles, was darunter lag, sanft stimulierte.

„Halt dich fest, ich brauch mein Telefon“, sagte er, als er schon halb eingeschlafen war.

„Lisa, mein liebstes und auch einziges Patenkind, wie geht’s dir? ... Ja, sehr gut. Sag: Habt ihr nicht Lust auf einen Spontanbesuch? ... Na, du und Martin, ihr seid ja noch zusammen, oder? ... Nein, nichts, weil mir jugendliche Gesellschaft behagt ... Ja, du darfst kochen, aber ich besorge die Einkäufe ... Und sag Martin, er soll bitte seinen Laptop mitnehmen, ich hab da ein kleines Problem ... Natürlich bezahle ich ihn, schön, dass du dich um seine Finanzen kümmerst ... Also morgen, ruf mich an, wann ich euch abholen soll ... Ja, wenn ihr die Räder dabeihabt, fahrt einfach vom Bahnhof zu mir, ich lege den Schlüssel auf.“

41.

Lisa und ihr Freund trafen kurz nach Mittag in Schaching ein. Schäfer hatte noch einiges abzuarbeiten, sagte seiner Nichte, wo der Schlüssel lag, und gab ihr die Erlaubnis, sich das Haus zu eigen zu machen. Hieß vordergründig: Herzchen, lade jeden ein, der dir über den Weg läuft, und macht meinen Garten zur Wiese von Woodstock. Hieß auf einer zweiten, interfamiliären Ebene: Liebe Lisa, dein Onkel ist eine Sau und dementsprechend sieht es bei ihm aus. Und obgleich ich mich nie getrauen würde, dir eine sittliche Verwandtschaft zu deinen Eltern zu unterstellen, so weiß ich doch um euer geteiltes Bedürfnis nach Ordnung und Reinlichkeit. Staubsauger und Wischmob sind in der Abstellkammer.

Am Nachmittag kam Sanders vorbei. Seine Kollegen waren dabei, ein paar Szenen zu drehen, bei denen seine Anwesenheit nicht nötig war, was ihn bewogen hatte, wieder einmal am *real crime* zu schnüffeln.

„Da ist momentan wenig Fernsehtaugliches dabei", log Schäfer, ging zum Kühlschrank und schenkte dem Drehbuchautor ein Glas Wein ein, „es sei denn, Sie wollen eine Dokusoap machen über mich und meinen Papierkram ..."

„Danke", Sanders nahm das Glas und nippte daran, „was ist denn mit der Scheibe passiert?"

„Widerstand gegen die Staatsgewalt."

„Verstehe ... und ... gibt es irgendwelche neuen Erkenntnisse, was unseren Fall betrifft?"

„Wenig ... das LKA hat übernommen ... die sind gut, aber das kann dauern."

„Schade ... dann werde ich das wahrscheinlich nicht mehr live mitbekommen ..."

„Warum?"

„Wenn alles nach Plan läuft, drehen wir in drei Tagen die Schlussszene ... irre Verfolgungsjagd, baller baller, Mörder tot, Happy End", Sanders stellte sein Glas ab und seufzte, „ja, und dann geht's zurück nach Germany ..."

„Oh, das ging aber schnell." Schäfer stand auf und brachte Sanders noch einen Schluck Wein zum Trost. „Wenn es sich ausgeht, lade ich Sie noch einmal zum Essen bei mir ein."

„Sehr gern ... wenn Sie mir Quartier geben, kann ich ohnehin mindestens eine Woche verlängern", Sanders trank sein Glas auf Ex und grinste den sprachlosen Schäfer an, „keine Sorge, war nicht ernst gemeint."

„Ach, ein, zwei Tage könnte ich Sie ohne weiteres aufnehmen ... wenn Sie sich von meinem Weinkeller fernhalten."

Als Schäfer mit zwei vollen Einkaufstaschen nach Hause kam, dösten Lisa und ihr Freund auf einer Fleecedecke im Garten.

„Die Jugend von heute", sprach er auf sie hinab und stellte die Taschen ab, „in eurem Alter habe ich vier Stunden Schlaf gebraucht."

„Du!", seine Nichte richtete sich auf und rieb sich die Augen, „dein Haus ist ein Saustall ... das ist zum Schämen für einen Mann in ..."

„War ein Saustall", meinte Lisas Freund, ohne die Augen zu öffnen.

„Du hast doch nicht ...", Schäfer bemühte sich um einen vorwurfsvollen Blick, „sag nicht, dass ihr euren freien Nachmittag mit Putzen verschwendet habt."

„Putzen? ... Desinfizieren! Dekontaminieren!... Martin ist extra zum DM um einen Chlorreiniger ... das war ekelhaft!"

„Wer den Abschaum der Menschheit zu entsorgen hat, dem entgehen solche Dinge", Schäfer griff zu den Einkaufstaschen, „ich bin in der Küche."

„Ich rühre keinen Finger mehr!", murrte Lisa.

„Curry kann ich auch ganz gut", murmelte ihr Freund und grinste Schäfer an.

„Mein neuer Herd freut sich, deine Bekanntschaft zu machen."

Während Martin in einer Wolke aus asiatisch duftendem Dampf stand und allerlei Gemüse in den Wok warf, kümmerte sich Schäfer um den Salat und die Nachspeise. Und kam dann wie nebenbei auf einen seiner Fälle zu sprechen – was dem jungen Mann gewiss genauso schmeichelte wie der Umstand, dass ein abgebrühter Kriminalpolizist ihn, den grünohrigen Studenten, als Freund seiner Nichte akzeptierte.

„Du ... beschäftigst dich immer noch viel mit Computern, oder?"

„IT, ja."

„Und für wen arbeitest du zurzeit?"

„Ich hacke mich in Banken, Telekomfirmen und so weiter ein."

„So etwas solltest du mir lieber nicht erzählen", erwiderte Schäfer, der den Freund seiner Nichte zu einer Zeit kennengelernt hatte, als dieser eine Bewährungsstrafe wegen ebensolcher Delikte verbüßte.

„Keine Sorge, diesmal ist es legal ... ich arbeite für ein Unternehmen, das die Sicherheit von Firewalls, Netzwerkverbindungen, Verschlüsselungen et cetera überprüft."

„Die bezahlen dich dafür, dass du dich in ihre Server hackst?"

„Ja ... und ziemlich gut auch noch." Martin grinste Schäfer an.

„Unglaublich", erwiderte Schäfer und musste an Wolkinger denken. Was der wohl getan hätte, wenn ihm, dem Einbrecherkönig, jemand vorgeschlagen hätte, die Sicherheitssysteme von Privathäusern und Geschäftsgebäuden einem wirklichkeitsgetreuen Härtetest zu unterziehen. Bezahltes Einbrechen ohne Risiko – irgendwie hatte Schäfer das Gefühl, dass Wolkinger so ein Angebot entrüstet abgelehnt hätte.

„Finde ich auch, ja." Martin warf eine Handvoll Zitronenbasilikum in den Wok.

„Was findest du?"

„Dass es unglaublich ist, dass ich für etwas Geld bekomme, wofür ich vor drei Jahren fast in den Knast gewandert bin."

„Hm, ja ... kommt wahrscheinlich nur darauf an, sich auf die richtige Seite zu stellen", Schäfer klopfte Martin auf die Schulter, „gut gemacht, Freund meiner Nichte."

„Danke ... und was brauchen Sie von mir?"

„Wie? Was soll ich brauchen?"

„Keine Ahnung ... jedes Mal, wenn jemand zu mir sagt: *Du kennst dich doch mit Computern aus*, braucht er etwas, womit er sich selber nicht auskennt."

„Ist das so", murmelte Schäfer und schenkte seinem Gast ein Glas Viognier 2003 ein, „hier: Koste und staune."

„Nicht übel ... ich kenne mich nicht aus mit Wein, aber der schmeckt ziemlich gut ... wie Saft."

„Ja ... Saft aus den Adern edelster Reben ... egal", Schäfer nahm selbst einen großen Schluck und stellte die Flasche beiseite, um sie für sich selbst aufzubewahren, „kannst du mir einen Gefallen tun?"

„Was genau?" Cool, der Bursche. Drehte sich nicht einmal um, sondern fuhr fort, irgendwelche exotischen Soßen in den Wok zu tröpfeln.

„Ich brauche Zugang zum Computer von einem Mädchen."

„Vor einem Monat war ich im Innenministerium ... ihr habt inzwischen selbst eine gar nicht so schlechte Cybercrime-Einheit."

„Gebe ich gerne weiter, das Kompliment ... aber hör jetzt auf, hier den lässigen Superchecker heraushängen zu lassen, nur weil du dich mit diesem Technikglump auskennst“, Schäfer gab dem jungen Mann einen Klaps auf den Hinterkopf, „du stehst in meiner Küche, da draußen sitzt deine Freundin, meine Nichte, also: Hilfst du mir?“

„Das war nicht ... ja, klar helfe ich Ihnen ... wann brauchen Sie das?“

„Nach dem Dessert?“

„Sehr super ... und Lisa?“

„Wenn sie noch wach ist, sagst du, dass ein wichtiger Kunde angerufen hat, worauf sie eingeschnappt ist, worauf ich sie anfahre und ihr sage, dass sie gefälligst froh sein soll, einen verantwortungsvollen Mann wie dich als Freund zu haben, auf den man sich rund um die Uhr verlassen kann, bla bla bla ...“

„Dafür schulden Sie mir was.“

„Ja sicher, ich mache euch den Trauzeugen.“

Kurz nach acht war sein Gartentisch voll mit Speisen, bei denen Schäfer keine Ahnung hatte, wie sie aus seinen Einkäufen zustande gekommen waren. Egal – es duftete wie am Straßenmarkt in Bangkok und seine Speicheldrüsen gaben den Befehl zum Angriff. Wie heißt das? Pad was? Ah, und das da, was ist da drin? Großartig.

Nach dem Essen rollte Lisa einen Joint aus etwa zwei Gramm Gras, was Schäfer berufsbedingt zu einem mürrischen Kommentar nötigte. Egal, ob er *Und das in meinem Garten, Wenn das dein Vater wüsste* oder *Wo ist nur der Respekt vor dem Gesetz geblieben* sagte, am meisten nervte ihn, dass er sich in Anwesenheit seiner Nichte nicht erlauben wollte, selbst zu rauchen. Gottlob stand sie plötzlich auf und ging aufs Klo, worauf Schäfer Martin den Joint aus der Hand nahm und daran zog, als müsste er Benzin aus einem Lkw absaugen.

„Ho, ho, Herr Major ... aufpassen, das ist Pinzgauer Eigenbau."

„Ich bin außer Dienst." Schäfer grinste und blies einen Kubikmeter Rauch aus.

Als Lisa kurz vor Mitternacht neben dem Feuer eingeschlummert war, ging Schäfer ins Haus und machte zwei doppelte Espresso.

„So, wir haben noch was vor", meinte er bestimmt und reichte Martin eine Tasse.

„In dem Zustand?"

„Bist du ein Profi oder nicht?"

„Ja ... ich bring sie ins Bett und hol meinen Laptop ... haben Sie WLAN?"

„Sicher."

„Okay", Martin zog seine Freundin hoch, „bauen Sie uns noch einen?"

„Mach du das", Schäfer hob die Hände, „ich rühre das Zeug nicht an, ich rauche es nur ... und jetzt beeil dich."

Gegen zwei Uhr hatte Martin alle für Schäfer wichtigen Daten von Nadja Windreiters Computer kopiert und die Internetaktivitäten der vergangenen Wochen protokolliert.

„Hat sie Kontakt mit Graber aufgenommen ... mit irgendeiner anonymen Person?"

„Nein, über diesen Computer nicht ... Teenie-Gesülze, illegale Musik- und Filmdownloads ... gibt genug sehr freizügige Fotos von ihr und ein paar Freundinnen, falls Sie ..." Martin grinste Schäfer an.

„Zeig mir die Bilder!", sagte Schäfer aufgeregt, „und hör mit dem blöden Gegrinse auf, das ist Polizeiarbeit."

„Da." Martin öffnete eine Galerie mit fast hundert Dateien.

„Corina Vogtenhuber, Yvonne Raab, Jasmin Eder ... wenn das kein Indiz ist ..."

„Und da ist noch eins." Martin zeigte auf eine kleine Weltkugel, deren Äquator aus einer Webadresse bestand.

„Was soll das sein?"

„Das Logo von Simon Grabers Firma ... er hat die Seite angelegt."

„Also kennen sich die beiden tatsächlich ..."

„Ja ... was unter Umständen ein Problem bedeutet."

„Ja, für die beiden."

„Und für uns ..."

„Wieso?"

„Na ja, wenn er tatsächlich so ein IT-Profi ist und zufällig ihren Computer überwacht, merkt er, wenn sich da wer einhackt."

„Warum hast du mir das nicht vorher gesagt?"

„Bin ich Polizist?"

„Nein ... Scheiße, was tun wir ... so bekifft kann ich keinen Einsatz befehligen."

42.

Plötzlich brach ein Trubel los, der den in seiner Apathie versunkenen Schäfer beinahe aus dem Sessel fallen ließ. „Bitte nicht schon wieder diese Filmdeppen", murmelte er, stand auf und zog die Jalousie hoch.

„Wie soll ich hier arbeiten!?", brüllte er hinaus und sah im nächsten Augenblick: Chefinspektor Stark, umringt von seinen ehemaligen Mitarbeitern wie der neue Papst von seinen Kardinälen. Ach, wie sie sich freuten, wie sie strahlten, seine Schäfchen – würde er vielleicht sogar zurückkommen und diesen sturen Bock ablösen?

„Herr Major“, Stark trat an die noch immer scheibenlose Wandöffnung und reichte Schäfer die Hand, „wie geht’s dir denn mit dem Haufen?“ Stark drehte sich um und sah in die glänzenden Augen ergebener Hunde. Wie konnten Erwachsene sich plötzlich so würdelos verkindlichen, dachte Schäfer und sagte:

„Ganz väterlich: Ich will nur ihr Bestes und sie schämen sich für mich.“

„Das kann ich mir nicht vorstellen ... Hast du einen Kaffee für mich, Herr Major?“

„Sicher.“

„Ich möchte eine Aussage machen“, sagte Stark, nachdem Schäfer ihm die Tasse hingestellt hatte.

„Das hättest du auch per Telefon oder E-Mail machen können.“

„Hätte ich, ja ...“

„Hast du dir das gut überlegt?“

„Jede Sekunde seit unserem Telefonat.“

„Und die Materna?“

„Hast du sie gesehen?“

„Ja ... ich hab sogar mit ihr geredet.“

„Dann weißt du ja, wie’s um sie steht“, Stark starrte eine Weile schweigend an die Wand, „das muss ein Ende haben ... die Luise wird angeklagt werden, aber einsperren kann man sie nicht ... sie kommt in eine Anstalt, und vielleicht kommt sie irgendwann wieder zu sich ... außerdem will ich nicht, dass du mit ...“

„... dass ich mit der Leiche im Keller lebe.“

„Ja ... holen wir ihn bitte heraus und beerdigen wir ihn ordentlich.“

„Von mir aus gern“, Schäfer holte seinen Computer aus dem Ruhezustand, „hast du es eilig mit der Sache?“

„Wieso? ... Mein Rückflug geht in zwei Wochen, bis dahin hätte ich das schon gern erledigt, warum?“

„Mir ist heute in der Früh geschossen, dass die Frau Materna mir vielleicht in einem Fall helfen könnte ... das geht allerdings nur, wenn sie in Freiheit ist ...“

„Worum geht's?“, wollte Stark wissen und Schäfer entging nicht das kurze Aufblitzen in dessen Augen.

„Kennst du die Familie Graber?“

„Da gibt's mehrere.“

„Simon, Laura ...“

„Ah, vom Erich und der Sieglinde, sicher ... was ist mit denen?“

„Simon Graber ist in ein paar unschöne Dinge verwickelt, drei fragwürdige Selbstmorde und ein Anschlag auf seine Schwester.“

„Und wieso sitzt er nicht?“

„Er ist mit einer Komplizin abgehauen.“

„Wohin?“

„Keine Ahnung.“

Rückblende: Nachdem Martin schlafen gegangen war, stand Schäfer in der Küche, trank einen halben Liter Wasser, schleuderte das Glas an die Wand, kehrte die Scherben auf und ging kalt duschen. Dann legte er seine Waffe an und fuhr nach Freikirchen. Binnen zwei Minuten hatte er die Tür geöffnet, betrat das Haus mit Taschenlampe und entsicherter Waffe, drückte die Tür mit seinem Schuh ins Schloss und kontrollierte alle Räume. Er zog Einweg-Handschuhe über, drehte das Licht an und durchsuchte die Wohnung. In einer Schachtel im Schlafzimmerschrank fand er unter alten Computerzeitschriften drei Handys und eine externe Festplatte. Er stellte die Kiste zurück, setzte sich aufs Bett und nahm sein Telefon. Steckte es wieder ein. Auf jedes einzelne Beweismittel war er auf nicht legale Weise gestoßen – wenn es blöd herging, stand er noch als der da, der diese Dinge deponiert hatte. Nur um jemanden dranzukriegen, den er schon einmal widerrechtlich verhaftet hatte. Er verließ die Wohnung und fuhr zu Nadja Windreiter.

„Entschuldigen Sie bitte die späte Störung, Frau Windreiter ... ich muss dringend mit Nadja sprechen."

„Aber wieso denn ... hat sie wieder was mit Rauschgift ..."

„Nein, es geht nur um einen Freund, der möglicherweise in eine Straftat verwickelt ist."

„Kommen Sie herein, ich gehe sie holen."

„Danke." Schäfer setzte sich auf eine Truhe im Vorraum und bemühte sich, seine zitternden Hände unter Kontrolle zu bringen.

„Sie ist nicht in ihrem Zimmer." Frau Windreiter stand vor ihm, allzu besorgt wirkte sie nicht.

„Wo kann sie sein?!"

„Ah, was weiß ich ... das frage ich sie schon lange nicht mehr."

„Ist ihre Schwester da?"

„Ja, die liegt in ihrem Bett ... soll ich sie aufwecken?"

„Bitte."

„Blöd gelaufen", meinte Stark, „und die hatte wirklich keine Ahnung, wo ihre Schwester mitten in der Nacht hin ist?"

„Die ist ein gutgläubiges Hascherl." Schäfer starrte auf seinen Gummiball. „Sie hat nur mitbekommen, dass ihre Schwester am Abend mit diesem Haidegger telefoniert hat. Also hat sie gewusst, dass ich ihr auf diese Lügengeschichte draufgekommen bin ... und Graber hat gemerkt, dass wir uns in ihren Computer gehackt haben ... und plötzlich verschwinden sie beide ... Ich bin wirklich ein völlig inkompetentes Arschloch."

„He ... vor dir sitzt das viel größere", sagte Stark besänftigend. „Hast du es über das Handy von Graber probiert?"

„Ausgeschaltet, seins und ihres auch ... eh logisch."

„Und wie soll dir die Luise da jetzt helfen?"

„Sie ist seine Mutter."

„Die Luise? Sicher nicht!"

„Eh nicht, aber ab jetzt!" Schäfer stand auf, warf den Ball in einem Dreibanden-Wurf um Stark herum und fing ihn wieder auf.

„Erklärst du mir das genauer?"

„Doktor Hofer ... den kennst du nicht ... er hat gemeint, dass Graber wahrscheinlich am meisten darunter leidet, dass seine Mutter ihn weggeben und sich nie bei ihm gemeldet hat."

„Und jetzt ..."

„Jetzt ist seine leibliche Mutter plötzlich aufgetaucht."

„Und wie willst du das machen? Das durchschaut der doch sofort, wenn du ..."

„Dafür habe ich auch einen persönlichen Freund und Helfer", erwiderte Schäfer selbstherrlich und griff zum Telefon.

„Herr Sanders, Kollege im Geiste, wo sind Sie? ... Dann kommen Sie her, das Vaterland ruft! ... Dann eben das Sicherheitsbedürfnis des europäischen Volkes, und Ihr kreativer Geist darf sich endlich einmal in der Realität bewähren ... Ja, ich vereidige Sie offiziell zum Hilfssheriff ... Genau ... Sofort."

43.

Sanders hatte Graber auf die Mailbox gesprochen und ein paar eindeutige Andeutungen hinterlassen. Der Rückruf kam eine Stunde später.

„Nun ja“, Sanders räusperte sich, als würde er noch überlegen, ob er sein Wissen tatsächlich preisgeben wollte, „ich muss Sie vorweg bitten, in dieser Sache absolute Diskretion walten zu lassen ... die involvierten Personen können zwar nicht im strafrechtlichen Sinne, sehr wohl aber von der Mitbevölkerung verurteilt werden ... und das wäre auch für mich sehr ungünstig, zumal es bei der betreffenden Frau um eine enge Freundin von Chefinspektor Stark geht.“

„Noch einmal: Was wollen Sie von mir?“

„Gut, Herr Graber ... Es geht um eine Frau, die vor 26 Jahren, genau am 13. 4., ihren neugeborenen Sohn in die Babyklappe des Bezirkskrankenhauses Wels gelegt hat ... Herr Graber? Sind Sie noch dran?“

„Ja ... heißt das, dass Stark Sie beauftragt hat, das Kind seiner Freundin zu suchen ... und warum nimmt er dafür einen Deutschen?“

„Nun ... ich habe ihn bereits einige Male in ... sagen wir, Unternehmungen unterstützt, die eine sowohl räumliche als auch emotionale Distanz zum Geschehen erforderten.“

„Und was haben Sie herausgefunden?“

„Also, in Bezug auf diese Frau bin ich mir ziemlich sicher ...“

„... dass ich ihr Sohn bin.“

„Ja ... und ich dachte, dass Sie vielleicht Interesse daran haben zu erfahren, wer sie ist.“

„Dann sagen Sie es mir.“

„Das würde ich gerne, aber ...“ Sanders blickte Schäfer an, der ihn gestisch aufforderte, weiterzumachen. „Sehen

Sie, Major Schäfer hat diese Angelegenheit zur Verschlusssache erklärt ... die Gründe dafür kenne ich nicht, aber er hat mir untersagt, die bisherigen Ergebnisse meiner Ermittlungen an Dritte weiterzuleiten ... und er war sehr, sehr bestimmt in seinen Anweisungen."

„Das kann ich mir denken ... hat er Ihnen Prügel angedroht?"

„Nicht direkt", Sanders lachte gekünstelt auf, „aber er ist doch ... haben Sie ebenfalls ... persönliche Differenzen, mit Major Schäfer?"

„Nein, ganz und gar nicht ... aber, haben Sie jetzt den Namen meiner Mutter oder nicht?"

„Na ja ... ich habe einen Namen ... aber ob diese Frau Ihre Mutter ist, kann ich nur nach einem DNS-Abgleich sagen ... dazu bräuchte ich eine Probe von Ihnen und besagter Frau."

„Dann fragen Sie Major Schäfer ... der hat auf seiner Jacke bestimmt noch Spuren von unserem Aufeinandertreffen ..."

„Wie schon erwähnt ... wir haben keinen sehr guten Draht zueinander ... und wenn ich mich da zu weit hinauslehne", Sanders wandte sich Schäfer zu, „ich habe keine Lust, auch nur eine Nacht im Gewahrsam von diesem Rambo-Polizisten zu verbringen ..."

„Na, dann beschaffen Sie sich diese Probe ... Sie sind doch Privatdetektiv, oder?" Grabers Ton war nun leicht gereizt.

„Ja ... und privat heißt, dass ich für meine Dienste bezahlt werde ..."

„Sie wollen Geld von mir."

„Ich biete Ihnen ein Geschäft an, ja."

„Sie wollen mir etwas verkaufen, das längst bekannt ist."

„Wie soll ich das verstehen?"

„Weil ich davon ausgehe, dass Major Schäfer diesen DNS-Abgleich längst gemacht hat ... wahrscheinlich hat er mich ja nur besucht, um irgendwas mitzunehmen, einen Zigarettenstummel oder was weiß ich ... und was die DNS der Frau betrifft, das hat dieser Stark doch bestimmt schon geklärt, wenn es sich um eine Freundin von ihm handelt, oder?“

„Nun ...“, Sanders machte eine Pause, bis Schäfer ihm das Zeichen zum Weiterreden gab, „gut möglich, dass der Major weiß, ob besagte Frau Ihre Mutter ist ... aber wie schon erwähnt: Er wird es Ihnen nicht sagen.“

„Wie viel wollen Sie?“

„Fünftausend.“

„Sie sind ja bescheuert.“ Graber legte auf.

„Das hätte ich selbst nicht besser hinbekommen“, meinte Schäfer anerkennend.

„Und jetzt?“, fragten Sanders und Stark unisono.

„Abwarten, bis er zurückruft ... Kurt, du hast nichts dagegen, die Frau Materna erneut und mit offizieller Befugnis unter deinen persönlichen Schutz zu stellen, oder?“ Schäfer verzog das Gesicht zu einer grinsenden Grimasse.

„Bin schon weg“, murrte Stark.

„Waffe hast du eine?“, rief Schäfer ihm hinterher.

„Hab ich noch nie gebraucht.“ Weg war er.

Sanders gähnte. „Wie lange, glauben Sie, dauert das noch?“

„Keine Ahnung!“, gab Schäfer launisch zurück.

„Hab ich was falsch gemacht?“

„Nein ... ’tschuldigung ... ich bin ...“, Schäfer sah auf die Uhr, „wir machen Schluss für heute.“

„Aber ...“

„Nichts aber. Sie sind eine Zivilperson, für die ich die Verantwortung übernommen habe ... Der Kollege wird Sie ins Hotel fahren.“

„Okay“, meinte Sanders enttäuscht und stand langsam auf – vielleicht überlegte es sich der Major ja doch noch anders.

„Iron!“, rief Schäfer durch die Nichtmehr-Scheibe hinaus, und dann zu Sanders: „Das Telefon bleibt hier.“

„Wieso?“

„Damit Sie keine Dummheiten machen, falls er doch noch anruft ... Bring den Herrn bitte in sein Hotel“, wandte Schäfer sich an seinen Kollegen. „Schauen Sie nicht so enttäuscht, Herr Autor ... bei uns dauert es meistens länger als neunzig Minuten.“

„Dann bis morgen, oder?“

„In alter Frische ...“

Eine Zeit lang starrte Schäfer aufs Display von Sanders' Telefon. Dann schaltete er es ab. Nahm sein eigenes und rief Stark an.

„Er hat nicht angebissen ... noch nicht ... Ja, leg dich hin und halt ein Auge offen ... und sei zärtlich zu ihr, sie hat sicher schon lange keinen mehr ... Tja, das musst du dir gefallen lassen.“

Schäfer öffnete den Kühlschrank, kokettierte einen Augenblick mit der Weinflasche und ließ sie stehen. Er drehte das Licht ab und verließ das Büro.

„Weck mich, wenn sich was tut“, sagte er zu Iron Cop II, ging in den Gemeinschaftsraum und legte sich auf die Pritsche.

„Wachen Sie auf, Major ... da ist ein Anruf für Sie, der scheint wichtig zu sein.“

„Wer?“ Schäfer sprang auf und folgte seinem Kollegen zu dessen Schreibtisch.

„Wo? ... Was machen Sie da? ... Warum haben Sie nicht früher angerufen? ... Ja, ich komme ...“

Schäfer lief in sein Büro, schlüpfte in seine Schuhe und schnallte das Holster um.

„Wagenschlüssel!“, bellte er seinem Kollegen zu.

„Ist was passiert?“

„Halten Sie sich in Bereitschaft ...“

„Ist es schlimm?“, fragte Schäfer den Arzt, der ihn zu Sanders’ Zimmer führte.

„Er überlebt’s ... eine Gehirnerschütterung von einem Schlag und zwei Brandwunden auf der Brust ... wahrscheinlich ein Elektroschocker, muss allerdings ein ziemlich starker gewesen sein.“

„Danke.“

„Ist schließlich meine Arbeit“, der Arzt sah Schäfer aus müden Augen an, „wenn Sie was brauchen, geben Sie der Schwester Bescheid.“

„Ich bin’s.“ Schäfer rüttelte den schlafenden Sanders leicht an der Schulter.

„Die haben mir was gegeben“, meinte Sanders mit schwerer Zunge.

„Gut so ... Was ist passiert?“

„Aah.“ Sanders versuchte sich aufzusetzen und scheiterte. „Er hat mich erwischt ... der muss mich verfolgt haben.“

„Woher soll er gewusst haben, wo und wer Sie sind?“

„Mein Handy? Das ist registriert ... ich war schon beim Zähneputzen, dann klopft’s, ich mach auf und der brät mich mit diesem Dings da ...“

„Und dann?“

„Wie ich aufgewacht bin, war ich in der Badewanne und er ist neben mir gesessen ...“

„Was wollte er?“

„Es tut mir leid“, Sanders schloss die Augen, „ich habe wirklich Schiss gehabt, dass er mich umbringt.“

„Was tut Ihnen leid?“

„Dass ich es ihm gesagt habe ...“

„Was?“

„Das mit der Frau Materna.“

„Woher haben Sie das gewusst?“ Schäfer nahm Sanders an den Schultern und schüttelte ihn.

„Das war doch klar ... Sie und der Stark und seine ehemalige Geliebte ... Es tut mir leid, aber ich habe echt Schiss gehabt.“

„Scheiße!“ Schäfer nahm sein Handy und rief Stark an. Keine Antwort. „Scheiße!“

„Herr Major!“, kam es aus Sanders’ Bett, als Schäfer schon in der Tür stand.

„Was?!“

„Wenn Sie ihn erwischen ... dann töten Sie ihn, versprochen?“

„Reden Sie keinen Scheiß, dafür ist die Sache hier zu ernst.“

Auf dem Weg zum Haus von Frau Materna – Blaulicht, Folgetonhorn, überhöhte Geschwindigkeit – versuchte er abermals, Stark zu erreichen, ohne Erfolg.

Mit der Waffe in der Hand lief er zur Eingangstür. Die stand offen. Er trat ein, schob sich rücklings an der Wand entlang, bis er den Lichtschalter fand. Niemand in Küche und Wohnzimmer. Im Schlafzimmer fand er Stark, mit Handschellen an den Heizkörper gekettet, über dem Mund ein Klebeband, das er ihm herunterriss.

„Der hat mich getasert, die Sau!“

„Wo ist die Materna?“

„Er hat sie mitgenommen!“

„Ja, ich bin’s ... Alarmeinsatz, dieser Graber hat die Materna entführt ... Die Nachtigall! ... Alle Ausfahrtsstraßen dicht, ruft den Bezirk zusammen und das LKA ... Ja, sicher ist er gefährlich, wenn er sie entführt hat!“

44.

„Chefinspektor Stark hat mich bereits aufgeklärt", wehrte Warstätter ab, als Schäfer beim Eintreten seines Vorgesetzten vom Schreibtisch aufstand und nach den richtigen Worten suchte, um die Situation zu erklären. Ein Drehbuchautor im Krankenhaus, der vormalige Postenkommandant überwältigt, eine Frau entführt ... und trotz eines Großaufgebots keine Spur vom Täter. Und wer hatte dieses Schlamassel zu verantworten?

„Eine Sauerei ist das, eine ganz miese Sauerei." Der Oberst schüttelte seinen Zeigefinger in Schäfers Richtung, als wollte er jenen zum Abfallen bewegen.

„Ich weiß und ich bin mir meiner ... "

„Und das als Postenkommandant! ... Die Kollegen so zu hintergehen! ... Wie stehen wir denn da, wenn das publik wird!?"

„Ich nehme selbstverständlich die ganze Verantwortung auf mich und werde heute noch ..."

„Wieso Sie?", bellte Warstätter, „auf keinen Fall lasse ich zu, dass Sie für die Machenschaften dieses ... dieses Kameradenschweins an den Pranger gestellt werden ... Haben Sie was zu trinken?"

„Ja." Schäfer ging zum Kühlschrank und nahm eine Flasche Weißwein heraus. Wovon sprach dieser Wüterich überhaupt?

„So!", meinte der Oberst, nachdem er das gut eingeschenkte Glas in einem Zug ausgetrunken hatte, „wie gehen wir weiter vor?"

„Ja, also ... ich gehe davon aus, dass Graber noch in der näheren Umgebung ist, auch wenn sich sein Telefon nicht orten lässt", improvisierte Schäfer, „das ist natürlich spekulativ, aber wie ich seine psychische Konstellation einschätze, hat er sich nicht diesem Risiko ausgesetzt, um seine ... also um die Frau Materna außer Landes zu bringen ... allerdings steht zu befürchten, dass er sie tötet."

„Ja", Warstätter öffnete den Kühlschrank und schenkte sich nach, „aber auf dieser Front sind wir gut aufgestellt."

„Sind wir?"

„Natürlich ... die Cobra, die Hundestaffel, der Helikopter ... den finden wir schon ... aber was machen wir mit Stark?"

„Mit Stark ... was hat er Ihnen denn alles erzählt?"

„Vorerst nur, was Sie auch schon wissen: die Vertuschung des Totschlags unter Mithilfe von Doktor Kettner, die Beseitigung der Leiche des Burschen ... und seine hirnrissige Aktion, diesen Graber zu schnappen ... wenn so etwas ein Amateur macht, der zu viele Filme gesehen hat! ... Aber ein Mann seiner Erfahrung! ... Alle haben wir uns täuschen lassen ... Ihnen mache ich da keinen Vorwurf, Major ... Sie waren ja damals noch in Wien, als das passiert ist ... Jetzt geht es nur darum, den Schaden zu minimieren ... nicht auszudenken, wenn diese Sache ..." Warstätter ließ sich auf den Besucherstuhl fallen, stellte sein Glas ab und rieb sich mit beiden Händen die Stirn.

„Was ist mit diesem Sanders?", fragte Schäfer vorsichtig.

„Wer ist das?"

„Dieser Drehbuchautor ... von dieser Serie, die zurzeit hier gedreht wird."

„Was ist mit dem?"

„Er ..." Verdammt, was hatte Stark dem Oberst erzählt? „Er ist heute Nacht überfallen worden."

„Und da sehen Sie einen Zusammenhang?"

„Es war kein Raubüberfall ... der Mann wurde nie bedroht, hat sich, soweit ich weiß, zumindest hier im Ort nichts zuschulden kommen lassen ..."

„Ich weiß nicht, worauf Sie hinauswollen, Schäfer, aber bitte: Folgen Sie Ihrem genialen Instinkt ... befragen Sie den Mann und ich kümmere mich einstweilen um Stark."

„Wo ist er?"

„In Gewahrsam natürlich ... aber den koche ich heute noch weich, das verspreche ich Ihnen", Warstätter stand auf und reichte Schäfer die Hand über den Schreibtisch, „halten Sie die Ohren steif, Major, in solchen Situationen ist der interne Zusammenhalt das Wichtigste."

„Selbstverständlich, Herr Oberst", Schäfer stand auf und begleitete Warstätter zur Tür, „Sie können sich voll und ganz auf mich verlassen."

Schäfer wartete zwei Minuten, lief dann auf den Parkplatz, fand keinen Wagen vor und machte sich zu Fuß auf den Weg ins Krankenhaus.

„War schon jemand hier, um Sie zu vernehmen?", fragte er Sanders, während er sich mit einem Papierhandtuch aus dem Spender den Schweiß von der Stirn wischte.

„Ja, Sie."

„Sonst niemand?"

„Nein ... was ist denn passiert, haben Sie ihn? ... Haben Sie ihn getötet?"

„Herr Autor, fallen Sie bitte nicht wieder in Ihre fiktionale Abspaltung, ich brauche jetzt Ihren klaren Verstand."

„Wobei?"

„Stark hat gestanden."

„Was denn gestanden?"

„Das mit der Materna, mit ihrem Sohn, mit der Leiche in meinem Keller."

„Was für eine Leiche?" Sanders setzte sich in seinem Bett auf.

„Der Sascha! Wer denn sonst?"

„Die hat ihren eigenen Sohn ermordet?“

„Sanders!“, bellte Schäfer und hielt inne. Hatte er dem Drehbuchautor davon gar nichts erzählt? Mittlerweile wusste er anscheinend wirklich nicht mehr, wer in diese Geschichte eingeweiht war. „Egal ... ja, die Materna hat ihren Sohn erschlagen, Stark hat ihr dabei geholfen, es zu vertuschen, und hat die Leiche in seinem, jetzt meinem Keller einbetoniert ... aber jetzt ...“

„Wahnsinn“, brach es aus Sanders heraus, „und das habe ich alles aufgeklärt!“

„Wieso Sie? ... Ja, von mir aus ... Verdienstkreuz gibt’s später ... aber jetzt geht’s mir darum, wie wir das bereinigen ... ich habe nämlich keine Ahnung, was genau Stark dem Warstätter erzählt hat.“

„Wer ist Warstätter?“

„Mein Vorgesetzter! ... ’tschuldigung, woher sollten Sie das wissen ... jedenfalls hat Stark ausgepackt und offenbar alles auf sich genommen ... die Sache mit dem Anruf, dass er es war, der Graber zur Materna gelockt hat ... Wie’s aussieht, hat er uns dabei nicht erwähnt.“

„Das ist eine Frechheit ist das!“ Sanders zog sich an der Plastiktriangel hoch, schrie vor Schmerz und ließ sich ins Bett fallen. „Ich habe das alles ermöglicht, ich habe ihn angerufen, ohne mich ...“

„Genau, ohne Sie wären wir jetzt nicht da, wo wir sind.“

„Aber das war Ihre Idee!“

„Richtig ... und Stark lässt es so aussehen, als wäre alles auf seinem Mist gewachsen ... kapiert?“

„Ja, annähernd“, Sanders drehte sich von Schäfer weg, „das ist echt typisch Österreich, da setzt man sich ein, riskiert sein Leben und was ist der Dank?“

„Hören Sie auf zu jammern ... Stark hat das auf sich genommen, weil er damals Scheiße gebaut hat ... und uns hat er damit eine Menge Ärger erspart ... Ich schenke Ihnen eine Kiste Weißen und ein Wochenende, an dem Sie mich ausfragen dürfen, so lange Sie wollen."

„Ihr Wort drauf!" Sanders richtete sich wieder auf und sah Schäfer entschieden an. „Weil ihr Österreicher seid da echte Halunken! Ein paar Flaschen Wein und habe die Ehre, das geht bei mir nicht ... und grinsen Sie nicht so unverschämt!"

„Versprochen ... aber jetzt geht es darum ... Moment", meinte Schäfer und griff sich sein läutendes Handy. „Schäfer ..."

„He, so geht das nicht!", rief Sanders, als Schäfer mit dem Telefon am Ohr zum Fenster ging und sich eine Zigarette anzündete.

„Ja, Herr Graber, ich höre Ihnen zu." Schäfer drehte sich zum Krankenbett hin und legte den Zeigefinger auf die Lippen, worauf Sanders augenblicklich verstummte.

„Ja, aber hören Sie mir jetzt bitte zu ... Frau Materna ist nicht Ihre Mutter, das war eine Falle, die ... Das glaube ich schon, dass sie das sagt, aber die Frau ist verrückt, weil sie ihren Sohn getötet hat, und Stark hat ihr geholfen und ... Diesen Detektiv gibt es nicht, das war ein ... Hören Sie mir bitte zu: Ich verspreche Ihnen, dass ich ... Herr Graber?" Aufgelegt.

„War er das?!" Sanders hievte sich aus dem Bett und stolperte zum Schrank.

„Legen Sie sich sofort wieder hin!", herrschte Schäfer den Drehbuchautor an, worauf der verblüfft innehielt.

„Aber wir ..."

„Wo ist er?", rief Schäfer und schritt das Krankenzimmer ab. „Wo ist er?!"

„Woher soll ich denn das wissen?"

„Denken Sie nach! ... Wo bringt er sie hin?"

„In einen Keller? Ein Lagerhaus?"

„Nein ... er will weder etwas aus ihr herauspressen, noch will er Lösegeld."

„Dann will er vielleicht mit ihr irgendwo ein neues Leben anfangen und ..."

„Er kommt nicht weit ... der sieht keinen Ausweg mehr ..."

„Sie meinen, dass er sie ... und dann vielleicht auch noch sich ..."

„Malen Sie nicht schon wieder den Teufel an die Wand ... auf jeden Fall läuft mir die Zeit davon."

„Vielleicht geht er in die Donau ... gemeinsam mit ihr ... so wie in diesem Lied ... *hm hm hm, I'm going to wash my sins away, an angel told me so ...*"

„Wenn Sie irgendwer fragt, was letzte Nacht los war, sagen Sie, dass Sie sich an nichts erinnern können, klar?"

„Wo wollen Sie denn jetzt hin?", rief Sanders dem aus dem Zimmer rennenden Schäfer nach.

45.

Auf dem Parkplatz vor dem Krankenhaus sah Schäfer einen älteren Mann, den er flüchtig kannte, in dessen Wagen steigen. Er lief hin, klopfte an die Seitenscheibe und teilte ihm mit, dass er sein Fahrzeug für einen polizeilichen Notfall brauchte.

„Selbstverständlich!" Der Mann stieg aus dem Auto, trat zur Seite und rief dem davonrasenden Schäfer hinterher: „Viel Glück, Herr Major!"

Zehn Minuten später stellte Schäfer den Wagen in einer Ausweiche ab und lief in den Wald. Während der halsbrecherischen Fahrt hatte er versucht, Kovacs zu erreichen, doch die hob nicht ab. Dann Friedmann, der versprach, die Einsatzkräfte sofort zum angegebenen Ort zu bestellen. Dass sie den so schnell finden würden, glaubte Schäfer allerdings nicht – er hatte ja selbst lange genug gebraucht, bis er auf diesen Teich gestoßen war.

Also rannte er. Und während er über Wurzeln und Brombeerranken stolperte, zwei Mal der Länge nach hinschlug und sich die Uniform zerriss, fragte er sich, wozu er sich überhaupt so abhetzte. Dass Graber und Materna sich tatsächlich befanden, wohin er rannte, war nicht mehr als eine Vermutung; ein Schuss ins Blaue, weil er keine anderen Farben sah als das friedvolle Wasser des Teichs. *I'm going to wash my sins away*, hatte Sanders im Krankenhaus gesummt – und genau das brachte Schäfer mit diesem Ort im Wald in Verbindung: eine abgeschiedene Pilgerstätte, an der man seine Lasten und Laster wegspülen und mit sich ins Reine kommen konnte. Graber kannte diesen Ort, wie er Schäfer im Schwimmbad anvertraut hatte.

Jetzt stand er am Ufer – auf der anderen Seite sah er die beiden nebeneinander bis zur Hüfte im Wasser stehen. Frau Materna winkte ihm lachend zu und bewegte ihren Oberkörper, als wollte sie ihm mitteilen, dass sie sich endlich einmal getraute, schwimmen zu gehen. Ihre linke Hand blieb eng bei Graber, möglicherweise hatte er ihr Handschellen angelegt. Dieser stand reglos da, ausdruckslos, wie Schäfer schien, ungerührt, vielleicht hatte er ein schwaches Lächeln im Gesicht, eine Art Zufriedenheit, doch das konnte auf diese Entfernung täuschen.

„Ich habe ihn gefunden!", schrie Frau Materna freudig über den Teich, Schäfer schüttelte nur leicht den Kopf und brachte kein Wort heraus.

Jetzt hörte er den Hubschrauber, das Knattern der Rotoren zerbrach den grotesken Frieden, in dem sie drei sich trotz aller vergangenen Ereignisse kurzzeitig befunden hatten. Schäfer sah in den Himmel, dann wieder ans andere Ufer, wo Graber die Frau ins Wasser zog, die er für seine Mutter hielt, wo die Frau dem Mann bereitwillig folgte, den sie für ihren Sohn hielt; Schäfer war gelähmt von diesem Bild, machte zwei Schritte vor, stieg in den Teich, sah, wie sich das Wasser um seine Schuhe herum trübte, blieb stehen, sah die Köpfe der beiden verschwinden, sah, wie ein kleiner Fisch die Oberfläche durchsprang und gleich wieder verschwand, sah die Luftblasen aus dem Teich aufsteigen, sah einen Wasserläufer über die Oberfläche eilen, sah den Hubschrauber, sah, wie der Wind der Rotoren Wellen übers Wasser trieb, sah die Seerosen schaukeln, zog sich aus und sprang ins Wasser.

Der Grund war aufgewühlt, er sah nur Umrisse, griff hinein und bekam einen Arm zu spüren, er tastete sich nach unten, spürte ein dünnes Seil um die Handgelenke der beiden und musste auftauchen. Über ihm seilten sich vier Männer der Spezialabteilung aus dem Hubschrauber ab, Schäfer holte tief Luft und tauchte ab. Er schaffte es, das Seil zu lösen, bekam Graber zu fassen, griff ihm unter die Achseln und riss ihn nach oben. Mit dem reglosen Körper kämpfte er sich in Richtung Ufer, immer wieder entglitt er ihm, gerieten sie beide unter die Wasseroberfläche, als Schäfers Füße Grund fanden, waren seine Kollegen zur Stelle und zogen Graber an Land.

„Die Materna ist noch drin“, keuchte Schäfer, der sich außerstande sah, einen weiteren Körper zu bergen.

Während einer der Polizisten ins Wasser lief, begann der andere mit der Reanimation. Schäfer sah eine Weile zu, dann stand er auf und ging ans andere Ufer, um seine Sachen zu holen.

46.

„Wir haben ihn ...“

„Das ist doch großartig!“, meinte Sanders, zu dem Schäfer vor dem vermuteten Presserummel geflohen war. In einem Krankenwagen, unter dem Vorwand, dass er große Schmerzen in der Lunge hätte.

„Nein, ist es nicht ... Graber ist in künstlichen Tiefschlaf versetzt, die Materna ist tot und von Nadja Windreiter fehlt jede Spur.“

„Na ja ...“

„Sagen Sie jetzt bitte nicht: Es trifft keine Unschuldigen ... Ich bin zumindest mitverantwortlich dafür, wie das alles ausgegangen ist.“

„Sie haben den Fall aufgeklärt!“ Sanders stieg aus dem Bett, ging zum Kasten und begann sich anzuziehen.

„Dürfen Sie schon gehen?“

„Sicher ... mein EKG ist wieder normal, ich unterschreibe den Revers und vertschüsse mich ... was wollen Sie denn noch hier?“

„Morphium klauen und mich eine Woche im Wald verstecken.“

„Ich verstehe nicht, warum Sie den Kopf so hängen lassen“, Sanders setzte sich zu Schäfer an den Tisch, „die Sache mit dem Anruf hat Stark auf sich genommen, Sie haben Graber erwischt und damit verhindert, dass noch mehr Mädchen sterben. Sie sind der Hero, oder?“

„Kann sein.“ Schäfer stand auf und stellte sich ans Fenster. „So blöd es klingt ... aber er tut mir leid.“

„Wer? Graber?“

„Ja … was muss das für ein Leben gewesen sein, das ihn so weit gebracht hat …“

„Mitleid sollten Sie für die Familien dieser Mädchen haben.“

„Ja … das haben andere auch … es ist ja nicht so, dass ich es mir aussuche …“

„Gehen wir?“

„Ja.“

Er ging nach Hause, fütterte die Katze, duschte und zog sich um. Eine gute halbe Stunde verbrachte er anschließend im Garten, starrte vor sich hin, hatte das Telefon in der Hand, weil er mit jemandem reden wollte, und wusste zugleich, dass er den Mund nicht aufbekäme. Was jetzt? Auf zum nächsten Fall? Er sah zu seinen Tieren hin, wie der Rabe der auf dem Bauch liegenden Katze irgendwelches Getier aus dem Nacken pickte. Er war so müde, dass ihm das Kinn immer wieder auf die Brust sank. Doch Schlaf war das Letzte, was er jetzt wollte. Die Albträume nach solchen Ereignissen waren meist noch schlimmer als das, war er zuvor erlebt hatte. Er stand auf und machte sich auf den Weg zur Arbeit.

Applaus. Den hatte er sich wohl verdient. Dazu musste er lächeln, wo ihm nach Weinen war.

„Gebt mir noch zwei Stunden, dann bin ich bei euch“, sagte er zu seinen Kollegen, ging ins Büro, ließ die Jalousie herunter und sehnte sich nach der Scheibe.

Keine zehn Minuten später stand Iron Cop I mit einem Packen Ausdrucke in der Tür.

„Was ist das?“, fragte Schäfer mürrisch.

„Nur die Ermittlungsergebnisse, um die Sie mich gebeten haben … wegen den Mitarbeitern von diesem Filmteam.“

„Die brauchen wir jetzt nicht mehr."

„Ja, ich wollte auch nur … damit Sie wissen, dass ich es gemacht habe."

„Danke … legen Sie's ins Regal."

„Ist alles in Ordnung bei Ihnen?" Der Beamte machte einen Schritt auf Schäfer zu.

„Ja, danke der Nachfrage … und ich habe um zwei Stunden Ruhe gebeten."

„Entschuldigung."

Zwanzig Minuten später: Auer, mit einer externen Festplatte in der Hand.

„Da geht's jetzt sicher um Leben und Tod, oder?"

„Nein … ich habe mir nur die Sachen auf der Festplatte angeschaut, die Sie bei Graber gefunden haben … wenn Sie ihn nicht geschnappt hätten, wären sicher noch mehr gestorben."

„Warum?"

„Da sind Filme und Bilder von vier weiteren Mädels aus der Umgebung drauf, mit denen er über Webcam Kontakt aufgenommen hat …"

„Ich schau mir das später an …"

„Gut", sie senkte den Blick und verließ das Büro.

Er rief Sanders an und bat ihn, auf den Posten zu kommen. Beim Empfang sollte er sagen, dass Major Schäfer ihn wegen einer Zeugenaussage sprechen wollte. „Und worum geht's wirklich?", wollte Sanders wissen. „Dass diese Deppen mich in Ruhe lassen", erwiderte Schäfer.

„Sind Sie nicht ein bisschen zu streng mit Ihren Kollegen?" Sanders hatte sich Schäfer gegenübergesetzt, während dieser ins Leere starrte wie die Sphinx von Gizeh.

„Ich entschuldige mich morgen."

„Geht's Ihnen nicht gut?"

„Ich fühle mich, als hätte ich unfreiwillig auf den Everest klettern müssen ..."

„He, *Ich bin zu alt für diesen Scheiß* dürfen Sie erst fünf Jahre vor der Pensionierung sagen."

„Ja", Schäfer gelang ein Lächeln, „wir sind in Österreich, da habe ich jetzt schon gute Aussichten auf die Frühpension."

„Freuen Sie sich doch einfach, dass Ihnen nichts passiert ist."

„Das ist dämliches Geschwätz ... jedes Mal passiert mir etwas, wenn ich mit solchen Todesfällen zu tun habe, wenn ich ein zerfetztes Mädchen am Bahndamm liegen sehe, wenn ich zu den Eltern gehen muss ..."

„Verzeihung ... ich bin vielleicht nicht der Richtige, um das zu beurteilen."

„Reicht schon, wenn Sie zuhören." Schäfer stand auf, füllte den Wasserkocher und goss eine Kanne Tee auf. Er nahm die Ausdrucke, die sein Kollege zuvor dagelassen hatte, und warf sie auf den Schreibtisch.

„Was ist das?"

„Was Sie schon immer über Ihre Kollegen wissen wollten ..."

„Jetzt bin ich aber gespannt, was da über mich drinsteht." Sanders fing an zu blättern.

„Wein ist aus", meinte Schäfer, nachdem er Sanders eine Tasse hingestellt hatte.

„Danke ..."

„Als ob ich nach so was einfach nach Hause gehen könnte", fuhr Schäfer nach einer Schweigeminute fort und fuchtelte mit seinen Händen herum, „ich bin ja in keinem Ihrer Filme, wo der Held kurz durchschnauft, sich auf die Schulter klopfen lässt und erst einmal zwölf Stunden schlafen darf ... Ich kann nicht schlafen!"

„Ja, aber dafür sind Sie nicht angeschossen worden“, versuchte Sanders zu beschwichtigen, „und bei mir wäre der erste Verdächtige nie der Täter gewesen! Da hätten Sie schon noch mindestens eine Extrarunde drehen müssen ... und vielleicht noch eine Kugel eingefangen.“

„Vielleicht sollte ich wirklich zum Film gehen.“ Schäfer nahm einen Schluck Tee und zündete sich eine Zigarette an.

„Das Potenzial haben Sie, ganz ehrlich ... Sie haben Ausstrahlung, eine natürliche Autorität, und den harten Polizisten nimmt Ihnen sowieso jeder ab.“

„Und schöne Frauen scharwenzeln da auch jede Menge herum ...“

„Na, was glauben Sie ... da können Sie schon bei den Castings eine Orgie feiern!“

„Die schmeißen sich wirklich so an euch ran, wie es immer erzählt wird?“

„Aber hallo ... Sie haben ja gesehen, was los war, als wir hier gedreht haben ... und wenn Sie sich die Casting-Mappen anschauen, die wir bekommen, da warten Sie mit dem Heiraten lieber noch ein bisschen ...“

„Casting-Mappen“, Schäfer rückte an den Schreibtisch heran, „das sind so Bewerbungsunterlagen ...“

„Ja, im Regelfall ... aber viele Möchtegern-Schauspielerinnen glauben halt, wenn sie ein paar freizügigere Bilder oder Amateurszenen in die Mappe stellen, haben sie eine Chance, auch wenn sie noch nie eine echte Rolle gehabt haben ... und wenn man nicht so ein moralisch integrer Mensch ist wie ich ...“

„Halten Sie kurz den Mund.“ Schäfer nahm die Festplatte, die Auer ihm gebracht hatte, und schloss sie an. Dann drehte er den Bildschirm zu Sanders. „Könnte das so eine ... digitale Casting-Mappe sein?“

„Mein lieber Scholli“, Sanders rückte näher an den Monitor heran, „ojojo, das sind ja mal straffe Hupen ...“

„Ja, schön, ich mach Ihnen eine Kopie, wenn Sie mir eine Antwort geben."

„Gut möglich ... so was geht normalerweise halt nicht direkt an die Firma, sondern an irgendwelche Mitarbeiter, die in der Disco ihre Karte verteilen, um eine rumzukriegen."

„Lehnhart?"

„Nein", Sanders lachte wiehernd, „der hat so was nicht nötig."

„Dieser Tom Schmelzer?"

„Der noch weniger ..."

„Also hat Graber das Zeug aus dem Internet zusammengesucht, um sich daran aufzugeilen?"

„Wahrscheinlich", murmelte Sanders abwesend, zumal er sich wieder den Ermittlungen über seine Kollegen widmete. „Über mich ist da so gut wie gar nichts drin ... aber hallo: Erik war einmal wegen Verführung einer Minderjährigen angeklagt!"

„Was!?", Schäfer riss die Ausdrucke an sich, „Freispruch ... Thiel & Olsen als Rechtsvertretung ... den Namen kenne ich von irgendwoher."

„Ist eine ziemlich angesehene Kanzlei in München ... die haben inzwischen schon Büros in ganz Deutschland ..."

„Und in Salzburg", schimpfte Schäfer, durchwühlte seine Schubladen und reichte Sanders eine Visitenkarte.

„Und diese Laura Graber ist wer?"

„Simon Grabers Adoptivschwester ..."

„Jetzt habe ich den Faden verloren ..."

„Laura Graber arbeitet für die Kanzlei, die euren Regisseur verteidigt hat ... dann taucht er zufällig an ihrem Geburtsort auf, diese Mädchen sterben und Simon Graber steht als Hauptverdächtiger da ... klingelt's?"

„Na ja, theoretisch wäre das ..."

„Nein, ganz praktisch: Brandt kommt viel herum, spielt den Mädels den Filmzampano vor, der sie vor die Kamera bringt ... gibt ihnen Drogen ... Kameras und Computer dürften für ihn auch kein Problem sein, oder?"

„Nein, sicher nicht ... aber warum?"

„Wenn Simon Graber ins Gefängnis geht oder stirbt: Wer ist die Alleinerbin?"

„Seine Adoptivschwester ... o Mann ... jetzt ist der Moment, wo ich meine Tasse fallen lassen sollte, oder?"

„Jetzt ist der Moment, auf den Sie schon die ganze Zeit warten", Schäfer sprang auf und schnallte die Waffe um, „wo sind Ihre Kollegen jetzt?"

„Bei dieser alten Textilfabrik ..."

„Kenne ich nicht."

„Ungefähr zwanzig Kilometer von hier."

„Los, los, Meister, jetzt spielt's Granada!"

47.

„Sie müssen nicht so rasen", meinte Sanders ängstlich und klammerte sich an den Haltegriff an der Autotür. „Der hat sowieso keine Ahnung, dass wir kommen."

„Ich will aber!", erwiderte Schäfer, der in seinem ganzen Leben noch nie so schnell gefahren war, „dass ich da nicht draufgekommen bin ... Sie haben es ja selbst gesagt: Wir übersehen etwas, das vor unseren Augen ist ..."

„Habe ich?"

„Ja, am Friedhof, wo ich Ihnen den Stein an den Kopf geworfen habe, da stand der Brandt genau vor uns ... und die Nummern von den Wertkartenhandys, da war eine aus Deutschland ... die Bilder und Videos von den Mädchen: Ich habe geglaubt, das machen die eben so in diesem Alter ... da hätten Sie aber auch draufkommen können!"

„Das ist nicht fair", erwiderte Sanders, „erstens haben Sie mir nicht volle Akteneinsicht gegeben und zweitens weiß ich ja bei meinen Büchern immer am Anfang schon, wer der Täter ist ..."

„Und ich frage mich die ganze Zeit, wer so etwas inszenieren kann ..."

„Das Profil hat schon gestimmt: männlich, weiß, zwanzig bis fünfunddreißig, kein Einheimischer ..."

„Ja, und an die Komplizin habe ich auch gedacht! ... Diese verhurte Laura Graber, spielt mir was vor, dass sie sich Sorgen um ihren Bruder macht, tischt mir irgendwelche Märchen aus ihrer Kindheit auf, die ich nicht einmal überprüft habe ... diese Weiber, wo man die schwarzen BH-Spitzen sieht ... das hätte mich schon misstrauisch machen sollen!"

„Welche BH-Spitzen denn?"

„Und dass Yvonne Raab wahrscheinlich lesbisch war, hätte sich auch irgendwer zusammenreimen können!"

„Wieso lesbisch?"

„Der Streit mit ihren besten Freundinnen, der Rückzug, die Aussage von ihrem Ex, diesem Antinori, dass sie ihn nur als Alibi benutzt hat ..."

„Ja und?"

„Was ist in ihrem Notizbuch gestanden?"

„SIB L!", murmelte Sanders, „Schmetterlinge im Bauch. Wegen Laura!"

„Ist anzunehmen ... aber warum der Graber dann abhaut ... und wo die Nadja Windreiter hin ist, kapier ich auch nicht ..."

„Das ist allerdings sehr seltsam", gab Sanders vor, Schäfers Gedankengängen folgen zu können.

„Und wenn Graber stirbt, bin ich schuld daran!"

„Da vorne ist es“, Sanders deutete auf eine heruntergekommene Fabrik. Allem Anschein nach ein Bau aus der Zwischenkriegszeit, der in den Siebzigern auf brachiale Art erweitert und modernisiert worden war. Das alte, vierstöckige Hauptgebäude geziegelt, an der Vorderfront riesige hölzerne Fensterrahmen, die nur mehr in den beiden obersten Stockwerken Scheiben trugen. An diesen immerhin noch als Industriearchitektur zu bezeichnenden Bau hatte man in den Zeiten des Aufschwungs eine Werkshalle angeschlossen, deren Baumeister sein Handwerk offensichtlich beim Bunkerbau gelernt hatte. Ein etwa vier Meter hoher Betonquader, scheibenlose Stahlfensterrahmen, rostzerfressene Stahltore, an den Wänden Graffitis, davor abgelagerter Sperrmüll, ein Autowrack, ein Wildwuchs an robusten Siedlerpflanzen, die das gesamte Gelände geduldig überwucherten wie ein postapokalyptisches Dornröschenschloss.

„Wo dreht ihr?“ Schäfer hielt in gut fünfzig Meter Entfernung vom Haupttor an und sprang aus dem Wagen.

„In der Halle.“ Sanders stolperte hinter Schäfer her, der schnellen Schritts zum geöffneten Rollpanzer ging, vor dem die Kleinlaster der Filmfirma standen. „Sollten wir nicht auf Ihre Kollegen warten?“

„Die sind jeden Moment hier.“

„Aber womöglich ist er gefährlich ...“

„Ganz bestimmt, für kleine Mädchen.“ Schäfer betrat die Halle, aus der ihm ein wüster Gestank entgegenschlug: Urin, Fäulnis, Taubenkot, verkocht mit anderen Schweinereien aus des Teufels Küche. „Sie bleiben hinter mir.“

„Das müssen Sie mir nicht zweimal sagen“, nuschelte Sanders hinter vorgehaltener Hand.

„Herr Brandt!“ Schäfer stieg über metallenen Unrat, Glassplitter und diverse Reste von jugendlichem Vandalismus und ging selbstsicher auf den Regisseur zu, der eben mit dem Kameramann eine Einstellung besprach. Am Fenster daneben lehnten die beiden Hauptdarsteller die Köpfe hinaus, die restliche Belegschaft war über die riesige Halle verstreut. „Wir sollten uns unterhalten!“

Brandt stand für einen Moment wie erstarrt, dann sprintete er los. Stieß zwei Scheinwerfer um, lief über eine betonierte Rampe zu einer rostroten Feuerschutztür, riss sie auf und war verschwunden.

„Sieht ganz nach einem Geständnis aus“, murrte Schäfer und setzte ihm nach.

Durch einen mit Glasziegeln belichteten Gang und einen türlosen Stahlrahmen gelangte er ins Hauptgebäude. Ebenerdig befand sich ebenfalls eine Werks- oder Lagerhalle, etwa vier Meter hoch, die Ziegelwände unverputzt, korrodierte Rohre, die Decke wohl knapp vor dem Einsturz, am anderen Ende eine garagengroße Öffnung in der Wand, dahinter herabhängende Stahlseile, die von einem gewesenen Materiallift zeugten. Neben dem Liftschacht eine rostige Metalltür, die eben zufiel.

„Das ist doch völlig idiotisch!“, rief Schäfer, querte die Halle und folgte Brandt in ein altersschwaches Stiegenhaus, in dem man auf einer verdreckten und abgesplitterten Betontreppe rund um den Liftschacht nach oben gelangte.

Als Schäfer auf dem ersten Treppenabsatz war, knallte ein Schuss, knapp neben ihm schlug eine Kugel ein. Aus dem Dunkel des Liftschachts flatterten hysterisch ein paar Tauben auf und verschwanden in irgendwelchen verschissenen Zufluchtsnischen. Schäfer drückte sich an die Wand, zwei weitere Schüsse folgten, ließen den Beton spritzen und pfiffen als Querschläger weiter. Das war jetzt aber wirklich übertrieben. Fliehen: ja. Aber auf einen Polizisten schießen: Kreuzteufel!

„Herr Schäfer, ist alles in Ordnung?!“, hörte er nun Sanders von unten rufen.

„Schleich dich!“, brüllte Schäfer.

„Ja, ich komme schon, geben Sie mir Feuerschutz!“

„Ich fass es nicht“, murmelte Schäfer, machte einen schnellen Schritt nach vorne und feuerte vier Mal nach oben.

„Hat er Sie getroffen?“, fragte ein nach Luft schnappender Sanders, der ansonsten verhältnismäßig entspannt wirkte.

„Ich habe gesagt, Sie sollen verschwinden“, giftete Schäfer ihn an.

„Bin ich doch ...“

„Aber nicht zu mir her!“

„Ach so“, flüsterte Sanders, „haben Sie eine zweite Waffe?“

„Nein, aber vielleicht gibt Brandt Ihnen seine.“ Schäfer nahm sein Handy heraus. „Wo seid ihr Penner?! ... Ja, danke, aber der schießt auf uns! ... Natürlich rufst du die Cobra!“

„Also: Sie gehen zurück und bringen die Leute in Sicherheit“, wandte sich Schäfer an Sanders.

„Aber vielleicht brauchen Sie mich ...“

„Ich habe jetzt keine Zeit zum Diskutieren!“, erwiderte Schäfer, nahm die Treppe in Angriff, gefolgt von Sanders.

Im zweiten Stock stießen sie auf zwei mit dem Rahmen verwachsene Stahltüren. Sie liefen weiter nach oben und gelangten ans Ende der Treppe, von wo eine einzige Tür aufs Dach führte. Schäfer stellte sich mit dem Rücken zur

Wand – Sanders tat es ihm gleich –, drückte die Klinke nach unten und die Tür mit der Handinnenfläche nach außen.

„Erik“, schrie Sanders, „das Spiel ist aus!“

„Halten Sie jetzt endlich das Maul!“, fauchte Schäfer den Autor an und warf einen schnellen Blick nach draußen. Ein leicht abfallendes Dach, brüchige, zerbrochene oder fehlende Schindeln, über den Giebel ein geländerloser Steg aus Metallgittern, der schließlich um zwei mächtige Lüftungsschächte herumführte.

„Herr Brandt, ich komme jetzt zu Ihnen hinaus ... ich habe keine Lust, Sie zu erschießen, aber notfalls bleibt mir nichts anderes übrig.“ Keine Antwort, nur das kurzatmige Gurren von ein paar Tauben, die am Sims nervös hin und her tippelten.

„Das sind die ersten Tauben, die ich hier auf dem Land sehe“, flüsterte Sanders. Und Schäfer, der diesem Faktum bislang verständlicherweise keine Aufmerksamkeit geschenkt hatte, hielt kurz in seinem Tun inne und stellte fest, dass es ihm ebenso ging. Diese Fabrik war offensichtlich eine Art Asyl für diese räudigen Stadtviecher.

„Wenn Sie jetzt nicht sofort still sind, werden es auch Ihre letzten sein“, fauchte Schäfer und setzte einen Fuß hinaus. Von unten drangen Stimmen herauf. Blick nach unten: Neben dem Autowrack standen sechs Personen, darunter der Kameramann bei der Arbeit, bedrängt von einem sichtlich erregten Lehnhart, der ihm wohl etwas wie: „Halt drauf, halt drauf“ ins Ohr bellte. Schäfer wünschte sich ein Maschinengewehr. Als er sich entschied, hinter der Tür das Eintreffen der Spezialeinheit abzuwarten, trat plötzlich Brandt hinter dem Kamin hervor, lief mit erhobener Waffe über den Metallsteg und begann zu schießen.

„Ah, Scheiße!“, schrie Schäfer, den eine Kugel am rechten Oberschenkel getroffen hatte, und ging zu Boden. Blitzschnell griff Sanders zu dessen Dienstwaffe, richtete sie auf den heranstürmenden Regisseur und drückte ab. Der erste Schuss traf Brandt in die rechte Schulter, der zweite zwischen die Augen. Exitus. Der tote Körper stürzte aufs Dach, riss ein paar Schindeln mit und stürzte in die Tiefe. Der Kameramann folgte dem Fall höchst professionell.

„Anfängerglück“, stöhnte Schäfer und legte sich auf den Rücken. Wie friedlich so plötzlich. Wie forsch der Wind seine weißen Schäfchen über die leuchtend blaue Weide trieb.

48.

Sechs Tage später. Nur vereinzelt fand sich die Geschichte noch auf den Titelseiten der Tageszeitungen wieder. Bald würde sie ins Blattinnere rutschen. Und nach Schäfers Erfahrung würde sie auch von dort bald verschwinden und nur noch in der Region ein bestimmendes Gesprächsthema bleiben. Was gab es denn noch großartig zu berichten? Brandt war tot, Laura Graber im Gefängnis, ihr Geständnis deckte sich so gut wie in allen Punkten mit Schäfers Vermutungen. Sie hatte Brandt kennengelernt, als sie während des Studiums als Anwaltsgehilfin in München arbeitete. Er war damals schon ein bekannter Regisseur, und als ihn die Kanzlei Thiel & Olsen wegen der Verführung einer Minderjährigen vertrat, folgte das Gericht in den wesentlichen Punkten der Ansicht der Verteidigung. Das Mädchen hätte Brandt verführt, um hernach eine Rolle erpressen zu können. Sie war zwar erst fünfzehn, konnte mit viel Fantasie aber auch als achtzehn durchgehen. Bei der Herkunft der Drogen stand Aussage gegen Aussage, und da beide Parteien diesbezüglich keine unbeschriebenen Blätter waren, konnte dieses Delikt letztendlich nicht gegen Brandt verwendet werden. Blieb eine Bewährungsstrafe. Und ein möglicherweise unter Drogen gesetztes und vergewaltigtes Mädchen, dessen erst sehr spät getätigte Aussage, dass Brandt sie während des unfreiwilligen Geschlechtsverkehrs gefilmt hätte, als unglaubwürdig angesehen worden war.

Auf die Frage, ob sie, Laura Graber, sich in Brandt verliebt hätte, konnte sie keine eindeutige Antwort geben. Was sie unter einer *seltsamen Anziehungskraft* verstand, wollte Schäfer gar nicht so genau wissen. Es war schlimm genug zu erfahren, welche Folgen diese Beziehung mit sich gebracht hatte. Beide empfanden sie große Lust dabei, jüngere Menschen – egal welchen Geschlechts – für sich einzunehmen und zu verführen; bei Konzerten, in Lokalen, im Umfeld von Dreharbeiten. Er der Regisseur, sie die Anwältin, ein seriöses Team, wer würde da Böses vermuten? „Dass Sie eine Nymphomanin sind, hätten sie mir damals am Posten ruhig sagen können“, hatte Schäfer vergebens versucht, die ihn schwer belastende Verhörsituation aufzulockern. Es ging aber gar nicht um Sex, nicht in erster Linie. Es ging darum, Macht auszuüben, jemand anderen in seiner Hand zu wissen, auszuprobieren, wie weit man gehen konnte. Nichts, das Schäfer zum ersten Mal gehört hätte. Und wie weit waren sie gegangen, bevor sie dorthin gelangten, wo sie geboren worden war?

Zuerst harmlos. Sex zu zweit, im Freien, in Autos, in Hotelzimmern, in Wohnungen, die für den Dreh verwendet wurden; eine Kamera lief schon damals immer mit, irgendwo versteckt oder von dem bedient, der die Hosen noch anhatte. Dann hatten sie mit den Drogen begonnen, Alkohol so gut wie immer, um allfällige Spannungen abzubauen. Etwa nach einem Jahr waren sie zu illegalen Drogen übergegangen, aber immer auf freiwilliger Basis, wie Laura Graber versicherte. Als ob ihr das in der Anklageschrift irgendwelche Pluspunkte einbringen könnte. Irgendwann hätte Brandt dann einem Mädchen wohl etwas in ein Getränk getan. Was für ein Etwas? Ecstasy wahrscheinlich, oder etwas in der Richtung, bei Drogen hätte sie sich nie so gut ausgekannt, die hätte immer Brandt besorgt. Netter Versuch, sich aus der Affäre zu ziehen, ganz die clevere Anwältin.

„Sie haben also nie bemerkt, dass die Personen, die Sie für diese Spielchen benutzt haben, unter Drogen standen?"

„Doch schon ... aber wir waren ja selbst oft ... mir war ja nicht klar, inwieweit ..."

„Aber Sie haben das doch alles auf Film, oder?"

„Ich weiß nicht genau." Sie schluckte.

„Gerade jetzt durchsuchen meine Kollegen hier und in Deutschland Ihre und Brandts Wohnung, Ihre Arbeitsplätze, alle Computer, USB-Sticks, DVDs ... Meiner Erfahrung nach behalten Täter wie Sie beide solche Souvenirs in ihrer Nähe auf und vergraben sie nicht irgendwo in der Lüneburger Heide, habe ich recht?"

„Ich glaube, dass ich jetzt mein Recht zu schweigen beanspruche ..."

„Ich glaube, wir wissen beide, dass das nicht zu Ihrem Vorteil sein wird." Schäfer hielt ihr die Zigarettenschachtel hin. Wenn es ihr jetzt gelang, sich auf ihr professionelles Wissen zu konzentrieren, würde sie die Vernehmung abbrechen. Beim nächsten Termin einen Anwalt dabeihaben, der die Hauptschuld auf Brandt schöbe. Starke emotionale Abhängigkeit, sexuelle Hörigkeit, möglicherweise Verabreichung von Suchtgiften ohne ihr Wissen, Angst, dass er die Filme gegen sie verwenden würde, wenn sie ihn verließe – und das waren nur die Punkte, die Schäfer auf die Schnelle einfielen; mit einem guten Anwalt käme sie womöglich sogar mit einer bedingten Strafe davon.

„Erik ist tot, drei Familien zerstört, Ihr Bruder wollte sich das Leben nehmen", Schäfer schenkte ihr Tee nach, „als Anwältin haben Sie so oder so keine Zukunft ... an diesem Punkt wäre es doch das Beste, mit sich selbst ins Reine zu kommen ..."

„Wie soll das gehen ..."

„Na ja, zum Beispiel ... vor ein paar Wochen hat mich ein Mann besucht, der mir fast zwanzig Jahre Haft verdankt ... danach hat er den Hof seiner Eltern übernommen, jetzt baut er Unmengen an Heilkräutern und was weiß ich noch an und verkauft das Zeug in ganz Österreich ... er hat viel Unrecht begangen, er hat dafür bezahlt, er hat einen Neustart geschafft, mit vierundfünfzig ... Sie wollen nicht so weitermachen wie bisher, oder?"

Laura Graber schüttelte den Kopf.

„Dann haben Sie hier und jetzt die beste Gelegenheit ... wenn Sie ehrlich zu mir und zu sich selbst sind."

„Ja ..."

„Also: Wann ist das alles aus dem Ruder gelaufen?"

Ohne einen bestimmten Zeitpunkt nennen zu können, hatten sie mit sogenannten Probeaufnahmen im Freien begonnen. Anfangs ging es nur darum, zu welchen Dummheiten oder Obszönitäten sich die Mädchen – seltener auch junge Burschen – hinreißen ließen. Dass niemand ihrer ... Opfer? sie nach solchen Aktionen angezeigt oder zumindest verraten hatte, konnte Schäfer verstehen. So grenzenlos junge Menschen zeitweise in ihrer Experimentierfreude und ihrem Vertrauen waren, so riesig konnte auch ihr Schamgefühl sein. Dass Brandt und Graber jedoch von Freunden ihrer Versuchskaninchen kontaktiert worden waren, die sich ebenfalls für eine *Rolle* bewerben wollten, ging Schäfer dann doch nicht ganz auf. Wie auch immer, alles konnte und wollte er nicht verstehen.

„Dann war plötzlich eine tot", erzählte Laura Graber, ohne direkt danach gefragt worden zu sein. „Erik hatte einen Dreh in der Nähe von Rosenheim ... Ich bin am Abend von Salzburg zu ihm gefahren, da war das Mädchen schon auf seinem Zimmer ... In der Nacht sind wir zu dritt in der Gegend herumgefahren ... Wir hatten alle was genommen ... Sie wollte uns ein altes Zementwerk zeigen, das ihrer Meinung nach für einen Drehort ideal wäre."

„Und weiter?"

„Sie hat sich bis auf die Unterwäsche ausgezogen und ist über ein altes Förderband hinaufgeklettert ... von oben hat sie uns zugerufen, dann ist sie gefallen."

„Gerlinde Klampfer?", las Schäfer aus den Dokumenten, die er Wochen zuvor von Inspektor Schreyer bekommen hatte. Hätte er ...? Wäre dann ...? Nein, Konjunktive hatten in diesem Raum keinen Platz.

„Ja, Gerlinde hat sie geheißen ..."

„Ihr habt sie einfach liegen lassen."

„Wir ... Als sie heruntergestürzt ist, haben wir noch gelacht ... Erik ist mit der Kamera zu ihr hin, hat was gesagt wie: *Cooler Stunt!*, aber sie war wirklich tot ..."

„Verstehe." Schäfer brauchte eine Pause.

Angeblich hatte Laura Graber ihren Komplizen Erik Brandt nach diesem Vorfall mehrere Male zu überreden versucht, mit diesen Spielen aufzuhören. Versucht? Geschenkt.

Warum nicht mit einer Anzeige gedroht, wenn schon nicht den Mut aufgebracht, zur Polizei zu gehen? Zu diesem Zeitpunkt hätten sie höchstens wegen fahrlässiger Tötung belangt werden können. Aber die Karriere; dass das Mädchen sowieso nicht wieder lebendig geworden wäre; dass sie ein Jahr lang ohnehin nichts mehr in der Richtung unternommen hätten. Zumindest nichts, woran sie, Laura Graber, beteiligt gewesen wäre; Erik hätte wahrscheinlich schon noch immer wieder et cetera. Sie log wieder, das war Schäfer klar.

„Und dann haben Sie plötzlich hier wieder angefangen? Wo Sie geboren sind, wo Sie wahrscheinlich die meisten der Leute kennen ... Was war der Auslöser?"

„Nichts ... Erik hat mir erzählt, dass sie hier drehen ... und dass er schon wieder ein paar Groupies hat, die auf Probeaufnahmen scharf sind ..."

„Ja ... und dass Sie Ihren Bruder als Sündenbock hinstellen wollen, jede Menge Spuren legen, die ihn zum Hauptverdächtigen machen ... das hat nichts damit zu tun, dass Sie im Falle seiner Verurteilung beziehungsweise seines Todes das Haus allein geerbt hätten?"

„Nein."

„Natürlich nicht ... also warum dann?"

„Ich habe Ihnen doch schon erzählt, wie er war, als Kind ..."

„Meine Kollegen haben Ihre Mutter befragt ... laut ihr waren Sie diejenige, die gegen Simon intrigiert hat."

„Ja, natürlich nimmt die wieder ihr Schatzi in Schutz ..."

„Frau Graber, wir waren uns doch einig, dass wir ehrlich zueinander sind."

„Bin ich ja! Der war ein Arsch, das können Sie mir glauben!"

„Also haben Sie nur aus Eifersucht versucht, ihm das anzuhängen?“

„Ich habe nicht damit gerechnet, dass er wirklich angeklagt wird.“

„Sagen Sie jetzt wieder als Anwältin Ihrer selbst ... die Festplatte und die Handys, die sie in seinem Zimmer versteckt haben ... der Unfall, den haben Sie selbst inszeniert, oder?“

„Ja ...“

„Die Fingerabdrücke ... wer von Ihnen beiden ist in den Keller eingebrochen?“

„Eingebrochen ... da bedienen sich ein paar Jugendliche schon seit fünfzehn Jahren ...“

„Also Sie ... Hat Yvonne Raab die Appetitzügler auch schon von Ihnen bekommen?“

„Nein.“

„Also bei ihr nur die Tranquilizer?“

Sie nickte.

„War Corina Vogtenhuber die Erste aus der Gegend?“, wollte Schäfer wissen, nachdem sie für zehn Minuten ins Freie gegangen waren, um frische Luft zu schnappen und zu schweigen.

„Nein ... da war noch ein anderes Mädchen davor, aber die ist weggelaufen.“

Und hat niemandem verraten, dass sich ein perverser deutscher Regisseur in der Gegend herumtreibt, der sich an junge Mädchen heranmacht und ihnen Drogen anbietet. Na, wenigstens hatte dieses Mädchen sich noch daran erinnert, dass man von fremden Männern keine Zuckerl annimmt.

„Sie waren dabei, auf der Brücke ... dafür gibt's eine Zeugenaussage.“

„Ja ...“

„Wieso ist sie gesprungen?"

„Ich glaube, er hat ihr eingeredet, dass unten ein großer See ist ..."

„Jasmin Eder?"

„Da haben wir gar nicht viel machen brauchen ... die ist auf den Turm rauf, hat oben getanzt und ist gesprungen, als könnte sie fliegen."

„Yvonne Raab?" Schäfer nahm das Notizbuch und legte es auf den Tisch.

„Ich weiß nicht, wie er zu der gekommen ist", erwiderte Laura Graber und senkte den Blick.

„Ist er auch nicht ... aber Sie", Schäfer schlug das Buch auf, „SIB L! ... Schmetterlinge im Bauch, und das L steht für Laura, oder?"

„Kann sein ..."

„Also: Wie lief das ab? Sie hat Brandt kontaktiert, um bei den Dreharbeiten dabei sein zu können, oder?"

„Ja ..."

„Aber auf seine Anmache ist sie nicht angesprungen, weil sie für Männer wenig übrighatte ..."

„Sie wollte nicht unbedingt eine Rolle ... eher das ganze Drumherum kennenlernen, und weil sie Erik abblitzen hat lassen ..."

„Erzählen Sie weiter ..."

„Ich hab mich mit ihr getroffen ... wir hatten sofort einen Draht zueinander und ..." Sie blickte ins Leere.

„Sie hat sich verliebt in Sie ..."

„Ja, wahrscheinlich ..."

„Also waren diese Nacktbilder und -filme gar nicht für ein Casting, sondern für Sie persönlich ..."

„Ich hab das gar nicht von ihr verlangt." Grabers Gesichtsmuskeln verspannten sich.

„Und in dieser Nacht? Sie haben sie abgeholt, sind mit ihr spazieren gegangen ..."

„Ja …“
„War die Kamera da schon dabei?“
„Ja.“
„Und dann?“
„Dann kam Erik dazu und …“
„Brandt hat für die Tatzeit ein Alibi.“
„Ich möchte jetzt nichts mehr sagen …“
„Ich möchte jetzt auch nichts mehr hören.“

Die gute Nachricht: Nadja Windreiter war wieder aufgetaucht. Sie hatte sich abgesetzt, nachdem sie von Günther Haidegger erfahren hatte, dass Schäfer über ihre Lügen und die Drogen Bescheid wusste. Kopflos vor Angst hatte sie Graber gebeten, sie nach Wien zu bringen, was dieser auch tat. Dort nahmen sie sich in einer Pension ein Zimmer. Auf ihre Bitte hin drehte Graber sein Handy ab, weshalb er bis zum nächsten Tag nicht erreichbar war. Zurück in Schaching, telefonierte er mit Sanders, der ihm die Geschichte von Grabers leiblicher Mutter auftischte. Über Sanders' Nummer dessen Namen herauszufinden war ein Leichtes für Graber. Er telefonierte die Hotels im näheren Umkreis ab und erfuhr, dass sein Anrufer im Sonnenhof untergebracht war. Dann wurde er zum ersten Mal in seinem Leben gewalttätig. Überfiel Sanders, fuhr zur Wohnung von Frau Materna, wo er Stark mit einem Taser außer Gefecht setzte und seine falsche Mutter ohne jeden Widerstand dazu brachte, mit ihm zu kommen. Sie waren in den Wald gefahren, zum Teich gegangen. Hatten miteinander geredet, aneinander vorbei. Das Telefonat mit Schäfer, das Wasser als letzter Ausweg. In den stundenlangen Gesprächen, die Schäfer seitdem mit Graber geführt, sich hundertfach entschuldigt und eine Entschädigung versprochen hatte, war dieser kein einziges Mal ungehalten oder gar wütend geworden. Es schien ihn nicht zu betreffen, und das traf Schäfer viel mehr, als wenn Graber ihn mit Klagen überhäuft hätte.

Ja, es gab so gut wie gar nichts mehr: keine Interviews, keine Homestorys, keine psychiatrischen Gutachten; auch kein Wort über Stark, der nach ausführlicher Befragung schleunigst nach Barbados zurückverfrachtet worden war. Auch keinen weiteren Kommentar von Major Schäfer, der nach der Pressekonferenz seinen Urlaub eingereicht und das Telefon abgedreht hatte. Sollten sich diese Geier doch auf die nächste Leiche stürzen.

49.

Jetzt saß er reglos im Garten – wie lange schon, konnte niemand sagen – und hatte seinen Blick auf eine Birke gerichtet, deren Blätter leise im Wind flirrten. Seine Hand lag auf einer hölzernen Kiste, deren Deckel die Inschrift *Armand de Brignac Blanc de Blancs* trug. Er wusste nicht mehr, wer sie ihm geschenkt hatte; aus Champagner hatte er sich nie viel gemacht und diesen wohl nur deshalb so lange behalten, weil er niemanden wusste, dem er ihn hätte geben können. Vielleicht war das Zeugs ohnehin schon nicht mehr genießbar; jahrelang in seinem Kellerabteil in Wien, das alles andere als temperaturstabil gewesen war, dann die Übersiedelung, dann einen Monat in der Garage, bevor Schäfer ihn in den Keller gebracht hatte. Wie auch immer, die Flasche stand im Kühlschrank und wartete darauf, geköpft zu werden. Schäfer tätschelte mit der flachen Hand die Kiste, stand auf und holte sein Telefon.

„Ich bin's, Schäfer ... Ja, ich war in der Versenkung ... Nein, nein, es geht mir gut ... Sind Sie noch hier oder schon wieder in Deutschland? ... Haben Sie Zeit, vorbeizukommen? ... Lassen Sie sich nur Zeit, ich bin zu Hause."

Er ging in die Küche, richtete sich ein Käse- und ein Speckbrot, schnitt drei Tomaten auf und setzte sich an den Tisch. Eine halbe Stunde später stand der Teller immer noch unberührt vor ihm. Er stand auf, stellte sich an die Spüle, trank ein Glas Wasser, wusch sich das Gesicht und lehnte die Stirn an den Oberschrank. Was ist los mit dir? Wo ist der knallharte Major, dessen Tränen höchstens nach innen fließen? Na gut, dann lass sie raus, lass es zu, lass alles raus.

Abermals wusch er sich das Gesicht mit kaltem Wasser, öffnete den Kühlschrank, nahm den Champagner heraus und prüfte mit der Wange dessen Temperatur. Er holte zwei Weingläser aus dem Oberschrank – über Sektflöten verfügte er nicht –, ging in den Garten und wartete auf Sanders.

„Jetzt ist gerade die Beerdigung", meinte der, nachdem er wie immer über den Gartenzaun gestiegen war und sich an den Gartentisch gesetzt hatte. „Von der Frau Materna und ihrem Sohn", ergänzte er, als Schäfer nichts erwiderte.

„Ja ... ich habe die Glocken gehört."

„Gibt's was zu feiern?", Sanders deutete auf die Champagnerflasche, „Armand de Brignac ... Wahnsinn, wissen Sie, was der kostet?"

„Nein ... war ein Geschenk."

„Na, hoffentlich haben Sie sich ordentlich bedankt ... unter vierhundert Euro ist der nicht zu haben."

„Wahrscheinlich ist er eh schon hinüber." Schäfer drehte den Draht auf und ließ den Korken in den Garten schießen.

„Stopp stopp stopp!", rief Sanders und hielt sein Glas unter die überschäumende Flasche. „Na, Sie haben Nerven ..."

„Helfen Sie mir?", fragte Schäfer, nachdem sie das erste Glas ausgetrunken hatten.

„Wobei denn?"

Ohne eine Antwort zu geben, verschwand Schäfer hinter dem Haus und kam kurz darauf mit einem Spaten und einer Spitzhacke wieder. Er lehnte das Werkzeug an die Hausmauer und schaute zu Sanders, der zögerlich aufstand.

„Was haben Sie denn vor?"

„Beerdigung." Schäfer holte die Champagnerkiste und trug sie behutsam zum Holunderstrauch. „Nehmen Sie bitte den Spaten und die Hacke?"

„Ist das ...", flüsterte Sanders und stolperte Schäfer hinterher, „ist das die Katze?"

„Ja." Schäfer stellte die Kiste ab und wandte sich Sanders zu. Dem flossen die Tränen über die Wangen.

„Das ist ... das ist wirklich traurig ... Verzeihung, ich bin ... ich habe sie ja gar nicht wirklich gekannt, aber ..."

„Schon gut", meinte Schäfer und griff sich die Spitzhacke, „sie war schon alt ... das ist der Lauf der Dinge."

„Ich weiß", Sanders wischte sich über die Augen und schluchzte, „ich habe eben eine melodramatische Ader ... als Winnetou gestorben ist, habe ich sicher eine Stunde geheult."

„Wie kommen Sie jetzt auf Winnetou?" Schäfer hielt inne und musste lächeln.

„Weiß ich nicht ... ist halt unter den Top Ten bei Abschiedsszenen."

„Und da kommt schon der wichtigste Trauergast." Schäfer deutete mit dem Kopf zum Gartenzaun, auf dem sich eben der Rabe niedergelassen hatte. Regungslos schauten sie dem Vogel zu, der nun in den Garten hüpfte und langsam in Richtung Holzkiste schritt. Er umkreiste sie zwei Mal und blieb dann in etwa einem Meter Abstand stehen.

„Also dann." Schäfer seufzte und stach den Spaten in die Erde.

Später saßen sie in den Liegestühlen und schauten schweigend in den Sonnenuntergang. Als der Himmel von grau- zu nachtblau wechselte und die Venus Gesellschaft von anderen Sternen bekam, stand Schäfer auf und schlichtete Holzscheite auf die Feuerstelle.

„Darf ich Sie wieder einmal besuchen?", fragte Sanders, als Schäfer eine Flasche Wein entkorkte.

„Müssen Sie sogar ... ich schulde Ihnen noch ein Zwei-Tage-Interview."

„Stimmt ... aber was ich in den letzten Wochen mit Ihnen erlebt habe, ist sowieso mehr als in meinem ganzen Leben davor."

„Sie haben den Fall Materna erst ins Rollen gebracht."

„Aber nur, weil Sie mir die Akten anvertraut haben."

„Weil ich geglaubt habe, dass sowieso nichts Verwertbares drinsteht."

„Aber Sie sind draufgekommen, dass der Stark was mit der Materna gehabt hat ... außerdem haben Sie den Pokal entdeckt!"

„Wäre ich ohne Ihre Hilfe nie draufgekommen ... und bei Brandt haben Sie mir auch geholfen."

„Ich sollte die Story an eine Zeitung verkaufen ..."

„Nein."

„War nur ein Scherz ... ich will ja nicht, dass Sie mich mit Betonschuhen in die Donau werfen."

„Eben."

„Wollen Sie sich nicht eine neue Katze zulegen?" Sanders dauerte das Schweigen offenbar schon zu lange.

„Nein."

„Und der Rabe?"

„Was ist mit dem?"

„Na ja ... einsam wird er sein."

„Da muss er durch ... nach einer angemessenen Trauerphase findet er sicher wieder eine neue Spielgefährtin."

„Und bis dahin muss er halt Schwarz tragen." Sanders kicherte.

„Na, endlich haben Sie Ihren Humor wiedergefunden ... zum Wohl."

„Zum Wohl, Herr Major ... und heute schießen Sie bitte auf keine Flaschen."

„Keine Sorge ... mein Herz ist voller Frieden."

Georg Haderer
Ohnmachtspiele
Kriminalroman
320 Seiten, gebunden mit Schutzumschlag
ISBN 978-3-85218-630-6
€ 19.90

Georg Haderers zweiter Schäfer-Krimi – ein fesselndes Spiel mit Wahn und Wirklichkeit:

Nebel, Kälte, Innenpolitik ... als ob Major Schäfer nicht schon genug mit seinen Depressionen und Angstzuständen zu kämpfen hätte, treten ihm auch noch der Wiener November und ein reformwütiger Innenminister in die Rippen. Wie soll Schäfer unter diesen Bedingungen arbeiten – zumal in der Gerichtsmedizin neben zwei ertrunkenen Frauen auch noch die mumifizierte Leiche eines Drogensüchtigen liegt. Unfall, Unfall, Überdosis, so soll es in den Ermittlungsakten stehen, wenn es nach dem Polizeipräsidenten geht – nur keine überflüssigen Ermittlungen. Doch dass nicht nur mit dem toten Junkie etwas faul ist, steht für den sturen Schäfer fest. Bei seinen Untersuchungen entdeckt er Zusammenhänge, die auf einen Serientäter schließen lassen, der sich seine Opfer nach dem Schema eines Kartenspiels aussucht. Mit seiner Theorie steht Schäfer innerhalb der Polizei weitgehend alleine da – was ihn aber nicht daran hindert, mit seinen Ermittlungen in die Offensive zu gehen ...

„eine erfrischende Mischung aus Spannung, Humor und einem überraschenden Ende“
krimi-couch.de, Jörg Kijanski

„Haderers Plots beinhalten den Wahnwitz mancher Verbrechen und erinnern manchmal an harte Schwedenkrimis. Er punktet mit Skurrilität, Österreichkolorit und bietet nebenbei gesagt einen coolen Showdown.“
Tiroler Tageszeitung, Sabine Strobl

Georg Haderer
Der bessere Mensch
Kriminalroman
328 Seiten, gebunden mit Schutzumschlag
ISBN 978-3-85218-631-3
€ 19.90

Schäfer ist zurück – und er ist besser gelaunt denn je. Schließlich war der Polizeimajor in seinem letzten Fall dem Wahnsinn wesentlich näher als der Aufklärung der Morde. Der Pharmaindustrie sei Dank geht es ihm nun bestens. Fast zu gut, findet Assistent Bergmann, als sich sein Chef pillengestärkt und manisch rechthaberisch in die Ermittlungen stürzt: Ein Nationalrat im Ruhestand liegt tot in seinem Arbeitszimmer. Von seinem Kopf ist nicht mehr viel übrig, nachdem der Täter ihn mit Phosphorsäure übergossen hat. Die DNA-Spur allerdings führt zu einem Verbrecher, der seit fünfzehn Jahren tot ist. Wenig später wird ein türkisches Mädchen mit einem Messer in der Brust in der elterlichen Wohnung gefunden. In heiligem Zorn auf den tyrannischen Vater übt Schäfer Selbstjustiz und wird geradewegs nach Salzburg strafversetzt, wo der Fall eine dramatische Wendung erfährt ...

In seinem neuen Kriminalroman erschließt Georg Haderer eine neue Ebene der kriminalliterarischen Kunst – furios, komisch und berauschend in jeder Beziehung.

„Georg Haderers Humor ist nie überdreht; mit seinem witzigen Dialogen und packend gezeichneten Figuren ist er zweifellos einer der besten Krimiautoren Österreichs."
Der Standard, Ingeborg Sperl

„Georg Haderer zeigt sich mit Schäfers drittem Fall von seiner besten Seite."
Kurier, Anja Gerevini

Georg Haderer
Engel und Dämonen
Kriminalroman
392 Seiten, gebunden mit Schutzumschlag
ISBN 978-3-85218-717-4
€ 19.90

23 Tage – und noch immer keine Spur von Major Schäfer. Sein Assistent, Chefinspektor Bergmann, hat obendrein nicht viel Zeit, sich mit dem Verschwinden seines Vorgesetzten zu befassen: ein hingerichteter Prostituiertenmörder, ein unter seltsamen Umständen verstorbener Kroate ... und dann auch noch ein toter IT-Spezialist, der offenbar einen Bombenanschlag geplant hat. Die Spuren führen Bergmann zu einem obskuren Geheimbund – und bald deutet alles darauf hin, dass Schäfer in die Fänge dieser Männer geraten ist. Als der Chefinspektor schließlich einem Hinweis zweier Wanderer nachgeht, die den Major in einem Schweizer Gebirgswald gesehen haben wollen, pfeift er auf alle Regeln und macht sich auf den Weg in den Westen.

In seinem Kriminalroman lässt Georg Haderer den harten Realismus der Polizeiarbeit auf surreale Heilsversprechen treffen, die Wiener Unterwelt auf Erzengelseminare im Waldviertel und ein Jahrhunderthochwasser auf die Prophezeiungen einer Sekte – höllisch spannend, himmlisch humorvoll, mit viel Herz und noch mehr Blut.

„Geistreich, mitreißend, süchtig machend.“
Der Standard, Ingeborg Sperl

„der heitere Kafka der österreichischen Kriminalliteratur“
Kathrin Fischer, Universität Flensburg